SOMMERREGENTÄNZE

GESCHICHTEN DER SCHILLERNDEN JAHRESZEIT

SOMMER REGEN TÄNZE

GESCHICHTEN DER SCHILLERNDEN JAHRESZEIT

Bibliografische Information der Deutschen Nationalbibliothek:
Die Deutsche Nationalbibliothek verzeichnet diese Publikation in der Deutschen Nationalbibliografie; detaillierte bibliografische Daten sind im Internet über http://dnb.dnb.de abrufbar.

1. Auflage 2023
Dieser Titel ist auch als eBook erschienen.

Gründerinnen: Anja Schöpf, Lara Pichler

Illustrationen: Elci J. Sagittarius (@mottengraphic),
Nadine Koch (@nadine_koch_schreibt),
Lena Zoe Dernai (@_nspken_)
Umschlaggestaltung: Elci J. Sagittarius (@mottengraphic)
Satz: misa bookdesign, www.misabookdesign.de
Lektorat: Ulrike Asmussen, www.lektorat-asmussen.de,
Elize Ellison, www.elize-ellison.com
Korrektorat: Jace Moran (@dunkelwelten),
Kristina Butz, www.lektorat-kristinabutz.com
Herstellung und Verlag: BoD – Books on Demand, Norderstedt

ISBN: 978-3-7568-17276

PLAYLIST

Here Comes The Sun – *The Beatles*
Wait – *M83*
Ohne dich – *Münchener Freiheit*
Perfect – *Ed Sheeran*
Into the Open – *Heartless Bastards*
Looking For The Summer – *Chris Rea*
Tardei – *Rodrigo Amarante*
Soldier – *Fleurie*
So this is love – *llene Woods, Mike Douglas*
Wenn du die Augen schließt – *SOPHIA*
I'm Afraid Of Americans – *BONES UK*
Schmetterling – *SOPHIA*
I'm okay I'm just a little depressed – *FLØRE*
Auf dem Weg – *Mark Forster*
Alone – *Burna Boy*
Sommerregen – *Joris*
Sunroof – *Nicky Youre, dazy*
Kein Liebeslied – *Kraftklub*

WEITERE SOMMER-SONGS

You Get What You Give – *New Radicals*
Danger Zone – *Modern Day Heroes*
Highway – *Bleeker*
Inferno – *Pop Evil*
House of the Rising Sun – *Lauren O'Connell*
Dry – *Sin Shake Sin*
Highway to Hell – *ACDC*
No Love in LA – *Palaye Royale*
Life's Coming in Slow – *Nothing But Thieves*
San Quentin – *Nickelback*
Takin' Care Of Business – *Bachman-Turner Overdrive*
Gimme Shelter – *The Rolling Stones*
Brown Sugar – *The Rolling Stones*
Bad to the Bone – *2WEI, Bri Bryant*
The Future Is Golden – *Oh The Larceny*
Summer Is A Curse – *The Faim*
Watermelon Sugar – *Harry Styles*
Cake By the Ocean – *DNCE*
Space & Time – *The Pierces*
Walking On Sunshine – *Katrina & The Waves*
Country Song – *Seether*
Wonderful Night – *Fatboy Slim*
Bohemain Like You – *The Dandy Warhols*
Lovers On The Sun – *David Guetta, Sam Martin*
All Summer Long – *Kid Rock*
Semi-Charmed Life – *Third Eye Blind*

Are You Gonna Be My Girl - *Jet*
Holiday - *Green Day*
Black Hole Sun - *Soundgarden*
Fly Away - *Lenny Kravitz*
All Star - *Smash Mouth*
Radioactive - *Imagine Dragons*
Black Betty - *Ram Jam*
Sunroof - *Nicky Youre, dazy*
Dos Gardenias - *Angel Canales*
A Little Respect (2009 Remastered) - *Erasure*
Tongue Tied - *Grouplove*
First Date - *Blink-182*
Summertime Sadness - *Lana Del Rey*
Cover Me In Sunshine - *Pink*
Sugarcane - *FLØRE*
36 Grad - *2raumwohnung*
Summer of love - *Shawn Mendes*
Summer - *Calvin Harris*
Havanna - *Camilla Cabello*
Dandelions - *Ruth B.*
Can't Stop The Feeling! - *Justin Timberlake*
Riptide - *Vance Joy*
Himmelblau - *Die Ärzte*
Tag am Meer - *Die Fantastischen Vier*
Happy - *Pharrell Williams*
Jungle Drum - *Emiliana Torrini*
Macarena - *Los del Rio*
Summer In The City - *Joe Cocker*
Ophelia - *The Lumineers*

INHALTSVERZEICHNIS

VORWORT

Fröhliche Sommerregentänze!

Bevor wir zu den stimmungsvollen Texten kommen, ein paar kleine Informationen, die wir euch nicht vorenthalten möchten: Die ehrenamtlichen Mitglieder konnten im Namen der Cinnamon Society bereits über 4000 € für wohltätige Zwecke in Österreich, Deutschland und der Schweiz spenden. Die Cinnamon Society wurde im Oktober 2021 von Anja Schöpf und Lara Pichler ins Leben gerufen. Gemeinsam mit 38 weiteren Autorinnen und Autoren und vielen weiteren fleißigen Händen im Hintergrund, arbeiten wir seit einigen Monaten an ihrem neuesten Projekt »Sommerregentänze – Geschichten der schillernden Jahreszeit«.

Gefunden haben wir uns durch die Liebe zum Schreiben und den Willen, Gutes zu tun, um anderen eine Freude zu bereiten. So durfte jeder von uns unglaublich tolle Menschen kennenlernen und in eine Community voller Schreibbegeisterter einsteigen.

Wie bei all unseren Büchern wird der Erlös gespendet. Dieses Mal gehen sämtliche Einnahmen an eine Tafel in Österreich.

»Sommerregentänze« ermöglicht es uns, vielen Menschen ein Lächeln auf die Lippen zu zaubern. Auch du hast mit dem Kauf dieses Buches dazu beigetragen!

Jetzt wünschen wir ganz viel Spaß beim Lesen unserer vielfältigen sommerlichen Geschichten und vielleicht denkst du beim nächsten Sommerregen ja an uns und genießt ihn mit einem kleinen Tanz noch viel mehr.

Deine Cinnamon Society

UNSERE AUTOR*INNEN

Josephine Panster
Elci J. Sagittarius
Nadine Koch
Jennifer Rouget
Anna Marie Muß
Heidi Metzmeier
Jace Moran
L.M. Bohrer
Alina Bec.
Janine Fielitz
Sam Jackson
Katharina Spring
Hanna C. Legnar
Finanas
Yuna Maas
Flo Moreno
Petra Baar
A.S. Schöpf
Lara Pichler

UNSERE HELFERLEIN

Vielen Dank an alle, die Extras beigetragen haben.

Ulrike Asmussen
Mareike Verbücheln

ÜBER UNSER SPENDENZIEL

Ein Pausenbrot, eine warme Suppe, eine Portion Nudeln. Drei für uns völlig selbstverständliche Mahlzeiten, über die sich die meisten kaum Gedanken machen. Leider haben diesen Luxus nicht alle.

Rund 1,5 Millionen Menschen sind in Österreich armuts- oder ausgrenzungsgefährdet. Eine Zahl, die uns schockiert und gleichzeitig zeigt, dass Mahlzeiten leider oft nicht selbstverständlich sind. Familien, die ihren Kindern kein Pausenbrot ermöglichen können. Senioren, die lieber auf ein Abendessen verzichten, als die notwendigen Lebensmittel zu schnell aufzubrauchen.

Gleichzeitig wirft in Österreich jeder Haushalt jährlich im Schnitt 133 Kilo Lebensmittel in den Müll. Seit 2012 hat es sich die Tafel im Salzburger Raum zur Aufgabe gemacht, Menschen zu unterstützen, deren finanzielle Lage oft keine regelmäßigen Mahlzeiten bieten kann. Durch Lebensmittelrettungsaktionen sammeln sie Nahrungsmittel, die im Handel aus den verschiedensten kleinlichen Gründen nicht verkauft werden. Allein im Jahr 2022 konnten so 245.000 kg Lebensmittel gerettet werden.* Anschließend wird alles an verschiedenen Ausgabestellen an die Bedürftigen verteilt. Durch diese Herangehensweise wirkt die *Flachgauer Tafel* gleich zwei ungünstigen Faktoren entgegen: der Armut der Bürgerinnen und Bürger, aber auch dem unnötigen Wegwerfen von qualitativ unbedenklichen Lebensmitteln. Zwei Aufgaben, die ohne Spenden nicht möglich wären.

100 % des Erlöses dieses Buches wird an die *Flachgauer Tafel* gespendet. Sowohl mit Finanziellen – als auch mit Warenspenden möchten wir das Engagement der Mitarbeiter und Mitarbeiterinnen unterstützen und damit möglichst vielen Menschen eine echte Mahlzeit bieten.

**Quelle: Flachgauer Tafel*

CONTENT NOTES

Liebe Leserinnen und Leser,

Dieses Buch enthält Geschichten mit sensiblen Themen und potenziell triggernden Inhalten.
Eine Liste dazu findet ihr auf Seite 379/380.

Achtung: Diese Liste enthält Spoiler für die jeweiligen Geschichten im Buch.

Wir wünschen euch allen das bestmögliche Leseerlebnis.

Eure Cinnamon Society

JOSEPHINE PANSTER

NAMIBIAN NIGHTS

Für Chris – Auf Winston und den Midnight Literature Club!

Schon an den mitleidigen Blicken meiner Kollegen kann ich erkennen, dass der Termin mit meinem Vorgesetzten wohl keinen erfreulichen Grund hat. Die Mail, mit der er mich um ein Gespräch gebeten hat, hätte distanzierter nicht klingen können. Das ist jetzt drei Tage her und seitdem habe ich keine Nacht mehr als vier Stunden geschlafen. Ich spüre die Blicke bohrend im Rücken, während ich den scheinbar endlosen Gang entlang schleiche, bis ich trotz Fahrstuhl völlig außer Atem vor der gläsernen Doppeltür stehe. Die stellt heute das Tor zu meiner ganz persönlichen Hölle dar. Vorsichtig klopfe ich und warte, bis ich hereingebeten werde. Mit schützend hochgezogenen Schultern und einem ungleich trotzigen Blick wage ich mich ein paar Schritte weit in das Büro. Zum Glück trage ich über meiner dünnen Bluse einen Blumen-Cardigan, so kann er meine Schweißflecken nicht sehen.

»Vera, Sie sind da. Setzen Sie sich bitte«, weist der schlanke Mann im Nadelstreifenanzug mich an.

Ohne ein Wort lasse ich mich auf einen der eleganten schwarzen Sessel vor seinem Schreibtisch sinken und warte auf die unvermeidlich erscheinende Welle, die mich von den Füßen reißen wird. Mein Chef schiebt seine Tastatur etwas von sich weg und lehnt sich in seinem Schreibtischstuhl zurück. Mit ernstem Blick legt er seine Fingerspitzen aneinander und sieht mir direkt in die Augen.

»Ich möchte gleich zur Sache kommen, auch wenn das für mich ebenfalls nicht angenehm ist.«

Natürlich, wer's glaubt ...

Obwohl ich es vermeiden wollte, knete ich meine Finger in den schweißnassen Handflächen. Ich sehe zu Boden und doch spüre ich seinen Blick unablässig auf mir. Er brennt sich förmlich durch meine Klamotten und in die Haut darunter. Da hilft auch kein Blumen-Cardigan.

»Es ist so: Die Firma möchte das Arbeitsverhältnis mit Ihnen beenden. Sie bringen mittlerweile nicht mehr die Leistung, die wir uns wünschen und die für uns wichtig ist.«

Ein Ruck geht durch meinen Körper und ich richte mich auf, um ihm jetzt doch in die Augen zu sehen. Einen Moment lang steht mein Mund offen, bevor ich es schaffe, ein paar Worte hervorzupressen.

»Aber warum? Was stimmt mit meiner Arbeit nicht?«, will ich ohne Umschweife wissen. Über gefasste Höflichkeit denke ich in diesem Moment nicht nach. Meine Stimme ist zittrig, weil sich bereits ein dicker Kloß in meinem Hals bildet. Aber jetzt richtig loszuheulen kommt für mich nicht infrage. Er lässt den Blick kurz durch sein ausladendes Büro wandern. Als er wieder bei mir angekommen ist, schürzt er die Lippen.

»Wie drücke ich das am besten aus?« Eine weitere Kunstpause. »Sie designen Charaktere, die jeder Kunde schon dreimal bei anderen Spielestudios gesehen hat. Das ist nicht originell. Von der fehlenden Wettbewerbsfähigkeit ganz zu schweigen.«

Trotz der Taubheit, die sich seit Beginn des Gesprächs stetig in meinem Körper ausbreitet, spüre ich das Blut wie im freien Fall aus meinem Gesicht weichen. *Nicht originell. Nicht wettbewerbsfähig.* Dass meine Kreativität blockiert ist, habe ich in den letzten Monaten schon gemerkt. Allerdings dachte ich, ich könnte mich trotzdem irgendwie über Wasser halten und zumindest für meine Spielecharaktere noch genügend Inspiration finden. Anscheinend lag ich da falsch. Fieberhaft habe ich die ganze Zeit nach einer Lösung gesucht. Ich habe meditiert, freie Skizzen irgendwo hingekritzelt, Steine bemalt und alle möglichen Arten von Musik gehört. Doch wenn ich letztendlich wirklich etwas von Bedeutung zeichnen wollte, habe ich nur vor dem leeren Papier oder der leeren Datei gesessen und vor mich hingestarrt. Nichts kam mir gut genug vor und statt frei zu fließen, haben sich meine Gedanken nur in meinem Kopf eingesperrt.

»Aufgrund der Kündigungsfrist erhalten Sie noch Ihre nächsten zwei Gehälter. Ich weiß ja, dass Ihre Reise nach Namibia demnächst ansteht. Damit sollten Sie finanziell noch genug Puffer haben, um erst einmal klarzukommen, oder?«, unterbricht mein Chef meine Gedanken. Überrascht von der plötzlichen – wahrscheinlich vorgetäuschten – Sorge um meine finanzielle Lage bringe ich nur ein kurzes Nicken zustande. Erst nach einem mühsamen Schlucken gelingt es mir, wieder zu sprechen.

»Ja, die Reise war ja sowieso eingeplant. Ich werde schon klarkommen.«

Werde ich nicht. Finanziell, ja. Aber wo soll ich jetzt hin? Was soll ich tun? Dieser Job war mein Leben, meine Art von Selbstverwirklichung. Und mit so einem kurzen Gespräch ist auf einmal alles dahin. Ich werde gekünstelt verständnisvoll aus dem Büro komplimentiert und gehe wie in Watte gehüllt wieder über den Flur. Diesmal gibt es keine mitleidigen Blicke. Alle sind plötzlich *sehr* vertieft in ihre Arbeit. Alle sind plötzlich *sehr* vertieft in ihre Arbeit.

»Ach, dieser olle Lackaffe! Kann doch nicht wahr sein!«

Ich liege rücklings auf meinem Bett und höre Tobis Schimpftirade zu. Natürlich war er der Erste, dem ich von der Sache erzählt habe. Schon seit wir Kinder waren, konnte ich mich mit ihm zusammen immer am besten auskotzen. Jetzt gerade fehlt mir dazu die Kraft, aber er erledigt das mit Leichtigkeit für uns beide.

»Tja. Leider ist es wahr«, seufze ich. Am anderen Ende der Leitung ist ein entrüstetes Schnaufen zu hören.

»Es tut mir so leid, Vera! Du hast das wirklich nicht verdient. Ich meine, du hast mir von deinen Problemen erzählt und ich verstehe auch, dass das für den Job denkbar ungünstig ist, aber dich gleich rauszuschmeißen? Du hast doch trotzdem so coole Charaktere erschaffen. Das hätte echt nicht sein müssen. Skrupellose Sesselfurzer!«

Missmutig atme ich aus und drehe mich auf den Bauch. Im Moment kann ich nicht einmal über Tobis Wortwahl lachen. Mit den Fingern drehe ich eine meiner braunen Locken ein und überlege, wie ich am besten mit der Situation umgehen soll. Einfach akzeptieren und schnellstmöglich nach einer neuen Stelle suchen? Erst mal verarbeiten? Verdrängen und weitermachen wie bisher? Anscheinend sind meine Gedanken so laut, dass Tobi sie durch das Telefon hören kann.

»Ich hätte ja einen Rat für dich, um mit dieser Situation umzugehen.« Den Geräuschen im Hintergrund nach zu urteilen, läuft er mit seinen über alles geliebten Holzschuhen durch die Wohnung. Ich habe ihm schon so oft gesagt, dass diese Dinger ein modischer Affront sind.

»Du fliegst doch in einer Woche nach Namibia. Leider – und das werde ich dich nie vergessen lassen – ohne mich, deinen allerbesten Freund! Aber was will man machen. Jedenfalls: Wenn du da schon mal zwei Wochen Zeit für dich hast, ohne Druck oder sonst was im Nacken, dann solltest du diese Möglichkeit vielleicht nutzen, um mal zu dir selbst zurückzufinden.« Nur Tobi schafft es, in einem Atemzug gleichzeitig empört und einfühlsam zu sein.

»Erstens«, sage ich und halte dabei unnötigerweise den Zeigefinger hoch, »meintest du, du kannst Bingo nicht so lange allein lassen. Deshalb *wolltest* du nicht mit. Und zweitens ... was genau meinst du damit, ich soll zu mir selbst zurückfinden?«

Tobi schnaubt wieder, scheint allerdings in seinem Holzschuhmarathon innegehalten zu haben.

»Erstens: Ich bin passionierter Katzenvater. Ich kann doch mein Baby nicht einfach für zwei Wochen allein lassen. Dafür liebt dieser Kater mich zu sehr, er würde vor Sehnsucht nach mir umkommen. Und was das Zweite betrifft, glaube ich, dass du dich durch den ganzen Druck und das ständige Funktionieren von dir selbst entfernt hast. Von deinem wahren Wesen. Und das solltest du wiederfinden. Deinen Antrieb, deine Passion, den wahren Inhalt deiner Seele. Oh, das klingt echt esoterisch, sorry.«

Seine Worte zupfen leicht an meinen Mundwinkeln und ich muss tatsächlich lächeln.

»Nein, das hast du schön gesagt. Ich denke, da ist wirklich was dran. Danke, Tobi. Ich werde deinen Rat beherzigen. Zumindest werde ich es versuchen, so gut ich kann.«

»Mehr verlange ich gar nicht«, antwortet Tobi, ebenfalls mit einem Lächeln in der Stimme.

Eine Woche später stehe ich am Flughafen von Windhoek, der Hauptstadt Namibias, und suche nach der Person, die mich zum Mietwagendepot bringen soll. In meinen Reiseunterlagen steht, hier würde jemand mit einem Namensschild auf mich warten. Ich gehe Richtung Ausgang und da sehe ich ihn, den etwas kurz geratenen Mann, der ein Schild mit meinem Nachnamen darauf in den Händen hält. Auch er lässt den Blick suchend durch die Halle wandern. Ich beschleunige meine Schritte und spreche ihn auf Englisch an. Als er mich bemerkt, hellt sich sein Gesicht auf und er schenkt mir zur Begrüßung das strahlendste Lächeln, das ich in den letzten mindestens drei Monaten gesehen habe. Dann führt er mich zu einem SUV mit dem Logo der Autovermietung, nimmt mir meinen Koffer ab und öffnet mir die Beifahrertür. Seine Freundlichkeit, gepaart mit dem angenehmen Sonnenschein, reicht für mich schon fast als Kulturschock. Nachdem er mein Gepäck im Kofferraum verstaut hat, schwingt er sich auf den Fahrersitz und startet den Wagen.

»Wie war Ihr Flug? Konnten Sie ein wenig schlafen?«, will er in wunderschön klarem Englisch wissen, während wir durch Windhoek fahren.

Sein Lächeln ist so einnehmend, dass ich es genauso breit erwidern muss. Auch wenn der Schmerz der Kündigung noch tief sitzt – nur wie ein Trauerkloß durchzuhängen hilft ja auch nicht.

»Der Flug war erstaunlich angenehm. Zum Glück habe ich kein Problem damit, im Flieger zu schlafen. Deshalb fühle ich mich jetzt fit und ausgeruht für die Reise.«

Wir halten an einer roten Ampel und mein Fahrer reicht mir die Hand.

»Ich bin übrigens Badru. Schön, Sie kennenzulernen. Sie kommen aus Deutschland, richtig?«

Mit einem Nicken ergreife ich seine warme Hand und drücke sie.

»Ja, richtig. Ich bin Vera.«

»Vera, ein sehr schöner Name. Wir haben hier oft Leute aus Deutschland, viele kommen auch mehr als einmal. Sie tun damit wirklich etwas Großartiges für unser Land. Ein großer Teil der Menschen hier lebt vom Tourismus.«

Diese aufrichtige Dankbarkeit, die in Badrus Worten mitschwingt, berührt etwas tief in mir.

»Das freut mich zu hören. Ehrlich gesagt wusste ich das bisher gar nicht, aber jetzt macht es den Urlaub noch schöner«, erwidere ich lächelnd und sehe aus dem Fenster. Wir fahren an einigen Straßencafés und Biergärten vorbei. Teilweise sieht diese

Stadt einer europäischen gar nicht unähnlich. Der Verkehr fließt gemächlich vor sich hin und ich spüre einen Anflug von Frieden in mir aufsteigen, während ich Menschen mit bunten Klamotten, Sonnenbrillen auf der Nase und Kindern an der Hand beobachte.

Nach einer weiteren Kurve biegen wir auf das Gelände des Mietwagendepots und Badru stellt den Wagen ab. Ich öffne meine Tür und als ich um das Auto herum gehe, ist er schon längst dabei, mein Gepäck wieder auszuladen.

»Kommen Sie mit, ich bringe Sie zu Ihrem Wagen.«

Wenig später stehe ich vor einem dunkelgrünen Suzuki Jimny, ebenfalls mit dem Logo der Autovermietung beklebt. Mit leuchtenden Augen trippele ich um den kleinen Geländewagen herum und kann es kaum erwarten, einzusteigen. Badru erklärt mir alles Wichtige für die Reise, die Mietwagenbedingungen und drückt mir noch eine Telefonnummer für den Fall einer Panne oder eines ähnlichen Problems in die Hand. Ich bedanke mich bei ihm und als ich meinen Koffer einladen will, nimmt er ihn mir sofort wieder ab. Als alles verstaut ist, reicht er mir erneut die Hand.

»Ich wünsche Ihnen viel Spaß auf der Reise. Namibia ist etwas ganz Besonderes. Nehmen Sie alles in sich auf, sodass dieser Koffer dann mit unvergesslichen Erlebnissen gefüllt ist.«

Seine ehrliche und vollkommen ungekünstelte Freundlichkeit erreicht direkt mein Innerstes und fast habe ich das Bedürfnis, ihn einfach zu umarmen.

»Vielen Dank, Badru. Haben Sie noch einen wunderschönen Tag und vielleicht bis bald.«

Mit einem letzten Badru-Lächeln öffnet er die Fahrertür des Jimnys für mich und ich steige ein. Als ich langsam vom Gelände rolle, sehe ich ihn im Rückspiegel noch winken. Dem Navi folgend mache ich mich auf den Weg zu meiner ersten Unterkunft, hier in Windhoek.

Nur kurze Zeit später checke ich im *The Elegant Guesthouse* ein, wo mich eine leicht untersetzte Frau mit brauner Haut und aufwendig frisierten Haaren begrüßt. Ihr Lächeln ist mindestens so breit wie das von Badru und ich erkenne perfekt gepflegte Zähne. Nach dem Check-In Prozess führt sie mich zu einem der siebzehn Zimmer.

»Bitteschön, das ist Ihres. Fühlen Sie sich wie zu Hause.«

Lächelnd bedanke ich mich und zerre meinen Koffer durch die Tür. Das Zimmer ist elegant und geschmackvoll eingerichtet, dennoch mit kleinen Details, die eine gewisse Heimeligkeit vermitteln. Ich stelle mein Gepäck vor dem großen Bett ab und nachdem ich meine Schuhe ausgezogen habe, lasse ich mich rücklings auf selbiges fallen. Jetzt macht sich doch eine ungeahnte Erschöpfung breit und ich bin froh, heute nicht noch weiter fahren zu müssen. Nach einigen tiefen Atemzügen drehe ich mich auf die Seite und taste nach dem Reißverschluss meines Koffers. Mein erstes Zimmer in Namibia will ich unbedingt auf einem Polaroid festhalten, auch wenn ich nur für eine Nacht hier bin. Also angele ich nach der kleinen Kamera und stehe umständlich wieder auf.

Klick. Die fertige Fotografie durch die Luft wedelnd, will ich die Kamera wieder wegstecken, als ich sehe, dass der Kofferinhalt durch das ständige Umlagern und meine wenig vorteilhaften Packkünste etwas verrutscht ist. Unter meiner Kleidung liegt mein Skizzenblock. Ich habe ihn extra nach ganz unten gepackt, da ich dachte, ich würde ihn sowieso nicht brauchen. Aber er ist trotzdem immer überall dabei, selbst wenn ich gar nicht zeichne. Also musste er auch mit auf diese Reise. Man weiß ja nie. Kurz spiele ich mit dem Gedanken, den Block hervorzukramen und mich damit an den kleinen Tisch im Zimmer zu setzen. Diese Stadt mit ihren niedlichen Gebäuden würde genügend Motive bieten. Doch ich spüre ein schmerzhaftes Ziehen in meinem Brustkorb, gepaart mit dem ängstlichen Gedankenkarussell, das sich in meinem Kopf anfängt zu drehen. Ich bin hergekommen, um genau das loszuwerden, also schiebe ich schnaubend meine Klamotten wieder über den Block und werfe den Kofferdeckel zu. Mir ist jetzt sowieso eher danach, einfach nur zu duschen und dann schlafen zu gehen. Das Bett ist so weich, dass ich bestimmt schnell wegdämmern werde und das Karussell in meinem Kopf für eine Weile anhalten kann. Als ich ins Bad trete, werfe ich einen letzten Blick auf den zugeschlagenen Koffer und frage mich, ob mir diese Reise wirklich das bringen wird, was Tobi mir geraten hat.

Nach einer erholsamen Nacht checke ich morgens in aller Ruhe aus und verstaue meinen Koffer wieder im Auto. Ich hatte angenommen, der Linksverkehr würde mir mehr Probleme machen, doch ich gewöhne mich recht schnell daran.

Der zweite Abschnitt meiner Reise führt mich Richtung Norden in die Waterberg Region. Die Straße – oder eher die Sandpiste – ist beinahe menschenleer. Gerade einmal zwei Autos begegnen mir außerhalb der Ortschaften. Dafür sehe ich umso mehr Tiere, die ganz entspannt die Straßen passieren. Bisher waren es zwar nur kleinere Antilopen, aber ich habe schon gehört, dass man hier selbst vom Straßenrand aus noch weitaus mehr Tiere beobachten kann.

Nach knapp zwei Stunden komme ich in der *Otjiwa Safari Lodge* an und buche gleich beim Check-In einen Platz für einen sogenannten *Sundowner Game Drive*. Dabei werde ich mit einigen anderen Gästen durch das Wildreservat gefahren und kann – begleitet von einem Guide – die dort lebenden Tiere sehen. Ich packe in meinem Zimmer einiges aus, denn hier werde ich zwei Nächte verbringen. Der Raum wirkt urig und ich fühle mich sofort wohl. Mein Skizzenblock bleibt allerdings eingepackt unter mehreren Schichten Kleidung.

Als ich abends in das offene Safari-Fahrzeug steige, zittern meine Knie vor Aufregung und Vorfreude. Die Fahrt ist zwar relativ kurz, allerdings sehen wir unterwegs ganze Herden von Gazellen, verschiedene Vögel und einige Nashörner kreuzen unseren Weg. Schnell liegt ein ganzer Stapel neuer Polaroids neben mir. Zum Glück habe ich noch mein Handy dabei, mit dem ich ebenfalls unzählige Fotos schieße. Ich genieße die angenehme Wärme der Abendsonne auf meiner Haut und will nicht einmal blinzeln, um nichts von der wie in Gold getauchten Umgebung zu verpassen. Das hier ist die wilde, ursprüngliche Natur, zu der wir Menschen so oft den Kontakt verlieren, weil wir ... *Dinge zu tun haben.* Geld verdienen, Erwartungen erfüllen, uns selbst und andere glücklich machen, eine steile Karriere haben, möglichst noch ein schickes Auto ...

Viel zu schnell ist die Fahrt vorbei, doch meine Vorfreude auf alle weiteren Stationen meiner Reise ist nach diesem Erlebnis umso größer. Da ich die Sundowner Variante gebucht habe, kann ich anschließend bei Sonnenuntergang noch ein Picknick genießen. Der Guide gesellt sich zu uns und spricht mit uns über das Gesehene, während die Sonne rote Muster an den Himmel malt. Er nennt die Breitmaulnashörner, die wir gesehen haben, die *Rasenmäher des Wildreservats* und erklärt, dass sie Glück haben, ausgerechnet hier zu leben. Wie viele andere Tierarten sind auch sie durch Wilderer und den Verlust ihres Lebensraums bedroht.

»Wildreservate wie dieses setzen sich für den Schutz dieser großartigen Lebewesen ein. Sie sind doch wirklich beeindruckend, oder? Das muss man erhalten«, sagt er und prostet uns mit seinem Weinglas zu. Verhalten proste ich zurück und nippe an meinem Saft, während mein Blick über das Reservat schweift. Diese unheimlich schöne Weite mit all ihren Bewohnern liegt so friedlich da. In diesem Moment fühlen sich die ganzen Sorgen von zu Hause so weit entfernt an, dass sie in meinem Kopf kaum einen Nachhall erzeugen.

Auch mein Aufenthalt in dieser Lodge neigt sich dem Ende zu und so steige ich morgens wieder in meinen zuverlässigen Jimny ein. Als nächstes Ziel steht der *Etosha Nationalpark* auf dem Reiseplan. Darauf habe ich mich seit der Buchung am meisten gefreut. So viele Tiere, die ich dort beobachten kann! Es soll Zebras, Elefanten, Giraffen und noch viele weitere Tierarten im Park geben. Ich hoffe, einige schöne Fotos schießen zu können. Online habe ich gelesen, dass manche Tiere sehr dicht an die Safari-Fahrzeuge herankommen, weil sie es für ein komisch brummendes, aber ungefährliches Tier halten. Ob das wohl so stimmt?

Nach meiner Ankunft in einer Lodge nahe des Parks fühle ich mich ganz erschöpft von der Fahrt und beschließe, erst einmal duschen zu gehen. Hier gibt es eine Außendusche, also stehe ich wenig später unter freiem Himmel und lasse das angenehm kühlende Wasser über meinen Körper rieseln. Diese Art der Dusche fühlt sich an, als würde sie mich nicht nur von außen, sondern auch von innen reinigen. *Sorry, das klang jetzt esoterisch,* entschuldige ich mich gedanklich bei Tobi, muss kurz lächeln und genieße das Prasseln des Wassers noch eine Weile mit geschlossenen Augen.

»Ist das eine unchristliche Zeit. Wer denkt sich so was aus?«, murre ich meinen Wecker an, als er mich erbarmungslos schon um 05:30 Uhr aus dem Bett klingelt. Ich schäle mein knautschiges Gesicht aus dem Kissen und strample mühsam die Decke von mir. Als ich auf dem Weg ins Bad am großen Spiegel vorbeikomme, bleibe ich überrascht stehen. Ja, mein Gesicht ist knautschig. Aber meine Augen leuchten wie zwei geschliffene Diamanten und blicken mir hellwach entgegen. Und das, obwohl ich schwören könnte, gleich im Stehen einzuschlafen. Der Uhrzeit angemessen schlurfe ich ins Bad und mache mich fertig für die Safari, die heute ansteht.

Nach dem gestrigen Tag fühle ich mich beseelt von der einzigartigen Natur Namibias. Egal, wie müde ich bin, dieses Hochgefühl kann mir nicht einmal der Wecker nehmen, der mich so gnadenlos aus dem Bett geholt hat.

Wenig später stehe ich frisch gestriegelt und durch das leckere Frühstück gestärkt draußen am Treffpunkt. Ich habe mir vor der Reise sogar extra ein Safarihemd bestellt und warte jetzt mit gestrafften Schultern neben dem Guide auf den Rest der Teilnehmer. Er hat sich mir als Tristan vorgestellt und sieht aus, als könnte man sein Foto im Duden neben dem Wort »gesund« abdrucken. Sonnengebräunte Haut, strahlend blaue Augen und volles Haar, das ihm in sanften Wellen in den Nacken fällt.

»Waren Sie schon mal auf einer Safari?«, will er in beinahe akzentfreiem Deutsch wissen. Ich selbst scheine die deutsche Sprache spontan verlernt zu haben, denn ich fange wenig elegant an, zu stottern. Ich wusste zwar, dass es in Namibia durchaus auch Leute gibt, die Deutsch beherrschen, aber jetzt erwischt es mich doch ziemlich unvorbereitet.

»Ähm, also … nein, ähm. Ich war auch noch nie in Afrika.«

Trotz der bereits steigenden Temperaturen merke ich deutlich, wie mir die Hitze ins Gesicht schießt. Tristan lacht nur und zeigt dabei seine perlweißen Zähne.

»Und dann gleich allein mit dem Auto unterwegs, sehr mutig.«

»Woher wissen Sie das?« Ich habe das doch mit keinem Wort erwähnt.

Er lehnt sich lässig an das Safari-Fahrzeug. »Na ja, die Betreiber der Lodge und die Guides sind doch darüber informiert, wer hier wie ankommt und abreist. Jeder soll schließlich den bestmöglichen Empfang bekommen und alles haben, was er braucht.«

»Okay, Punkt für Sie«, scherze ich und lockere meine Schultern.

Da biegen auch schon die restlichen Teilnehmer um die Ecke und Tristan begrüßt alle.

Nachdem er uns einige Regeln für die Safari erklärt hat, bewegen wir uns rumpelnd durch den Nationalpark. Neben mir sitzt eine ältere Dame, ich würde sie auf ungefähr sechzig Jahre schätzen. Sie kommt ebenfalls aus Deutschland und redet seit Beginn der Safari abwechselnd mit ihrem Mann und mir. Ohne Punkt und Komma erzählt sie, sie sei schon das dritte Mal in Namibia und es würde ihr niemals langweilig werden, weil das Land so vielseitig ist und die Menschen immer freundlich.

»Genießen Sie Ihre Reise. Ich wette, danach sind Sie auch mit dem Afrika-Fieber infiziert. Dann kommen Sie immer wieder her«, sagt sie und zwinkert mir verschwörerisch zu.

»Ich denke, da könnten Sie recht haben«, erwidere ich mit einem Lächeln und richte meinen Blick wieder aus dem Fahrzeug hinaus. Tristan wird langsamer und deutet mit dem Finger zwischen die Büsche. Ich folge ihm mit zusammengekniffenen Augen und kann eine Bewegung ausmachen. Eine kleine Antilope bahnt sich ihren Weg durch das Gestrüpp. Unser Guide hält das Fahrzeug an und dreht sich zu uns um.

»Wo eine ist, sind auch noch andere«, flüstert er und grinst wie ein aufgeregter Schuljunge. Und tatsächlich: Es folgen weitere Antilopen, die sich als Herde zwischen den Sträuchern tummeln und friedlich zu grasen beginnen. An unserem Fahrzeug scheinen sie sich nicht zu stören, denn sie würdigen es kaum eines Blickes. Atemlos krame ich meine Polaroidkamera hervor und schieße gleich zwei Fotos. Als alle mit Staunen und Fotografieren fertig sind, setzt Tristan das Fahrzeug wieder in Bewegung und fährt weiter durch den Park. Kurz darauf bleibt er erneut stehen. Diesmal fällt mein Blick ungehindert auf eine Gruppe von Zebras, die sich um ein Wasserloch gesammelt haben und mit aufmerksam gespitzten Ohren ihren Durst stillen. Tristans Blick wird bei ihrem Anblick ganz weich.

»Zebras sind sehr scheu. Seien Sie daher bitte möglichst leise, um sie nicht zu verschrecken.«

Gebannt beobachte ich die schwarz und weiß gemusterten Tiere und hebe meine Kamera nur langsam an, als könnte jede ruckartige Bewegung den Moment zerstören. Gerade, als ich den

Auslöser betätigen will, sehe ich es: Zwei kleine Zebra-Fohlen, die ausgelassen um das Wasserloch herumspringen und miteinander zu spielen scheinen. Die älteren Tiere drehen sich immer mal wieder zu ihnen um, als würden sie aufpassen. Wie schön dieser Anblick ist. Wie unschuldig und rein. Mein Finger drückt den Knopf nicht herunter. Stattdessen wird mein Hals ganz eng und ich spüre, wie mir Tränen in die Augen steigen. Dieser Augenblick kommt mir so überwältigend, so magisch vor, dass in mir tausend Gefühle toben. Absolut irrational. Das hier ist echt. Das passiert auf dieser wunderschönen Erde, weit weg von Wettbewerbsfähigkeit, Umsatz und Leistungsdruck. Tristan reicht mir wortlos ein Taschentuch nach hinten und lächelt wissend. Ich kann meinen Blick nicht von den spielenden Fohlen abwenden, die weiter zwischen den älteren Tieren herumtollen, als gäbe es nichts Schlechtes auf der Welt.

Als wir pünktlich zum Sonnenuntergang wieder an der Lodge ankommen, fühle ich mich voll. Voll von neuen Erlebnissen, einzigartigen Bildern und gesunder Luft. Das Abendessen ist reichhaltig und so verschwinde ich gleich danach in meinem Zimmer, um satt und zufrieden ins Bett zu fallen.

02:16 Uhr zeigt mir mein Handy an, als ich aufwache. Mit halb geschlossenen Lidern taumele ich ins Bad. Als ich dort fertig bin, stelle ich fest, dass meine Kehle wie ausgetrocknet ist. Also suche ich nach meiner Wasserflasche, deren Inhalt ich in einem Affenzahn hinunterstürze. Draußen ist es beinahe unheimlich still. Der Wind zupft an meinen Vorhängen und gibt den Blick auf die nächtliche Wildnis frei. Einem plötzlichen Impuls folgend, öffne ich die Terrassentür und trete hinaus in die kühle Nacht. Was ich dort sehe, verschlägt mir den Atem. Glitzer, überall Glitzer! Die Sterne stehen strahlend hell am Nachthimmel und machen jedem geschliffenen Edelstein Konkurrenz. Mit in den Nacken gelegtem Kopf stehe ich im Pyjama auf der Terrasse und kann meinen Augen nicht trauen. So einen Himmel habe ich in Deutschland noch nie gesehen. Klares, ungetrübtes Dunkelblau, gespickt mit

Abermillionen funkelnden Sternen, die ein leuchtendes Band über die Erde hinweg bilden.

Na klar. Keine Lichtverschmutzung. Ich dachte, ich hätte beim Campen schon einen tollen Nachthimmel gesehen. Aber dieser hier ist damit nicht einmal im Ansatz zu vergleichen. Immer wieder sauge ich die Nachtluft tief in meine Lungen und es scheinen Stunden zu vergehen. Erst, als ich bemerke, dass meine Beine vor lauter Zittern nachzugeben drohen, husche ich in mein Zimmer zurück und unter die warme Decke.

Schweren Herzens packe ich am nächsten Morgen meinen Koffer und zerre ihn umständlich bis zu meinem Mietwagen. Die Rollen haben auch schon einmal bessere Tage gesehen. Mit einem letzten wehmütigen Blick drehe ich mich noch einmal zur Lodge um und hieve mich dann auf den Fahrersitz. Auch wenn der Abschied schwerfällt: Das nächste Ziel steht auf dem Plan.

Ich durchquere das Damaraland mit seiner unberührten Landschaft und nach einem weiteren Zwischenstopp erreiche ich das nächste Highlight meiner Reise: Swakopmund. Hier trifft die Wüste auf den stürmischen Atlantik, was ein einmaliges Bild abgibt. Für diese Station habe ich mir eine besondere Unterkunft ausgesucht. Zwei Nächte lang werde ich in einem Bungalow auf Stelzen direkt am Strand verbringen. Dieses Mal habe ich eine Aktivität schon vor Reiseantritt gebucht. Gleich morgen fahre ich zur *Walvis Bay*, wo ich mich dann in einem Kajak auf den Weg zur Halbinsel *Pelican Point* mache. Ein wenig mulmig ist mir dabei schon, immerhin war ich das letzte Mal paddeln, als ich noch ein Kind war. Aber was ich dort vorhabe, vertreibt jede Unsicherheit. Auf der Halbinsel soll eine Kolonie Seebären siedeln und die Tiere sind laut Berichten und YouTube-Videos überhaupt nicht scheu. Tiere sind immer ein Highlight, egal wo. Mit kleinen Hüpfern betrete ich meinen Bungalow. Kaum bin ich durch die Tür, lasse ich meinen Koffer fallen und drehe mich mit vor Begeisterung offen stehendem Mund einmal um mich selbst. Die alten Holztüren! Das breite Bett! Die hohe, von Holzbalken gestützte Decke! Alles an diesem Raum schreit mir *Gemütlichkeit* entgegen. Meinen Koffer lasse ich im Eingang stehen und renne zu einer der Türen. Was sich dahinter verbirgt, raubt mir den Atem. Ich stehe auf einem Balkon mit Meeresblick und der frische Atlantikwind weht mir die störrischen Locken aus dem Gesicht. Mit einem tiefen Atemzug und geschlossenen Augen nehme ich so viel von der salzigen Luft in mich auf, wie ich kann. In meiner Brust breitet sich ein prickelnd warmes Gefühl aus, während ich mich mit den Ellenbogen auf dem Geländer abstütze und den Blick über das weite Meer schweifen lasse. Das konstante Rauschen der Wellen hallt in mir wider und beruhigt mein wild klopfendes Herz wie nichts anderes. Ich erwische mich bei dem Gedanken, dass ich gern hier sitzen und mit Blick auf den Atlantik zeichnen würde. Schnell schüttele ich den Kopf und gehe wieder ins Zimmer, um meinen Koffer auszupacken.

Abends liege ich bei gedimmtem Licht im Bett und lese in dem einzigen Buch, das ich mitgebracht habe. Eigentlich hatte ich damit gerechnet, in diesem Urlaub gar nicht zum Lesen zu kommen, aber für diesen ruhigen Abend bietet es sich einfach an. Während ich umblättere, merke ich bereits, wie mir die Augen langsam zufallen. Auch mein Kopf hängt schon bedenklich tief. Also beschließe ich, das Buch wegzulegen und einfach früh schlafen zu gehen. Immerhin brauche ich morgen viel Energie. Mit einem zufriedenen Lächeln auf den Lippen lausche ich dem Meeresrauschen und dämmere gemächlich in einen tiefen, erholsamen Schlaf.

Gute zehn Stunden später stehe ich nach einem ausgiebigen Frühstück und etwa einer halben Stunde Fahrt am Strand der Walvis Bay und höre der schlanken Frau zu, die uns die Basics für die Kajak-Tour erklärt. Mit konzentriert zusammengezogenen Augenbrauen versuche ich, die von ihr gezeigten Bewegungen nachzumachen. Als es daran geht, in die Boote zu steigen, spüre ich meine Knie vor Aufregung zittern und ein flatterndes Gefühl macht sich in mir breit.

Mit einigen schüchternen Strahlen lugt die Sonne hinter den Wolken hervor und wird glitzernd vom Wasser reflektiert. Mein Kajak wankt etwas, als ich hineinsteige, aber ich kann mich halten und fummele gleich darauf an meiner Ausrüstung herum. Meine Polaroidkamera habe ich nicht mitgenommen, dafür aber mein Handy in einer dieser wasserdichten Plastikhüllen. Als ich alles zurechtgezupft und verpackt habe, richte ich den Blick nach vorn Richtung *Pelican Point* und kann im stärker werdenden Sonnenlicht einige Seebären ausmachen, die neugierig die Köpfe aus dem Wasser recken. Gerade noch so kann ich ein Quietschen unterdrücken und tauche mein Paddel ins Wasser, um in Richtung der Halbinsel loszufahren. Ob sie tatsächlich so zutraulich wie in den Videos sind?

Schnell schließe ich zum größten Teil der Gruppe auf und lasse mich dann treiben. Um mich herum dümpeln die Boote der anderen Teilnehmer und einige haben schon Kameras mit riesigen Objektiven gezückt, um die besten Seebär-Aufnahmen in den Kasten zu kriegen. Mutig, so teure Ausrüstung mitzunehmen. Vorsichtig lege ich mein Paddel quer vor mir ab und lehne mich zurück. Einige der Seebären tollen durchs Wasser und kommen dabei immer dichter an die Kajaks heran. Immer mehr folgen ihnen und bald sind wir von den Tieren mit den kugelrunden Augen und den drolligen Ohren umgeben. Sie winden sich im Wasser, recken die Köpfe nach oben und scheinen hin und wieder mit den Flossen zu winken. Für sie ist es anscheinend ganz normal, dass hier Menschen in Plastikschalen auf dem Wasser treiben.

Gebannt beobachte ich das Geschehen und schon ist das Handy in seiner Supersonderhülle vergessen. Als ein Seebär direkt zu mir kommt und seinen Kopf an meinem Kajak reibt, ist es zu spät. Ich kann das freudige Quietschen nicht mehr unterdrücken und spüre ein Brennen in meinen Augen, das Tränen von unkontrollierbarer Freude ankündigt. Um Atem ringend beobachte ich das braunpelzige Tier und traue mich nicht, die Hand nach ihm auszustrecken. Der Kontakt soll nur von ihm ausgehen, immerhin ist das ein wildes Tier, in dessen Lebensraum ich mich befinde. Nicht andersherum.

Der Seebär ist fertig mit seiner Bootskuscheleinheit und taucht unter dem Rumpf hindurch, nur um auf der anderen Seite wieder aufzutauchen. Mit großen Augen und angehaltenem Atem verfolge ich jede seiner Bewegungen. Ruckartig streckt er seinen Kopf nach oben und ehe ich reagieren kann, hat er auch schon mein Paddel im Maul und kaut darauf herum. Lachend halte ich es fest, ohne daran zu ziehen, und lasse ihn gewähren. Ich lache aus vollem Hals. Und ich weine. Ich kann es nicht erklären. In diesem Moment purer Freude sprudelt alles aus mir heraus und meine Emotionen schäumen über.

Und so sitze ich mitten in der Walvis Bay in meinem Kajak und lache tränenüberströmt einen Seebären an. Sonst nehme ich nichts weiter wahr. Nur der Seebär und ich. Und diese unbändige Freude, die aus mir herausbricht. Er scheint mich mit seinen großen Kulleraugen zu mustern, während er beginnt, an dem Paddel zu ziehen. Durch das viele Lachen vernachlässige ich meine Körperspannung und so passiert das Unvermeidliche: Das Kajak kippt und ich rudere wild mit den Armen durch die Luft. Doch es ist zu spät. Mit einem lauten Platschen plumpse ich in den kalten Atlantik. Kurze Orientierungslosigkeit. Überall Wasser und Blubberblasen. Ich traue mich nicht, im Salzwasser die Augen zu öffnen und zappele so für einen Moment unkoordiniert im Wasser umher. Doch dank der Schwimmweste kann ich mich schnell wieder in eine aufrechte Position strampeln. Der Seebär ist verschwunden. Wahrscheinlich hat er sich erschrocken. Ich treibe noch immer mit einem verdutzten Gesichtsausdruck an der Wasseroberfläche, bis ich registriere, dass um mich herum Rufe laut werden. Die anderen Teilnehmer haben mein Malheur bemerkt und machen jetzt die Guides darauf aufmerksam, dass ich hier neben statt in meinem Boot herumdümpele. Mit einigen geübten Paddelschlägen sind zwei Guides bei mir.

»Ist alles okay bei Ihnen?«, ruft die Frau, die uns am Anfang der Tour eingewiesen hat. Ich nicke nur und recke mit einem breiten Grinsen den Daumen in die Höhe. Die beiden helfen mir, wieder in mein Kajak zu kraxeln und drücken mir dann mein verlorenes Paddel zurück in die Hand.

»Das war ja so cool! Unglaublich! Und Sie machen das hier jeden Tag?«, frage ich atemlos. Beide Guides lachen und klingen dabei wie ein Glockenspiel. Unverfälscht und schön.

»Na ja, nicht jeden Tag, aber schon die meiste Zeit. Ich kann Ihnen sagen, es ist der beste Job der Welt«, schwärmt der weibliche Guide und legt sich eine Hand auf die Brust.

»Den Tieren auf diese natürliche Art so nah zu sein ... Das ist etwas ganz Besonderes.« Ihre Wangen sind gerötet und die blonden Haare kleben ihr feucht im Gesicht. Das Leuchten in ihren Augen unterstreicht ihre Aussage auf die ehrlichste Art und Weise. Sie paddelt wieder weiter in Richtung Pelican Point und ich folge ihr, diesmal mit mehr Körperspannung.

Auf der Halbinsel angekommen, werden wir mit Snacks und erfrischenden Getränken versorgt. Um uns herum sind unzählige Seevögel zu sehen und am Strand tummeln sich immer noch viele der Seebären. Alle unterhalten sich ganz ungezwungen und ich sehe viele freudestrahlende Augen, die fernab von allen Sorgen einfach nur den Moment leben.

Als wir später am Tag zurück auf dem Festland ankommen und die Kajaks zurückgeben, empfinde ich direkt eine stechende Sehnsucht. Am liebsten würde ich alles behalten und mich sofort wieder ins Wasser begeben. Doch trotz all der immer noch nachklingenden Freude spüre ich auch die Erschöpfung in meinen Knochen und freue mich darauf, nachher in Ruhe mit dem Buch auf dem Balkon zu sitzen.

Gesagt, getan. Die atlantische Brise weht mir sanft ins Gesicht und ich kann gar nicht genug von dem salzigen Duft bekommen. Jeden Atemzug auskostend sitze ich auf dem kleinen Stuhl auf meinem Balkon und blättere durch die Seiten meines Romans. Doch kaum habe ich den zweiten Satz gelesen, habe ich schon wieder vergessen, was im ersten passiert ist. Von einer inneren Unruhe getrieben stehe ich auf, tigere ein paarmal hin und her und gehe dann wieder rein. Als ich das Buch auf den kleinen Tisch im Zimmer legen will, fällt mir eine Lösung für diesen Zustand ein. Ich krame meinen Koffer aus dem Schrank und wühle mich durch die Klamotten und die bisher gekauften Souvenirs, bis meine Hände etwas Flaches, Eckiges ertasten. Vorsichtig ziehe ich den Skizzenblock hervor. Noch ein paar Stifte aus dem Netz im Kofferdeckel und ich bin bereit.

Bewaffnet mit meinem Werkzeug trete ich wieder hinaus auf den Balkon und lasse mich in den Stuhl fallen. Mein Blick streift den Horizont, wo der Atlantik die Wüste küsst. Das hier ist alles. Frieden. Ruhe. Besinnung. Ursprünglichkeit. Der Himmel färbt sich allmählich in diversen Blau-, Rosa- und Orangetönen, während die Sonne sich auf den Weg in Richtung Meer macht. Nach einem weiteren tiefen Atemzug schlage ich den Block auf, blättere an all den blockierten Zeichnungen der letzten Monate vorbei und habe jetzt eine leere Seite vor mir. Wie von selbst bewegt sich meine Hand mit dem Bleistift auf das Papier zu und beginnt in lockeren Zügen zu zeichnen. Am Rande meiner Wahrnehmung lässt sich die Sonne auf dem Horizont nieder, doch ich zeichne immer weiter, bis sich langsam ein Bild herauskristallisiert.

Plock. Plock. Plock. Oh nein, das Papier! Schnell wische ich mir die Tränen aus dem Gesicht und trockne die nassen Stellen auf dem Papier mit dem Saum meines Shirts. *Ich muss wirklich aufhören, so viel zu heulen.*

Kurz setze ich ab, um den tiefroten Sonnenuntergang zu beobachten. Und während ich meinen Blick über die Küste wandern lasse, spüre ich den Knoten in meinem Kopf und in meinem Herzen platzen. Mein Antrieb. Meine Inspiration. Wie konnte ich das nur vergessen? Was mich mit Fantasie, Ehrfurcht und Liebe erfüllt – das sind nicht auf Gewinn ausgerichtete Spielecharaktere. Das ist diese Erde mit all den Lebewesen, die auf ihr atmen, fühlen, einen Herzschlag haben. Die auf ihr leben. Diese Erkenntnis einer unterbewusst immer dagewesenen Wahrheit bringt mich zum Lächeln. Sanft streiche ich mit dem Finger über die halbfertige Zeichnung auf meinem Schoß. Sie zeigt warm lächelnde Menschen, umgeben von einer Herde Zebras und einigen Seebären. Ein Seebär unterscheidet sich von den anderen: Er zwinkert dem Betrachter frech zu.

ALINA BEC.

DER SOMMERREGEN

Die Nase empfängt liebreizende Düfte in der weiten Lüfte.
Er fällt vom Himmel hinab, in warmer Pracht.
So gefällt mir sein Tanz, mit seiner Eleganz.
So widme ich mich ihm voll und ganz.

FLO MORENO

SPAGHETTI-EIS

ZUTATEN FÜR DIE CREME:
1000g Quark 40%
500g Mascarpone
600ml Schlagsahne
250g Puderzucker
3 EL Zitronensaft

ZUTATEN FÜR DAS TOPPING:
1500g Gefrorene Erdbeeren
200g weiße Kuvertüre

1. Die Sahne steif schlagen und beiseite stellen
2. Quark, Mascarpone, Puderzucker und Zitronensaft vermengen und im Anschluss die Sahne unterheben
3. Die Erdbeeren antauen lassen, pürieren und über die Creme geben
4. Die Kuvertüre raspeln und als Topping auf die Erdbeersauce geben. Fertig!
5. Lässt sich auch wunderbar einen Tag vorher zubereitet! Einfach im Kühlschrank bis zum servieren kalt stellen

ELCI J. SAGITTARIUS

EIN MEER AUS STERNEN

»Ich glaube, ich werde das wirklich tun.«

Graham drehte den Kopf zu der Stimme um, auch wenn er genau wusste, dass er seinen besten Freund dort entdecken würde. Im warmen Licht der Bibliothekslampe hatte Abel die Arme vor der Brust verschränkt und starrte nachdenklich auf seinen Bizeps, der sich unter den Ärmeln seines weißen T-Shirts anspannte. Als er jedoch den Kopf hob und Grahams verwirrtem Blick begegnete, grinste er.

»Kommst du mit?«

»Es mag sein, dass es Charaktere in deinen Büchern gibt, die Gedanken lesen können, Abel, aber ich besitze diese Fähigkeit nicht«, sagte Graham ernst. »Und das sollte dir auch bewusst sein, denn Telepathie gehört zu den übernatürlichen Fähigkeiten. Die sind nicht real.«

Abel zog einen Schmollmund. »Schade, das wäre in einigen Situationen sehr hilfreich.«

»Ja, jetzt zum Beispiel, denn ich habe keine Ahnung, wohin ich dich begleiten soll.«

Abel breitete die Arme zu beiden Seiten aus und posierte. Zwischen den dunklen Regalen der Bibliothek wirkte das deplatziert. »Ich will mir ein Tattoo stechen lassen. Auf den Bizeps.« Seine Zähne blitzten auf und das Grübchen in seiner Wange trat hervor. »Und du kannst entscheiden, auf welchen. Links oder rechts?«

Graham spürte die Hitze in seinen Wangen und wandte sich wieder dem Bücherregal zu. »Ich glaube kaum, dass ich so eine wichtige Entscheidung für dich treffen sollte.«

Seufzend ließ Abel die Arme sinken. »Du weißt, dass es mir schwerfällt, Entscheidungen zu treffen.«

»Wie konntest du dich dann je für ein Tattoodesign entscheiden?«, murmelte Graham leise.

Aber nicht leise genug, Abel hatte es gehört. »Ach, das war ganz einfach. Ich habe dieses eine Buch und da hat der Protagonist auch ein Tattoo am Arm. Den fand ich richtig cool.«

»Das Buch über die Engel?« Graham warf seinem besten Freund einen kurzen Seitenblick zu.

Abel schüttelte den Kopf und war bereits im Begriff, seinen Rucksack zu öffnen. »Die *Schatten-Chroniken* sind kein Buch über Engel, die kommen dort nur als Heilige vor, als Beschützer. Ich rede ...«, er kramte im Rucksack herum, als hätte er dort sein gesamtes Zimmer verstaut, »von dem hier.« Zufrieden holte er ein Buch mit dunkelblauem Einband hervor. Zum Teil verbrannte Efeublätter umschlangen den silbernen Titel und rot-weiße Glitzerpartikel funkelten an einigen Stellen durch den dunklen Nebelschleier.

»A Curse of Ashes and Words?«

Freudig nickte Abel. »Es spielt zeitlich vor den *Schatten-Chroniken*. Also in derselben Welt, als das Land noch gespalten war. Um zu zeigen, zu welchem Stamm oder Reich man gehörte, hatte jeder Bewohner ein Zeichen, ein Tattoo.«

»Und so ein Zeichen möchtest du für immer auf deinem Körper tragen?« Graham zog skeptisch die Augenbrauen hoch. Allein der Gedanke an eine Nadel jagte ihm einen Schauer über den Körper.

Der braunhaarige Lockenkopf hingegen zuckte freudig mit den Schultern. »Ich mag es sehr und außerdem steht das auf meiner Liste.«

Graham kannte Abels Faible für Listen. Ob für seine Lieblingssnacks (natürlich in süß und salzig getrennt), seine Lieblingsblumen, die besten Picknick-Orte und und und. Er fertigte für alles eine Liste an, die er eine Zeit lang immer mit sich herumgetragen hatte. Das Bündel wurde fast wöchentlich um eine Liste erweitert, bis es schließlich so dick war, dass es nicht mehr in die Jackentasche gepasst hatte.

»Auf welcher? *Bücher, die mich dazu verleiten, das Aussehen so zu verändern, bis ich aussehe wie eine bunte Mischung aller Protagonisten*?«

Abel starrte ihn grinsend an und Graham wusste nicht, ob ihm der Gedanke gefiel oder ob er ihn beunruhigte.

»Ein sehr schöner Listenname, aber nein. Meine diesjährige *Sommer-Bucketlist*.«

Irgendwo wurde *Pscht* gezischt.

Graham runzelte die Stirn und stellte das Buch zurück, dessen Titel er jetzt schon nicht mehr wusste. »Deine diesjährige Liste? Schreibst du jedes Jahr eine neue?«

»Jein. Mir fallen immer wieder neue Dinge ein, die ich dann auf der Liste vom Vorjahr hinzufüge«, erklärte sich Abel.

»Und an welcher Stelle steht *Tattoo-eines-Buchcharakters-stechen-lassen*?« Er konnte nicht verhindern, dass sich Skepsis in seine Worte gemischt hatte.

Abel kramte grinsend einen Zettel aus seiner Hose. Er war an den Kanten so zerfleddert, dass Graham sich sicher war, es war eine der ersten Listen, die Abel jemals geschrieben hatte.

»Oh, gar nicht so weit unten.« Er stupste Graham mit dem Ellenbogen in die Seite und deutete auf den Boden. »Komm, setzen wir uns kurz.«

»Ich setze mich nicht auf den Boden.«

»Warum nicht?«

»Weil ich hier bin, um Fachliteratur zu suchen. Sobald ich alle

Bücher zusammen habe, gehen wir wieder.« Abermals zog Graham ein Buch aus dem Regal. »Außerdem setzt man sich nicht auf den Boden. Wozu gibt es Stühle?«

Wieder ertönte von irgendwoher ein *Pscht*.

Abel seufzte leise. »Weißt du, wie oft sich Leute auf den Fußboden setzen?«

»Weißt du, wie oft Menschen eine Blasenentzündung bekommen, weil der Unterbauch unterkühlt?« Er zog die Augenbrauen hoch, erntete aber nur ein schiefes Grinsen und ein schelmisches Funkeln aus tiefblauen Augen. »Lass mich meine Bücher suchen, dann sind wir ganz schnell wieder weg und können etwas machen, das … keine Ahnung, dir mehr Spaß macht.«

Entrüstet strich sich Abel durch die Haare. »*Mir* mehr Spaß macht? Oh, glaub mir, Gray, ich habe hier eine Menge Spaß und weißt du auch, warum? Weil du jetzt meinem kurzen Vortrag lauschen darfst, was ich diesen Sommer noch alles machen möchte.« Als würde er wieder seine Rede als Schulsprecher halten wollen, faltete Abel die Liste auseinander und hob das Kinn. Seine Augenbrauen zuckten ernst und dann begann er mit einer leicht überspitzten und theatralischen Stimme, die Punkte auf seiner Liste vorzulesen: »Zusammen im See schwimmen, mit dem Fahrrad über ein Feld fahren, eine Kissenschlacht machen, im Regen tanzen, unter freiem Himmel übernachten, Blumen an einer Tankstelle kaufen, eine Tarte backen und dann mit Puderzucker bestäuben …«

»Moment, Moment, Moment«, unterbrach Graham. »Unter freiem Himmel übernachten? Das ist gefährlich.«

Abel zog die rechte Augenbraue hoch. »Ich glaube kaum, dass uns die Blumen im Garten fressen würden.«

Graham ließ verdattert den Arm sinken. »Uns?«

Abel nickte freudig und sein Grinsen schickte eine prickelnde Hitze in Grahams Gesicht.

»D-Das ist deine Liste. Ich mache da nicht mit.«

Abel legte den Kopf schief und runzelte die Stirn. »Gray, diese Liste beschreibt die besten Momente des Sommers. Du solltest nicht jeden Tag über deiner Hausarbeit grübeln, die … ähm, welches Thema hatte?«

»*Die Entstehung des Totentanzes und seine Funktion und Wirkung*«, sagte Graham.

»Uff, ein harter Brocken.«

»Genau. Deshalb muss ich jetzt die Werke der Sozialgeschichte suchen, die mir mein Dozent vorgeschlagen hat.« Graham wandte sich wieder dem Regal zu.

»Wir müssen ja nicht alles auf einmal machen«, sinnierte Abel nach einigen Minuten weiter, »aber jede Woche mindestens zwei Sachen. Diese Momente darfst du dir nicht entgehen lassen. «

»Das ist der Moment, in dem ihr begreifen solltet, dass ihr leise sein müsst!«, zischte die Mitarbeiterin, die plötzlich hinter einem Regal auftauchte.

Graham entschuldigte sich leise, stellte das Buch zurück, das er eben erst herausgenommen hatte, und ging mehrere Reihen weiter. Abel folgte ihm eilig und mit offenem Rucksack, sodass es laut klimperte, und Graham war sich sicher, dass der Thermobecher beinahe herausgefallen wäre.

In der Abteilung für Romane legte sich Graham die Hand über die Augen und atmete einen Moment durch. Kopfschmerzen meldeten sich an. Als er sich durch die Haare strich und die Augen wieder öffnete, blickte er direkt in Abels.

»Jetzt hasst sie mich«, murmelte Graham leise.

Schmunzelnd schüttelte Abel den Kopf. »Quatsch, sie hasst dich nicht.«

»Doch, hast du ihren Blick gesehen?«

»Sie hasst es, dass wir so laut sind.«

»*Du* bist so laut«, stellte Graham richtig. »Wir sind in einer Bibliothek und ich habe dir gesagt, dass du, wenn du mitkommst, leise sein musst.«

Abel entschuldigte sich nicht mit Worten, sondern packte die Liste in seine Jackentasche, steckte das Buch zurück in den Rucksack und schaute betreten auf die Bücher in den Regalen.

»Welches Buch brauchst du denn für deine Hausarbeit? Dieses hier?« Wahllos griff sich Abel das erstbeste, das er in die Finger bekam.

Graham verneinte. »Für meine Hausarbeit kann ich keine Romane nehmen, Abel. Ich brauche Fachliteratur und das hier ...« Er zeigte um sich und ließ die Schultern sinken.

»Das sind alles Liebesromane«, staunte Abel, als habe er das große Schild an der oberen Buchregalkante nicht gelesen und erst jetzt erkannt, dass sie vollkommen falsch waren. »Sind da nicht auch immer Listen drinnen?« Neugierig schlug er das Buch in seiner Hand auf. Aus seinem Mund blubberten leise die Worte *»Playlist, Playlist, Playlist«*.

Graham zuckte mit den Schultern. »Ich lese keine Liebesromane.«

Entrüstet riss Abel den Kopf hoch und Graham konnte nicht sagen, ob die Aufgebrachtheit in dem tiefdunklen Blau seiner Augen echt war oder nicht. »Was? Warum nicht?«

»Sie sind so vorhersehbar«, entgegnete Graham und lehnte sich zur Seite, um zu überprüfen, ob die Mitarbeiterin noch immer in dem Gang beschäftigt war, in dem er die Literatur finden wollte. Er konnte einen Zipfel ihrer Tunika sehen, also beugte er sich wieder zurück – und begegnete Abels hochgezogener Augenbraue.

»Vorhersehbar?«

»Ja.« Graham versuchte, unter dem klaren und neugierigen Blick nicht wegzuknicken. »Entweder kennen sich die beiden Charaktere schon von Kindheit an und kommen zusammen oder sie lernen sich kennen und kommen dann zusammen. Zwischendrin entdeckt einer dann ein Geheimnis des anderen oder die Charaktere brechen einen Streit vom Zaun. Dann zerstört die Liebe die Beziehung zu den besten Freunden und nach dem Drama und dem Tränenvergießen sprechen sich alle aus und es ist Friede-Freude-Eierkuchen. Nicht zu vergessen sind die Nebencharaktere, die irgendwann in den Seiten verloren gehen und nie wieder auftauchen, weil der Love-Interest wichtiger ist als deren Leben. Oder die Eltern, die auf mysteriöse Weise immer bei einem Autounfall sterben oder sich dauerhaft streiten.« Graham atmete kurz durch und versuchte, seinen rasenden Puls zu beruhigen. »Wie du siehst, hat Liebe eine zerstörerische Macht.«

Abels erfreutes Funkeln im Gesicht erlosch. »So wie du das runterratterst, klingt es ganz schön langweilig und bedeutungslos. Und die Sache mit den verstorbenen Eltern stammt aus Fanfictions.«

Graham fühlte sich ertappt und wandte den Blick ab. »Liebesromane sind einfach nichts für mich.«

Seufzend stellte Abel das Buch zurück. »Wenn mein Leben ein Buch wäre, dann wäre es ein Liebesroman.«

Dieser Satz ließ Graham aufschauen. »Was macht dich da so sicher?«

»Ein Liebesroman beschäftigt sich nicht immer nur mit der Liebe zwischen zwei Charakteren. Monogamie ist der gesellschaftlich anerkannte Normalzustand und Mann und Frau als Liebespaar das Bild, was vielen zuerst in den Sinn kommt, wenn man von Liebe spricht. Dabei ist Liebe so vielseitig wie eine Blumenwiese: Es gibt Liebe zwischen Freunden, zwischen Familienmitgliedern, zwischen einem Kind und seinem Haustier und noch so viel mehr.«

Abels Stimme war wieder lauter geworden und kurzerhand packte Graham ihn am Arm und zog ihn einige Reihen weiter. Dabei versuchte er, sich den feinen Härchen auf Abels warmer Haut unter seinen Fingern nicht allzu bewusst zu werden.

»Okay, okay, okay. Verstanden. Liebesromane haben ihren eigenen Reiz.« Er lauschte nach den Schritten der Mitarbeiterin, doch es blieb still.

»Nein, *Liebe*, Gray. Liebe hat ihren ganz eigenen Reiz! Sie braut sich zusammen wie ein Sommergewitter.«

Graham sah auf.

»An einem so schönen Tag wie heute, beispielsweise. Als wir

vorhin noch draußen auf der Wiese waren, haben die Sonne und die Luft geflimmert. Wir konnten die Wolken am Himmel beobachten und Blumen pflücken. Und wenn wir die Bibliothek verlassen, dann werden sich die Wolken am Horizont wie Berge auftürmen und die Luft wird in Erwartung der ersten Regentropfen knistern.«

Graham spürte plötzlich wieder das Piksen der Grashalme an seinen Knöcheln, Abels kleinen Finger an seiner Hand, die Blütenblätter, die vom Baum fielen und seine Wange kitzelten.

»Das ist normales Sommerwetter«, brachte er heiser heraus. »Im Sommer besteht nun mal ein hoher vertikaler Temperaturunterschied und wenn die Feuchtigkeit in der Atmosphäre hoch genug ist, dann steigen die wärmeren Luftmassen leichter auf und sobald sie in einer gewissen Höhe kondensieren, entsteht eine mächtige Quellwolke.«

Abel schüttelte den Kopf. »Mit dir Zeit zu verbringen, ist immer wie eine gratis Unterrichtsstunde.«

Hitze stieg in Graham auf und sogleich wandte er sich ab. »Wir sollten leiser sein, sonst werden wir rausgeworfen.«

»Ihr müsst euch nicht mehr um eure Lautstärke bemühen, denn ihr werdet sofort die Bibliothek verlassen.«

Graham zuckte erschrocken zusammen. Die Mitarbeiterin stand mit in die Hüften gestemmten Händen neben dem Regal und blickte beide Jungen finster an. Das Licht der Lampe reflektierte sich in ihren großen Brillengläsern.

»Verzeihen Sie bitte, aber ich muss nur ganz kurz in die Abteilung für Sozialgeschichte.« Graham zeigte in die Richtung hinter ihr.

»Nein, ihr verlasst sofort das Gebäude!«

»Bitte, es dauert auch nicht lange.«

»Ihr hattet ausreichend Zeit und die anderen Besucher wurden durch eure Anwesenheit bereits genug gestört.«

Abel trat einen Schritt vor. »Sie reden aber auch nicht gerade leise.«

Hinter den Brillengläsern sprühten Funken. Graham schluckte schwer und packte Abel am Handgelenk. »Entschuldigen Sie vielmals. Wir gehen.«

»So-fort!« Ihr Zischen glich dem einer Schlange und Graham konnte sich denken, dass sie in einem anderen Leben eine Schlange war. Dort würde sie ihre spitzen Giftzähne wütend blecken und das Maul unter grellgrünen Augen zum Todesbiss öffnen.

Hastig verließen sie die Bibliothek und als die Tür hinter ihnen zuschlug, wünschte sich Graham sofort in das klimatisierte Gebäude zurück. Die Luft draußen war dick wie Watte und Abel hatte recht, was die Wolken am Horizont betraf. An den bewaldeten Bergkuppen stauten sich schwarze Giganten am Himmel.

»Das ist schlecht«, sagte Graham und umklammerte den Griff seiner Tasche.

Abel drehte sich gut gelaunt zu ihm um. »Die Gewitterwolken da? Ach Quatsch. Wir sind längst bei mir, wenn es anfängt zu regnen. Und wenn nicht, dann erledigen wir einfach direkt einen Punkt meiner Liste.«

Graham erinnerte sich an den Punkt *im Regen tanzen* und erschauderte bei dem Gedanken, unter Blitz und Donner draußen zu stehen, das Grollen über sich zu hören, das vibrierend durch seinen Körper fuhr. Das drückende Gefühl seiner Angst, als würde der gesamte Himmel wütend auf ihn sein, lag ihm schwer auf der Brust. »Ich meinte den Rauswurf, Abel.«

Schwungvoll drehte sich sein bester Freund um. »Es war meine Schuld, oder?«

»Nein«, sagte Graham und blickte auf die Bibliothek. Hinter der Glastür stand die Mitarbeiterin mit einem so wütenden Blick, als würde sie den Eingang zur Hölle persönlich bewachen.

»Red keinen Stuss, es war meine Schuld. Ich war zu laut.«

Graham wandte den Kopf um. »Wir waren es beide.« Abel sah aus, als wollte er noch etwas sagen, doch Graham sprach weiter. »Lass uns gehen, ich will nicht draußen sein, wenn es gewittert.«

Sie stiegen in Abels blauen Wagen, der eigentlich seiner Tante gehörte, und fuhren auf die schwarzen Giganten zu. Aus den Lautsprechern des Radios klang Abels Playlist, doch Abel summte nur leise mit und sang nicht, auch nicht bei seinen Lieblingsstellen, bis sie in der Auffahrt hielten.

Selbst beim Aussteigen schwieg er und Graham überlegte, was er sagen könnte, um Abels gute Laune zurückzuholen, doch ihm fiel nichts ein. Als sie im Wohnzimmer waren, setzten sie sich vor das Sofa auf den Teppich und streckten die Beine aus. Abels Playlist tönte jetzt aus den Lautsprechern neben dem Fernseher und beide Jungen blickten durch die bodentiefen Fenster auf die Terrasse. Nach minutenlanger Stille stieß Abel einen schweren Seufzer aus.

»Ich bin echt furchtbar.«

Grahams Kopf fuhr herum. »Wie bitte?«

»Ich bin echt furchtbar!«

»Sag so was nicht.«

»Aber es ist doch wahr.« Abel zog die Beine an und schlang die Arme darum. »Du musst eine Hausarbeit schreiben und alles, was ich tue, ist, dich davon abzuhalten.«

»Das stimmt nicht«, versuchte Graham, ihn zu beruhigen, doch Abel schüttelte vehement den Kopf.

»Ich habe mir eine Bucketlist für den Sommer geschrieben und sofort geglaubt, dass du mit dabei sein würdest, obwohl ich weiß, dass du nicht gerne spontan bist und Zeit benötigst, um diese Arbeit zu schreiben.« Er drehte den Kopf und ihre Augen begegneten sich. Die Sommersprossen auf Abels Nasenrücken zuckten, als er die Nase kraus zog. »Ich habe einfach von Anfang an geglaubt, dass wir das zusammen machen. Ich habe es für selbstverständlich gehalten.« Er biss die Zähne zusammen, sodass sein Kiefer hervortrat, und Graham spürte, wie sein Herz tiefer sank. »Ich habe *dich* für selbstverständlich gehalten.«

Graham schluckte angestrengt, weil sein Mund so trocken war. Das Atmen glich dem eines Ertrinkenden, obwohl er auf festem Boden saß. Alles in ihm kribbelte wie Kohlensäure.

Dann zerteilte ein Donner die Stille zwischen zwei Songs. Der Himmel verdunkelte sich schlagartig und wenige Sekunden später trommelten Regentropfen gegen die Scheiben und landeten auf der Terrasse, auf der Wiese und in den Blumenbeeten. Abel riss seinen Blick los, rappelte sich auf und zog die Terrassentür auf. Wind schlug ihnen entgegen, wehte Regentropfen hinein und kurzerhand trat Abel nach draußen.

Graham sprang im selben Moment auf die Beine und streckte die Hand aus, um seinen besten Freund am Arm zurückzuhalten, doch er spürte nur noch einen Luftzug an seinen Fingerkuppen.

Einen Moment lang blieb er in der Tür stehen, blinzelte gegen die Regentropfen, die ihm ins Gesicht geweht wurden, und starrte ins Leere an die Stelle, wo Abel eben noch gestanden hatte. Jetzt waren da nur noch Regentropfen und die Möglichkeit eines Hauchs von Abel. Er konnte sich nicht bewegen, als ein Blitz, wenige Sekunden später gefolgt von einem Donner, über den Himmel grollte. Es war fast so, als würde ihn seine Angst in den Schwitzkasten nehmen. Er schloss die Augen und atmete tief durch, bis er sich sicher war, seine Lungen würden genug Sauerstoff aufnehmen und sein Herz einfach weiterschlagen.

Als er die Augen wieder öffnete, sah er nach draußen in den strömenden Sommerregen, durch den graugelb diffuses Licht fiel und der alle Menschen - außer Abel - nach drinnen jagte.

Niemand war draußen.

Jeder andere hätte sich verkrochen, auf sein Smartphone gestarrt, irgendwelche Nachrichten getippt, Musik gehört, einen Film geschaut oder sich an ein Buch geklammert, um in einer fesselnden Geschichte zu versinken.

Abel nicht. Er war draußen in seiner eigenen Welt, ganz weit entfernt und doch so nah bei Graham wie am frühen Nachmittag auf der Decke inmitten der Blumenwiese. Isoliert in dieser Nähe, die keiner wirklich verstand, aber beide stillschweigend genossen.

Graham ließ seinen Blick über die nasse Wiese schweifen und

hob ihn hinauf in den Himmel. In diesem Meer aus Regentropfen, aus Sommergewitter und Donnergrollen, aus beängstigendem Zittern und aufgeregter Hitze fand er immer wieder zurück zu einem einzigen Gesicht: Abels.

Er sah nur noch ihn.

Graham versank in diesem Blick, der ihn wie Hände berührte. Er tauchte ein in die Art, wie Abel ihn ansah, diese Augen, die jeden Muskel seines Körpers anspannen ließen. Das schiefe Lächeln wurde zu einem Sog, der ihn mitriss. Alles, was übrig blieb, war der wohlige Schauer, der ihm langsam über den Rücken lief und jedes noch so kleine Härchen in seinem Nacken aufrichtete.

Seine Arme und Beine kribbelten, ähnlich wie auf der Wiese, als sich ihre Schultern und ihre kleinen Finger berührt hatten. Die Erinnerung genügte, damit Graham so heiß wurde, dass er einige Schritte unter freien Himmel trat. Sofort legten sich Hunderte Regentropfen auf seine Wangen und kühlten ihn ab, obwohl es sehr warm war.

Das Herz hämmerte ihm bis in die Schläfen.

Seine Füße machten noch einen Schritt hinaus und Abel, der sich bis eben noch mit in den Nacken gelegtem Kopf über die Wiese gedreht hatte, die Arme von sich gestreckt, hielt inne und starrte Graham mit großen Augen an.

»Gray«, hauchte er und lächelte ihn überrascht an. »Du bist … Also … Du …« Sprachlos schüttelte er den Kopf.

Graham konnte nicht fassen, dass Abel keine Worte fand. Langsam ging er noch einen Schritt in den Garten hinein. Über ihm blitzte es und kurz darauf grollte Donner lautstark über sie hinweg. Graham zuckte zeitgleich zusammen, zog die Schultern hoch und kniff die Augen zusammen.

Er zitterte innerlich. Überall.

Der Boden unter seinen Füßen war mit einem Mal wackelig, als würde er auf einem Boot stehen inmitten eines Meeres und nicht mehr wissen, wo Norden ist. Um ihn herum war ein tosender Sturm und er war orientierungslos in schlagenden Regentropfen gefangen.

Dann war da plötzlich Wärme, die seine Finger durchströmte und seine Hände und seine Arme hinaufglitt bis zu seinen Ohrläppchen. Als er die Augen öffnete, sah er in zwei funkelnde Ozeane.

Es war, als würden Abels und seine Blicke Bände sprechen, sich erkennen und Graham wieder in einen sicheren Hafen führen. Das Gewitter rückte in den Hintergrund. Aus dem Inneren des Wohnzimmers klang ein Lied aus Abels Playlist zu ihnen heraus und Graham erkannte *Wait* von *M38*.

Die Sekunden dehnten sich wie in einem Film aus. Da waren nur noch Graham und Abel und ihr Augenblick, umgeben von Regentropfen, die erst in der Luft zu stehen schienen und langsam zu Boden sanken. Der Augenblick war so kostbar und zerbrechlich wie eine Seifenblase, die jeden Moment platzen wird.

Graham traute sich kaum, zu atmen. Alles in ihm verkrampfte sich. Jeder Muskel. Vor allem sein Herz. Er wollte sich an die Brust fassen, gegen seine Rippen drücken und hoffen, dass die Schmerzen dahinter nachlassen würden. Doch er wollte nicht Abels Hände loslassen, die seine fest umschlossen. Er bewegte sich nicht, sondern starrte nur in die beiden Ozeane vor sich.

»Du bist mutig, weißt du das?«, fragte Abel und seine Augen zuckten zwischen Grahams hin und her.

»Mutig?« Graham konnte nicht fassen, dass er überhaupt ein Wort rausbringen konnte.

»Ja, du bist hier, im Regen, unter einem Gewitter.«

Wie zur Bestätigung jagte ein Blitz über den Himmel und Grahams Finger krallten sich um Abels Hände. Abel stieß einen herzhaften Lacher aus und seine Augen bekamen wieder das aufgeregte Funkeln, das sie fast immer hatten. Das Funkeln, das seine tiefseeblauen Augen zum Leuchten brachte, als würde man vom Himmel gefallene Sterne unter der Wasseroberfläche glühen sehen.

»Du bist mutig!«, wiederholte er und drückte sanft Grahams Hände.

»Nicht so mutig wie du«, entgegnete Graham. »Manchmal …« Er holte Luft und versuchte, die Regentropfen auf seinen Wangen und die nassen Strähnen auf seiner Stirn zu ignorieren. »Manchmal wünschte ich, ich könnte mehr in den Tag hineinleben, so wie du. Du bist immer so lebendig und ich … ich atme nur.«

»Das ist schon der erste, beste und wichtigste Punkt, um lebendig zu sein«, warf Abel grinsend ein, doch Graham zwang ihn durch einen kurzen Druck der Hände zum Schweigen.

»Als du … Als du vorhin gesagt hast, dass dein Leben ein Liebesroman wäre, da habe ich überlegt, was mein Leben für ein Buch wäre. Mir ist nichts eingefallen.«

Abel legte den Kopf leicht schief, das Grübchen in seiner Wange blitzte auf und die Sterne in seinen Augen strahlten noch heller. »Du hast darüber nachgedacht?«

Graham nickte und fühlte sich plötzlich fehl am Platz. Seine Füße wollten nach drinnen rennen, sein gesamtes Sein in Sicherheit bringen, doch Abels Hände, die Wärme, Haut an Haut, hielten ihn zurück.

»Das war doch nur so dahingesagt.« Abel zuckte mit den Schultern. »Aber wenn ich jetzt darüber nachdenke, dann könnte es tatsächlich der Wahrheit entsprechen. Mein Leben wäre ein Liebesroman. Aber ein richtig cooler, denn du bist auch mit dabei.« Seine Stimme war so leise, dass sie beinahe im Regen des Gewitters untergegangen wäre.

Graham blinzelte. Seine Knie wurden weich und der Duft von Abel stieg ihm in die Nase. Waschpulver und ein Hauch von Sommergewitter. Ein Duft, in dem er sich verkriechen wollte.

»I-Ich … was?«

»Du wärst auch mit dabei.«

Grahams Augen brauchten jede Faser seines Hirns, um Abel anzusehen. »W-Was macht dich da so sicher?«

Abel biss sich auf die Lippe und Grahams Wangen wurden so heiß, dass er glaubte, die Regentropfen müssten sofort verdampfen, wenn sie seine Haut berührten.

»Weil ich ohne dich nicht ganz bin.«

Sieben Wörter. Sieben kleine Wörter, die mehr bedeuteten als alles andere, was Abel jemals gesagt hatte.

»Ohne dich«, fuhr er fort und Graham fürchtete, er könnte zusammenbrechen, »fühle ich mich nur halb so stark, halb so lebendig, halb so mutig und halb so toll.«

Graham wollte etwas sagen, doch er schaffte es nur, den Mund zu öffnen.

»Als du vorhin sagtest, dass Liebe eine zerstörerische Macht hat, da konnte ich dir nicht widersprechen, denn Liebe kann tatsächlich Schmerzen erschaffen, die einen fast umbringen. Aber das ändert nichts daran, wie aufgeregt mein Herz schlägt. Es ändert nichts daran, wie viel lebendiger ich mich fühle, wenn ich deine Augen sehe.« Er lächelte schief und Grahams Hände zitterten – oder waren es Abels?

»Ich weiß, dass wir beide nicht immer Sinn ergeben, und ich weiß, dass Liebe kompliziert und schwierig ist und schmerzhaft und noch so viel mehr. Aber ich weiß, dass ich ohne dich nicht kann, weil ich jeden Augenblick zerspringen würde.«

Ihre Blicke waren fest miteinander verankert und Graham spürte, wie sich etwas in ihm regte. Ein lautes Donnern grollte über ihren Köpfen und zum ersten Mal zuckte Graham nicht zusammen.

»I-Ich …« Graham schluckte gegen den Kloß in seinem Hals an. »Ich bin froh, dass wir uns eine Geschichte teilen.«

Abels Grinsen erstrahlte wie eine Sommersonne und das einzige, woran Graham denken konnte, waren seine Hände in Abels, das Kitzeln auf seiner Haut von den Tropfen des Sommergewitters, der Duft nach frisch gemähtem Gras und Regen, Abels Wärme und ein Meer aus Sternen.

Ich danke Graham und Abel, denn sie behalten ihr Licht bei, auch wenn sich alles wegen eines Sturmes verdunkelt.

NADINE KOCH

URLAUB IST CHEFSACHE

»Ihm wurde was?«, rief ich in den Hörer und raufte mir die Haare. »Gekündigt? Weil er zu viele Pausen gemacht hat? Tobi war der beste Kollege, den ich je hatte!« Meine Stimme bebte vor Wut. Wie im Wahn schritt ich in meinem Wohnzimmer auf und ab, das Handy fest umklammert. »Ohne ihn kann ich auch gleich alles hinschmeißen. Wer fliegt jetzt mit mir nach Italien?« Ich versuchte, ruhig zu atmen, und schloss die Augen.

Meine Arbeitskollegin Mia seufzte am anderen Ende der Leitung. »Bitte, Elli, reg dich nicht auf, aber …«, sie zögerte. »*Er* begleitet dich zum Seminar.«

Stille.

Die Erkenntnis sickerte langsam wie bei einer Sanduhr in meinen Verstand und hinterließ einen faden Beigeschmack.

»Nein«, hauchte ich und schüttelte ungläubig den Kopf. Nicht mein strenger *Workaholic-Chef*, der immer nur an die Arbeit dachte.

Ich stieß einen stummen Fluch aus. Die Vorstellung, mit Tobias Cocktails zu schlürfen, verpuffte und wurde durch Herrn Schneider, der im Anzug mit einem Stapel Dokumente am Strand saß, ersetzt. *Herzlich willkommen in der bitteren Realität.*

Resigniert setzte ich mich auf die Lehne meiner Couch und ließ den Kopf hängen. »Kannst du nicht mit mir hinfliegen?«

»Tut mir leid, Elli, aber er hat darauf bestanden, mit dir zu fliegen. Ich habe Tobis Tickets direkt umbuchen müssen und ich soll dir ausrichten, dass er dich auf dem Weg zum Flughafen abholt.«

Frustriert ließ ich mich rücklings in die Kissen fallen und murmelte ein leises »Okay«. Zu mehr war ich nicht in der Lage. Da hatte ich mich einmal im Leben auf eine Geschäftsreise gefreut und nun würde sie vermutlich zu einer Katastrophe werden.

Absagen war jedoch keine Option. Die Chance, in Italien ein Seminar über *Hotelmanagement in anderen Ländern* zu besuchen und selbst einen Vortrag zu halten, bekommt man kein zweites Mal. Außerdem dauerte der Pflichtteil nur drei Tage, die restliche Woche hatte ich großzügigerweise Urlaub erhalten, um ein wenig zu entspannen. Nun halt allein. Herr Schneider würde seine Zeit bestimmt nicht am Meer verschwenden. Wie konnte ein Mann in seinem jungen Alter nur so ein militanter Boomer-Chef sein?

Ob er überhaupt eine Badehose besitzt? Schwer vorstellbar.

Der Tag der Abreise stand vor der Tür und pünktlich wie die Maurer auch Herr Schneider. *Um vier Uhr morgens sollten Haustürglocken automatisch leiser schellen,* dachte ich mürrisch, setzte aber mein professionelles Bürolächeln auf und öffnete die Tür. »Guten Morgen, Herr Schneider. Danke, dass Sie mich abholen.«

Er nickte kurz, sah auf seine goldene Armbanduhr und verkündete kühl: »Wir müssen los.«

»Auch schön, Sie zu sehen«, flüsterte ich und verkniff mir den ironischen Unterton.

Nicht ausrasten, morgens ist nicht jeder gut gelaunt. Ich versuchte, mein Lächeln aufrecht zu halten, und schnappte mir mein Gepäck.

»Ich nehme den«, sagte mein Chef plötzlich und griff nach dem Henkel meines Koffers.

Verwundert hob ich eine Augenbraue und sah zu, wie er in seinem viel zu schicken Anzug meinen knallrosa Koffer zu seiner E-Klasse bugsierte. Der Anblick ließ mich schmunzeln.

Er kann also auch anders, wenn er will. Fasziniert beobachtete ich, wie er den Kofferraum öffnete und mein Gepäck mit einer Hand hineinhievte. Seine Krawatte verrutschte dabei und ich starrte auf seine schlanken Finger, mit denen er sie gerade rückte.

»Wollen Sie nun mit oder nicht?«

Mein Lächeln verflog. »Natürlich!« Eilig sperrte ich meine Wohnung ab und folgte ihm.

»Frau Decker? Sind Sie wach? Wir sind gleich da.«

Ich schreckte aus meinem Schlaf hoch – die Zeit war im wahrsten Sinne des Wortes wie im Flug vergangen. Ich spürte seine Hand auf meiner Schulter, die Berührung war warm und auf eine komische Art und Weise angenehm. Meine Mundwinkel zuckten nach oben und ich schob meine Schlafmaske von den Augen. Sein Gesicht war nur eine halbe Armlänge von mir entfernt und ich roch sein Parfüm – irgendetwas mit Zedernholz.

»Ja, ich bin wach, danke.« Leicht verschlafen blinzelte ich und blickte das erste Mal richtig in seine Augen – schokoladenbraun. *Eigentlich genau mein Typ.*

Er wandte den Blick ab und faltete seine Zeitung zu einem perfekten Viereck. »Gut, sonst hätte ich Sie wohl zurücklassen müssen.«

Ich nickte höflich und schwieg.

Ob er wohl eine Freundin hat? Das Bild einer blonden Barbie im Etuikleid ploppte in meinem Kopf auf. *Ja, das würde passen.*

Wir landeten unsanft, aber sicher. Nach dem höflichen Klatschen aller Gäste und der Hektik beim Ausstieg atmete ich das erste Mal seit zehn Jahren italienische Luft ein. Die Sonne brannte auf meiner blassen Haut und ich spürte plötzlich Vorfreude in mir aufsteigen. *Gleich sehe ich das Meer.*

»Kommen Sie, unser Fahrer wartet!« Riss mein Chef mich zurück in die Realität.

Resigniert trottete ich hinter ihm her und blickte auf die vielen Familien und Pärchen am Flughafen. *Wäre ich mit jemand weniger Verklemmtem hier, könnte das richtig romantisch werden.*

Aber nein, vor mir quetschte gerade Herr Schneider unsere Koffer in ein Taxi und strich sein Jackett glatt. Dieser Mann war in Italien so fehl am Platz wie ein Känguru am Nordpol.

»Nach Ihnen«, sagte er und hielt mir die Autotür auf.

Angenehm überrascht setzte ich mich als Erste in den Wagen. Er schloss die Tür, schritt um das Fahrzeug herum und setzte sich zu meiner Rechten ebenfalls auf die Rückbank.

»*Hotel Imperial & Spa*«, gab er eine kurze Anweisung an den Fahrer und lehnte sich zurück. Mit einer Hand öffnete er den obersten Knopf seines Hemdes. »Heiß hier, nicht wahr?« Er zwinkerte mir zu.

Grundsätzlich war das nichts Besonderes, sondern eine seiner Standardgesten. Wenn andere nickten, zwinkerte er. Trotzdem … kam ich nicht umhin, dieses Zwinkern anders zu deuten.

Wer knöpft schon sein Hemd auf ohne Hintergedanken? Schnell verwarf ich diese Vorstellung. *Sicher bilde ich mir das nur ein. Schließlich ist er fast zehn Jahre älter als ich, oder?*

»Wie alt sind Sie eigentlich?«, hörte ich mich plötzlich fragen und erstarrte augenblicklich.

Herr Schneider gluckste. »Wie alt schätzen Sie mich denn?«

Verdammt, egal, was ich jetzt schätze, es wird hundertprozentig falsch sein.

»Ähm … so um die dreißig?«, fragte ich vorsichtig und meine Wangen wurden heiß.

»Fast. Achtundzwanzig wäre richtig gewesen. Warum haben Sie gefragt?« Er lächelte belustigt und erneut blitzte etwas in seinen Augen auf, ein schelmisches Glitzern, das mir nicht verborgen blieb.

Mein Magen fühlte sich flau an.

Das sind nur vier Jahre Unterschied. Meine innere Stimme brummte zufrieden und ich hatte Mühe, sie ruhigzustellen. Etwas an ihm war anders als sonst – er wirkte außerhalb der grauen Büroräume entspannter, weniger verklemmt und irgendwie auf seine Art und Weise charmant.

»Nur so«, gab ich zum Besten und schwieg die restliche Fahrt. *Achtundzwanzig ist gut.*

Am Zielort angekommen, erwartete uns ein Farbenspiel aus Weiß und Gold. Das Hotel war ein riesiger Gebäudekomplex mit Hunderten kleinen Fenstern, Ornamenten und schimmernden Balkonbrüstungen. Daneben erstreckte sich ein begrünter Weg zum Sandstrand, der mit vielen kleinen Liegen und Schirmen übersät war. Doch das Highlight war das dunkelblaue Meer mit seinen Schaumwellen, die in der Sonne glitzerten, bevor sie brachen, nur um sich erneut aufzubäumen. Kurz gesagt: ein Traum.

Voller Freude betrat ich mit meinem Chef die auf Hochglanz polierte Lobby.

»Mathias Schneider und Eleonore Decker«, sagte er zu der jungen Rezeptionistin, die sofort unsere Daten eintippte.

Ihr professionelles Lächeln wurde jedoch schlagartig von einem Stirnrunzeln ersetzt. »Entschuldigen Sie, mein Herr, aber ich habe nur eine Reservierung für Frau Decker. Ihr Name ist nicht hinterlegt.«

»Dann vielleicht der von Tobias Meindl? Wir mussten kurzfristig tauschen.«

Wieder tippte die Rezeptionistin und die Falte auf ihrer Stirn zog sich tiefer. »Einen Moment bitte, ich muss kurz unseren Manager sprechen«, sagte sie und verschwand eilig hinter einer Marmorsäule.

Gespannt blickte ich meinen Chef an, dessen Halsschlagader gefährlich pulsierte. Inkompetentes Personal konnte er schon in seinem eigenen Hotel nicht leiden.

Nur wenige Sekunden später erschien die nette Rezeptionistin in Begleitung eines älteren Herrn, der seine Hände langsam ineinander verschränkte und uns besorgt ansah.

»Unglücklicherweise haben Sie gestern eines der Hotelzimmer storniert, wir haben nur noch die Buchung für Frau Decker. Wir können Ihnen ab morgen Mittag unsere Suite anbieten.« Seine Stimme war ruhig, doch in seinen Augen lag Unbehagen.

»Und bis dahin schlafe ich auf dem Flur?«, platzte es aus meinem Chef heraus, dessen Gesichtsfarbe von kalkweiß zu purpurrot wechselte. Wütend zog er sein Handy aus der Tasche und tippte wild darauf herum. Aus dem Augenwinkel sah ich den Namen meiner Kollegin Mia.

Mein Herz krampfte sich zusammen. *Hatte Mia beim Umbuchen einen Fehler gemacht? Würde er sie jetzt ebenfalls feuern? Ich würde keinen Tag auf der Arbeit überleben, wenn sie auch noch fehlte.*

Im Bruchteil einer Sekunde entschied ich mich, etwas sehr Dummes zu tun, um sie zu schützen. »Kein Problem, dann teile ich mein Zimmer mit Ihnen.«

»Wirklich?«, fragte er erstaunt mit einem sanften Lächeln auf den Lippen, sodass ich ihn kaum wiedererkannte.

Meine Beine wurden weich. *Was habe ich nur getan?*

Langsam schob er sein Handy zurück in die Jacke und sah mich an. Ich lächelte freundlich zurück – nicht zu freundlich, er sollte die Geste ja nicht falsch verstehen.

»Da es für meine Mitarbeiterin in Ordnung ist, teilen wir uns ihr Zimmer für eine Nacht.«

Die Rezeptionistin griff erleichtert nach unseren Schlüsseln und wollte sie mir in die Hand legen, doch Herr Schneider war schneller und entriss sie ihr. »Kommen Sie, Frau Decker, ich muss noch ein paar Telefonate führen.«

Ich lächelte der Dame entschuldigend zu und folgte ihm in den zweiten Stock.

Das Zimmer war ein Traum in Creme: Lange Seidenvorhänge, römische Säulen und ein Bad aus gefliestem Marmor, doch mein Magen verkrampfte sich, als ich das Bett erblickte. Es war maximal zwei Meter breit und bestand aus einer einzigen großen Matratze. In meiner Vorstellung hatte ich zwei Einzelbetten gesehen, die sich bequem auseinanderschieben ließen. Ich biss mir auf die Unterlippe.

»Alles in Ordnung?«, fragte er mit seiner für mich neuen, sanften Stimme und legte die Hand auf meine Schulter.

»Alles bestens«, erklärte ich mit meinem angelernten Arbeitslächeln und schwieg. Täuschen konnte ich ihn damit nicht.

»Ich melde der Rezeption, dass wir zwei separate Betten benötigen.« Er zwinkerte.

Aus meinem aufgesetzten Lächeln wurde ein echtes. »Danke.«

Erleichtert sah ich ihm nach, als er sich mit einem Nicken nach unten aufmachte. Der Duft nach seinem Parfum blieb wie ein Schatten zurück.

Wäre es wirklich so schlimm gewesen, ein Bett mit ihm zu teilen, meldete sich eine leise Stimme in meinem Hinterkopf. Entrüstet schüttelte ich den Kopf. Eine kalte Dusche würde mich auf andere Gedanken bringen, beschloss ich und verschwand im Badezimmer.

Angenehm erfrischt und deutlich entspannter stieg ich aus der Luxusdusche. *So eine hätte ich auch gerne zu Hause.*

Nur mit einem Handtuch bekleidet öffnete ich die Badtür und trat in das Zimmer. Doch plötzlich spürte ich einen Windstoß um meine Knöchel tanzen. Die Balkontür stand sperrangelweit offen. Draußen stand Herr Schneider, drückte seine Zigarette aus und drehte sich zu mir um. Er erstarrte in der Bewegung und fixierte mich mit weit aufgerissenen Augen. Sein Blick wanderte von meinen nassen Haaren über die nackten Schultern zu meinem Körper, den mein Handtuch mehr schlecht als recht bedeckte. Da war es wieder, dieses Funkeln in seinen Augen.

Einen Moment verharrten wir wie zwei Statuen, unfähig, uns zu bewegen. Mein Herz drohte förmlich aus der Brust zu springen.

Wie konnte ich nur vergessen, dass er auch hier ist?

Die Hitze schoss mir in die Wangen und ich betete, dass das Hotelhandtuch alle wichtigen Körperteile bedeckte.

Netterweise drehte er sich wortlos, aber mit einem schelmischen Grinsen auf den Lippen, um und blickte in die Ferne. Sofort schnappte ich mir meinen Koffer mit der Wechselkleidung und verschwand zurück im Badezimmer. Die Tür fiel ins Schloss und mein Handtuch zu Boden. Schwer atmend sah ich in den Spiegel, meine Wangen leuchteten feuerrot. Doch etwas tief in meiner Magengegend tanzte Samba. Ein neues Gefühl, das nichts mit Scham zu tun hatte.

»Reiß dich zusammen«, mahnte ich mich und dachte an die bevorstehende Präsentation. »Das hier ist wichtig für deine Karriere.«

Mein Spiegelbild stimmte mir zu und ich begann mich herzurichten.

Dreißig Minuten später war ich zufrieden: Meine Haare waren geföhnt und lagen in leichten Wellen auf meinen Schultern, meine Augen waren dezent geschminkt, dafür hatten meine Lippen ordentlich Farbe abbekommen. Ich straffte die Schultern, atmete tief durch und betrat unser Zimmer.

Mein Chef saß auf dem Bett und telefonierte. Als er mich erblickte, zuckten seine Augenbrauen anerkennend nach oben und er beendete sein Gespräch. »Schick. Obwohl Sie selbst mit einem Handtuch noch gut aussehen, wie ich feststellen durfte.«

Mein Magen krampfte sich erneut zusammen und eine unergründliche Hitze zog sich durch meinen Körper. *Was um Himmels willen muss ich daran jetzt heiß finden?*

Ich versuchte, seinen Kommentar mit einem »Wann müssen wir los?« zu ignorieren, und sah auf die Uhr. Kurz vor neun.

»Jetzt, wenn wir nicht zu spät kommen wollen.« Er stand auf, nahm seine Aktentasche und öffnete die Tür. »Nach Ihnen.«

Der Seminarraum war klein und voll gestellt mit Stühlen. Ich setzte mich in die letzte Reihe neben einen stark gebräunten jungen Mann.

»Aus Deutschland?«, fragte er mit italienischem Akzent und streckte mir die Hand entgegen.

»Ja, sieht man das?«, fragte ich zurück und strich mir eine blonde Strähne hinter mein Ohr.

»Ich erkenne potenzielle Gäste sofort.« Mit einem Schmunzeln hob er meine Hand an seine Lippen. »Ich bin Ricardo. Meinen Eltern gehört dieses wundervolle Hotel. Und du bist?«

»Elli«, beendete ich seinen Satz und lächelte, als er sich leicht vor mir verneigte. Neben mir hörte ich ein kurzes »Tzz« und sah gerade noch, wie mein Chef die Augen verdrehte, bevor er sich neben mich setzte.

»Haben Sie ein Problem mit dem wunderschönen Namen dieser bezaubernden Frau?« Ricardo funkelte ihn herausfordernd an, doch Herr Schneider schüttelte nur den Kopf.

»Ich habe nichts gegen ihren Namen. Doch ich hätte mir mehr Professionalität Ihrerseits gewünscht.« Er blickte uns beide tadelnd an. »Das ist ein Seminarraum. Keine Aufreißerbar.«

Ich hob eine Augenbraue. Täuschte ich mich oder war mein Chef beleidigt, vielleicht sogar eifersüchtig? Nein, das war äußerst unwahrscheinlich. Ihn störte wohl eher die Tatsache, dass wir persönliche Dinge wie den Vornamen – der Herr möge es mir verzeihen – teilten.

Ich seufzte tief und holte meine Karteikarten aus der Handtasche. Laut Teilnehmerliste war mein Vortrag der zweite am Nachmittag. Es blieb also genug Zeit, um meine Notizen nebenbei noch einmal durchzugehen.

Als die letzten Gäste Platz genommen hatten, räusperte sich eine ältere Dame und bat um Aufmerksamkeit. Sie begrüßte uns auf Italienisch und fuhr danach in einem perfekten Englisch fort: »Meine lieben Kursteilnehmer, ich darf Sie herzlichst in unserem schönen *Hotel Imperial* begrüßen. Wie Sie alle wissen, war der heutige Tag mit zwei großen Vorträgen unserer Schwesterhotels in Griechenland und Deutschland verplant. Leider haben unsere Kollegen von Kreta ihren Flug verpasst und reisen somit erst morgen früh an.«

Ihre Worte lösten in meinem Kopf eine bittere Erkenntnis aus: *Das war's wohl mit dem Üben. Ich bin so was von geliefert.*

Die Dame lächelte mich freundlich an und fuhr fort: »Wenn es für Sie in Ordnung wäre, machen wir eine kleine Vorstellungsrunde und danach gehört der Tag ganz Ihnen.«

Ich nickte abwesend und klammerte mich an meine Karten.

Reiß dich zusammen, du kannst das. Auch wenn die Karten schon seit einer Woche im Koffer liegen und du sie dir seitdem nicht mehr angesehen hast … das wird schon. Mein Herz klopfte gegen die Brust, als wollte es heraus hüpfen.

»Alles gut bei dir, Bella?«, fragte Ricardo neben mir und legte eine Hand auf meinen Oberschenkel.

»*Frau Decker* braucht keine Hilfe!«, knurrte Herr Schneider und legte seinen Arm auf meine Stuhllehne.

»Ach, und das weiß *Mr Besserwisser,* ohne sie gefragt zu haben?« Ricardos Ton war scharf wie ein Messer, doch mein Chef ließ sich davon nicht beeindrucken.

»Das weiß ich, weil sie meine beste Mitarbeiterin ist und noch nie schlechte Arbeit geleistet hat.«

Hatte ich gerade richtig gehört? Dass er überhaupt in der Lage war, so ein Lob auszusprechen, beeindruckte mich tief. In seinen Augen lag etwas Warmes – Vertrauen. Er vertraute darauf, dass ich unsere Vision, unseren Leitfaden und alles, was unser Hotel ausmachte, perfekt präsentieren würde. Und das würde ich auch.

Ein wohliges Gefühl breitete sich in meiner Brust aus. Eine treibende Kraft, die mir sagte: *Dieser Vortrag wird der beste deines Lebens!*

Spoileralarm: Er wurde nicht der beste meines Lebens – aber auch nicht der schlechteste. Insgesamt eine solide Leistung mit ein paar Lachern zwischendurch und einem ordentlichen Applaus am Ende.

»Danke für diese wunderbaren Einblicke«, lobte mich die Seminarleiterin. »Ich denke, wir belassen es dabei. Das Infomaterial für heute Nachmittag händige ich Ihnen gleich aus. Mit einem Cocktail in der Hand liest es sich leichter.« Sie lachte und reichte einen Stapel Papiere an die erste Reihe.

Zufrieden setzte ich mich wieder neben meinen Chef, der stirnrunzelnd schwieg.

Ricardo beugte sich zu mir. »Du warst umwerfend. Schlau und schön. Bellissima«, hauchte er in mein Ohr: »Willst du nachher an der Bar noch mehr solcher Vorträge für mich halten?«

Sofort war Herr Schneider hellwach und drehte sich zu mir um. »Der Vortrag war in Ordnung. Sie haben nicht geübt«, stellte er trocken fest. »Warum nicht?«

Von hoch loben zu tief fallen, war ja klar.

»Ich war gut vorbereitet und …«, begann ich zu erklären, doch Ricardo mischte sich ein.

»Nicht geübt? Sie war *perfetto*. Eine so lebensfrohe und ausgesprochen kluge junge Frau wie sie sollten Sie mehr schätzen.«

»Ach, was Sie nicht sagen! Ich kenne Frau Decker bereits seit sechs Jahren und schätze sie sehr.«

»Sechs Jahre und Sie nennen sie noch *Frau Decker?* Ich kenne sie seit heute Morgen und darf *Elli* sagen.« Ricardo betonte jede Silbe meines Namens, als wäre er ein Gedicht. Dann grinste er dreckig und legte seinen Arm um meine Schultern. Ich zuckte leicht zurück.

Das war zu viel für Herrn Schneider. Er sprang auf, seine Fäuste waren geballt und die Halsschlagader pochte. »Finger weg von ihr!«

Wütend ging er einen Schritt auf Ricardo zu. Schnell löste ich mich aus der unangenehmen Situation, indem ich aufstand.

»Ich habe das im Griff«, flüsterte ich. »Lassen Sie uns einfach gehen. Bitte.«

Unsere Augen trafen sich – grün und braun. Seine Anspannung fiel. Er holte tief Luft und atmete aus. Als hätte jemand auf einen Knopf gedrückt, verschwand der Zorn aus seinem Gesicht und sein Mundwinkel zuckte nach oben. Siegessicher wandte er sich Ricardo zu. »Sie haben recht.«

Herr Schneider lachte ein seltsam freudloses Lachen.

Ricardo wirkte verwirrt. »Ich habe recht?«

»Ja. Es wird langsam Zeit, einen Schritt nach vorn zu gehen«, erklärte er und streckte mir seine Hand entgegen. »Ich bin Mathias.«

Im ersten Moment war mir nicht ganz klar, ob das ein Scherz sein sollte. Aber aus seiner ernsten Miene schloss ich, dass es ihm ein echtes Anliegen war, mit meinem Sitznachbarn gleichzuziehen. Also spielte ich mit.

»Elli. Angenehm.«

Wir nickten uns höflich zu und Mathias drehte sich triumphierend zu Ricardo um, zog den Zimmerschlüssel aus seiner Tasche und verkündete: »Dann gehen wir jetzt wohl auf *unser gemeinsames* Zimmer. Nach dir, Elli.«

Galant schob er meinen Stuhl beiseite und machte mir so den Weg frei. Mit Bedacht, nicht laut loszuprusten, schlängelte ich mich an Ricardo vorbei, zuckte entschuldigend mit den Schultern und verließ den Seminarraum. Der ganze Streit war ziemlich unterhaltsam gewesen.

Im Hotelzimmer angekommen, ergriff Herr Schneider – nein, Mathias – sofort das Wort. »Setz dich bitte kurz. Ich möchte dir erklären, was da gerade passiert ist.«

Er hatte seine *Ich-bin-der-Boss*-Stimme aufgesetzt und beobachtete meine Reaktion. Also setzte ich mich neben ihn auf die Bettkante.

»Es tut mir leid, dass du das mit ansehen musstest. Diese Art von Mensch«, er ballte die Fäuste, »bringt mich zur Weißglut. Er sieht nur dein Äußeres und macht dir deswegen Komplimente. Solche Kerle sind nicht ehrlich und suchen nach leichter Beute.«

In Gedanken war ich schon am Strand, weswegen ich seine Rede nur abnickte und kaum zuhörte. Ausschweifende Erklärungen waren sein Hobby.

»Du musst verstehen … bla bla … Es ist so, weil … bla bla bla … Deswegen liebe ich dich … bla bla.«

Ich zuckte innerlich zusammen. *Habe ich gerade richtig gehört?*

»Bit-te was war das?«, stotterte ich und suchte in meinem Kopf nach den restlichen Bausteinen des Satzes.

»Dass ich diesen Ricardo nicht ausstehen kann?«, wiederholte Mathias verwirrt, weil ich seinen Vortrag unterbrochen hatte.

»Nein, das danach. Was?« Ich schluckte und versuchte, die Röte in meinem Gesicht zu verbergen. »Was liebst du?«

Meine innere Stimme brüllte mich an, wie dumm diese Frage doch war, aber zu spät. Beschämt senkte ich meinen Kopf und versuchte, meinen Atem zu kontrollieren. Das kribbelige Gefühl in meiner Magengegend war zurückgekehrt und machte sich langsam breit.

»Ich ähm …« Mathias atmete tief durch, da klopfte es an der Tür.

Erleichtert sprang ich auf und stürzte zur Klinke. Im Flur stand Ricardo mit einem Stapel Dokumente in der Hand. »Ciao, Bella, ihr habt das vergessen.« Er blickte in mein gerötetes Gesicht. »Alles in Ordnung? Du siehst aufgebracht aus. Hat er dich angeschrien?«, fragte er besorgt und machte eine Handbewegung nach draußen. »Falls du möchtest: Die Einladung zur Strandbar steht noch.«

Wie auf Kommando stand Mathias neben mir. Sein Duft stieg mir in die Nase und ich fühlte mich sofort geborgen.

»Was erlauben Sie sich, zu behaupten? Wir haben uns lediglich unterhalten«, stellte mein Chef richtig. Für einen Moment dachte ich, er würde seinen Arm um meine Taille legen, doch kurz davor entschied er sich anders, zog seine Hand zurück und verschränkte die Arme vor der Brust.

Schade.

Die kleine unvernünftige Stimme in meinem Kopf meldete sich plötzlich wieder: *Mach Mathias eifersüchtig!*

Warum?

Weil du ihn magst!

Ach Quatsch.

Du kannst dich nicht selbst belügen. Du magst ihn.

Vielleicht ein wenig.

Geh mit Ricardo aus und mach ihn eifersüchtig!

»Ich hätte tatsächlich Lust auf einen Cocktail«, hörte ich mich sagen und streckte Ricardo meine Hand entgegen.

Er nahm sie mit Freude, küsste meinen Handrücken und zog mich aus dem Zimmer.

In Mathias' Augen spiegelte sich das blanke Entsetzen. Frech winkte ich ihm zu, als wir um die Ecke zum Strand bogen. Schockiert und mit einer Spur Enttäuschung blickte er mir nach.

Komm und hol mich.

Er holte mich nicht. So viel stand nach Cocktail Nummer fünf fest. Aber was kümmerte es mich? Ich saß mit einem gut aussehenden Mann an der Strandbar, hinter ihm das rauschende Meer und die untergehende Sonne. Eigentlich ein perfekter Abend.

»Was bedrückt meine Bella?« Ricardo legte seine Hand unter mein Kinn und hob es an. »Wo ist dein schönes Lächeln hin? Hat dieser *Stupido* es dir gestohlen?«

Genau das war es, was mir fehlte – Mathias. Er sollte hier sein, nicht du.

Mein nerviges Unterbewusstsein wollte nicht den heißen Italiener, sondern meinen Deutsche-Kartoffel-Chef mit dem Stock im Arsch. *Was er wohl gerade macht? Vielleicht denkt er auch an mich.*

Ich schüttelte den Kopf, hob mein Glas an die Lippen und spülte jeden Gedanken an ihn mit Alkohol davon.

»Nein, mein Lächeln habe ich noch«, sagte ich und spürte, wie meine Zunge Schwierigkeiten hatte, die Worte zu formulieren. *Definitiv der letzte Cocktail.*

»Gut! Es ist nämlich wunderschön«, raunte Ricardo und nahm mir meinen Cocktail aus der Hand. Vorsichtig stellte er ihn auf der Bar ab und zog mich ruckartig zu sich heran. Sein warmer Körper presste sich an meinen. Der Duft von Caipirinha und *Paco Rabanne* kroch mir in die Nase. *Das ist völlig falsch.* Ich versuchte, mich aus seiner Umarmung zu ziehen, doch mein vom Alkohol lahmgelegter Körper hing wie ein nasser Sack in seinen Armen. Ich nuschelte ein kaum hörbares »Nicht« und drückte beide Hände gegen seine Brust, doch er schob sie beiseite, als wären sie aus Gummi. *Was soll das?*

»Mal sehen, ob es genauso gut schmeckt.« Blitzschnell beugte er sich hinab und drückte seine Lippen auf meine. Heiße, viel zu feuchte Küsse verteilten sich auf meinem Mund und Hals.

»Stopp. Lass das. Ich will nicht«, nuschelte ich durch den Schleier des Alkohols und hämmerte mit den Fäusten auf ihn ein. Doch sein Griff war zu stark. Hilflos begann ich zu schluchzen. Mein Herz wurde leer. Mein Körper fühlte sich benutzt an. Wehrlos. Dicke Tränen benetzten meine Wangen.

»Nein«, schrie ich, so laut ich konnte. *Lass das. Lass mich los.* Ich zitterte vor Wut und Verzweiflung. *Er soll aufhören. Bitte, hör auf.*

Die Welt drehte sich um mich herum. Mein Blick verschwamm und mir wurde übel. Seine Hand glitt unter meinen Rock.

»Das will ich den ganzen Tag schon tun.« Ein lustvolles Grinsen legte sich auf seine Lippen. Gierig tasteten seine Finger an meinem Oberschenkel entlang.

»Nein!« Ich wollte fort. Weg von diesem Mann und diesem Strand. Fort aus Italien. Nach Hause. In mein Bett. War denn niemand hier, der mir helfen wollte?

Wusch. Ein Schlag aus dem Nichts traf Ricardo direkt ins Gesicht. Prompt ließ er mich fallen und zwei starke Hände fingen mich auf. Der Duft von Zedernholz stieg mir in die Nase. *Mathias!*

»Faccia di culo!«, fluchte Ricardo auf Italienisch und hielt sich die blutende Nase.

Schwankend machte er einen Schritt in unsere Richtung, doch Mathias brüllte ihn an: »Komm näher und ich breche dir alle Knochen in deinem jämmerlichen Körper! Ich verklage dich und dein beschissenes Hotel bis auf den letzten Cent. Sie hat Nein gesagt! Du verfluchtes Arschloch hast es genau gehört.«

»Sie war angetörnt«, widersprach Ricardo und deutete auf mich. »Sie hat mich den ganzen Tag heißgemacht. Selbst schuld …«

Wusch. Mathias hatte ihm eine zweite Ohrfeige verpasst. Ricardo taumelte benommen nach hinten, strauchelte und fiel rücklings über einen Stuhl.

»Verschwinde, bevor ich mich nicht mehr beherrschen kann«, brüllte mein Chef in einer ohrenbetäubenden Lautstärke, die mir Angst einjagte.

Er hat mich gerettet.

Ich zitterte am ganzen Leib, als er mich stützte. »Kannst du gehen?«, fragte er sanft. Ich wankte. »Elli?«

Seine Stimme hallte hundertfach in meinem Kopf wider, meine Gedanken drehten sich wie ein immer schneller werdendes Karussell, bis ich mich nicht mehr halten konnte.

Das Letzte, was ich wahrnahm, war das Rauschen des Meeres und Mathias' warmer Körper, auf dem ich selig einschlief.

Am nächsten Morgen wachte ich mit höllischen Kopfschmerzen auf. Meine Lider lagen tonnenschwer auf meinen Augen, aber das Sonnenlicht schien erbarmungslos hindurch. Meine Gliedmaßen fühlten sich schwach an wie nach einer schweren Grippe. In meinem Mund lag die Wüste Gobi. Mein Hirn fuhr hoch und rief langsam die Bilder der letzten Nacht ab. *O nein.*

Die Erinnerungen an Ricardos Zunge in meinem Mund, Mathias' Rettungsaktion und die Dinge, die ich anschließend im Zimmer zu ihm gesagt hatte, ploppten nacheinander in meinem Kopf auf. Ich wollte sie verdrängen, vergessen und einfach im Hier und Jetzt bleiben. In diesem gemütlichen Bett, ohne Verantwortung für meine Taten übernehmen zu müssen.

Warum habe ich nur so viel getrunken? Vielleicht war es aber auch nur ein böser Traum? Mein Unterbewusstsein klammerte sich an den letzten verbliebenen Strohhalm.

Vorsichtig öffnete ich die Augen. Das Zimmer war leer, keine Spur von Mathias. Die Uhr zeigte kurz vor zwölf, vermutlich war er bei unserem Seminar.

Wo ich jetzt auch sein müsste.

Ich sah an mir herunter. Mein Körper war in einen Kokon aus Decken gehüllt, neben mir stand eine Flasche Wasser und eine Aspirin lag auf dem Nachttisch. *Es war definitiv kein Traum.*

Dankbar griff ich nach dem Getränk und schluckte die Tablette. Alles wirkte verschwommen und unwirklich. Die Erkenntnis kam langsam und mein Herz wurde schwer. *Ich bin arbeitslos. Definitiv würde er mich nach dieser Aktion fristlos kündigen.*

Tränen sammelten sich in meinen Augen. *Wie konnte ich nur mit Ricardo mitgehen und mich so betrinken?*

Sechs Jahre gute Arbeit waren in einer Nacht vernichtet. Resigniert schlüpfte ich aus der Decke und begann zu packen. Eine brennende Wut auf mich selbst trieb mich an. Ich stopfte alles, was ich finden konnte, in meinen Koffer. Heiße Tränen liefen mir über die Wangen und ich schluchzte. *Wie dumm bin ich eigentlich? Das ist kein Partyurlaub, sondern eine Geschäftsreise.*

Wahrscheinlich war es meine letzte Geschäftsreise mit Mathias gewesen, dabei hatte es gerade angefangen, Spaß zu machen. Ich dachte an seine schokoladenbraunen Augen, seinen Duft nach Zedernholz und die starken Arme, mit denen er mich gestern so mühelos getragen hatte. Vielleicht war es Schicksal gewesen, dass ich mit ihm und nicht mit Tobias nach Italien geflogen war. *Das habe ich aber gründlich versaut.*

Verzweifelt legte ich die Hände auf mein Gesicht und ließ mich auf die Bettkante fallen. Hemmungslose Schluchzer ließen meinen Körper beben. Ich konnte sie nicht stoppen, nicht mal, als die Tür aufschwang.

»Elli! Alles gut, er kann dir nicht mehr wehtun«, sagte eine tiefe Stimme und ein wohlig warmer Körper setzte sich neben mich auf das Bett – Mathias. Behutsam legte er seinen Arm um meine Hüfte und zog ein wenig daran, sodass ich näher an ihn heran rutschen musste.

Dankbar drückte ich mein Gesicht gegen seine Brust und weinte in sein teures Hemd. Mein Körper bebte, als die Trauer und Enttäuschung Welle um Welle auf mich einprasselten.

»E-s tu-ut mir le-id!«, presste ich zwischen den Tränen hervor und inhalierte seinen Geruch. Verzweifelt schlang ich meine Arme um seinen Körper. Er ließ es zu und wir verharrten einige Minuten. Ich in seinen, er in meinen Armen. Er gab mir das Gefühl von Geborgenheit.

»Dir braucht nichts leidzutun.« Beim Sprechen spürte ich die Vibration seiner Stimme in seinem Brustkorb. »Dieses Arschloch hat dich abgefüllt und ausgenutzt.«

Verdutzt hob ich meinen Kopf und stoppte nur wenige Zentimeter vor seinem. »Aber ich bin mit ihm mitgegangen.«

Seine Augen funkelten wütend. »Das gibt ihm nicht das Recht, dich anzufassen, obwohl du mehrmals Nein gerufen hast. Ich hätte dich gestern nicht allein gehen lassen dürfen. Mir war seine ganze Art von Anfang an suspekt.«

Behutsam strich er eine Strähne aus meinem Gesicht und ließ dabei den Handrücken über meine Wange gleiten. Sein Blick wurde weich und der Glanz in seinen Augen stärker.

»Stimmt das, was du mir gestern gesagt hast?«, flüsterte er und streifte sanft meinen Arm.

Mit klopfendem Herzen kramte ich nach der Erinnerung, doch dort war nichts als Leere. »Ich weiß nicht mehr …«, krächzte ich und schüttelte den Kopf. Meine Aufmerksamkeit lag auf seinen Lippen, sie zogen sich zu einem perfekten Lächeln.

»Nicht so wichtig.« Er überspielte seine Enttäuschung und löste seinen Griff.

Verdammt, er soll mich nicht loslassen. Was habe ich gesagt?

»Ich habe dich für heute krankgemeldet, du kannst dich also

noch ausruhen und morgen geht es weiter. Dieser Ricardo ist auf und davon. Keiner hat ihn seit gestern Abend gesehen«, erklärte er mit seiner üblichen Chefstimme. Das Funkeln war verschwunden.

Nein nein nein!

Fieberhaft kramte ich nach Worten, doch die gestrige Nacht wollte sich mir nicht gänzlich erschließen. Als er sich aus unserer Umarmung löste, reagierte ich reflexartig und schlang die Beine um seinen Körper. Ich zog ihn an seinem Kragen zu mir heran, bis ich ihm wieder so nah war wie zuvor. Vielleicht näher.

Seine Wärme brannte neben mir. Ich nahm seinen überraschten Blick wahr, als ich meine Hände um seinen Hals legte. Mir war alles egal. Das Seminar, der Job, die letzte Nacht. Ich wollte zurück zu diesem Moment, als mir das Glitzern in seinen Augen die absolute Erkenntnis gegeben hatte. Ich wollte ihn! Jetzt! Ich wollte seine Haut auf meiner spüren, seine Hände in meinen Haaren, seine Lippen auf meinen.

Ein Gefühl tief in meinen Lenden trieb mich an. Es kribbelte und knisterte, als ich kurz vor seinem Gesicht innehielt. Sein Atem an meiner Wange, sein Duft in meiner Nase und das endlose Leuchten in seinen Augen. Ich zögerte.

»Darf ich …?«, hauchte ich.

Ein kaum merkliches Nicken und nichts hielt mich. Unsere Lippen trafen sich. Gierig. Wie ausgehungert liebkoste ich seinen Mund. Er schmeckte so gut, so richtig. Seine Hand wanderte in meine Haare. Sanft zog er daran, ich stöhnte leise. Immer schneller hob und senkte sich mein Brustkorb. Mein Herz drohte, zu zerspringen, als ich meinen Mund leicht öffnete und er seine Zunge hineinschob. Es schmeckte nach mehr. Ich drückte mich enger an ihn, wollte keinen Millimeter Luft zwischen uns lassen.

Wir ließen uns rücklings auf das Bett fallen, landeten weich und ich streichelte mit den Fingern seinen Körper. Ich zog an seinem Hemd, bis der erste Knopf aufsprang. Ungeduldig riss ich immer wieder an dem Stoff, bis sein Brustkorb frei war. Gierig fuhr ich über seine nackte Haut hinab bis zum Bund seiner Hose. Er stöhnte. Nichts hätte mich aufhalten können – nichts – bis auf das Klopfen des Zimmermädchens.

»Nicht jetzt!«, brüllte ich genervt in Richtung Tür, doch diese schwang bereits auf.

Eine kleine Frau mit dunklen Haaren und blauer Schürze betrat den Raum. Als sie uns erblickte, erblasste sie und wedelte entschuldigend mit ihren Händen. »Mi scusi! Scusi!« Mit hochrotem Kopf und gesenktem Blick schob sie sich rückwärts hinaus.

»Verdammt«, nuschelte ich und rutschte von Mathias herunter. Die geladene Stimmung war verschwunden.

»Vielleicht war das ein Zeichen?« Er drehte sich zu mir und strich mit dem Daumen über meine Wange. Es brannte auf meiner Haut. »Ich würde es mit dir gerne richtig angehen«, sagte er und meine Eingeweide flatterten.

»Du meinst …«

»Ich möchte heute Abend mit dir ausgehen. Reden. Dich besser kennenlernen. Dann können wir gemeinsam entscheiden, wann wir den nächsten Schritt machen.«

Ich musste grinsen. Er hatte mich nach einem Date gefragt, als ob er die neuste Marketingstrategie vorstellen würde.

»Okay, Boss«, hauchte ich in sein Ohr und konnte nicht anders, als ihm einen sanften Kuss auf den Mundwinkel zu geben.

Er stöhnte. Ich glitt tiefer zu seinem Hals.

Sanft stoppte er mich. »Elli, verdammt! Ich will dich. Aber lass uns nicht mit einem One-Night-Stand starten. Ich habe fünf Jahre gewartet, dann schaffst du es auch für einen Abend.«

Verblüfft starrte ich ihn an. »Fünf Jahre? Wie meinst du das?«

Mathias musterte mich lange, dann nahm er mein Gesicht in seine Hände, beugte sich zu mir und flüsterte: »Ich fühle mich zu dir hingezogen, seit du bei der Frühjahrsansprache damals dieses hellblaue Kleid getragen hast. Jeden Tag habe ich versucht, professionell zu bleiben, aber du bist mir nie aus dem Kopf gegangen. Es wurde erst leichter, als du und Tobi …« Unsicher stoppte er.

»Als ihr angefangen habt, zusammenzuarbeiten. Du hast ihn angehimmelt und ich habe meine Gefühle zu den Akten gelegt.« Unschuldig zuckte er mit den Schultern. Ein Lächeln umspielte seine Lippen. »Eigentlich müsste ich Tobi danken. Hätte er die Kasse nicht geleert, wäre ich nun nicht hier bei dir.«

»Warte, was?« Geschockt sprang ich auf. »Er hat dich bestohlen? Mia hat gesagt, dass er zu viele Pausen gemacht hätte. Das sind ja zwei völlig verschiedene Dinge.« Mit geballten Fäusten ging ich im Zimmer auf und ab. »Dann hat er die Kündigung definitiv verdient! Wie konnte er nur? Und nur fürs Protokoll: Angehimmelt habe ich ihn nie! Da lief nichts und wird definitiv auch nichts laufen.« Fassungslos schüttelte ich den Kopf. »Diebstahl? Also geht's noch?«

Belustigt sah Mathias mir vom Bett aus zu, doch als ich seinen amüsierten Blick, das noch offene Hemd und die Art und Weise, wie er sich lässig nach hinten abstützte, wahrnahm, verpuffte meine Anspannung.

»Knöpf dein Hemd zu, sonst kann ich für nichts garantieren!«

»Zu Befehl, Frau Decker.« Vergnügt zwinkerte er mir zu und diesmal war es nicht seine Standardgeste, sondern etwas Tieferes. »Ich hole dich nach dem Seminar ab«, versprach er und stand auf.

»Musst du nicht eh in *unser* Zimmer zurück?«

»Ich bin bereits umgezogen. Die Suite war heute Morgen frei.«

»Schade«, hauchte ich und legte einen künstlichen Schmollmund auf. Seine Augen funkelten schelmisch, als er die Tür öffnete.

»Die Suite hat einen Whirlpool. Nur als Option«, sagte er mit dem Rücken zu mir und verließ ohne einen weiteren Blick das Zimmer. Aber ich wusste, dass er jetzt genauso breit grinste wie ich.

Die Stunden bis zum Abend vergingen viel zu langsam. Nervös schritt ich in meinem Zimmer auf und ab und kontrollierte zum dritten Mal mein Outfit. Das hellblaue Kleid, das Mathias so gefallen hatte, High Heels, auf denen ich kaum gehen konnte, und eine cremefarbene Tasche.

Mein Herz machte einen Hüpfer, als es an meiner Tür klopfte. Aufgeregt drückte ich die Klinke hinunter.

Mathias pfiff anerkennend und sah mich mit verträumten Augen an. »Du hast es noch?«

Ich nickte und er fuhr mit seinem Blick über meinen Körper. Ich lächelte ihn vielsagend an. »Ich wollte nichts dem Zufall überlassen.«

»Na dann, gehen wir.« Galant reichte er mir seinen Arm und ich hakte mich unter.

Es war ein perfekter Abend für einen Strandspaziergang. Die Sonne verschwand gerade am Horizont hinter den unendlichen Weiten des Meeres. Das Wasser reflektierte den tief orangen Himmel und kleine Wellen bäumten sich auf, um in perfekter Eleganz in Schaum zu zerfließen. Das Rauschen umhüllte mich wie ein Gedicht. Hand in Hand gingen wir an der Promenade entlang. Auf der einen Seite die Weite des Meeres, auf der anderen die Tiefe in seinen dunklen Augen. Jeder Blick löste ein Kribbeln in meinem Körper aus. *Fühlt sich so Liebe an?*

»Du hast vorhin gefragt, ob ich meine Worte gestern ernst gemeint habe.« Ich zögerte kurz. »Ich glaube, ich weiß, was ich gesagt habe, ohne mich daran zu erinnern. Ergibt das einen Sinn?«

Mathias blieb stehen und sah mich strahlend an. Ein liebevolles Lächeln lag auf seinen Lippen. Behutsam zog er mich in seinen Arm und strich mir sanft über die Stirn. »Und wie lautet deine große Erkenntnis?«, fragte er und drückte mich enger an sich.

Die untergehende Sonne flackerte wie Feuer in seinen Augen, als ich mich zu ihm beugte, die Nasenspitze an seiner.

»Ich glaube … ich habe mich in dich verliebt.« Die Worte waren nicht mehr als ein Hauch, doch sie verfehlten ihre Wirkung nicht.

Er sah aus, als hätte ich ihm gerade das schönste Geschenk in seinem Leben gegeben. Mit klopfendem Herzen berührten sich unsere Lippen. Wir verschmolzen miteinander, hinter uns die Schönheit Italiens, vor uns eine strahlende Zukunft.

JACE MORAN

FREIHEIT

Blauer Himmel, Butterblumen
Sandburgen und Sonnenstrahlenstunden
Auf Paddelbooten Abenteuer durch Lagunen

Radtouren, Regenbogen suchen
Marmeladenglasmomente, Urlaub buchen
Auf dem Zeltplatz Zitroneneis und Kuchen

Taucherbrille, Meerjungfrauenschwänze
Erdbeerfelder und Sommerregentänze
Ein ganz besonderes Ambiente –
Freiheit, ohne Grenze

JENNIFER ROUGET

ICH LIEBE DICH. IMMER.

Für all die Eltern von Sternen- und Regenbogenkindern.

15. Mai 2021

Liebe Elya,
es gab diesen einen magischen Sommer.

Das Sonnenlicht verfing sich in deinen honigfarbenen Haaren und hinterließ diesen speziellen Geruch nach Sommer auf deiner Haut. Erinnerst du dich?

Wir waren 16 und noch so verdammt jung. Es war der Sommer, als du dachtest, ein Pony würde dir stehen. Du hast es monatelang bereut, ihn dir geschnitten zu haben, weil dich die Haarspitzen kitzelten. Dadurch hast du immer so süß deine Nase gerümpft. Weißt du das noch?

Ich weiß, dass in letzter Zeit – ach, was sag ich, in den letzten fünf Jahren – viel passiert ist …

Doch ich möchte, dass du weißt, dass ich dich liebe.

Immer.

Dein Milan

16. Mai 2021

Milan,
warum hast du mir einen Brief gegeben und mir dann noch gesagt, auch ich soll per Brief auf deine Worte reagieren?

Elya

19. Mai 2021

Liebe Elya,
die Zeit ist schnelllebig. Manchmal lohnt es sich, einen Schritt zurückzutreten und etwas ganz bewusst anzugehen. Mir die Zeit zu nehmen, um dir wissentlich Worte zu schreiben, statt sie dir zwischen Tür und Angel zu sagen, lohnt sich.

Mittlerweile sind wir seit acht Jahren zusammen. Besonders die Uni hat uns in letzter Zeit so sehr vereinnahmt, dass wir uns weniger nach einem »wir« angefühlt haben. Ich weiß, dass dich der Verlust unseres Babys sehr schmerzt und unsere Beziehung stark verändert hat. Du hast dich verändert. Aktuell brauchst du Ruhe und ziehst dich von allem zurück. Das ist okay. Ich möchte dir einfach zeigen, was für eine wundervolle Frau du bist. Dass du es wert bist, geliebt zu werden und dass dich mehr ausmacht als unser Verlust.

Deine Schwangerschaft war die Erfüllung unseres Traumes. Stundenlang haben wir über das Kinderzimmer gesprochen, Kleidung ausgesucht und diesen kleine Embryo mit ganzer Seele geliebt. Auch, wenn wir ihn nicht im Arm halten durften, war er da und wird es in unserem Herzen immer sein.

Ich liebe dich.

Immer.

Dein Milan

23. Mai 2021

Milan,

wieso tust du mir das an? Jetzt weine ich schon wieder ...

Du bist ein wundervoller Mann. Natürlich hast du recht und ich nehme mir auch gerne bewusst die Zeit, um dir schriftlich zu antworten:

In dem Sommer, als wir uns kennengelernt haben, hast du in einem Café gejobbt und diese lächerliche Schürze getragen. Meine Freundinnen wollten an den See, doch nachdem wir einen Sommerregen bei euch abgewartet haben, zog es mich fast täglich zu dir. Du hattest schon damals dieses gewisse *Etwas*, das dich wie eine Art Zauber zu umgeben schien. Ich weiß noch, wie ich meine Mutter um mehr Taschengeld angebettelt habe, um weiterhin bei euch essen und trinken zu können.

Immer in der Hoffnung, dass du mich bemerkst.

Deine Elya

24. Mai 2021

Liebste Elya,

die Schürze war nicht lächerlich! Der Mops mit Kochmütze unterstrich meine männliche Seite!

Nun gut. Sie war wirklich lächerlich. Aber gib es zu: Sie war der Grund, wieso du die Augen nicht von mir lassen konntest.

Du bist mir sofort aufgefallen. Deine Freunde rannten ins Bad, um ihre durchnässten Frisuren zu richten, doch du hast lediglich einen Zopf gemacht. Im Versuch, zumindest die längeren Haare aus dem Gesicht zu kriegen. Danach hast du um einen Pfefferminztee gebeten. So eine schlichte Wahl für so ein außergewöhnliches Mädchen. Aber wer bestellt bitte Tee im Sommer?!

Als du das vierte Mal zu uns kamst, wollte ich dich um eine Verabredung bitten. Mann, war ich nervös! Du saßt allein an einem der kleinen Tische in meinem Bereich. Deine kurzen Shorts ließen mich keinen klaren Gedanken fassen. Die Sonne schien durchs Fenster und ließ die Farbe deines Haares noch mehr strahlen. Ich stand da, wollte meinen ganzen Mut zusammen nehmen, doch plötzlich hast du gefragt: »Wie oft muss ich eigentlich noch bei euch bestellen, bis du mich endlich nach einem Date fragst?«

Wow. 16 Jahre alt und schon so selbstbewusst. Und dann dieses Lächeln dazu.

Mein Teenie-Ich hat sich fast in die Hosen gemacht.

Seitdem bin ich dir restlos verfallen.

Mit Leib und Seele.

Ich liebe dich.

Immer.

Dein Milan

26. Mai 2021

Lieber Milan,

jetzt, wo ich darüber nachdenke, sahst du auch ein wenig so aus, als hättest du dir in die Hosen gemacht. Haha.

Stattdessen hast du mich mit deiner piepsigen Stimmbruch-Stimme gefragt, ob ich am Freitag mit dir ins Freiluftkino will.

Das war so unglaublich romantisch! Auf der Wiese im Dorf, unter dem Sternenhimmel in einer lauwarmen Sommernacht. Ich weiß noch, wie ich mich an dich gelehnt habe. Du musst tagsüber im Schwimmbad gewesen sein oder so. Dein Geruch nach Sonnencreme und Chlor stieg mir in die Nase. Alles an dem Abend war magisch. Sie haben Dirty Dancing gespielt und mit jeder dramatischen Wendung zwischen Baby und Johnny verringerte sich der

Abstand zwischen uns. Als sich unsere Hände beim Griff in die Popcorn-Tüte berührten, konnte ich das Knistern förmlich spüren. Wie ein wohliger Schauer durchzog es meinen Körper und ich wünsche mir noch heute, wir hätten unsere Hände nicht hektisch zurückgezogen.

Als Johnny von der Bühne sprang, lehnte ich mich an dich und schloss die Augen. Ich habe mir vorgestellt, wir würden so zusammen tanzen. Habe mir vorgestellt, dass du mein Johnny wärst.

Deine Elya

30. Mai 2021

Liebste Elya,
ich hoffe doch, ich hatte bessere Anmachsprüche als »Mein Baby gehört zu mir!« auf Lager?

Aber ich weiß, was du meinst. Als du dich an mich gelehnt hast, habe ich deinen ganz eigenen Duft nach frischen Frühlingsblumen eingeatmet. Du hattest dieses Minikleid mit den Blumen an, das du fast den ganzen Sommer lang getragen hast. Ich bin wie die Sonnenblumen auf dem Kleid und du bist meine Sonne. Immer werde ich meinen Kopf nach dir drehen, mich nach dir ausrichten.

Irgendwie ist der Sommer schon immer unsere Jahreszeit gewesen: Wir haben uns in der Augusthitze kennen und lieben gelernt. Ein paar Jahre darauf haben wir uns fürs Studium beworben. Innerhalb weniger Wochen mussten wir uns entscheiden, an welche Uni wir gehen wollen.

Weißt du noch, wie verzweifelt wir gewesen sind, weil es in unserer Nähe keine Hochschule gab, die sowohl Lehramt als auch Jura anbot? Ich hatte schon eine Zusage für Berlin und du bist jeden Morgen barfuß die Einfahrt zum Briefkasten runtergelaufen und hast sehnsüchtig auf deine

Zusage gewartet. Wir haben gerade den Geburtstag meines Papas gefeiert, als du in den Garten gerannt kamst. Mit einem großen Umschlag in der Hand und einem strahlendem Lächeln im Gesicht. Du bist nicht zuerst zu deinen Eltern gegangen, sondern zu mir. Bist förmlich in meine Arme geflogen und hast immer wieder gerufen: »Wir ziehen nach Berlin. Wir bleiben zusammen!«

Dein Lachen höre ich noch immer in meinem Ohr widerhallen. Spüre, wie dein schlanker Körper sich an mich schmiegte und deine Arme sich um meinen Hals klammerten. Ich nahm die hitzige Wärme deines Körpers auf, wollte dich gar nicht loslassen.

Jetzt sitzen wir hier. In unserer eigenen Küche in Berlin.

Wir haben es geschafft, Baby.

Ich liebe dich.

Immer.

Dein Milan

06. Juni 2021

Ach Milan,
wie aufgeregt wir waren und wie ernüchternd die Suche nach einer Wohnung war! Immerhin kamst du in einem Studentenwohnheim unter. Ich musste täglich eineinhalb Stunden pendeln und habe es so sehr gehasst! Dazu noch der ganze Lernstoff, die Prüfungen ... Habe ich dir jemals gesagt, dass ich fast alles hingeschmissen und die freie Stelle im Supermarkt nahe meines Elternhauses angenommen hätte?

Ich habe mich zwischen Paragraphen verloren und bin so oft in der Unibibliothek eingeschlafen ... Doch ich hatte dich. Weißt du noch, wie du mich während der Vorlesungszeit dort schlafend gefunden hast? Es muss Juli gewesen sein. Ich glaube, ich trug nur ein dünnes Kleid und keine Jacke ...

Ich war so müde. Kein einziges Wort passte mehr in meinen Kopf und ich habe den Staubflocken im Sonnenlicht beim Tanzen zugesehen, bis meine Augen zugefallen sind.

Deine Elya

17. Juni 2021

Liebste Elya,
du sahst so süß aus. Ich war eigentlich total sauer auf dich, weil wir mit Freunden am See verabredet waren und ich dich einfach nicht finden konnte! Ich hatte mir schon Sorgen gemacht, weil du nicht ans Handy gegangen bist. Und dann habe ich dich schlafend in der großen Bibliothek gefunden. Dein Haar verdeckte den Großteil deiner Karteikarten. Deine Haut hatte schon diesen leicht bronzenen Ton von der Sonne angenommen. Ich konnte einfach nicht anders. Ich musste deine freie Schulter berühren. Sacht strich ich das Haar aus deinem Gesicht und küsste deine Wange, deine Stirn und deine kleine Stupsnase.

So anstrengend die Zeit auch war, du hast dein erstes Staatsexamen geschafft und arbeitest sogar am zweiten. Du rockst das, Elya!

Ich liebe dich.

Immer.

Dein Milan

06. Juli 2021

Milan,
du hast recht. Unsere Sommer sind magisch. Es ist, als würden wir nur darauf warten, die Hitze zu spüren, wieder Sonnencreme aufzutragen und uns mit einem Eis auf den Balkon zu setzen. Gut, dass es schon wieder Juli ist.

Ich habe übrigens heute dein Lieblingseis gekauft und den Wein kaltgestellt. Sobald du von der Arbeit kommst und diesen Brief liest, wirst du mich auf dem Balkon finden. Folge einfach der Musik. Vielleicht mache ich sogar *Time of my life* von Bill Medley und Jennifer Warnes an, um in den Erinnerungen an unser erstes Date zu schwelgen.

Ich liebe dich.

Elya

07. Juli 2021

Liebste Elya,

vielen Dank für den perfekten Start ins Wochenende. Noch bist du am Schlafen und ich möchte dich nicht wecken. Doch ich kann nicht anders, als dir diese Zeilen zu schreiben. Irgendwie ist das mittlerweile »unser Ding« geworden.

Dich beim Sonnenuntergang im Liegestuhl auf dem Balkon vorzufinden war das Highlight meiner ganzen Woche – du bist mein Highlight. Die letzten Sonnenstrahlen des Tages haben dich wie einen goldenen Schein umgeben. Okay, ich werde kitschig. Aber bei dir kann ich einfach nicht anders. Es war so schön, wieder mal laut lachen zu können, über Erlebnisse und Wünsche für die Zukunft zu reden. Ich glaube wirklich, dass wir bereits eine tolle Zeit zusammen hatten, aber dass die Beste noch folgt: mit Kind und allem Drum und Dran.

Bevor ich jetzt zu rührselig werde, hole ich uns Brötchen. Was hältst du von einem Tag am See?

Ich liebe dich.

Immer.

Dein Milan

08. Juli 2021

Lieber Milan,

einen wolkenlosen Tag am See mit einem Sommerregen abzuschließen, schaffen auch nur wir! Dabei sollte es doch gestern gar nicht regnen, oder?

Das Wasser war so aufgeheizt vom Tag und ich glaube den Meteorologen, dass es der heißeste Juli seit Jahren ist! Wir hätten wie die anderen gehen sollen, als sich der Himmel zugezogen hat. Doch dann hätten wir nicht am See im Regen tanzen können. Das war so romantisch. Sommerregentänze … Ich hoffe, das wird »unser Ding«, genau wie diese Briefe.

An schlechten Tagen, wenn sich meine Gedankenwelt verdüstert, krame ich sie hervor. Wusstest du das? Deine Worte sind nicht kitschig, sondern wunderschön! Okay – vielleicht etwas kitschig. Doch genau das brauche ich. Heute wäre der Geburtstermin für unser Baby gewesen. Ein weiteres Sommerwunder für uns. In einem Moment wächst ein kleines Menschlein in meinem Bauch heran und ich sehe uns schon das Kinderzimmer streichen. Im anderen Moment ist er weg. Ezra, so wollten wir ihn nennen. Genauso wie du wird er immer einen Platz in meinem Herzen haben. Dieser Brief ist nicht nur für dich, sondern auch für ihn. Ich bin bereit, loszulassen. So sehr ich mir das Brabbeln einer Kinderstimme in unseren Räumen wünsche – zaubert ihn das doch nicht herbei. Er ist da draußen und achtet auf uns; das spüre ich. Ich werde ihn nie vergessen.

Danke, dass du an meiner Seite bist.

Verlass mich nicht.

Deine Elya

09. Juli 2021

Liebste, unglaublichste, wunderschöne Elya,
niemals könnte ich dich verlassen. Was auch immer kommen mag: ich bleibe.

Als ich nach Hause gekommen bin und dich weinend über dem Brief sah, brach es mir das Herz. Wie können Freude und Leid so nah beieinander liegen?

Es tat gut, mit dir zu weinen und mit dir im Arm einzuschlafen. Ich liebe es, nachts aufzuwachen, meine Hand zur Seite gleiten zu lassen und dich neben mir zu spüren.

Nach Regen kommt Sonnenschein und genau daran müssen wir denken.

Meine Arme werden dich auffangen, wann immer du Halt brauchst.

Ich liebe dich.

Immer.

Dein Milan

29. Mai 2022

Lieber Milan,
unsere letzten Briefe sind wirklich lange her. Wie konnten wir nur Monate – MONATE! – verstreichen lassen?

Ich vermute, der Alltag hatte uns wieder fest im Griff.

Daher habe ich heute morgen beschlossen, das Ritual wieder aufzunehmen.

Ich habe mir unsere letzten Briefe durchgelesen und möchte daher unbedingt mit etwas Positivem beginnen: Im August werde ich meine Prüfungen antreten!

Die letzten Monate habe ich immer wieder überlegt, ob mir das erste Staatsexamen nicht doch genügt, wir haben geredet und geredet und geredet. Aber weißt du was? Ich habe die letzten Jahre nicht umsonst gelernt. Ich werde diese Prüfungen schaffen und den Sommer wieder über

Bücher gebeugt in einer staubigen Bibliothek verbringen. Bitte denk an mich, wenn du am See deine Haut bräunst und ich zur selben Zeit an meiner Bibliotheksblässe erfreue.

Dadurch, dass ich mich weiterhin zwischen Karteikarten wälze, mir das Schlafen und soziale Leben abgewöhne und mich mit Paragraphen anfreunde, bleiben uns vielleicht nur diese Briefe.

Vielleicht ist es auch der Sonnenstich, den ich mir bei meinen finalen Überlegungen auf der Parkbank zugezogen habe, doch meine Euphorie kennt gerade keine Grenzen!

Ich liebe dich,

Elya

20. Juli 2022

Liebste Elya,

wieso hast du mich nicht geweckt, bevor du zum Lernen losgefahren bist? Wir hätten noch zusammen frühstücken können. Glaub bloß nicht, dass ich die ganzen Sommerferien lang nur schlafe und dich vergesse!

Wenn du das hier liest, bin ich wahrscheinlich gerade einkaufen, um dir nachher Spaghetti Arrabiata zuzubereiten.

Weißt du noch, wie wir für unsere Freunde Nino und Isa unser Lieblingsessen machen wollten? Sie kamen in unsere winzige Wohnung und du wolltest unbedingt das Kochen übernehmen, um zu beweisen, dass du genauso gut kochen kannst wie ich. Doch stattdessen hast du mit uns gequatscht und Nudeln anbrennen lassen. Ich wusste nicht mal, dass du den Herd schon angestellt hattest. Ich liebe dich wirklich, doch nach dem Gestank überlass bitte das Essenmachen zukünftig mir. Wer lässt bitte Nudeln anbrennen?!

Wir haben alle Fenster aufgerissen und trotzdem wurden wir den Geruch erst los, als die Pizza geliefert wurde. Zu viert haben wir uns auf den Balkon gequetscht und den Sonnenuntergang bestaunt. Das sollten wir wieder machen – Freunde einladen und Pizza bestellen (nicht das mit den Nudeln).

Aber im Ernst: Es täte dir sicher gut, den Lernstress für ein paar Stunden zu vergessen, in der Hitze ein kühles Bier zu trinken, gutes Essen zu genießen und Gespräche mit Freunden zu führen.

Denk immer dran: Bald ist der Stress vorbei.

Ich liebe dich.

Immer.

Dein Milan

28. Oktober 2022

Liebster Milan,

es tut mir so leid, dass ich gestern erst so spät nach Hause gekommen bin. Nach den Prüfungen hat die Arbeit mich nun wieder fest im Griff. Ich arbeite doch an diesem großen Fall mit. Hätte ich gewusst, dass du mit Wein und Schokolade auf mich gewartet hast, hätte ich keine Überstunden gemacht.

Dafür fange ich heute früher an und lasse dich noch schlafen.

Heute Abend habe ich eine Überraschung für dich.

PS: Niemand schnarcht so süß wie du.

Ich liebe dich.

Immer.

Deine Elya

29. Oktober 2022

Liebste Elya,

ich weiß noch gar nicht, ob ich dir diesen Brief überhaupt gebe oder ob ich ihn nur für mich niederschreibe.

Wenn man einmal mit diesem Seelenstriptease begonnen hat, ist es schwer, aufzuhören.

Als du mir gestern Abend den positiven Test gezeigt hast, konnte ich es kaum glauben. Wir werden Eltern. *Eltern.* Es klingt so surreal.

Du wirkst so voller Energie und Euphorie. Ich dachte die letzten Wochen über, das läge am Prüfungsstress, der hinter dir liegt. Doch dieser Grund ist natürlich viel, viel besser!

Zum Glück hast du keine Übelkeit und kannst die erste Zeit der Schwangerschaft komplett genießen, doch ich schweife ab. Entschuldige, es ist immer noch schwer, einen klaren Gedanken zu fassen, der über »Ich werde Vater!« hinausgeht!

Eigentlich wollte ich dir nur sagen, dass du eine wundervolle Frau bist und ich so dankbar bin, an deiner Seite sein zu dürfen.

Ich liebe dich.

Immer.

Dein Milan

31. Oktober 2022

Liebster Milan,

es ist noch viel zu früh, es irgendwem zu sagen, doch ich habe nachgerechnet. Wahrscheinlich wird unser Baby im Juni/Juli auf die Welt kommen – ein weiteres Sommerwunder. Hattest du das nicht mal gesagt? Dass unsere Sommer magisch sind? Das fühlt sich so unglaublich richtig an.

Der Herbst ist ungewohnt warm. Lass uns die letzten

Sonnenstrahlen auskosten und Energie für die kommende Zeit tanken.

Wie wäre es mit Grillen oder Eisessen? Kann man Eis grillen? Du bist doch der Super-Koch, finde es heraus!

Lass uns einfach ganz verrückt sein, auf dem Balkon die Sonne untergehen sehen, am See im Regen tanzen und Eis grillen!

Ich liebe dich.

Immer.

Deine Elya

PS: Ich habe gerade nachgeschaut und es gibt wirklich Rezepte für gegrilltes Eis! Ich brauche das!

18. Juni 2023

Elya,

Du bist wundervoll!

Du hast mir das größte Geschenk der Welt gemacht: unsere Tochter.

Es ist jetzt 23:33 Uhr und Solea ist 24 Stunden alt – unsere ganz eigene Sonne. Von nun an haben wir das ganze Jahr über Sonne, Sommer und Liebe im Herzen.

Ihr beide schläft gerade, doch ich muss diese Zeilen einfach schreiben:

Elya, deine Seele ist rein und dein Herz voller Liebe.

Jeden Morgen öffne ich die Augen und freue mich auf deine Umarmungen, deine Küsse und deine liebevollen Blicke.

Jeden Abend gilt mein letzter Gedanke dir.

Dein Name bedeutet *einzigartiger Stern.* Und genau das bist du für mich: einzigartig. Unersetzbar. Der hellste Stern an meinem Firmament.

Gemeinsam werden wir jeden Sturm bewältigen, Sommerregentänze am See genießen und unser Heim mit Lachen füllen.

Ich liebe dich.

Immer.

Dein Milan

JENNIFER ROUGET

GEGRILLTES EIS

Mini-Kuchenboden
(beispielsweise: Torteletts von Dr. Oetker)
4 Kugeln Eis deiner Wahl
frisches Obst deiner Wahl
6 Eiweiß
7 TL Puderzucker

1. Das Obst klein schneiden, auf die Torteletts verteilen und kalt stellen
2. Das Eiweiß mit dem Puderzucker und dem Eis verrühren
3. Eine Kugel Eis auf die Torteletts geben
4. Das Eis mit dem Eischnee umhüllen (schick sieht es aus, wenn man dies per Spritzbeutel wie bei einem Cupcake macht)
5. In den Kugelgrill/Backofen bei 200°C stellen, bis sich das Baiser bräunlich verfärbt.

TIPP: sollten mehr als 4 Portionen benötigt werden, die fertigen Torteletts ins Gefrierfach legen, bis alle fertig sind

ANNA MARIE MUẞ

Wo MÄRCHEN ENDEN

Es war einmal ein fernes Reich, in dessen Luft der Duft des Sommers lag. Dieses Reich fand nur, wer danach suchte, denn es lag verborgen zwischen den Bergen, und so hoch, dass man sich fühlte, als lebe man nahe an den Wolken und abgeschnitten vom Rest der Welt. Es war ein Reich, das nur wenige Reisende je betreten hatten und über das man sich allerlei seltsame Geschichten erzählte.

Die seltsamste war diese: Eines Nachts vor sieben Jahren, als die einstige Königin und ihr Gemahl auf tragische Weise gestorben waren, soll es in diesem Reich zu regnen begonnen und fortan nie mehr damit aufgehört haben.

Und in diesem Reich lebte eine junge Königin.

Über die Jahre waren die Erinnerungen an ihre Eltern und die Nacht ihres Todes zu blassen Bildern in ihrem Kopf geschwunden. Nur eine Szene war noch immer klar und ungetrübt. Vielleicht, weil die Worte damals einen so großen Eindruck auf sie gemacht hatten, oder weil ihrer Mutter derart viel daran gelegen hatte, sie ihr einzuprägen:

»Viele Männer werden dein König werden wollen«, hatte sie gesagt, die kühle, schwache Hand um die ihrer Tochter gelegt, den

Blick klar und eindringlich auf ihr Gesicht gerichtet. »Die meisten von ihnen werden vorgeben, es aus Liebe zu wollen. Einige von ihnen werden wirklich glauben, dass dies der Grund ist. Aber du, du wirst Denjenigen erkennen, dessen Liebe für dich den Regen vertreiben kann. Und nur für diese Liebe lohnt es sich, jemandes Frau zu werden.«

Unzählige Lords, Grafen und weitere hohe Adelige reisten in das Reich des ewigen Sommers, um die Bekanntschaft der jungen Königin zu machen. Einige kamen aus Neugier, andere aus strategischen Gründen, doch doch nahezu jeder von ihnen war gekommen, weil er sie zur Frau nehmen wollte.

Dass das kein allzu leichtes Unterfangen war, wurde den Männern jedoch schnell bewusst. Denn die Worte ihrer Mutter hatten die Königin aufmerksam und vorsichtig werden lassen. Sie konnte sehen, wer vorgab, sie zu bewundern, aber in Wahrheit nur ihren Titel, ihre Schatzkammer, und die Macht liebte, die sie ihm verhieß. Sie durchschaute, wer sich wünschte, sie wäre eine andere, und wer sie lieber überhaupt nicht heiraten wollte. Sie lernte zu erkennen, welche Männer sie zur Frau nehmen wollten, einzig weil sie sich eine Frau nehmen mussten, um ihrer Einsamkeit oder dem Gerede ihrer Untergebenen zu entfliehen. Zuweilen konnte sie deutlich Düsternis und heimliches Verlangen in den Augen einiger Lords erkennen. Und ein kalter Schauer lief ihren Rücken hinab, wenn sie daran dachte, dass dies ein Mann sein könnte, dem sie einmal voll und ganz vertrauen sollte.

Als ein Jahr vergangen war und der alte Haushofmeister statt einer Verbesserung eine deutliche Verschlechterung der Gemütslage seiner Königin feststellte, schlug er vor, sie solle zunächst keine weiteren Gäste mehr empfangen. Er ahnte nicht, dass die Einsamkeit sowohl ihr als auch ihrem Land alles andere als gut tun würde. Erneut versank das Reich unter grauen Wolken und Regenschleiern.

Die Königin saß am Fenster und sah unbewegt in die Nacht hinaus.

Jedes Mal, wenn ein Blitz über den Himmel zuckte, konnte sie für einen Augenblick wie bei Tageslicht auf ihr Reich herunterblicken.

Der Regen fiel auf die Berge, die das Reich zu allen Seiten umzingelten, und auf ihr Schloss, das sich an deren Gipfel klammerte, als könnte es jeden Moment davongespült werden. Der Regen fiel auf den Schlossgarten, der sich rechts von ihr über den Hang des Ostflügels zog, und auf den Wald, der sich durch die Gebirge hin zur Außenwelt schlängelte. Der Regen fiel auf die grauen und roten Ziegeldächer der Stadt, die sich mal höher, mal niedriger, vom Fuße des Schlosses bis zum Ufer des Königssees ausbreiteten. Und die Königin stellte sich vor, wie der Regen gegen die Fenster der Wohnhäuser prasselte und in Bächen durch die Straßen lief. Sie dachte daran, wie sehr die Bewohner ihres Reiches unter den ständigen Niederschlägen zu leiden hatten; wie sehr sie ihre Königin verfluchen mussten; wie sehr sie sie hassen mussten. Und für wie viel Unglück sie wohl bereits verantwortlich war?

Na wunderbar, dachte die Königin und schloss für einen Moment die Augen. Es war ein Glück, dass niemand ihre Gedanken hören konnte. Sie war sich sicher, dass sie damit auch den glücklichsten Menschen der Welt hätte deprimieren können.

Ein Klopfen riss sie aus ihren Gedanken. Mit einem Knarren öffnete sich die Tür und jemand trat ein. Ohne sich umzusehen, wusste sie, dass es der Haushofmeister war. Er setzte den linken Fuß immer etwas schwerer auf als den rechten und seine langen Gewänder raschelten bei jeder seiner Bewegungen.

»Verzeiht die Störung, meine Königin, aber ich habe soeben

dem Botschafter Mitteilung gemacht. Er wird Euch morgen früh empfangen.«

Sie nickte. »Ich danke Euch.«

»Wenn Ihr wünscht, dass ich –«

»Da kommt ein Reiter«, bemerkte sie in diesem müden, gleichgültigen Ton, den sie selbst nicht recht an sich leiden konnte. »Tut mir leid, ich wollte Euch nicht unterbrechen.«

»Ein Reiter? Um diese Zeit?« Ungläubig trat er neben sie ans Fenster.

Sie deutete nach draußen, auf den Platz vor den Toren, auf dem man zunächst nichts als wüste Dunkelheit und die Schatten der Bäume erkennen konnte, die sich im Sturm bogen. Doch da – beim Aufblitzen des Himmels sah man für einen Augenblick das Standbild einer dunklen Gestalt, die sich auf das Schloss zubewegte.

»Beim Leben meiner Mutter, Ihr habt gute Augen!« Der Haushofmeister hakte die Daumen in die Schürze seines Gewandes und trat zurück. »Ich gebe den Wachen Bescheid. Sie sollen prüfen, was es mit dem Eindringling auf sich hat.«

Der strenge Tonfall seiner Stimme veranlasste die Königin, den Kopf zu heben. »Bittet ihn doch herein und gebt ihm einen Schlafplatz«, sagte sie, und wandte sich ab, als sie bemerkte, wie der alte Mann sie ansah. Es war dieser Blick, mit dem man Menschen bedachte, die im Brunnen ihres eigenen Unglücks saßen, während man selbst nur daneben stehen und zusehen konnte. Es war unerträglich. »Wo auch immer er herkommt, er wird sicherlich erschöpft sein.«

»Natürlich. Wie Ihr wünscht.« Er blieb einen Moment im Raum stehen, als würde er noch etwas hinzufügen wollen – die Königin fürchtete, dass er dies tun würde –, doch er neigte nur den Kopf und verschwand.

Es stellte sich heraus, dass der Reiter ein Graf war, und ein Unbekannter noch dazu. Er gab an, auf seiner Reise vom Weg abgekommen zu sein und im Durcheinander des Unwetters für kurze Zeit das Bewusstsein verloren zu haben. Da sein Pferd ihn selbstständig durch den Wald geführt hatte, war er schließlich in ihrem Reich gelandet und hatte in ihrem Schloss Zuflucht gesucht.

»Verzeiht meinen miserablen Orientierungssinn.« Das war einer der ersten Sätze, die sie von ihm hörte, als sie in den offenen Festsaal geführt wurde, in dem er bereits auf sie wartete. Er lächelte dabei, und sie hatte den Eindruck, dass er sich ein bisschen für die Umstände seiner Anwesenheit schämte.

»Ich hoffe, Ihr seid nicht zu schlimm verletzt?«, fragte sie mit einem Blick auf den breiten Schnitt an seiner Stirn. Seit dem schrecklichen Jahr der offenen Tore – wie sie und der Haushofmeister es inzwischen nannten – wurde die Königin jedes Mal bedrückt, wenn sie wieder einen Gast in ihrem Schloss empfangen musste. Doch sie musste zugeben, dass sie dieses Mal auch ein wenig neugierig war. Es kam nicht oft vor, dass sich ein Fremder zufällig in ihr Reich verirrte. Genau genommen nie.

»Ach, das? Nein, das ist nur eine Verwundung von meinem Kampf mit einem herumschwingenden Ast«, antwortete er mit zuckenden Mundwinkeln, beobachtete dabei aber aufmerksam ihr Gesicht, als würde er herausfinden wollen, ob es recht war, dass er so mit ihr redete.

»Oh.« Unwillkürlich lachte sie, und stellte überrascht fest, dass sie sich dazu gar nicht hatte anstrengen müssen. »Das sind die härtesten Gegner.«

Die Anspannung fiel so offensichtlich von ihm ab, als hätte sie ihm mit diesen Worten eine schwere Last von den Schultern genommen. Er atmete durch. Grinsend deutete er nach draußen.

»Ich bin froh, dass ich wieder bei Bewusstsein war, als ich den Wald verlassen habe. Sonst wäre mir der nächtliche Blick auf das Schloss und die Gebirge entgangen.« Er blickte ihr offen ins Gesicht. »Ihr lebt in einem sehr schönen Land.«

»Ist das so?«, fragte die Königin verblüfft. Sie hatte in den vergangenen Jahren viele Bezeichnungen für ihr Land gehört: Finster, neblig, grau, verflucht … *Schön* war nie dabei gewesen.

»Sicher.« Der Graf verzog keine Miene. »Das war das Erste, was ich dachte, als ich hier angekommen bin.«

»Aber … es regnet«, erwiderte sie und deutete über die Terrasse nach draußen, wo der Regen ihr Land hinter einem trüben Schleier verbarg. »Jeden Tag, seit Jahren.«

Gehorsam folgte sein Blick der Richtung ihrer Handbewegung, doch sie hatte den Eindruck, dass er das nur tat, um ihr einen Gefallen zu tun. »Das mag sein«, sagte er, und schaute schnell wieder zurück in ihr Gesicht, als hätte er etwas Faszinierendes darin entdeckt.

»Doch das ändert nichts daran, dass es schön ist.«

Und da stellte die Königin fest, dass dieser Graf anders war als alle Männer, denen sie zuvor begegnet war. Er blieb noch einige Wochen in ihrem Reich, ohne dass ihn jemand zum Bleiben gezwungen oder zum Gehen getrieben hätte. Und das war der Königin sehr recht. Denn der Graf war weder alt, noch selbstsüchtig oder verzweifelt. Er fällte keine leichtfertigen Urteile über andere Menschen (oder gar über sie), und er prahlte auch nicht mit seinen Besitztümern oder Fähigkeiten.

Er gab nicht viel von sich preis, aber wenn er es doch tat, musste sie zugeben, dass sie beeindruckt war. Entweder, weil er sie überraschte, oder weil das, was sie über ihn erfuhr, von Bescheidenheit und einem starken Charakter zeugte. Alles, was sie über ihn erfuhr, *mochte* sie. Und dass er sich dessen gar nicht bewusst zu sein schien, das mochte sie am allermeisten.

Schleichend, aber stetig, gewöhnte sie sich an seine Anwesenheit. So sehr, dass es sie völlig unvorbereitet traf, als sie von den Plänen seiner bevorstehenden Abreise hörte, und ihr Herz dabei furchtbar schwer wurde.

»Warum lasst Ihr den Brunnen nicht restaurieren?«, fragte der Graf an diesem Morgen, als sie gemeinsam mit dem Haushofmeister durch den Schlossgarten spazierten. Ein leichter, warmer Nieselregen fiel, der sich seicht auf die Haut legte und in Perlen am weißen Kleid der Königin herablief.

Vor ihnen, zwischen den Bäumen, war der große, alte Springbrunnen zum Vorschein gekommen. Die weißen Marmortreppen, die zu ihm hinaufführten, waren mit der Zeit zerbröckelt und zerfallen, genau wie seine Brüstung und der leere Podest in der Mitte des Beckens. Zu viele Bäume und Gewächse hatten mit den Jahren unter ihm Wurzeln geschlagen.

»Man sagt, es bringt Unglück«, antwortete der Haushofmeister ernst.

»Die Dame, die in der Statue dort dargestellt wird, hat verboten, ihn zu verändern, bevor sie starb«, fügte die Königin nicht ganz so ernst hinzu. Der Brunnen war für sie nicht annähernd so unheimlich wie für den Haushofmeister. »Ihr Geliebter ist darin ertrunken.«

»Oh.« Der Graf sah zu dem Abbild des schönen Frauenbildes, das neben dem Brunnen zwischen den Bäumen aufragte. »Ist sie eine Vorfahrin von Euch?«

»Bestimmt.« Sie hatte darüber noch nie so genau nachgedacht, doch nun legte sie den Kopf schief, während sie das steinerne Gesicht genauer betrachtete. »Ich meine, ich denke schon. Sie hat meine Nase.«

Der Graf lachte, und die Königin stellte besorgt fest, dass ihr schwaches Herz schneller schlug.

»Seht!«, rief der Haushofmeister plötzlich, sodass der Graf und die Königin erschrocken stehen blieben. »Das ist doch … Das kann doch nicht –« Er streckte sein Gesicht gen Himmel. »Sagt mir: Täusche ich mich oder bleibt der Regen aus?«

Einen Moment bewegte sich keiner von ihnen. Zwar tropfte es noch immer von den Blättern der Bäume und Hecken abseits des Weges, doch nicht mehr aus den grauen Wolken im Himmel.

»Tatsächlich!«, stellte der Graf verblüfft fest. Wie, um seine

Worte zu überprüfen, streckte er seine Handfläche von sich und hielt sie nach oben. »Wie sonderbar.«

Die Königin wurde rot. »Ja, ja. Wirklich sonderbar!«

Erst gestern Morgen war der Graf vor ihr auf die Knie gegangen, um den Saum ihres Kleides aus dem Matsch zu befreien. Sie hätte schwören können, dass die Regentropfen auf ihrer Haut drei Atemzüge lang ausgeblieben waren.

»Das ist wahrlich eine glückliche Entwicklung!« Der Haushofmeister machte ein Gesicht, als wären ihm dreißig zusätzliche Lebensjahre versprochen worden. Doch als er die geröteten Wangen der Königin bemerkte, die nun hastig vorausging, und es vermied, den Grafen anzuschauen, vergaß er sich selbst und besann sich auf das, was ihm im Leben am wichtigsten war: das Glück der Königin. »Nun, ich werde schnell hoch zum Schloss gehen und dem Alchemisten davon erzählen. Das wird ihm eine willkommene Neuigkeit sein.«

»Jetzt sofort?«, fragte die Königin überrascht und spürte noch mehr Hitze in ihr Gesicht steigen.

»Wenn Ihr es erlaubt?« Er war bereits im Begriff zu gehen. Ohne eine Antwort abzuwarten, neigte der alte Mann den Kopf und eilte davon, die Röcke seines Gewandes hastig hinter sich her ziehend.

Nun waren der Graf und sie zu zweit im Schlossgarten zurückgeblieben. Die Königin unterdrückte die aufkeimende Panik in ihrem Inneren, als sie den Grafen ansah, und bemerkte, dass ihm ihre plötzliche Zweisamkeit ebenfalls sehr bewusst zu sein schien. Sie bemühte sich, den Spaziergang ruhig fortzusetzen.

»Möchtet Ihr zur Terrasse gehen?«, fragte der Graf etwas zu laut, so als hätte er Angst, dass sie die Frage sonst nicht verstehen könnte. Neuerdings wurden sie schrecklich verlegen miteinander, sobald man sie zusammen alleine ließ.

»Gern.« Die Königin atmete unwillkürlich tief ein, als sie aufsah und vor sich den Eingang des Laubengangs entdeckte, durch den sie als nächstes spazieren mussten. Mit dem Licht, das sich in dem Blätterdach brach, und den dicht bewachsenen Wänden, war es mit Abstand der romantischste Ort in ihrem Reich.

Angestrengt versuchte sie, sich ein Thema zu überlegen, das nicht so unpersönlich wie Politik, aber auch nicht so heikel wie das plötzliche Versiegen des Regens war. Vor allem wollte sie nichts tun, was ihn in Bedrängnis bringen würde. Sie konnte wohl kaum fragen: *Nun, wie sieht es aus? Heiratet Ihr mich?*

»Und wann werdet Ihr –«

»Es ist ein schöner Ort.«

»Bitte?«

Sie grinsten verlegen.

»Ich meinte nur –« Der Graf deutete grob in Richtung des Schlosses, das weiß und mächtig über ihnen aufragte. »Die Terrasse. Von dort über das Tal zu schauen, fühlt sich friedlich an. Es ist ein schöner Ort.«

Sie lächelte, weil er das Thema nicht fallen gelassen hatte. »Das stimmt.«

»Aber was wolltet Ihr sagen?«

»Ich wollte …« Sie stockte, weil sie nicht wusste, wie sie sich ausdrücken sollte, ohne verzweifelt zu klingen. »Ihr werdet uns also verlassen?«

»Ja, nächste Woche schon.« Er sagte das mit derselben Wehmut, die sie ebenfalls verspürte. Nur mit dem Unterschied, dass er diese nicht zu verbergen versucht hatte.

»Was zieht Euch fort?«

»Die Heimat«, antwortete er mit einem Lächeln, aus dem sie die leise Furcht, eine Last zu sein, herauslesen konnte. »Ich war schon zu lange Euer Gast.«

»Das ist nicht wahr.« Die Königin hatte die seltsame Empfindung, als würde nicht *sie* dieses Gespräch führen, sondern sich selbst nur von außen dabei beobachten. Es fühlte sich unwirklich an. Dass sie so viel *fühlte*, fühlte sich unwirklich an. »Jeder hier wäre froh, wenn Ihr länger bleiben würdet.«

»Jeder?«, hakte der Graf aufmerksam nach.

Sie sah auf. Ihre Blicke trafen sich – und für einen Moment war sich die Königin sicher, dass auf ihren beiden Gesichtern die gleichen Emotionen gelegen haben mussten: Hoffnung … und die leise Angst davor, dass diese enttäuscht werden könnte.

»*Ich* wäre froh.«

»Dann bleibe ich«, verkündete er sofort.

Ihr Puls beschleunigte sich. Noch eine Biegung und sie würden das Ende des Laubengangs erreichen. Doch das nahm sie nur am Rande wahr, denn der Graf sprach: »Und wenn ich länger bleibe, meint Ihr damit *lange* wie …«

»Für immer?«, fragte die Königin atemlos.

Sie hätte schwören können, dass sie einen Stein von seinem Herzen fallen hörte, als er lächelte und antwortete: »In Ordnung. Dann bleibe ich für immer.«

Was er wohl an mir findet?, überlegte die Königin, als sie auf der Terrasse des Westflügels saß. Von hier aus hatte man die schönste Sicht auf die zerklüfteten Gipfel der umliegenden Berge. Wolken verhüllten den rötlichen Himmel, die Sonne stand bereits tief. Drei Tage und drei Wochen waren seit ihrem Spaziergang im Park vergangen und der Graf und die Königin hatten keine Zeit verloren: Inzwischen war der Graf König geworden – *ihr* König. Seitdem hatte es nicht einen einzigen Tag geregnet.

Der König saß neben ihr und las, die Nase so weit heruntergesenkt, dass er die winzige Schrift in dem Buch auf seinem Schoß erkennen konnte. In solchen Momenten war er ihr besonders lieb: Wenn er konzentriert und mit den Gedanken weit weg war, wie jetzt, oder ganz im Gegenteil, wenn er vollkommen entspannt und ruhig war, trat die Reinheit und Güte in seinen Zügen noch deutlicher hervor. Immer wenn er so neben ihr saß, konnte sie sich nicht davon abhalten, hin und wieder einen heimlichen

Blick auf ihn zu werfen. Er war einfach zu schön, um nicht hinzusehen.

Der König hob den Kopf. Jetzt hatte er sie beim Starren erwischt. Unwillkürlich wanderten seine Mundwinkel seine Wangen hinauf, als der Blick seiner klugen Augen ihr Gesicht traf und dort hängen blieb.

Er hielt das Buch hoch. »Du hattest recht, es ist großartig.«

»Natürlich ist es großartig!«, erwiderte sie grinsend, und doch sehr erleichtert, dass es ihm gefiel. Es war ihr Lieblingsbuch. Aber mit einem Mal – mit einem Mal fragte sie sich, wie sie wohl auf ihn wirken musste. Wie er sie wahrnahm, jetzt, in diesem Moment, so wie sie vor ihm saß? Als sie versuchte, sich selbst durch seine Augen zu sehen, konnte sie nur ihre Unsicherheit erkennen, die leise Melancholie in ihrem Blick und all ihre Makel. Und der Königin wurde eiskalt.

»Woran denkst du?«, fragte der König. Seine Augen richteten sich so aufmerksam auf ihr Gesicht, als wäre nun sie das Buch, das er lesen wollte. Nur leider war sie eines, dessen Seiten immer wieder hastig vor seinen Augen zufielen, bevor er den Sinn aller Sätze entschlüsseln konnte. »Du hast gegrübelt, nicht wahr? Du wirst immer unglücklich, wenn du grübelst.«

Ertappt lächelte sie und sah weg. »Nun, es ist nicht wahr, dass ich *immer* unglücklich dabei werde.«

Der König legte das Buch ab und rückte auf der Marmorbank näher an sie heran, bis sie Schulter an Schulter nebeneinander saßen und er ihre Hand in seine nahm. Noch immer wurden ihre Knie weich, wenn er sie berührte. Sie würde sich nie daran gewöhnen. »Wirst du es mir sagen?«

Sie senkte den Blick auf ihre ineinander verschlungenen Finger. Konnte sie ihm ihre Zweifel anvertrauen? Würde er sie verstehen? Sich über sie lustig machen? Oder viel schlimmer: Würde es ihn verletzen? Sie schüttelte den Kopf. »In der Stadt erzählt man sich, jedes Mal, wenn der König die Hand der Königin nimmt, brechen die Wolken auf und ein Sonnenstrahl fällt auf die Felder.«

Eine einzige Sekunde lang konnte er ernst bleiben, dann lachte er kopfschüttelnd und sah sie mit einem Gesichtsausdruck, der besagte: *Das war es nicht, woran du gedacht hast.*

Die Königin lächelte matt, wagte aber nicht, den Blick von ihren Händen zu heben. »Ich habe nur ... Ich frage mich manchmal, was du an mir findest.«

Sie spürte, wie er zusammenzuckte. Er blickte zu ihr hinab. »Warum? Du weißt, was ich für dich empfinde.«

»Ja«, antwortete sie unsicher. Sie wusste, dass der König sie liebte. Sie konnte es daran erkennen, wie sich sein Gesicht aufhellte, wenn er sie am anderen Ende des Saals erblickte. Sie merkte es, wenn er über etwas lächelte, was sie gesagt hatte, oder ihr Gedanken anvertraute, die er mit niemandem sonst teilte, oder sich ihr hingab, wenn sie alleine waren. Und schließlich, weil er sie zur Frau genommen hatte, obwohl ihn nichts und niemand dazu gezwungen oder gedrängt hatte.

Ein unsicherer Teil von ihr konnte es jedoch nicht glauben. Dieser Teil sah Zweifel und Ablehnung in seinen Augen, wenn er sie betrachtete, vermutete eine Unehrlichkeit in seinen Worten, die ihm Unrecht tat, oder fürchtete seine Zuneigung zu verlieren, wenn sie bei einem Thema nicht seiner Meinung war - oder sie sich wie gerade erneut in ihrer trübsinnigen Gedankenwelt verlor.

Schwer atmete sie aus. »Ich weiß auch nicht, warum ich ständig solche Gedanken habe. Manchmal kommen sie einfach, und egal, wie sehr ich es versuche, sie wollen sich doch nicht so leicht wieder verscheuchen lassen. Dann denke ich, du hättest jede Dame, jede Königin in jedem Königreich zur Frau nehmen können, wenn du gewollt hättest -«

»Oh, da überschätzt du meine Wirkung aber maßlos.«

Sie schnaubte. »Also *fast* jede«, verbesserte sie. »Du hättest so viele Damen treffen können ... Und zumindest sieben von zehn wären schöner, fröhlicher und unkomplizierter gewesen als ich.«

Er zögerte einen Moment, bevor er etwas erwiderte. Auch

wenn er es sich nicht anmerken lassen wollte, erkannte sie daran, wie sehr ihn ihre Worte beschäftigten. Genau das hatte sie auf keinen Fall gewollt. Oh, warum hatte sie das nur gesagt!

»Das ist eine seltsame Denkweise, die du da hast«, antwortete er schließlich. »Würde jeder nur die Person lieben, die so fehlerlos ist, dass sie von niemandem übertroffen werden kann, wären ja alle Übrigen völlig unglücklich.«

»Ja, das sehe ich ein.« Sie lächelte beschwichtigend, in dem Versuch, das Thema unbedeutender erscheinen zu lassen, als es war. So, als hätte sie nur einen verirrten Gedanken ausgesprochen, der ihr zufällig in den Sinn gekommen war.

»Ich hoffe, du weißt, dass ich dich liebe.«

Ihr Herz setzte einen Schlag aus, nur um danach in doppelter Geschwindigkeit weiterzuarbeiten. Das hatte er noch nie gesagt, das hatten sie einander überhaupt noch nie gesagt. Überfordert drückte sie seine Hand.

Er sah zu ihr –

Und niemand hätte darüber erschrockener sein können, als die Königin selbst, doch sie … sie hatte keine Worte für ihn.

Als die Sonne untergegangen war, schlugen die ersten Regentropfen auf den Boden auf.

Tage und Wochen vergingen in dem Reich des ewigen Sommers und die Königin dachte nun wieder öfter an die Worte ihrer Mutter. Wie hatte sie nur all die Jahre glauben können, dass der Regen irgendwann für immer verschwinden würde?

Seit ihrem Gespräch auf der Terrasse hatte sie das Gefühl, dass der König sich noch mehr Mühe gab, ihr zu zeigen, dass er sie liebte. Immer wenn er dachte, sie würde es nicht bemerken, betrachtete er sie mit einem besorgten Blick, als würde er sich fragen: *Zweifelt sie noch immer? Ist es genug?*

Und je öfter sie ihn dabei erwischte, desto wütender wurde die Königin auf sich selbst, wegen ihrer Unfähigkeit, ihn zu beruhigen.

Eines Tages waren die Königin und der König auf ihrem täglichen Spaziergang durch den Schlossgarten. Dichter Nebel hing zwischen den Bäumen und der Regen prasselte ohne Unterbrechung auf die Kieswege und Hecken am Wegesrand. Es regnete zu stark, um ohne Schutz draußen unterwegs zu sein, doch weder der König noch die Königin wollten sich eingestehen, dass dem so war: Die Königin, weil sie fürchtete, die Probleme zwischen ihnen zu verschlimmern, wenn sie deren Existenz zugab; und der König, weil er nicht wusste, wie er das Problem lösen sollte, solange sie sich weigerte, mit ihm darüber zu sprechen.

Als sie die dreiunddreißigste Pfütze auf dem Weg umgehen musste, und das Quietschen der feuchten Stiefel des Grafen sie in den Wahnsinn trieb, hielt die Königin das Schweigen nicht länger aus. »Bist du froh, dass du dich damals hierher verlaufen hast und nicht in irgendein anderes Reich?«, wollte sie wissen, während sie ungeduldig die Feuchtigkeit von ihren Ärmeln schüttelte. Sie wusste selbst nicht, warum der Satz so einen scharfen Unterton hatte, als hätte sie gesagt: »Du bereust es, gib es zu!«

Er runzelte die Stirn. »Aber ... natürlich bin ich froh, dein Reich gefunden zu haben! Sonst hätte ich dich ja niemals kennengelernt.«

Statt sie glücklich zu machen und zu besänftigen, wie es die Wirkung seiner Worte hätte sein sollen, empfand die Königin Schuldgefühle, Scham und eine paradoxe Wut auf den König, da sie wusste, dass er sie nur aus einem Pflichtgefühl heraus gesagt hatte.

Der König musterte sie aufmerksam. »Glaubst du mir?«

»Ich glaube dir«, antwortete sie, wie es ihre Gewohnheit war.

»Ist das die Wahrheit?«

Sie zuckte zusammen. In seinen Augen spiegelten sich Unverständnis und Schmerz, und sie hätte ihm diese Gefühle gerne genommen, doch ihm jetzt zuzustimmen, das brachte sie nicht über sich. Es hätte einfach nicht der Wahrheit entsprochen.

Er atmete schwer aus. »Weißt du, ich versuche es wirklich, aber ich verstehe dich nicht. Wenn du mir so wenig glauben kannst, dass ich dich liebe ... Vielleicht bist *du* dir dann einfach nicht sicher, was du für *mich* empfindest. Und solange du das nicht weißt – Ich denke, ich sollte dir Zeit geben, bis du dir darüber im Klaren bist.«

Im selben Moment konnte sie sehen, dass es ihm leidtat – aber dass er seine Worte trotzdem nicht bereute. Endlich hatte er die Sorgen ausgesprochen, die die ganze Zeit wie eine schwere, dunkle Wolke über ihnen gehangen hatten ... und vor denen sich die Königin am meisten gefürchtet hatte.

»Entschuldige mich«, bat sie und blieb stehen. Sie versuchte, die Wirkung ihrer Abweisung abzudämpfen, indem sie ihm eine Hand auf den Arm legte. »Ich bleibe noch einen Moment draußen. Geh ruhig schon ohne mich zum Schloss, wenn es dir nichts ausmacht.«

Sie wussten beide, dass es ihm etwas ausmachte. Dennoch nickte der König. Mehrere Wassertropfen lösten sich aus seinen Haaren und liefen sein unglückliches Gesicht herunter. »Sicher.«

Bevor er dabei zusehen musste, wie ihre Gesichtszüge entgleisten, drehte sie sich um und eilte davon, zwischen den Bäumen entlang in die entgegengesetzte Richtung.

Hoffnungslos schaute sie in den Himmel, aus dem es zusätzlich zu dem Nebel nun wieder in Strömen goss und sie bis auf die Haut durchnässte. Sie war es leid, dass das ganze Land ihre Stimmungen mitverfolgen konnte. Und erst der König ...

Bei der ersten Abzweigung lief sie nach links, bis sie auf eine Lichtung trat, die ihr besonders vertraut war. Es war der verfallene Brunnen mit der Statue. Sie rannte die Treppen zum Wasserbecken hinauf und ließ sich auf der Brüstung nieder, als wäre sie eine Rettungsinsel; als wäre sie nicht Teil von etwas Altem, Vergangenen, das von jedem in ihrem Reich gemieden wurde.

Die Königin vergrub das Gesicht in den Händen. Sie liebte den König, weil sie wusste, dass sie sich auch in ihn verliebt hätte, wenn sie nicht emotional verhungert gewesen wäre, als sie sich kennengelernt hatten. Sie hätte sich auch nach seiner Liebe gesehnt, wenn sie der glücklichste, selbstsicherste Mensch aller Zeiten gewesen wäre, da war sie sicher. Und wenn er nun dachte –

»Tränen werden dir nichts nützen.«

Das Herz der Königin setzte einen Schlag aus.

Die Stimme kam aus dem Brunnen.

Sie sprang auf und starrte entgeistert in das Becken. Auf der Wasseroberfläche hatte sich etwas – nein, jemand – materialisiert: Ein Gesicht. Obwohl es aus nichts als Wasser zu bestehen schien, konnte die Königin mit Sicherheit bestimmen, wo sich Mund, Nase, Stirn und die klugen, seltsam lebendigen Augen befanden, die jetzt auf sie gerichtet waren. Es weinte.

»Könntest du kurz ...?« Das Gesicht blinzelte in den Regen, als würde es von den Tropfen gekitzelt werden.

»Ich kann es nicht kontrollieren!«, erwiderte die Königin hilflos, und fühlte sich lächerlich, weil sie einem Wesen geantwortet hatte, das mit Sicherheit nicht real war. Sie musste verrückt geworden sein.

»Sicher kannst du das – zumindest für eine Zeit«, antwortete das Gesicht bestimmt. »Schließ die Augen, konzentrier dich auf deine Atmung und ruf dir eine Erinnerung ins Gedächtnis, die dich glücklich macht.«

Die Königin ertappte sich dabei, wie widerstrebend sie das verzerrte Gesicht angestarrt hatte. Um diesen Eindruck abzuschwächen, tat sie, was die Stimme ihr befahl. Eine glückliche Erinnerung – das war nicht schwierig. Sofort erschien ihr der König vor Augen, auf der Terrasse sitzend, sein schönes Gesicht im Profil, den Kopf auf ihr Buch gesenkt, die Stirn in seiner Konzentration leicht gerunzelt.

»Erinnere dich an das Gefühl, an die Atmosphäre – und halte sie fest.«

Und sie erinnerte sich: An die Ruhe und den Frieden, den sie empfunden hatte. An das Gefühl, verstanden und gesehen zu werden, wenn sie ihn anschaute. Und obwohl dieser Eindruck sie wehmütig machte, wie etwas Vergangenes, von dem man wusste, dass man es unmöglich noch einmal wiederholen konnte, breitete sich unwillkürlich ein Lächeln auf ihren Lippen aus. Sofort fühlte sie sich ruhiger.

Sie öffnete die Augen. Statt der Regentropfen strich nun ein kühler Luftzug über ihre Haut. Einzig der Nebel hing noch immer in den Kronen der Bäume um sie herum.

»Das wird nicht von Dauer sein«, sagte die Königin ernst, obwohl sie insgeheim ein wenig glücklich darüber war, dass es funktioniert hatte.

»Was ist schon von Dauer?«, sinnierte das Gesicht im Brunnen.

Bist du real?, wollte sie fragen, doch das erschien ihr zu grob. Was, wenn das Wesen gar nichts von seiner Ungewöhnlichkeit wusste? Sie wollte nicht so grausam sein, es daran zu erinnern.

Falls das Gesicht ihre Gedanken erraten hatte, ließ es sich nichts davon anmerken. Es blickte sie weiterhin ungerührt an. »Also, was macht dich so traurig?«

Einen Moment war die Königin versucht zu antworten, dass alles gut sei, und einfach zu gehen. Schließlich konnte sie unmöglich der erstbesten unwirklichen Erscheinung ihr Herz ausschütten, die sich nach ihr erkundigte. Was, wenn jemand sah, wie sie alleine an einem Brunnen saß und mit dem Wasser redete?

Trotzdem zögerte sie. Denn zu lügen, das erschien ihr genauso unmöglich. Die Frage des Wesens hatte sie wieder an den Grund erinnert, aus dem sie überhaupt auf dieser kalten, klammen Steinmauer saß. Es hatte sie an ihre Ängste erinnert. An diese Ängste, die schwer auf ihr lasteten, mal greifbar, mal unterschwellig, aber doch nie ganz fort. Es verlangte sie so sehr danach, das alles jemandem zu erzählen, der nicht der König war, dass sie sich ein Herz fasste und sich wieder auf dem Rand des Brunnens niederließ.

Schwer atmete sie aus. »Der König sagt, dass er mich liebt. Doch ich … es fällt mir schwer, das zu glauben. Er ist so unglaublich schön und gut und liebenswürdig – Er ist *zu* gut für mich. Und egal, wie oft ich versuche, es zu verstehen, am Ende lasse ich mich doch wieder in diese Stimmung ziehen, in der ich denke: Er kann mich unmöglich mögen, schon gar nicht lieben. Warum sollte er auch? Und jetzt habe ich ihn mit meinen Zweifeln so sehr verunsichert, dass er selbst an unserer Beziehung zweifelt.«

Das Gesicht begann zu rezipieren: »Man muss sich erst selbst lieben, um –«

Die Königin winkte ab. »Ja, ja.« Sie seufzte. »Das weiß ich doch. Ich denke …« Unbewusst drehte sie an dem silbrigen Ring an ihrem Finger. »Ich denke, das habe ich wohl nie gelernt. Und seit mir das bewusst ist, vor allem, seit ich den König kenne, will ich das ändern. Es geht schleppend voran, aber … Ich weiß, dass das eins meiner Probleme ist, aber es ist nicht *das* Problem, verstehst du?«

Das Gesicht hörte aufmerksam zu, verzog jedoch keine Miene.

»Zwischen uns ist alles so kompliziert geworden in letzter Zeit«, fuhr sie zögernd fort. »Es fühlt sich an, als hätte sich immer mehr Unausgesprochenes angehäuft … So viele Kränkungen, die wir einander zugefügt haben, so viele verletzte Gefühle, die uns nun voneinander trennen … Und das ist alles meine Schuld.«

»Liebst du den König?«

»So sehr, dass es schmerzt.«

»Und du möchtest mit ihm zusammen sein?«

»Ja«, antwortete sie sofort. »Selbstverständlich.«

»Aber dennoch versuchst du, ihn zu vertreiben.«

»Was?« Sie fuhr vor der Wasserfläche zurück, als hätte sie sich daran verbrannt. »Nein! Warum sollte ich –«

»Du zweifelst an seiner Liebe, anstatt sie zu akzeptieren. Du bringst ihn dazu, sich ungenügend und unsicher zu fühlen und seine Gefühle zu hinterfragen. Und du bist abweisend und ungerecht zu ihm, weil du deine eigenen Befürchtungen bestätigt sehen willst: dass er dich nicht liebt, und ihr euch trennen müsst.«

Oh, dieser Brunnen war erbarmungslos!

Aufgebracht stand die Königin da, unfähig, sich zu bewegen. In ihrem Kopf rasten und flogen die schmerzhaftesten Gedanken durcheinander, verflochten und entwirrten sich, bis sie am ganzen Körper zu zittern begann.

Was das Gesicht da sagte ... Sie wollte nicht zugeben, wie sehr ihr dieser Gedanke Angst machte.

War es unbewusst ihre Absicht gewesen, die Beziehung zum König zu sabotieren, damit sie sich nicht in die Gefahr begab, von ihm verletzt und verlassen zu werden? Schließlich war es einfacher zu sagen: »Ich wusste, dass er mich nie geliebt hat!«, als zu ertragen, dass er sie eines Tages wirklich verlassen würde, weil er aufgehört hatte, sie zu lieben. Wie verletzt er ausgesehen hatte, als sie seine Liebesbekundung nicht erwidert hatte! Scham und Schuldgefühle legten sich schwer auf ihr Herz.

Unglücklich ließ sie sich wieder auf dem Rand nieder. »Was soll ich tun?«

Das Gesicht blieb stumm. Sicher, es würde ihr die Sache nicht so einfach machen.

Die Königin seufzte. »Es ist wahr. Ich habe schreckliche Angst davor, dass er mich verlässt – Oder sich herausstellt, dass ich nur ein naiver, verzweifelter Mensch war, der die Wahrheit nicht sehen wollte. Nämlich, dass er mich nie leiden konnte, und sich all das Schöne ... dass sich all das letztendlich als Trug herausstellen wird. Denn das könnte ich nicht ertragen. Ich würde nie mehr glücklich werden.«

»Was ist, wenn das niemals geschehen wird?«, fragte der Brunnen. »Vielleicht liebt er dich und wird dich auf ewig lieben. Was, wenn er dich ohnehin niemals verlassen würde?«

»Aber was ist, wenn doch?«, hielt die Königin dagegen und dachte an ihr Leben vor dem König, das in ihrer Erinnerung inzwischen vollständig grau und trist erschien. »Was, wenn es wieder zu regnen anfängt? Was, wenn es dieses Mal nie mehr aufhört?«

»Dann wird es schmerzhaft und schrecklich, und für eine Zeit wirst du dich fühlen, als würdest du auf dem Grund eines tiefen, kalten Brunnens sitzen –«

»Großartig.« Die Königin schnaubte.

»Für eine Zeit«, wiederholte das Gesicht. »Denn früher oder später wirst du lernen, über die Beziehung hinwegzukommen, und das Gefühl wird vorbeigehen. Nichts ist von Dauer.«

Zögernd sah die Königin auf ihre Hände. Konnte das wahr sein? Das Gesicht im Brunnen war kaum in der Lage, ihr ihre Ängste für immer zu nehmen, doch sie verstand wohl, wie sein Rat an sie lautete.

»Ich glaube, meine trüben Stimmungen werden niemals ganz verschwinden«, bemerkte sie schließlich, während sie aufmerksam auf die Miene des Wesens achtete. »Wahrscheinlich sind sie einfach ein Teil von mir. Durch den König sind sie zwar seltener und oft weniger spürbar, aber letztendlich … liegt es doch nicht in seiner Macht, sie vollständig zu beseitigen.«

Das Gesicht nickte und endlich fühlte sich die Königin leichter. Im selben Moment spürte sie die ersten Regentropfen, die sanft auf ihre Haut fielen.

Auch das Gesicht blieb nicht verschont. Ein Tropfen landete in seinem Auge und schlüpfte geradewegs durch es hindurch. Es rümpfte die Nase.

»Ich danke dir«, sagte die Königin aufrichtig. Sie wollte nicht, dass das Gesicht wegen ihr noch länger an der Oberfläche des Brunnens verweilen musste, doch bei dem Gedanken, es wieder seiner Einsamkeit zu überlassen, fühlte sie sich seltsam gewissenlos. »Gibt es irgendetwas, was ich für dich tun kann?«

»Oh, du musst mich nicht bemitleiden«, erwiderte das Gesicht scharfsinnig, während es die durchsichtigen Augenbrauen leicht zusammenzog. »Und du bist mir auch nichts schuldig.«

Die Königin nickte dankbar, verstand aber auch die Aufforderung zum Gehen, die in diesen Worten lag. Sie strich den Rock ihres Kleides glatt, als sie sich erhob und zu einem Wort des Abschieds ansetzte.

»Weißt du, eine Sache über die Männer, die dein König sein wollen, hat deine Mutter dir verschwiegen«, kam ihr das Wesen zuvor.

Die Königin hielt inne. Sie fragte nicht, wie er davon wissen konnte. Sie wagte es nicht. »Was ist es?«

»Es ist nicht möglich, das Gute zu wollen, ohne auch das Schlechte in Kauf zu nehmen.«

Sie runzelte die Stirn. »Ich verstehe nicht –«

»Nur wer bereit ist, für die Liebe auch Schmerz zu ertragen, kann wirklich lieben.«

Ohne ein weiteres Wort verschwand das Gesicht in einem Strudel aus Wasser und Tränen, und ließ die Königin mit dem Blick auf ihr stummes, zitterndes Spiegelbild zurück.

Die Sonne war gerade dabei, hinter den Gipfeln der Berge zu versinken.

Der König hob den Kopf und stand auf, als er hörte, wie sie die Terrasse betrat. Er sah sie an, mit diesem sanften Blick, wie es ihm eigen war. Und dass er sie so ansah, obwohl sie ihn derart ungerecht behandelt hatte, zog ihr Herz nur noch schneller zu ihm hin.

»Ich liebe dich«, sagte sie, als sie vor ihn trat, und noch bevor er das Wort ergreifen konnte. »Ich wusste es schon seit der Nacht, in der du dich hierher verlaufen hast, doch ich hatte zu viel Angst, es dir zu sagen. Es tut mir leid.«

Er setzte zu einer Antwort an, doch sie schüttelte den Kopf. »Und du liebst mich«, fügte sie entschieden hinzu, musste aber den Blick verlegen auf ihre Füße richten, nachdem sie es ausgesprochen hatte. »Du zeigst mir jeden Tag, dass es so ist. Auch wenn ... ich manchmal nicht glauben kann, dass ich dich verdiene, so glaube ich ja *dir*. Und ich lebe lieber mit dem Risiko –«

Sie verstummte, als der König ihre Hände in seine nahm. »Das war alles, was ich wissen musste.«

Und als sich ein Grinsen auf seinem Gesicht ausbreitete, und sie ebenfalls grinsen musste, weil er so glücklich aussah, und ihr Herz klopfte, als würde es für nichts als Zuversicht und Liebe schlagen, da versiegte der Regen um sie herum so plötzlich, als wäre im Himmel ein Schalter umgelegt worden.

»Seltsam.« Sie blickten über ihr Reich. Ohne den Regen fühlte sich die Luft auffällig warm und still an. Zum ersten Mal seit Jahren konnte die Königin den klaren Himmel sehen, ohne dass er von Wolken verhüllt wurde. Die letzten Sonnenstrahlen des Tages tauchten die Stadt und den See in ein rötliches Licht. Es war leicht, zu vergessen, wie schön der Sommer war, wenn man sich nur mit dem Regen befasste.

»Ich glaube, das wird nicht von Dauer sein«, sagte die Königin bemüht sachlich und schaute dabei vorsichtig zu ihm hin. »Es wird immer wieder anfangen.«

»Ja, aber das ist doch in Ordnung«, antwortete der König. Und als er ihren Blick auffing und seine Augen leuchteten, wusste sie, dass er genau verstand, wovon sie gesprochen hatte. »Ich mag auch den Regen sehr.«

FLO MORENO

FRIEDLICH

Friedlich, so stelle ich es mir vor.
Eine warme Sonne, sie bringt unendliche Wonne.
Friedlich, so stelle ich es mir vor.
Über die grüne Wiese weht eine angenehme Briese.
Friedlich, so stelle ich es mir vor.
Ein Feld mit bunten Blumen,
auf dem die Vögel picken ihre Krumen.
Friedlich, so stelle ich es mir vor.
Zu sehen ein atemberaubender Regenbogen,
die Gefühle immerzu ausgewogen.
Friedlich, so stelle ich es mir vor.
Ein großes Meer, so blau und klar,
das Salz bleibt hängen in deinem Haar.
Friedlich, so stelle ich es mir vor.
Nachts kann man die Sterne sehen,
während wir noch unsere Runden drehen.
Friedlich, so stelle ich es mir vor.
Du bist nicht allein, und ich muss nicht länger wein'.
Friedlich, so stelle ich es mir vor.
Und bis wir uns erneut umarmen,
blicke ich auf dein Grab, auf die Kränze,
und denke zurück an unsere Sommerregentänze.

HEIDI METZMEIER

SCooP - DIE BRANDHEIẞE SToRY

Ein Blick in den Badezimmerspiegel offenbarte gnadenlos Sonjas dunkle Augenringe. Ihre grünen Pupillen flackerten nervös hin und her. Trotz mehrerer Versuche, es zu bändigen, stand ihr brünettes Haar in krausen Locken vom Kopf, als hätte sie vor wenigen Minuten in eine Steckdose gegriffen. Was früher einmal als *Out-of-bed-Look* durchgegangen wäre, sah heute eher peinlich aus. Da half auch die ockergelbe, frisch gebügelte Businessbluse nichts.

»Warum bist du eigentlich so unruhig?«, giftete sie ihr Spiegelbild an. »Es ist nur ein Interview, wie du es schon dutzendfach geführt hast. Du bist eine renommierte Journalistin, die für ihre Reportagen mehrfach ausgezeichnet wurde, also reiß dich zusammen!«

Monatelang hatte sie auf diesen Termin hingearbeitet. Ihr Gesprächspartner war definitiv kein einfacher Fall. Früher konnte er es in diesen Breitengraden nicht einrichten, hatte er ihr gesagt. Den vorgeschlagenen Treffpunkt im Park hätte sie noch vor wenigen Jahren als seltsam empfunden. Er hätte sie an eine Szene aus einem Spionagethriller erinnert, in deren Verlauf heimlich ein Kuvert an einen zeitungslesenden Mann im Zweireiher übergeben wird. Seit Corona hatte sie sich allerdings daran gewöhnt, ihre Gespräche im Freien zu führen. Dieses Mal war jedoch die große Frage: Würde er tatsächlich kommen?

Sonja jedenfalls war pünktlich am vereinbarten Treffpunkt und wartete auf einer Bank am Rande des Parks, von der aus sie alles gut im Blick hatte. Zwei Mütter schoben, miteinander ins Gespräch vertieft, ihre Kinderwagen vor sich her. Ein Jogger mit verbissenem Gesichtsausdruck drehte seine Runden. Eine Frau im Blazer, die im Schneidersitz unter einem Ahorn saß, sezierte mit spitzen Fingern ihr Mittagsbrötchen. Plötzlich raschelte es in den Bäumen hinter Sonja. Als ein warmer Hauch ihre Wangen streichelte, erkannte sie ihn.

»Herr Momers, schön, dass Sie es einrichten konnten!«

»Ich habe Ihnen doch zugesagt, dass ich da sein werde«, antwortete er. »Wir müssen uns allerdings beeilen. Im Nordosten braut sich etwas zusammen. Also lassen Sie uns besser gleich beginnen.«

Sonjas Puls schoss bei seiner direkten Ansage in die Höhe und sie spürte einen Anflug von Panik aufsteigen. Die sorgfältig zusammengestellten Notizen rutschten ihr nach einer ungeschickten Bewegung aus dem Schoß und segelten zu Boden. Als sie sich hinab beugte, um die Blätter aufzuheben, wurden sie von einer Windböe erfasst und flogen in alle Richtungen davon.

»Ich denke, das ist ein Zeichen«, sagte Herr Momers ruhig. »Lassen Sie uns ein freies Gespräch führen. Ich passe ohnehin in kein Konzept.«

Sonja seufzte. *Das fängt ja gut an.* Sie schaute ihren Notizen hinterher, die sich langsam über das Gras verteilten, und versuchte, sich zu konzentrieren. Dann nahm sie ihr Diktafon zur Hand und schaltete es ein. »In Ordnung! Wie darf ich Sie meinen Lesern vorstellen?«

Er lachte laut auf, vielleicht ein bisschen zu laut. »Schreiben Sie groß, schlank, braun gebrannt und gut aussehend! Nein. Scherz beiseite. Ich war einmal *Everybody's Darling*, wenn Sie so wollen, beliebt von Alaska bis Australien. Ein gern gesehener Gast auf jeder Party. Perfekt, um einen gemeinsamen Urlaub zu verbringen. Ohne mich beginnt kaum eine Hochzeit. Ich bin so etwas wie der Gute-Laune-Garant, die Versicherung auf glückliche Momente.« Herr Momers schwieg.

Da sie wenig Zeit hatte, stellte Sonja direkt die nächste Frage und blickte dabei auf den Weg vor ihnen: »Wann ist Ihrer Meinung nach die Stimmung gegen Sie gekippt?«

»Ich denke nicht, dass man das so sagen kann. Ganz im Gegenteil: Bei vielen bin ich noch heute sehr beliebt. Überall dort, wo meine Probleme nicht so deutlich zutage treten oder mit viel Geld kaschiert werden können. Vor allem die Gedankenlosen und die Nihilisten, die partout keine Zusammenhänge erkennen wollen, lieben mich noch immer. Viele Menschen setzen sich gar nicht erst mit mir auseinander, weil sie andere Sorgen haben. Aber es gibt auch diejenigen, die erkennen, was mit mir los ist, und versuchen, mir zu helfen, indem sie gegensteuern.«

»Das verstehe ich nicht. Hilft man Ihnen denn, indem man sich von Ihnen abwendet?«, hakte Sonja nach.

»Ach Kindchen, wenn das so einfach wäre«, antwortete Herr Momers. »Es ist ja nicht so, dass man sich einfach von mir trennen kann. Ich habe mich auf sehr subtile Weise in das Leben vieler Menschen eingeschlichen, sodass ich daraus nicht mehr wegzudenken bin. Das ist gerade mein Erfolgskonzept, ich bin unausweichlich!«

Sonja fröstelte. Dieser Typ war wirklich eine besondere Nummer. Ihre Informanten hatten sie vorgewarnt. Er sei sehr schwer zu greifen und dabei ungemein von sich überzeugt, hieß es. Inzwischen hielt sie dies für eine maßlose Untertreibung. Momers war arrogant! Wie kam er dazu, sie *Kindchen* zu nennen wie eine Schülerin bei der Reifeprüfung? Sie musste mit ihm offenbar anders umgehen, damit er sie ernst nahm.

»Sie sagten gerade, dass es Menschen gibt, die realisieren, was mit Ihnen los ist. Was genau ist denn mit Ihnen los?« Kaum hatte sie die Frage ausgesprochen, da schien die Luft um sie herum zu flirren. Ihr brach kalter Schweiß aus. Woher kam diese körperliche Reaktion? Sie begriff, dass nur Momers die Ursache dafür sein konnte. Seine Nähe war ihr mit einem Mal unangenehm. »Herr Momers, haben Sie meine Frage verstanden?«

»Aber natürlich, ich denke darüber nach, wie ich es Ihnen erklären kann. Vielleicht hilft es Ihnen, wenn ich eine Szene beschreibe, die verdeutlicht, was auf dem Spiel steht.«

Sonja beugte sich erwartungsvoll der Sonne entgegen und hörte aufmerksam zu.

Die Szene, die Herr Momers beschrieb, entführte sie in die Wildnis Ostafrikas. Er sprach von einem zusammenhängenden Nationalparkgebiet an der Grenze zwischen Kenia und Tansania, in dem sich die Masai Mara und die Serengeti begegneten. »In dieser Savannenlandschaft, die von isoliert stehenden Schirmakazien bewachsen wird, finden zahlreiche Tierarten einzigartige Bedingungen vor. Hier wiederholt sich alljährlich ein besonderes Schauspiel: Eine Massenbewegung von Gnus und Zebras. Es sind nicht Hunderte, nicht Tausende, nein Millionen von Tieren! Man nennt es die Große Migration. Der Dirigent dieses fein orchestrierten Kreislaufs ist der Regen. Er gibt vor, wo grüne Wiesen entstehen, an denen sich die Herden satt essen und ihre Jungtiere aufpäppeln können. Die Tiere folgen dem Regen und mit ihm ihrer Nahrungsquelle. In den Morgen- und Abendstunden kann man beobachten, wie sich Wildkatzen an die Herden heranpirschen, in der Hoffnung auf leichte Beute. So ist auch ihr Überleben gesichert. Besonders spektakulär sind die Verhältnisse an den Flüssen wie dem Mara, den die Huftiere durchqueren müssen. Dabei werden einzelne Tiere von Krokodilen überwältigt, die geduldig auf eine Mahlzeit warteten. Wer diese dramatischen Szenen einmal im Leben gesehen hat, vergisst sie nie wieder. Eine Fahrt mit dem Geländewagen durch die schier endlosen goldgelben Weiten, auf den Spuren von Löwen, Leoparden und Geparden, lässt einen daran glauben, dass dieses Stück Erde einem perfekten Plan folgt.«

Herr Momers machte eine Pause, bevor er weitersprach. »Dieses Paradies ist in Gefahr, denn für die Tiere ist der Regen unplanbar geworden. Die Migration wird zur Trockenfalle, der nicht nur die Wildtiere, sondern auch die Nutztiere und die Saat der ringsum lebenden Menschen zum Opfer fallen. Die Migration ist nur einer von vielen sensiblen Kreisläufen auf diesem Planeten. Wenn sie aus den Fugen geraten, leiden Mensch und Tier. Verstehen Sie jetzt, worauf ich hinauswill?«, schloss er.

Sonja brauchte eine Weile, um wieder im Hier und Jetzt anzukommen. Sie war hin und her gerissen zwischen der Vorstellung eines afrikanischen Sonnenuntergangs in der Savanne und dem entsetzlichen Leid der Kreaturen, die auf den Regen warteten, der nicht mehr kam.

»Das klingt für mich, als wären Sie Ihrer Situation hilflos ausgeliefert«, sagte sie schließlich.

»Ganz so schlimm ist es nicht, allerdings sind die Ausschläge nach oben und unten extremer als bisher. Nicht nur ich muss lernen, damit klarzukommen, sondern auch alle, die mit mir zu tun haben.«

»Was müsste denn passieren, damit sich Ihre Situation verbessert?«, fragte Sonja.

»Das ist der Grund, warum ich heute mit Ihnen spreche. Ich sagte ja bereits, dass es Menschen gibt, die mein Dilemma erkennen. Es sind allerdings noch nicht genug, um die kritische Masse für eine Revolution zu erreichen. Ich fürchte, wir brauchen genau das, und Sie können mir dabei helfen!«

Sonja verschlug es den Atem. Dieser Momers war größenwahnsinnig. Sie konnte doch nicht im renommierten *Speculo* zu einer Revolution aufrufen. Andererseits hatte sie genau aus diesem Grund dieses Gespräch unbedingt gewollt und dabei ihren Job aufs Spiel gesetzt. Diese Story sollte ihr Scoop werden, also bohrte sie weiter. »Wie müsste diese Revolution Ihrer Meinung nach aussehen?«

»Eine Massenbewegung, die im Wesentlichen von jungen Menschen gezündet wird, da für sie deutlich mehr auf dem Spiel steht als ihr Sommerurlaub. Das Problem ist, dass wir nicht mehr viel Zeit haben. Wenn nicht rasch gehandelt wird, werde ich mich nicht mehr beherrschen können. Dann findet auf der Erde der Wechsel zur Heißzeit statt. Herr Momers in ungemütlich sozusagen.«

»Das heißt, dass wir in erster Linie aufklären müssen. So verstehe ich zumindest meine Rolle als Journalistin«, hakte Sonja ein.

»Die Tage der Information sind vorbei. Diese Taktik habe ich seit den Siebzigerjahren ausprobiert. Sie funktioniert nicht, weil Menschen Fakten so lange ignorieren, bis sie selbst betroffen sind. Verstehen Sie mich nicht falsch. Ich möchte hier keinesfalls zur Hysterie aufrufen. Wir müssen es intelligent anstellen. Wir müssen dem Wissen, das bereits vorhanden ist, Taten folgen lassen. Neue Möglichkeiten schaffen.«

»Herr Momers, ich verstehe Ihre Verzweiflung, aber mir will nicht einleuchten, wie wir Menschen dazu bringen können, von heute auf morgen ihre ausgetretenen Pfade zu verlassen. Lieb gewonnene Lebensumstände gibt man nicht einfach auf. Alternative Prozesse brauchen Jahrzehnte, um sich zu etablieren.« Sonjas Stimme begann sich zu überschlagen, sie verlor die Fassung.

»Steter Tropfen höhlt den Stein, Sonja. Ich habe Sie ausgewählt, weil ich weiß, dass Sie eine Kämpferin sind. Ihre Stimme hat Gewicht. Wenn Sie für meine Sache streiten, werden andere Ihrem Beispiel folgen. Dann geraten die Dinge in Bewegung. Vertrauen Sie mir und vertrauen Sie sich.«

Der Himmel hatte sich schlagartig verdunkelt und ein tosender Wind wirbelte Sonjas Locken durcheinander. Sie spürte eine Hand auf ihrer Schulter, dann wurde ihr schwarz vor Augen.

Als sie wieder zu sich kam, lag sie im Kurheim in ihrem Zimmer auf dem Bett. *Habe ich das etwa alles nur geträumt*, fragte sie sich. Dann drang langsam die Stimme von Bettina, der Pflegerin, zu ihr durch.

»Ich hoffe, du fühlst dich besser, Sonja. Sag mal, was hast du dir dabei gedacht, einfach wegzulaufen?« Bettina musterte sie mit strengem Blick. »Ich kann dich ja verstehen. Wegen deines Ausrasters in der Redaktion bist du hier seit Wochen zur Ruhe verdammt. Aber einfach loszuziehen, ohne einem von uns Bescheid zu sagen, war keine sonderlich intelligente Aktion. Glücklicherweise hat Pfleger Sven dich gesehen, als du gegangen bist, sonst hätten wir dich nicht so schnell gefunden. Was hast du im Park gemacht?«

Das Interview mit Herrn Momers war der Grund gewesen, warum sie mit ihrem Chefredakteur aneinandergeraten und hier gelandet war. Er hatte das alles für Hirngespinste gehalten, hatte darauf bestanden, dass sie sich – wie er es nannte – eine Auszeit nahm. Damit sie den Redaktionsstress eine Weile hinter sich lassen könne. Niemand wollte sie verstehen. Nun hatte sie die Chance ihres Lebens verpatzt, mit der Quelle selbst zu sprechen, die ihr die Zusammenhänge hätte erklären können. Noch bevor sie alles erfahren hatte, war sie vor Aufregung kollabiert. Tränen rannen über ihre Wangen. Verzweifelt fiel sie zurück auf ihr Bett.

Als Sonja wieder aufwachte, sah sie erste Sonnenstrahlen durch den Vorhang blinzeln. Sie schlüpfte in ihren Morgenmantel, würdigte den Spiegel keines Blickes und ging hinunter zum Frühstücksraum. Dort traf sie auf Sven, dem sie es verdankte, dass sie sich gestern im Unwetter nicht den Tod geholt hatte. Peinlich berührt presste sie ein »Guten Morgen« durch die Zähne.

»Hey Sonja, gut, dich so frisch zu sehen.« Sven zwinkerte ihr zu und stellte ein Tablett mit Brötchen, Marmelade und Margarine vor ihr ab, dazu einen riesigen Pott Kaffee.

Nach dem Frühstück fühlte sie sich gestärkt. Bevor sie jedoch einen Plan für den Tag schmieden konnte, setzte sich Sven zu ihr an den Tisch.

»Sonja, willst du darüber reden, was gestern los war? Als ich dich auf der Parkbank fand, hast du ausgesehen, als wärst du einem Geist begegnet.«

Sonja studierte verlegen ihre Fingernägel, während sie überlegte, was sie antworten sollte. Sven hatte ebenso wenig Grund, ihr zu glauben, welchen Gesprächspartner sie getroffen hatte, wie ihr Chefredakteur. Also ging es hier nur darum, schuldbewusst zu Kreuze zu kriechen, weil sie sich ohne ein Wort entfernt und sich damit in Schwierigkeiten gebracht hatte.

Als sie sich die Szene aus dem Park wieder ins Gedächtnis rief, schoss ihr plötzlich ein Gedanke durch den Kopf. *Mein Diktiergerät!* Das hatte sie völlig vergessen. Wenn es noch da war, würde es beweisen, dass sie sich das alles nicht einbildete. Sie musste so schnell wie möglich zurück in den Park, um es zu suchen.

»Sven, hör zu, es ist mir super unangenehm, dass ich mich so egoistisch verhalten habe. Ich wollte einfach ein bisschen frische Luft schnappen.«

»Mit Notizen unter dem Arm und deinem Diktafon in der Hand?« Sven klang in ihren Ohren nicht vorwurfsvoll, sondern neugierig.

Sonja blies mit einem langen, zischenden Geräusch die Luft aus ihrer Lunge. »Scheiße! Hör zu, Sven, ich bin seit langer Zeit einer, im wahrsten Sinne des Wortes, brandheißen Story auf der Spur. Niemand glaubt mir, dass ich es schaffen kann. Mein Chef hält mich sogar für so durchgeknallt, dass er diesen Aufenthalt hier für mich arrangiert hat. Aber ich habe Herrn Momers wirklich getroffen.«

»Wer immer das ist, wenn du recht hast, sollte euer Gespräch aufgezeichnet sein, oder nicht? Deine Notizen waren nicht mehr da, aber das Diktiergerät lag direkt neben dir. Ich habe es mitgenommen.«

Sonja musste sich beherrschen, um Sven nicht hier im Speisesaal um den Hals zu fallen. Er versprach ihr, nach dem Ende seiner Schicht direkt auf ihr Zimmer zu kommen.

Zu nervös, um sich mit etwas Sinnvollem zu beschäftigen, lief

Sonja ständig auf und ab. Selbst ihre Playlist, die normalerweise ein Garant für Ablenkung war, half nicht. Kurz bevor sie es nicht mehr aushielt, klopfte es leise an ihrer Tür.

Sven machte ein Gesicht, als wäre er Sherlock Holmes persönlich. Sie nahm, nein grapschte das Diktafon aus seinen Händen und spielte die Aufnahme an einer beliebigen Stelle ab. Beide schauten erwartungsvoll auf das kleine graue Stück Elektronik.

Zunächst hörte man nur den Sturm. Sonja fluchte leise. Die Aufnahme war nutzlos. Sie sah Svens skeptischen Blick und hoffte, dass er nicht wie alle anderen war. *Verdammt noch mal, ich bin keine überarbeitete Journalistin, die sich ihren Interviewpartner einbildet.*

Mit einem Mal konnte man bei genauem Hinhören in der Aufnahme eine Männerstimme erkennen, die den Wirbelwind zu übertönen versuchte. Herr Momers hatte, obwohl sie bereits das Bewusstsein verloren hatte, eine ganze Weile weitergesprochen, wohl in der Hoffnung, sie würde die Aufnahme später anhören.

»Vertrauen Sie mir und vertrauen Sie sich. Dann können wir viel erreichen. Ich denke an parlamentarische Beteiligung der Jugend. Wir brauchen staatliche Förderprogramme in nennenswertem Umfang für Nachhaltigkeitsprojekte, allem voran für erneuerbare Energien. Die Menschen müssen ihre Formen des Zusammenlebens überdenken: Der Community-Ansatz mit gemeinsamen Wohn- und Arbeitsstrukturen im naturnahen Umfeld wird immens wichtig werden, Mehrgenerationenhäuser sowieso. Sonja, ich weiß, dass ich Ihnen viel zumute, aber Sie schaffen das. Ich muss jetzt verschwinden!«

Nachdem die Aufnahme geendet hatte, starrten beide für eine Weile wortlos auf das Gerät. Sven fand seine Sprache als Erster wieder. »Wer sagtest du war dein Gesprächspartner?«

»Herr Momers, ein irrer Typ, man fühlt ihn eher, als dass man ihn sieht.«

»Ist das ein Anagramm oder so was?«, wollte Sven wissen.

»Du bist sehr viel scharfsinniger als ich, Sven. Sein Name ist doppeldeutig. Momers lässt sich mit dem Wort Mutter übersetzen, so wie Mutter Erde. Es ist aber tatsächlich auch ein Anagramm. Wenn du die Buchstaben neu sortierst, landest du bei dem Wort Sommer. Ich habe deutlich länger gebraucht als du, um darauf zu kommen.« Sonja strahlte über das ganze Gesicht. Sie ballte die Hände zu Fäusten, streckte die Arme nach oben und schaute Sven in dieser Siegerpose keck in die Augen. »Mit der Aufnahme werde ich nun auch meinen Chefredakteur überzeugen können.« Dann fügte sie hinzu: »Danke, dass du mich von der Bank gepflückt und meine Elektronik gerettet hast.«

»Gern geschehen. Ich vermute, du verlässt uns jetzt, oder?«

»Ich denke schon.«

Als Sonja die ockergelbe Bluse in ihren Koffer packte, musste sie lächeln. Das Kurheim verließ sie mit entschlossenen Schritten, ohne sich noch einmal umzusehen. Ihre Mission war eindeutig: Sie musste den Sommer und mit ihm das Klima retten.

Danke an Petra, Nadine und Flo. Durch euren weisen Rat ist meine Geschichte erst zu dem geworden, was sie ist. Danke an Lara und Anja für ihre Power, auch dieses Projekt aus der Taufe zu heben. Danke an Ulrike und Kristina für wertvolle Lektoratsvorschläge und das akribische Korrektorat. Danke an meinen Mann Peter für seine Geduld während meiner Schreibphase. Danke an meine Intuition, die mir diese Geschichte geschenkt hat. Mein größter Dank geht an euch liebe Lesende, denn euer Interesse erweckt unsere Geschichten zum Leben und ermöglicht es, mit den Einnahmen die Welt ein kleines Stück besser zu machen. Tausend Dank!

ALINA BEC.

DER SOMMERSALAT

0,5 Stücke *Wassermelone*
1 EL *Apfelessig*
1 Handvoll *Kräuter der Provence*
1 Prise *Pfeffer*
1 Prise *Salz*
0,5 Stücke *Limette roh*
1 Handvoll *Basilikum frisch*
4 Stücke *Erdbeeren*
1 Stück *Dinkel-Baguette*
150g *Simply V HIRTENGENUSS*

1. Mit einem Löffel das Fruchtfleisch der Wassermelone herausnehmen und in mundgerechte Stücke schneiden.
2. Den Hirtengenuss in kleine Würfel schneiden.
3. Erdbeeren vierteln und Basilikum waschen.
4. Den Saft der Limette für das Dressing auspressen. Salz, Pfeffer, Essig und Kräuter hinzufügen und mischen.
5. In einer Salatschüssel alle Zutaten vermengen und mit der Sauce abschmecken.In die ausgehöhlte Wassermelonen Hälfte füllen und mit frischem Basilikum servieren.
6. Dazu ein krustiges Dinkel-Baguette servieren.

JACE MORAN

TARDEI

SINES, PORTUGAL | 1961 | PRAIA DA LAGOA DE RIBEIRA DOS MOINHOS

»¡Viva os noivos!«

Begeisterter Applaus, überschwängliche Rufe und Gelächter schallen über das festliche Gelände der Hochzeitsfeier und bringen dieses zum Beben. Die frisch Vermählten, Senhor e Senhora Oliveira, geben illuminiert von warmen Sonnenstrahlen einen filmreifen Kuss zum Besten. Als sie sich wieder voneinander lösen, ihre Augen vor Liebe funkelnd, ist wohl jedem der Anwesenden klar, dass der vermeintlich schönste Tag ihres Lebens sein Versprechen hält.

Von den portugiesischen Volksliedern der Strandband in Stimmung gebracht, ist die Tanzfläche bald schon vom Großteil der über sechzig Gäste bevölkert, denen die Hitze der mittäglichen Sommersonne nichts auszumachen scheint. Barfuß und in luftig weiße Klamotten gekleidet legen sie glücklich grinsend im Takt der Musik eine kesse Sohle aufs Parkett. Das Rauschen des Meeres, nur wenige Hundert Meter von der Traube rund um Braut und

Bräutigam entfernt, verzaubert den Augenblick in ein märchenhaftes Gottesgeschenk.

Die Arme horizontal von sich gestreckt wie ein Flieger saust der zwölf Jahre alte Luan Tiago Oliveira über den kilometerweiten weißen Sandstrand auf das Brechen der Wellen zu. Ungeachtet des Windes, der an seiner Kleidung zerrt und seine schwarzen Haarspitzen durch die Luft fliegen lässt, rennt und rennt er, so schnell seine Beine ihn nur tragen können, ein von grenzenloser Freiheit erfülltes Lächeln auf seinem Gesicht.

Eine gefühlte Ewigkeit später kommt er endlich am von Gischt umschäumten Ufer an und watet sogleich in das kühle Nass. Während die glitzernde Wasseroberfläche gegen seine Schenkel schwappt und seine Fußsohlen bei jedem Schritt Sand aufwirbeln, macht sich der Geruch von Salz in seiner Nase breit. Unbeschwert tastet der kleine Junge den Boden unter seinen Füßen ab.

Bring uns doch eine Muschel mit, querido, hatte Papa ihn eben noch gebeten, ein warmes Lächeln auf den Lippen und mit unendlicher Sanftheit in seinem Blick.

Und tatsächlich: Auf dem Grund des Meeres, von feuchtem Sand beklebt, findet Luan eine rötlich geriffelte Herzmuschel, die im Sonnenlicht wie ein wahres Schmuckstück funkelt. Mit vor Stolz geschwellter Brust wiegt er sie in seinen Händen hin und her, ehe er sie in die Seitentasche seiner weißen Leinenhose steckt.

Durch einen kurzen Blick über seine Schulter vergewissert er sich, dass der Rest der Hochzeitsgesellschaft – seine Familie, seine Freunde und deren Freunde – nach wie vor dicht gedrängt auf der Tanzfläche zugegen ist. Wenn er seine Augen zusammenkneift und mit der Hand beschattet, kann er seine Eltern neben dem Brautpaar ausgelassen miteinander tanzen sehen.

»Schaut her, ich habe eine Muschel gefunden!«, ruft der kleine Luan in kindlicher Begeisterung; ohne es schlimm zu finden, dass seine Stimme von der entfernten Geräuschkulisse verschluckt wird.

Hier, bei seinen Liebsten, mit den Füßen im Meer und der Sonne auf seinem Gesicht, ist Luan Tiago Oliveira glücklich. So verdammt glücklich wie noch nie zuvor in seinem Leben. Und das lässt alles, was danach folgt, umso tragischer erscheinen.

Luan hat sich noch nicht einmal zurück zum Meer umgedreht, als ein ohrenbetäubender Knall sein Trommelfell zerfetzt und er, von einer plötzlichen Druckwelle getroffen, hintenüber stürzt, ein unerträgliches Schrillen in seinem Kopf. Alles geschieht so schnell, dass Luan keinerlei Chance hat, zu realisieren, was vor sich geht.

Im Nachhinein erinnert er sich nur noch daran, dass sein gesamter Körper auf seltsame Weise vibriert hatte, bevor er mit voller Wucht durch die Wasseroberfläche brach, und dass sein Blick auf seinen Eltern gelegen hatte, bis diese unwiederbringlich von der Urgewalt der explodierenden Feuerwolke verschlungen wurden.

BARRANQUILLA, ATLÁNTICO, KOLUMBIEN | 1973 | BARRIO SAN FELIPE

Der luftgekühlte Sechszylinder-Viertakt-Reihenmotor der rot lackierten Benelli 750 Sei gibt ein lautstarkes Brummen von sich, als diese durch die engen Gassen der kolumbianischen Slums düst. Stilecht in eine schwarze Lederjacke gekleidet, eine Sonnenbrille mit rötlich getönten Gläsern auf dem Nasenbein, bewahrt ihr Fahrer trotz der halsbrecherischen Geschwindigkeit einen kühlen Kopf. Während er an zahllosen schäbigen Häusern vorbeizischt, die Straßen von Dreck, Fäulnis und verwahrlosten Gestalten bevölkert, ist die Hitze der Sonnenstrahlen durch das Peitschen des Fahrtwinds wie weggeblasen.

Als der junge Mann vor dem heruntergekommensten Gebäude des Armenviertels *San Felipe* eine Vollbremsung hinlegt, flattert seine blutrote Schlaghose im Wind. Mit dem für ihn typisch ausdruckslosen Mienenspiel fährt er sich durch seinen schwarzen Vokuhila, betätigt den Ständer des Motorrades und schwingt sich geübt von der rund zweihundertvierzig Kilogramm schweren Maschine.

Kaum, dass er wieder festen Boden unter den Füßen hat, kommt er dem unbändigen Verlangen nach, sich eine Zigarette anzuzünden. Indes das Nikotin durch seine Adern strömt und die Inhalation des Rauches seinen Suchtdruck befriedigt, lässt er seinen Blick angeekelt über die verelendete Nachbarschaft schweifen. Reih um Reih sprießen dürftige Behelfsunterkünfte aus dem Boden, teilweise unbeholfen aus rissigen Holzbrettern und verbogenen Nägeln gezimmert. Der Geruch von verfaulten Lebensmitteln, Schimmel und Schweiß ist allgegenwärtig. Auf dem gegenüberliegenden Bürgersteig wuselt ein Straßenköter über den zerbröckelten Asphalt und steckt seine Schnauze in die bestialisch stinkenden Müllsäcke, die dort abgelegt worden sind.

Der Dunkelhaarige rümpft die Nase und öffnet den Reißverschluss seiner Lederjacke, sodass ein dunkelrotes Hemd mit weitem Kragen zum Vorschein kommt. Dessen obersten vier Knöpfe sind geöffnet und gewähren den Blick auf eine rötlich geriffelte Herzmuschel, die an einem Lederband befestigt auf seinem Brustbein ruht. Die glimmende Zigarette zwischen die Zähne geklemmt schlendert er auf die zerkratzte Holztür zu, auf seinen Lippen ein portugiesisches Volkslied. Mittlerweile ist Luan Tiago Oliveira vierundzwanzig Jahre alt. In den vergangenen viertausenddreihundertzweiundneunzig Tagen seines Lebens hat er nie gelernt, zu vergessen oder zu verzeihen. Und das wird er vermutlich auch nicht mehr.

Als Luan die schmuddelige Tür der Bruchbude mit einem wohl platzierten Fußkick aufstößt und gleich wieder hinter sich zufallen lässt, quillt ihm der wohlbekannte Qualm von Marihuana-Joints entgegen. Mit zusammengekniffenen Lidern versucht er vergeblich, sich diesen aus seinem Gesichtsfeld zu wedeln, und nimmt einen weiteren Zug von seiner Zigarette. Erst ein paar Wimpernschläge später, nachdem seine Augen sich an die neuen Lichtverhältnisse gewöhnt haben, erkennt er seine Umgebung: Zwei seiner Kollegen lehnen an der Rückwand des Raumes, protzige Handfeuerwaffen in den Hosenbund gesteckt, während ein altbekannter Anzugträger auf einem für die Örtlichkeit absurd weißen Polstersessel sitzt und ihm mit einem angedeuteten Grinsen entgegenblickt. Auf der kunstvoll geschnitzten Mahagoni-Tischplatte vor ihm liegt ein wildes Chaos aus Revolvern, mexikanischen Mendozas RM2, einem beträchtlichen Haufen Geldbündel, leeren Rumflaschen, aufgerissenen Kondomschachteln, einer halb leeren Jointbox und Kokaintütchen.

»Buenos días, patrón. Señores.« Mit respektvoll gesenktem Kopf nickt Luan dem Anführer des Barranquilla-Kartells und seinen beiden Leibwächtern zu.

»¡Ah, Oliveira, siéntate, siéntate!«, dirigiert der braun gebrannte Anzugträger, den Luan mit *patrón* angesprochen hat.

Sein Name? Oscar José Ramírez Balmaceda. Geschäftsmann, Drogenbaron, Origami-Künstler, begeisterter Bordellbesucher und Killermaschine im Ruhestand. Wer sich von seinem Charme und seinen vortrefflichen Manieren täuschen lässt, wird dies früher oder später bitter bereuen. Hineingeboren in eine Familie berühmt-berüchtigter *narcotraficantes* kennt Ramírez das Drogengeschäft wie seine Westentasche. Um sich selbst an die Spitze des Barranquilla-Kartells zu setzen, hat der Kolumbianer keine Kosten, Mühen und vor allem auch kein Blutbad gescheut.

Als Luan im Alter von siebzehn Jahren endlich genug Geld beisammen hatte, um sich die Flugreise nach Kolumbien leisten zu können, ist er nicht einmal eine Woche später mit dem Barranquilla-Kartell in Kontakt gekommen. Wie unzähligen anderen Jugendlichen, die auf der Straße gelebt haben und nichts und niemanden zu verlieren hatten, schenkte Ramírez ihm einen Platz in seiner Organisation, deren Gemeinschaftsgefühl seit jeher dem einer Familie entsprochen hatte. Doch was anfangs einem Traum auf Erden glich, verwandelte sich schon bald in eine fürchterliche

Hölle. Der Großteil besagter Jungs versauert mittlerweile angesichts der unerbittlichen Drogenkriege entweder hinter Schloss und Riegel oder in einem namenlosen Grab.

Tatsächlich stellt Luan eine der wenigen Ausnahmen dar. Im Laufe der Jahre hat er es durch unzählige Treuebeweise und die nötige Portion Glück vollbracht, sich vom austauschbaren Laufburschen zu einem der engsten Vertrauten des Drogenbarons emporzuarbeiten. Morden, foltern, rauben, dealen: Es gibt kaum etwas, das Luan noch nicht für diesen Mann getan hat. Nachträglich betrachtet haben sich all diese Taten aufs Äußerste gelohnt. Sie haben ihm Macht, Reichtum und Respekt auf den rauen Pflastern einer Nation beschert, die von Gewalt und Einflussnahme dominiert wird.

Will der Boss des *Cartel de Barranquilla* jemanden tot sehen, wird dieser Jemand noch in derselben Stunde sterben. Oscar José Ramírez Balmaceda hat diese Macht. Wahrscheinlich ist das der Grund, weshalb er von seinen Anhängern wie ein Gott angebetet wird. Oder es liegt an den rund fünfzehn Tonnen Kokain, die er jede Woche vertickt und damit mehr Geld scheffelt, als er jemals ausgeben könnte.

Gerade ist sein Blick auf Luan gerichtet, aber keineswegs in mörderischer Absicht. »¿Quieres un porro? ¿O coca?«

»No, gracias.« Luan zieht ein weiteres Mal an seiner Zigarette und lässt sich auf den frei stehenden Hocker gegenüber seinem Boss fallen. Im Zuge dessen gibt das Holz ein wenig vertrauenswürdiges Knarzen von sich. »¿Qué pasó?«

»Tenemos un problema con los gringos.« Ramírez verzieht das Gesicht, legt sich eine dünne Line Kokain und snieft diese mithilfe einer Hunderttausend-Pesos-Banknote. »Diese malparidos von der DEA haben gestern zusammen mit der policía Ruiz ausgeschaltet.«

Luan zuckt nicht einmal mit der Wimper. Die Nachricht über die Einmischung der amerikanischen *Drug Enforcement Administration* in die Angelegenheiten der Polizei sowie den Tod seines Kollegen lässt ihn völlig kalt. Stattdessen erregen die Kakerlaken, die in den Ecken der dreckbelasteten Wohnfläche herumwuseln, seine Aufmerksamkeit.

»Haben wir nicht alle policías in Barranquilla gekauft?«, fragt er nach einem überstürzten Hüsteln, um sich von dem aufsteigenden Würgereiz abzulenken, und fokussiert sich wieder ausschließlich auf das gleichermaßen von Falten wie Narben durchzogene Gesicht seines Gegenübers.

»Desafortunadamente, no todos. Colonel Rodríguez ist incorruptible. Ich möchte, dass du, hermano, diesen maricón aus dem Weg räumst. Der Ministro de Justicia hat sich nach ein bisschen Überzeugungsarbeit und einer großzügigen Spende dazu bereiterklärt, uns bei dieser Sache behilflich zu sein. Hier findest du die Adresse, an der sich der Colonel morgen aufhalten wird.« Ramírez schiebt ihm ein dünnes Kuvert zu und fährt sich anschließend mit dem Handrücken über die Nase. »Folter diesen Schwanzlutscher hasta la muerte. Und dann häng ihn irgendwo gut sichtbar auf.«

»Claro que sí, patrón.«

Ohne eine Miene zu verziehen, steckt er den Briefumschlag in seine Jackentasche und beobachtet seinen Boss dabei, wie dieser sich selbstzufrieden grinsend in seinem Sessel zurücklehnt. Von den Emotionen, die tief in seinem Inneren brodeln, lässt Luan sich keinen Deut anmerken. Die Kunst des Pokerface und der gnadenlosen Selbstbeherrschung hat er im Laufe der Jahre perfektioniert.

»Oye, Oliveira, am Samstagabend feiern wir unsere sociedad mit dem *Cartel de Cartagena*. Playa Puerto Mocho, como siempre. Ich erwarte dein Kommen. Pünktlich.«

Seelenruhig nimmt Luan einen letzten Zug von seiner Zigarette. Dann drückt er diese an seiner Handfläche aus, erhebt sich und zieht die Lederjacke zurecht. Während er sie alle nacheinander ansieht – erst die beiden *guardaespaldas* im Hintergrund, dann Ramírez selbst – herrscht gewohnte Ausdruckslosigkeit in seinem Gesicht.

»Sí, patrón. Ich werde da sein.«

BARRANQUILLA, ATLÁNTICO, KOLUMBIEN | 1973 | BARRIO EL POBLADO

Gedankenverloren zupft Luan an den Saiten seiner schwarzlackierten Akustikgitarre. Sanft entspringen die Töne dem Instrumentenklangkörper und lassen eine sehnsuchtsvolle Melodie in die Luft entsteigen. Mit geschlossenen Augen legt der junge Mann seine Lippen aufeinander und beginnt, in Harmonie mit den Klängen ein Lied aus seiner Heimat zu summen. Er kann sich noch genau daran erinnern, wie sein Vater es damals jeden Morgen bei der Frühstückszubereitung gesungen hat. In seinen karierten Schlafanzug gekleidet hat er in der Küche gestanden, die Pfanne mit dem brutzelnden Rührei in der Hand, während der Rest der Familie bereits am Tisch saß und herumblödelte.

Entspannt lässt Luan sich tiefer in die seidenen Kissen fallen, die ihn von allen Seiten her umgeben. Wie jedes Mal gelingt es der Musik auf magische Weise, seine Füße vom Boden der Realität anzuheben und ihn vorübergehend freizuwaschen von jeglicher Schuld, dem Hass und den beißenden Rachegefühlen, die sich über die Jahre in seinem Inneren angestaut haben.

»Luan.«

Die Art, wie Ángel seinen Namen ausspricht, veranlasst, dass ihm ein eisiger Schauer das Rückgrat hinunterläuft. Vorbei ist die Freiheit. Vorbei ist die Unbeschwertheit. Vorbei ist das Glück. Mit der Geschwindigkeit einer abgefeuerten Pistolenkugel kehren die Sorgen in Luans Herz zurück, seine Gesichtszüge sind auf einmal wieder schrecklich angespannt. Rastlos verharren seine Finger vor dem Gitarrenhals, nur wenige Millimeter vom Bund entfernt.

»Ja, mi amor?«, fragt er, noch bevor er seine Augen öffnet, die Stimme von einem rauen Kratzen belegt.

Ángel taucht in seinem Blickfeld auf. Eine Hand behutsam auf seinem Knie platziert hockt der goldgelockte Mann vor ihm, seine himmelblauen Augen von einem tieftraurigen Schleier vernebelt.

»Por favor, tu es nicht.«

Mehr sagt er nicht, doch diese fünf Wörter allein genügen, dass sich das darauffolgende Schweigen bleischwer anfühlt.

Luan sieht überall hin, nur nicht zu dem Knienden vor ihm. Mit pochendem Herzen lässt er seinen Blick von dem vergoldeten Springbrunnen im Zentrum des Raumes über die Topfpflanzen zu den Fresken und der üppigen Möblierung schweifen. Je mehr Sekunden verstreichen, desto deutlicher macht sich das Engegefühl in seinen Lungenflügeln bemerkbar. Es ist, als würde ein Knoten in seinem Brustkorb hausen, der sich beständig zuzieht.

»Was du vorhast, wird rein gar nichts besser machen. Nada, du wirst nur alles verlieren.«

Mit glasigem Blick stiert Luan auf den Blutfleck, den er soeben auf seiner Faltenhose entdeckt hat. Ganz klein und unscheinbar verunreinigt er die Monochromie seiner Bekleidung. Colonel Rodríguez hat geblutet wie ein Schwein, nachdem Luan ihm immer und immer wieder das Messer in den Unterleib gestoßen hatte. Durchaus möglich, dass er trotz akribischer Vorsicht beim Aufhängen der Leiche ein paar Tröpfchen des Rotes abbekommen hat.

Kaltes Wasser und Natron, dann geht das wieder raus …

»Luan, por favor.«

Als Ángel ihm die Gitarre aus den Händen zieht, um sie vorsichtig auf der mintfarbenen Sofalandschaft neben ihm abzulegen, nimmt Luan endlich seinen Mut zusammen und erwidert seinen Blick, ausdruckslos und starrsinnig wie eh und je. Auch wenn er sich davon nichts anmerken lässt, verteilt der Schmerz, der Ángel ins Gesicht geschrieben ist, qualvolle Stiche in seinem Herzen.

Sachte legt Luan seine rechte Hand über die des anderen. »Ich kann sie bluten lassen, Ángel. Das ist alles, was ich je wollte.«

Als hätte er ihm schon wieder ins Gesicht geschlagen, zieht der junge Mann, der seinem Namen alle Ehre macht, seine Hand zurück und senkt den Kopf. »Das ist es nicht wert, Luan«, murmelt er halbherzig.

»Créeme, das wird es sein.«

Wie auf ein stilles Kommando hin beginnen Ángels Schultern zu beben. Sein Kopf sinkt auf seine Brust herab, als wäre er plötzlich tonnenschwer. Luan braucht nicht einmal sein Gesicht zu sehen, um zu wissen, dass er weint. Unbeholfen kratzt er sich am Kopf. Ist es nicht eine Sünde, einen Engel zum Weinen zu bringen?

»Sei nicht schwach, mi amor«, brummt er nach ein paar Sekunden der Überforderung, ächzt, und rutscht neben den Lockenkopf auf den Teppichboden.

Widerstandslos lässt dieser zu, dass Luan sein Kinn anhebt, bis ihre Blicke sich treffen. Ausdruckslosigkeit trifft auf Emotionswirrwarr. So war es und so wird es immer sein.

Während ihm die Tränen wie Sturzbäche von den Wangen hinabrinnen, schüttelt Ángel mit dem Kopf und schluchzt: »Ich bin nicht schwach!«

Eine Mischung aus Sanftheit und Belustigung schleicht sich in Luans Miene. Mit unvermuteter Hingabe streicht er seinem Gegenüber die Tränen von den Wangen.

»Was ich vorhabe, ist so viel größer, als wir beide es sind«, erklärt er betont. »Da geht es um Ehre, Familie, sangre por sangre. Der Preis, den ich dafür zu zahlen habe – no me importa.«

Kaum, dass er zu Ende gesprochen hat, holt Ángel Luft, um ihm zu widersprechen, doch Luan lässt es gar nicht erst so weit kommen. Mit Nachdruck legt er einen Zeigefinger an die Lippen seines Gegenübers und bringt diesen dadurch zum Verstummen.

Dann sieht er Ángel fest in die Augen und sagt: »Te quiero, mi vida. Te quiero tanto.«

Der Lockenschopf weint so bitterlich, dass es ihm einfach nicht gelingen mag, seine Stimmbänder zu kontrollieren und die Liebeserklärung zu erwidern. Aber das ist gar nicht schlimm. Die Tränen sagen mehr als Tausend Worte.

Krampfhaft ins Nichts starrend zieht Luan Ángel in seine Arme, drückt ihm einen Kuss auf die Schläfe und hält ihn fest, bis sein Körper nicht mehr von den Schluchzern geschüttelt wird, seine Tränen getrocknet sind und er schlicht und einfach zu erschöpft zum Weinen ist.

Die Herzmuschel auf seinem Brustbein fühlt sich dabei tonnenschwer an.

BARRANQUILLA, ATLÁNTICO, KOLUMBIEN | 1973 | PLAYA PUERTO MOCHO

Ein Klicken ertönt, als Luan den Motor seiner Benelli 750 Sei abdreht und die Scheinwerfer ausschaltet. Sich auf dem Sitz des Motorrades zurücklehnend verharrt er noch ein paar Sekunden auf der Stelle und lässt das atemberaubende Schauspiel der Natur auf sich wirken.

In der Ferne, meilenweit entfernt von ihm, berührt die Sonne das Meer und taucht den Himmel in ein tiefdunkles Rot. Es hat etwas Beruhigendes an sich, wie sich die glitzernde Wasseroberfläche im Takt der Wellen auf und ab bewegt. Nicht mehr lange, dann würde der Mond aufsteigen und zusammen mit der dämmrigen Nacht das Firmament erobern. Vor seinem inneren Auge kann der Dunkelhaarige bereits die sterbenden Sterne sehen, wie sie mit ihrem Funkeln die Finsternis erleuchten und ihrer Endlichkeit ein letztes Mal die verdiente Ehrerbietung erweisen.

Luans Blick, von der kolumbianischen Abendsonne beschienen, wandert weiter zu dem Nachtclub zu seiner Rechten, auf dessen Areal sich Hunderte Gäste tummeln. Auf den ersten Blick mag man es gar nicht für möglich halten, dass es sich bei diesen ausschließlich um Mörder und Drogendealer handelt; mit Ausnahme vielleicht von deren Freundinnen und den Huren, die sich leicht bekleidet ins Zentrum der hiesigen Kriminalität gemischt haben.

Ein Farbenspiel aus bunten Discolichtern zuckt über die alkohol- und schweißgebadete Menge, elektronische Dancemusik ist auf volle Lautstärke aufgedreht und übertönt die gebrüllten Konversationen am Bartresen und den zugehörigen Tischen. Offenbar haben die Kartellvertreter von Barranquilla und Kartagena keine Kosten und Mühen gescheut, damit die Zelebrierung ihrer Partnerschaft ein wahrer Erfolg wird.

Unverhofft tiefenentspannt erhebt Luan sich von seinem Motorrad, streicht über seine Lederjacke, schüttelt seinen Vokuhila zurecht und dreht die goldkarätigen Klunker an seinen Fingern gerade. Dann schreitet er hocherhobenen Hauptes über den sandbeschmutzten Holzsteg, der die Parkfläche mit dem unübersichtlichen Partygelände verbindet. Obwohl er nur knappe dreihundert Meter hinter sich bringen muss, zieht sich der Fußmarsch wie ein Kaugummi in die Länge. Während er seinem Ziel Schritt für Schritt näher kommt, wird sein Körper von einer warmen Brise umspielt.

Eigentlich hatte Luan erwartet, dass seine Gedanken in diesem Moment verrückt spielen würden. Doch es ist genau das Gegenteil der Fall. Tatsächlich ist sein Kopf wie leer gefegt und sein Wille unerschütterlich. Er wird tun, was getan werden muss. Hier und heute. Egal zu welchem Preis. Für Gerechtigkeit und Frieden. Wie es schon seit so vielen Jahren geplant ist.

Im Nachtclub angekommen bringt der Bass seinen Körper zum Vibrieren. Respektvolles Nicken und den ein oder anderen Gruß erntend, drängelt er sich an den wild herumtanzenden Paaren vorbei. Grünes, gefolgt von violettem Scheinwerferlicht zuckt über sein Gesicht und nimmt ihm für ein paar Sekunden die Sicht. Das Klirren von Gläsern und Flaschen, das Dröhnen der Musik, die dicht aneinander gedrängten Gestalten um ihn herum, das Blinken der Lichter, die gebrüllten Unterhaltungen und das Gelächter – überflutet von zu vielen Reizen werden Luans Knie wackelig.

Ungeachtet des langsam zunehmenden Hitzegefühls schlängelt er sich quer über die Tanzfläche. Auf der Suche nach seinem Boss wendet er den Kopf in alle Richtungen, dreht sich einmal im Kreis und drängt irgendeine Göre zur Seite, die ihm im Gedränge auf die Füße getreten ist. Nachdem er einem bekifften Kerl seinen Ellenbogen ins Gesicht gerammt und diesen damit zu Fall gebracht hat, wird ihm die nächsten Meter hinweg freiwillig Platz gemacht. Schnell wie ein Blitz flackern seine Pupillen von Ort zu Ort und scannen jede Person, die in sein Blickfeld gerät. Bis sie urplötzlich auf der Stelle verharren und sein Herz einen Schlag aussetzen lassen.

Goldblonde Locken, braun gebrannt, himmelblaue Augen und ein schlichtes weißes Hemd: Ángel hockt an einem der Tische neben der Bar, unweit von ihm entfernt, und unterhält sich mit einer Gruppe Kartagena-Bastarden.

Wie vom Donner gerührt starrt Luan zu ihm hinüber, ein paar Sekunden lang, unbewegt, bis er von einem heftigen Stoß gegen die Schulter aus seiner Starre gerissen wird.

»¿Dónde has estado, pendejo? Du hast die maldito Rede verpasst!« Oscar José Ramírez Balmaceda hat sich mit verschränkten Armen vor ihm aufgebaut, der Schädel rot und die Nasenflügel geweitet.

»¡Perdóname, patrón!«, plärrt Luan völlig aus dem Konzept gebracht über das Getöse der Musik hinweg. Dabei gibt er sich alle Mühe, seinen Blick von Ángel fortzureißen, und tritt einen Schritt zur Seite, um einem tanzenden Paar Platz zu machen. »Ich ... hatte noch was zu erledigen!«

Eine geknurrte Drohung schallt an Luans Ohren, doch davon bekommt dieser kaum etwas mit. Ohne es bewusst steuern zu können, schnellt sein Blick erneut zu Ángel hinüber, der sich gerade über den Witz eines Tischnachbarn amüsiert und an einem Cocktail mit limettengrünem Schirmchen nippt. Kribbelnd ergreift eine Gänsehaut Besitz von Luans Körper.

»¡Disculpáme!«, entschuldigt er sich aus voller Kehle bei Ramírez und lässt ihn mitten auf dem Dancefloor stehen, wohl wissend, dass er schon in Anbetracht deutlich geringerer Gründe getötet hat.

Mit donnernden Schritten bewegt er sich auf den Tisch zu, an dem Ángel sitzt, reißt diesen mitten im Gespräch auf die Füße und zerrt ihn grob mit sich zur Seite. Dass dem Lockenschopf dabei das Cocktailglas aus der Hand rutscht und infolgedessen klirrend auf dem Boden zerbricht, ist ihm völlig egal.

»¿Estás loco, cabrón? Was zur Hölle hast du hier verloren?«

Obwohl sich Luans Fingernägel schmerzvoll in seinen Arm bohren, lächelt Ángel ihn an, seine himmelblauen Augen sind kristallklar. »Ich wollte bei dir sein, mi amor.«

Der Dunkelhaarige schnaubt. Härte legt sich auf sein Gesicht, noch bevor er ihn alles andere als zimperlich über die Tanzfläche und in Richtung des Ausgangs zieht. »Du hast doch keine Ahnung, wovon du da redest, verschwinde von hier, inmediatamente ...«

»Luan«, murmelt Ángel, stolpert, versucht, ihn zum Stehen zu bewegen, und verlangt noch einmal lauter: »Luan, lass mich!«

Da ist so viel Dringlichkeit in Ángels Stimme, dass Luan tatsächlich innehält und ihn loslässt, als hätte er sich an ihm verbrannt. Sein Herz schlägt ihm bis zum Hals. Während das Adrenalin erbarmungslos durch seine Adern schießt, spielen die Lichter verrückt und wechseln in Sekundenschnelle ihre Farben. Ausgelassen wird überall um sie herum gehüpft und getanzt, der feurige Beat des Elektropops bringt die Menschenmasse zum Schwitzen. Alles dreht und dreht sich immer schneller im Kreis. Übelkeit macht sich in Luan breit. Es fühlt sich an, als würde ein unsichtbares Seil seine Kehle zuschnüren. Er will weg, einfach nur weg von hier. Aber wie er selbst am besten weiß, bekommt man nie, was man wirklich will.

Stählern blickt Ángel seinem Gegenüber in die Augen. »Ich bin nicht schwach, Luan«, verkündet er mit fester Stimme.

Der Angesprochene kann nicht anders, als hysterisch aufzulachen. Gegen die Übelkeit ankämpfend geht er wieder dazu über, Ángel fortzuschleifen.

»Wenn du hiermit versuchst, mich aufzuhalten, muss ich dich enttäuschen!«, brüllt er über die schrille Geräuschkulisse hinweg und schubst ein paar Tanzende zur Seite. »Ich werde den Plan nicht abblasen, auch nicht für dich!«

Blutrotes Licht fegt über sie hinweg, als Ángel es im Zentrum der Tanzfläche vollbringt, den eisernen Griff des Dunkelhaarigen um sein Handgelenk zu lösen. Störrisch bleibt er stehen; seine Lippen bewegen sich und formen Worte, die nicht gegen das Getöse um sie herum ankommen. Das nervtötende Pulsieren des Basses macht Luan noch aggressiver, als er es eh schon ist. Während sich Bitterkeit auf seiner Zunge breitmacht, treten die Adern an seinem Hals hervor und seine Hände ballen sich zu Fäusten. Für den Bruchteil einer Sekunde denkt er darüber nach, Ángel mit einem wohl platzierten Schlag in die Bewusstlosigkeit zu verfrachten. Glücklicherweise besinnt er sich doch noch eines Besseren.

»Puta madre, Ángel, ich will dir nicht wehtun müssen!«, faucht er, gräbt seine Finger in die Schulter des Lockenschopfs und zerrt diesen an sich heran. »Hör auf, es mir noch schwerer zu machen, als es sowieso schon ist!«

Heftig schluckt Ángel, in seinen Augen schwimmen Tränen. »Gerade du solltest das doch verstehen ... Wenn ich dich schon nicht aufhalten kann, werde ich das eben mit dir durchstehen!«, verkündet er mit zittriger Stimme und senkt seinen Kopf.

Luans Aggression verfliegt so schnell, wie sie gekommen ist. Quietschend kommt das Gedankenkarussell in seinem Kopf zum Stehen. Bestürzung und Entschuldigung treten in seinen Blick. Nicht, weil Ángels Tränen ihn schon seit jeher tief im Herzen getroffen haben, sondern weil er mit seinen Worten recht behält. Luan weiß wie kein anderer, wie schrecklich es ist, seine Familie zu verlieren. Es wäre grausam, Ángel dasselbe Schicksal erleiden zu lassen.

Tief durchatmend strafft dieser seine Schultern und bemüht sich um ein Lächeln. »Lass uns tanzen, mi amor«, schlägt er aus voller Kehle vor und legt seine Arme um Luan, ohne eine Antwort abzuwarten. »Heute kann uns ihr Begaffe egal sein.«

Dem Dunkelhaarigen fällt nichts anderes ein, als resigniert zu seufzen. Nervös beißt er sich auf die Unterlippe und blickt über die Schulter, bevor er seine Arme unschlüssig um Ángels Taille schließt. Steine formen sich in seinem Magen. Alles in seinem Inneren sträubt sich dagegen, vor den Augen der Kartelle Intimität zu einem Mann zu zeigen. Dabei weiß er doch, dass Ángel recht hat. Heute kann es ihnen egal sein, mit welcher Abscheu sie ihre Liebe beglotzen. Heute kann ihnen einfach alles egal sein.

Beim Blick in Ángels leuchtend blaue Augen schmilzt jeglicher verbliebener Widerstand in Luan dahin. Langsam, aber sicher gelingt es ihm, die Menschen um sie herum auszublenden und Ruhe in seine Mitte zurückfließen zu lassen. Sachte lehnt er seine Stirn gegen die des anderen und lässt seine Lider zufallen. Wärme breitet sich in seinem Körper aus. Von seiner Brust aus flutet sie seinen Bauch, seinen Hals, die Gliedmaßen und schließlich sein Gesicht. Im Rhythmus der Musik bewegen sich ihre Körper, als wären sie eins. Das Stimmengewirr der Feiernden und der Geruch nach Schweiß, Alkohol und penetranten Parfums treten in den Hintergrund. Was bleibt, ist nur der Moment. Und der ist alles, was zählt.

Luan konzentriert sich auf seinen Atem, während er sein Gesicht in Ángels Halsbeuge versteckt. Wie sein Brustkorb sich hebt und senkt, als wäre er im Einklang mit den Wellen des Ozeans, der ihn von seinem früheren Leben in Portugal trennt. Ángels warmer Körper an seinem ist alles, was er fühlt. Und das genügt. Für ihn würde das immer genügen.

Erst, als er seine Augen wieder öffnet, wird ihm bewusst, dass sie sich mittlerweile allein auf der Tanzfläche bewegen. Die anderen Gäste sind betreten stehen geblieben und haben einen Kreis um das tanzende Paar geformt. Prekäres Schweigen wabert durch den Nachtclub, gefolgt von gedämpftem Raunen. Jegliche Blicke sind auf Luan und Ángel gerichtet, in einer Mischung aus Perplexität, Abscheu und Entrüstung.

Luan kann sich nicht mehr daran erinnern, wann seine Mundwinkel sich das letzte Mal angehoben haben. Es muss eine halbe Ewigkeit her sein, dass er die eingerostete Ausdruckslosigkeit aus seinem Gesicht vertrieben hatte. Doch heute, jetzt, in diesem Moment, in einer völlig unpassenden Situation, verziehen sich seine Lippen zu einem überschwänglichen Grinsen.

Während sie sich im Tanz herumdrehen, streicht Luan seinem Gegenüber sanft über die Wange und genießt es, zu sehen, wie diese sich daraufhin rötet. Ein angenehmes Kribbeln überzieht seine Haut. Bis ihre Münder kollidieren, verstreichen keine drei Sekunden mehr. Mit geschlossenen Augen vergräbt Luan seine rechte Hand in den Locken seines Tanzpartners und zieht ihn mit der Linken noch dichter an sich. Sein Puls spielt verrückt, als Ángel die Schmetterlinge in seinem Bauch mit seinen Berührungen wild durch die Gegend flattern lässt. Zwischen ihren Lippen lodert ein Feuerwerk. Die von Ángel schmecken nach Heimat, Geborgenheit und Tapferkeit. Sie lassen Luan all die tief sitzende Verbitterung in den Kammern seines Herzens vergessen.

Es sind Augenblicke wie diese, in denen Luan sich nichts mehr auf dieser Welt wünscht, als dass er die Zeit anhalten und alles ungeschehen machen könnte, wohin ihn sein Trieb nach Rache und Vergeltung die vergangenen zwölf Jahre getrieben hat. In denen er hofft, dass sein Leben ein weniger tragisches Ende nehmen und diese Zweisamkeit mit Ángel für immer verweilen würde. Doch schon den Bruchteil einer Sekunde später hat sich diese Empfindung wieder verflüchtigt, als wäre sie nie dagewesen.

Luan löst sich erst dann von Ángels Lippen, als dieser ihm behutsam die Lederjacke von den Schultern zieht, wodurch das an sein Hemd geschnallte Gewirr an Kabeln, rot blinkenden Lämpchen und aneinander gezurrten Dynamitstangen zum Vorschein kommt. Irgendjemand hat wohl noch im selben Moment die

Musik außer Betrieb gesetzt, denn auf einen Schlag herrscht Grabesstille im Nachtclub. Dumpf trifft die Lederjacke auf der klebrigen Tanzfläche auf. Niemand wagt es, sich zu rühren.

Mit ungeahnter Genugtuung lässt Luan seinen Blick über die schockstarren Mienen der Anwesenden schweifen, bevor er sich wieder auf Ángel konzentriert. Warnend spiegeln sich die Blinklichter der selbst gebauten Bombe in dessen himmlischen Iriden. Rot trifft auf Blau und vermischt sich zu einem zarten Violettton. Zu Luans Überraschung ist dieser nicht von einem Tränenschleier überzogen. Im Gegenteil, auf Ángels Lippen zeichnet sich ein ermutigendes Lächeln ab, seine Gesichtszüge völlig entspannt.

Vielleicht bist du ja wirklich nicht schwach, mi vida, denkt Luan und reckt sein Kinn nach vorn.

Das Rauschen der Wellen hallt in seinen Ohren wider. Er stellt sich vor, wie diese unter dem Sternenhimmel glitzern, brechen, Gischt schäumen und winzige Schätze an Land spülen. Manchmal auch Muscheln in der Form eines Herzens.

Sein Leben der Rache zu widmen, erscheint auf den ersten Blick völlig hirnrissig. Auf den zweiten allerdings wird klar, dass dies dem Dasein deutlich mehr Sinn verleiht als ein langweiliger Bürojob oder Tausend Partybesuche. Alles, was Luan je wollte, war es, mit seiner Familie vereint zu sein. Noch an ebenjenem Tag, an dem sie ihm so grausam entrissen wurde, wusste er, dass er sich für den Rest seiner Existenz dazu verschreiben würde, sie zu rächen.

Nur: Wie kann man einen der gefährlichsten, reichsten und mächtigsten Männer der Geschichte Lateinamerikas zur Strecke bringen?

Man gewinnt sein Vertrauen. Und dann, wenn er es am wenigsten erwartet, rammt man ihm das Messer mitten in die Brust.

Geschlagene sieben Sekunden verstreichen, bis sich einer der Anwesenden in Bewegung setzt. Lautstark hallen Oscar José Ramírez Balmacedas Schritte in der Stille wider. Das Zucken der grellbunten Discolichter illuminiert seine rastlos näher kommende Gestalt in allen Farben, die diese Welt zu bieten hat.

»Oliveira … Was zur Hölle geht hier vor sich?«, hört Luan ihn mit sich überschlagender Stimme fragen.

Luans Mundwinkel zucken. In seinen Adern fließt nichts als Übermut.

»¡Para minha família, seu filho da puta mimado!«, ruft er und grinst dem Mörder seiner Familie ins Gesicht, bevor er Ángel fest in seine Arme zieht und jedermann im Umkreis von zweihundert Metern mit der markerschütternden Feuergewalt des Sprengkörpers in tausend Stücke zerreißt.

Alles geht so schnell vorbei, dass Luan nicht einmal mehr den erlösenden Knall mitbekommt. Da ist nur Leere. Hitze, gefolgt von Finsternis. Kribbeln und Pochen – Vibrationen, die seinen gesamten Körper erfassen. Wind in seinen Haaren, der Klang des Ozeans in seinem Kopf. Es fühlt sich an, als wäre er auf einmal wieder zwölf Jahre alt. Ein kleiner Junge, der sich nach Freiheit sehnt, in einer Welt, die ihm dafür viel zu ungerecht erscheint.

Alles ist wie damals. Doch ist er dieses Mal nicht allein.

Das ist es nicht wert, Luan, wispert Ángel, ein Stück Himmel auf Erden, mit Tränen auf seinem Gesicht.

»*Créeme, das wird es sein.*«

NADINE KOCH

LASS UNS LEBEN

Lass uns diesen Sommer leben,
als wäre jeder Sonnenstrahl eine Umarmung.
Als wäre das Gras nur für uns grün,
die Bäume nur für uns voller Blüten,
die Felder nur für uns, gefüllt mit Leben.
Lass uns frei sein und den Moment genießen.
Jedes Detail prägt sich in unsere Köpfe ein:
Der Duft nach einem Regenschauer,
die Hitze der Mittagssonne,
der Geschmack von Früchten mit Eis.
Lass uns das Leben fühlen,
mit all seinen Facetten,
mit all seinen Schauern und Morgenstunden.
Lass uns tanzen,
die Musik im Radio aufdrehen,
Wolken zählen und glücklich sein.
Lass uns diesen Sommer leben,
als wären wir noch Kinder ohne Sorgen.

L. M. BOHRER

KEIN SOMMER FÜR UNS

Die Sonne versinkt im Meer und färbt es rot. Eine Gruppe Frauen sonnt sich im Sand, weitere sind im Wasser. Aurora, die größte und stärkste von ihnen, räkelt sich im letzten Licht des Tages.

Ich spüre nur die Hitze, die durch das Fenster dringt. Spärliche dünne Lichtstreifen bringen den Staub zum Tanzen. Mehr von dem Sommer kommt hier nicht hinein. Der Trainingsraum ist eine ehemalige Fabrikhalle, in der noch immer rostige Rohre an der Decke entlanglaufen. Einmal wurde ein Mädchen von einem Metallstück getroffen, das von der Decke abbrach. Wir haben sie im Wald beerdigt. Aber beschweren tut sich hier niemand.

Denn wer es tut, muss zurück in sein altes Leben. Und dort wird jeder von uns als unfreiwillige Ehefrau irgendeines machtsüchtigen Mannes enden. Natürlich sind nicht alle Männer machtsüchtig und gefährlich, aber bis jetzt bin ich noch keinem Mann begegnet, der mich mit Respekt behandelt hat.

Mein Magen krampft sich zusammen, als ich an meine Mutter denke. Sie hat mir alles gegeben, was sie geben konnte. Wegen ihr habe ich es bis hierher geschafft. Aber alles, was sie will, darf nie etwas anderes sein als das, was Vater will. Vor meinem inneren

Auge taucht ihr leerer Blick auf, in dem sie sich verliert, wenn sie denkt, dass niemand hinschaut. Wie kann mein größtes Vorbild gleichzeitig die Person sein, die ich niemals werden will?

Auch wenn es in diesem Trainingslager nur Frauen gibt, macht es das nicht unbedingt besser. Trotzdem gibt es eine ungeschriebene Hierarchie, innerhalb derer ich mich leider immer noch ganz unten befinde.

Heute Abend ist neben mir nur Ellie in der Trainingshalle. Sie ist ungefähr so alt und groß wie ich. Wir sind nicht so stark wie die anderen, deswegen müssen wir länger trainieren.

Aber eigentlich gibt es kein Wir.

Morgen, bei der Prüfung, wird eine von uns rausfliegen. Sie weiß das genauso gut wie ich. Ich kann mir keine Pausen leisten, auch wenn ich am liebsten wie die anderen draußen im Sand liegen würde.

Meine Arme zittern, als ich mit den Klimmzügen weitermache. *Eins.* Ich sehe die Tränen meiner Mutter, wenn ich es nicht schaffe. *Zwei.* Ich rufe mir die Betonwüste ins Gedächtnis, aus der ich stamme. Dort gibt es keine Palmen oder Meeresbrisen. *Drei.* Niemand dort kennt meinen Namen. *Vier.* Wenn ich das morgen schaffe, wartet der Strand auf mich.

Erst, als es zum Abendessen gongt, lege ich eine Pause ein.

Kaum höre ich auf, mich zu bewegen, überrollt mich die Erschöpfung. Ich schütte etwas Wasser aus meiner Trinkflasche in meine Handfläche und fahre mir damit über das Gesicht. Nach dem Essen muss ich weitermachen. Wenn ich innehalte, wird mein Kopf zu laut.

Die Essenshalle ist etwas kleiner und enger als der Trainingsraum. Ich bahne mir meinen Weg durch das Durcheinander und zwänge mich in eine Lücke an der vollgestopften Tafel. In meiner Schüssel befindet sich eine Kelle voll mit undefinierbarem Getreidebrei. Der Hunger lässt mich ihn herunterschlingen, als wäre er der Schokoladenpudding meiner Mutter. Viel zu schnell sehe ich den weißen Boden der Schüssel. Eigentlich sollte ich es wie alle anderen machen: jeden Löffel auskosten. Mein Bauch zieht sich vor Hunger immer noch schmerzvoll zusammen. Heute hatte es mal wieder kein Mittagessen gegeben, weil das Versorgungsschiff nicht gekommen war. Vielleicht hatte ein Sturm verhindert, dass es auslaufen konnte, oder die Menschen auf dem Festland haben das Essen für sich selbst behalten. Niemand weiß das so genau. Seit die große Hitze den halben Planeten unbewohnbar gemacht hat, kämpft jeder nur für sich.

Aurora sitzt direkt neben mir. Ihr schwarzes Haar ist noch nass vom Meer und ihre bronzefarbene Haut glänzt über ihren starken Muskeln. Ich esse noch schneller, um den Anblick nicht länger ertragen zu müssen. In ihrer Gegenwart fühle ich mich wie eine Maus im Visier einer Katze.

»Hast du noch Hunger?«, fragt Aurora plötzlich.

Überrascht hebe ich meinen Kopf und bemerke, dass alle mich anstarren. Hat sie tatsächlich mich gemeint? Um nicht mehr von ihren Blicken verfolgt zu werden, trinke ich einen Schluck.

»Möchtest du meinen Rest haben? Ich habe keinen Hunger mehr.«

Ich brauche ein paar Sekunden, um zu registrieren, dass sie wirklich mit mir gesprochen hat. Mein Herzschlag beschleunigt sich, denn ausnahmsweise starrt sie mich nicht mit der üblichen Mischung aus Herablassung und Mitleid an. »Gib's doch zu, du willst nur diese widerliche Plörre loswerden«, nuschele ich. Noch in derselben Sekunde bereue ich es.

Aurora lacht. »Ich kann diese *widerliche Plörre* auch gerne an jemand anderen weiterreichen.«

»Ich nehme sie!«, kommt es mir viel zu schnell über die Lippen.

Aurora schiebt den Teller zu mir herüber und ich falle förmlich über das Essen her. Ein »Danke« liegt mir auf der Zunge, aber ihre Aufmerksamkeit ist nun wieder vollständig auf Ellie gerichtet, die begeistert von tropischen Früchten erzählt und dabei ihre langen blonden Haare um einen Finger zwirbelt. Als Aurora sich zu ihr herüberbeugt, schiebt sie sogar beinahe ihr Wasserglas vom Tisch. Ich runzle die Stirn. Seit wann sind die beiden befreundet?

In Gedanken versunken mache ich mich auf den Weg zu den Waschbecken, um meine Schüssel zu säubern. Hatte Aurora heute besonders gute Laune oder war sie doch freundlicher, als ich erwartet hatte? Vielleicht wollte sie, dass ich in ihrer Schuld stehe. Aber zu was könnte ich Schwächling nützlich sein? Oder hatte sie aus Mitleid gehandelt? Wenn ja, dann kann ich gut darauf verzichten. Man würde mich noch weniger respektieren als ohnehin schon.

Hastig überhole ich ein kleines Mädchen, das dasselbe Ziel hat wie ich. Wenn es sich vermeiden lässt, möchte ich nicht eine Stunde in diesem fensterlosen Raum darauf warten, meine Schüssel in kaltes Dreckwasser zu tauchen. Noch waren die Waschbecken mit klarem, dampfendem Wasser gefüllt und die meisten anderen am Essen. Mit dem Ziel vor Augen versuche ich, weitere Frauen zu überholen. Dabei kassiere ich einen spitzen Ellenbogen in die Seite und meine Schüssel fällt zu Boden. Essensreste spritzen auf meine Füße, aber zum Glück ist sie ganz geblieben. Mit gesenktem Blick wische ich die Reste meines Abendessens von meinen Socken. Gerade will ich nach der Schüssel greifen, als Ellie sie mit einem Tritt weiter über den Boden schlittern lässt. Als ich mich wieder bücke, werde ich fast von zwei Frauen umgerannt, die mir einen wütenden Blick schenken. Bevor ich mich entschuldigen kann, preschen sie schon weiter.

»Du bist die Nächste, Lynn, das denkt jeder von uns«, raunt Ellie mir ins Ohr.

Heute Abend hat sie mehr Gewichte gestemmt als ich.

Mit möglichst neutralem Blick presse ich meine Lippen zusammen. Wenn sie wüsste, wie sehr ihre kindischen Sticheleien mich zerfressen, würde sie nie damit aufhören.

Ihrem selbstgefälligen Grinsen nach zu urteilen schaffe ich es nicht sonderlich gut, die Fassung zu wahren. Zweimal muss ich nach der Schüssel greifen, bevor ich es endlich vollbringe, sie aufzuheben. Hitze steigt in mein Gesicht. Mit etwas Glück gelingt es mir, einen freien Platz am Waschbecken zu erkämpfen. Ich tauche die Schüssel hinein und lasse sie beinahe fallen. Das Wasser scheint frisch aus dem Boiler zu kommen. Meine Hände laufen krebsrot an. Der Schmerz schießt durch meine Nerven und verdrängt das grauenhafte Gefühl, das mir einreden will, dass ich heute das letzte Mal mein Geschirr hier wasche.

In dieser Nacht kann ich nicht schlafen. Unruhig wälze ich mich hin und her und versuche mir alles, was ich jemals gelernt habe, ins Gedächtnis zu rufen. Das Nachthemd klebt nass an meinem Körper und ich sehne mir eine eiskalte Dusche herbei. Am nächsten Morgen rauscht alles belanglos an mir vorbei, bis eine Durchsage uns auffordert, nach draußen zu treten.

Unser Trainingslager besteht aus den verschiedenen Hallen, die alle mit Gängen verbunden sind. Es steht im Landesinneren der kleinen Tropeninsel, wo es vor dem scharfen Meereswind geschützt ist. Wenige Meter hinter dem Ausgang beginnt der Wald. Die Morgensonne fällt durch das Geäst der Bäume und lässt Schatten über den Waldboden tanzen. Auch wenn das dichte Blätterdach uns von der brennenden Sonne abschirmt, ist die Luft träge und erschwert das Atmen. Hier ist der Boden noch plattgetreten, aber wenige Meter vor uns beginnt ein Dickicht aus Farnen und gigantischen Blüten, die einen widerlich süßen Geruch verströmen. Vögel trällern ihre Lieder. Es fühlt sich an, als käme ihr Gesang aus einer anderen Welt. Wäre ich doch nur ein Vogel, dann müsste ich mir keine Sorgen um die regelmäßigen Prüfungen machen.

Wir sind in zwei Mannschaften aufgeteilt, die gegeneinander kämpfen sollen. Als Spielfeld gilt der gesamte Wald der kleinen Tropeninsel. Jedes Team muss einen riesigen Felsblock beschützen. Das Team, das als erstes die eigene Fahne in die Vorrichtung auf dem gegnerischen Felsen gesteckt hat, gewinnt. Kameras, die wie winzige Insekten aussehen, werden uns beobachten. In einer surrenden Wolke bewegen sie sich über uns, als wären sie genauso angespannt wie wir. Unsere Trainer sitzen unter einem Baldachin vor riesigen Bildschirmen, um den Wettkampf aus nächster Nähe verfolgen zu können.

Ellie steht wie eine Gallionsfigur neben mir. Als ich ihren entschlossenen Blick sehe, versuche ich, ihre Haltung nachzuahmen. Bei der Verlierer-Gruppe wird immer eine Person aussortiert. Wenn wir gewinnen, muss sich keiner von uns in der nächsten Zeit Gedanken über einen Rausschmiss machen.

Die Zeit scheint sich unendlich in die Länge zu ziehen, bis alle Frauen unseres Teams in Reih und Glied stehen. In jeder Sekunde kann das Horn gepfiffen werden. Ein letztes Mal schaue ich mich um. Um den gegnerischen Felsen zu erreichen, muss man quer durch den Wald laufen. Man kann ihn von hier aus nicht erspähen. Aurora ist nirgendwo zu sehen. Also ist sie im gegnerischen Team.

Niemand von uns vierzig Frauen redet ein Wort. All unsere Blicke sind starr nach vorn gerichtet, als könnten wir dadurch vorhersehen, was uns erwarten wird. Meine Knochen vibrieren, als das Horn geblasen wird. Ich halte die Luft an, bis der Ton verstummt. Bewegung kommt in unsere Reihen und wir stellen uns kreisförmig auf, um unsere Strategie zu besprechen.

Je mehr Zeit verstreicht, desto kraftraubender wird es, stehen zu bleiben. Um wieder atmen zu können, will ich endlich loslaufen. Martha teilt uns in drei Gruppen auf: Die einen sind die Verteidiger des Felsens, die anderen das Mittelfeld, die dafür sorgen, dass unsere Grenzen gehalten werden, und die dritte Gruppe sind die Angreifer. So wie fast immer werde ich den Verteidigern zugeordnet, bei denen es fast nur zwei Arten von Mädchen zu geben scheint: Die besonders Starken, die mit nur einem Stups des Ellenbogens den Gegner zu Fall bringen können, und die besonders Schmächtigen, die man zu den Verteidigern steckt, damit sie anderweitig keinen Schaden anrichten können.

Als eine Gesprächspause eintritt, nehme ich all meinen Mut zusammen und öffne den Mund: »Ich habe noch eine andere Idee. Wie wäre es, wenn wir ein Ablenkungsmanöver starten?« Fragend blickte ich in die Runde.

Ellie wirft mir einen abschätzigen Blick zu. »Das funktioniert doch eh nicht, die fallen da nicht drauf rein«, widerspricht sie mir und schaut Martha dabei bittend an.

»Sie hat recht«, stimmt sie ihr zu. »Wenn sich die Angreifer aufteilen und eine Gruppe wartet, bis der Felsen weniger stark bewacht ist, dann merken sie, dass Leute fehlen. Außerdem fällt es auf, wenn die Flagge nicht bei ihnen ist.«

Ellie öffnet ihren Mund, um etwas zu sagen. »Aber –«, beginne ich schnell, damit sie nicht antworten kann. »Aber was ist, wenn wir jeweils von den Verteidigern, Angreifern und den Mittelfeldspielern ein paar Leute abzweigen, die den echten Angriff ausführen? Dann würde es nicht so auffallen, dass Leute fehlen«, rattere ich hastig herunter und bete im Stillen, dass mein Gesagtes Sinn ergibt.

»Das ist ein guter Punkt«, murmelt Martha. Sie setzt zum Sprechen an, aber Ellie ist schneller.

»Dann besteht aber immer noch das Problem, dass die anderen sofort merken, dass etwas faul ist, wenn wir die Flagge nicht dabeihaben.«

»Dann basteln wir eben eine«, entgegne ich kühn.

Martha hat unsere Flagge in der Hand und betrachtet sie skeptisch. Das rote Stoffdreieck ist an einem Stock befestigt, der ungefähr die Länge eines Unterarmes hat.

»Am Wasserfall wachsen doch diese gigantischen roten Blätter. Wir wickeln eins um einen Stock. So können wir sie zumindest aus der Ferne täuschen«, fahre ich mit bebender Stimme fort.

Mit einem Seitenblick erkenne ich erleichtert, dass Ellie diesmal nichts dagegen steuern kann.

»Wenn das wirklich klappt …« Marthas Augen leuchten bei der Vorstellung auf. »Gut, dann machen wir das so.«

»Für diese Idee möchtest du an vorderster Front dabei sein, nicht wahr? Den Ruhm abstauben«, stichelt Ellie.

Niemand widerspricht ihr.

»Das soll Martha entscheiden. Sie weiß, wer am besten dafür geeignet ist«, versuche ich, sie zu besänftigen, und schaue so zuversichtlich wie möglich in die Runde.

Martha schenkt mir ein Lächeln.

»Ich würde euch beide gerne zusammen mit Ginora in das Team stecken, weil ihr klein und unauffällig seid«, erklärt sie Ellie und mir. »Das geht aber nur, wenn ihr miteinander und nicht gegeneinander arbeitet. Kann ich darauf vertrauen, dass ihr euch zusammenreißt?« Sie blickt jedem von uns tief in die Augen.

Ich schiele zu Ellie herüber und sehe ihre Augen vor Eifer glühen. Mit angespanntem Kiefer nicke ich. Zu mehr bin ich nicht imstande. Auch Ellie senkt kurz den Kopf, was Martha als Zusage deutet.

»Also gut. Dann lasst uns anfangen.«

Zu dritt schleichen wir durch das Dickicht. Ginora ist ebenfalls so klein wie wir, nur stämmiger. Sie trägt unsere rote Flagge. Da diese im Grün des Tropenwaldes wie ein Feuer leuchtet, hat Ginora sie aufgerollt und in ihre Hose gesteckt. Wir alle tragen kurze Hosen und Tops in derselben dunkelgrauen Farbe. Für diesen Ort, an dem es mehr Insekten als irgendwo anders in der Welt gibt, ist das Ganze eher suboptimal. Aber gute Kleidung ist wie alles andere rationiert. Für ein paar junge Frauen, die sich hier im Dreck bekämpfen, gibt es keinen Luxus. Ich halte mein Gewehr schussbereit. Wenn man getroffen wird, ist man für etwa zehn Minuten ausgeknockt. Dann erst lässt die Wirkung des Gifts nach und man kann mit brummendem Schädel wieder aufstehen.

Wir ducken uns, als das Kampfgebrüll lauter wird. Etwa dreihundert Meter von uns entfernt treffen unsere Mannschaften aufeinander. Hoffentlich haben sie noch nicht bemerkt, dass unsere Flagge eine Fälschung ist. Wir müssen unbemerkt an ihnen vorbeischleichen, solange sich alle auf den großen Kampf konzentrieren. Diese Ablenkung wird uns nicht vollständig den Weg freiräumen. Von unseren Gegnern werden sich bestimmt auch kleinere Gruppen abgespalten haben, die uns entdecken könnten. Geduckt schleichen wir durch die immer größer werdenden Farne. Mein röchelnder Atem übertönt unsere Schritte und das Gewicht meines Gewehres lässt meine Arme immer schwerer werden. Einmal rutscht es mir beinahe aus der Hand. Ellie funkelt mich mahnend an und legt ihren Zeigefinger auf die Lippen. Als ob das gegen das Zittern meiner Arme helfen würde. Schweiß läuft mir in die Augen. Ich kneife sie zusammen, um besser sehen zu können.

Unbemerkt schaffen wir es bis in Sichtweite des gegnerischen Felsens. Nun lichtet sich der Wald. Wir müssen noch ein ganzes Stück um den Felsen herum, um eine passende Stelle zum Klettern zu finden. Es gibt zwei mögliche Stellen, bei denen wir eine Chance hätten, möglichst unbemerkt nach oben zu gelangen. Die eine ist ideal zum Klettern. Aber wenn eine der Wächterinnen sich nur einen Schritt zur Seite bewegen würde, würde man uns sofort entdecken. Oder wir nehmen die andere. Dort ist der Felsen nahezu mit dem Wald verwachsen, weshalb die Wachen schwer den Überblick behalten können. Ein Baum schlängelt sich entlang des Gesteins himmelwärts. Aber hier ragt der Felsen nicht mehr senkrecht, sondern in einem schrägen Winkel nach oben, sodass ich nur bei seinem Anblick schon das Gefühl bekomme, er könne jeden Moment auf uns herabstürzen. Mit Handzeichen beschließen wir, die steilere Stelle zu nehmen, da wir dort schwerer entdeckt werden können. Inständig hoffe ich, dass ich nicht dort hoch muss, sondern unten bleiben kann, um die Umgebung zu bewachen.

Stück für Stück wagen wir uns vor. Je näher wir kommen, desto schneller werden wir. Als wir nah genug sind, um die Gesichter der Wachen erahnen zu können, halten wir an. Ellie lässt sich schwer atmend an einem knorrigen Baumstamm hinuntergleiten. Um ebenfalls nicht zu laut zu atmen, drücke ich mir die Hand auf den Mund und verstecke mich genau wie Ginora hinter Farnwedeln.

Fünf Frauen haben sich rund um den Felsen positioniert. Er ist so breit, dass sie nicht alle Blickkontakt miteinander halten können. Eine davon ist Aurora. Als würde sie meinen Blick spüren, schaut sie in unsere Richtung. Schnell wende ich den Blick ab und lenke ihn auf Ginora. Diese legt ihr Gewehr ab und wischt sich über das Gesicht. Sie beugt sich zu mir hinüber, sodass ihre Lippen fast mein Ohr berühren und wispert: »Die Flagge rutscht mir die ganze Zeit aus der Hose. Jemand von uns muss sie in der Hand tragen, damit nichts schief gehen kann. Und ich denke, du solltest es tun, weil du von uns am schlechtesten schießen kannst« Sie zwinkert mir zu. »Wir halten dir den Rücken frei.«

Bevor ich mich entscheiden kann, ob ich beleidigt oder gerührt sein soll, zieht Ginora die Flagge aus ihrer Hose und legt sie mir in die Hand, als wäre sie ein zerbrechlicher Vogel. Ellie fällt beinahe das Gewehr aus der Hand. Siegessicher grinse ich, als ich beobachte, wie sich ihre Kiefermuskeln anspannen. Das Holz der Stange wiegt schwerer als gedacht. Ehrfurchtsvoll fahre ich die Maserung nach und nicke Ginora zu. Sie winkt Ellie zu uns und flüstert ihr den Plan ins Ohr. Angestrengt versuche ich zuzuhören, verstehe aber nur Bruchstücke. Sie scheinen sich einen Ewigkeit lang zu unterhalten. Als sie mit ihren Köpfen wieder auseinander gehen, sieht Ellie etwas beruhigter aus und grinst selbstgefällig auf mein Gewehr. Ginora nickt uns allen zu und Ellie hängt sich ihr Gewehr über den Rücken. Sie nickt ihr zu und beginnt, an dem knorrigen Baum hochzuklettern, an den sie sich zuvor gelehnt hatte. Durch die vielen Astlöcher und die Jungbäume, die sich an seinen Stamm schmiegen, ist er leicht zu besteigen. Paralysiert schaue ich ihr hinterher, bis Girona mich anstupst. Sie nickt auffordernd in Richtung Felsen und ich balle meine Fäuste, um die aufsteigende Panik unter Kontrolle zu bringen.

Egal, was ich tue, länger zu warten ist keine Option. Die Hitze breitet sich wie Watte in meinem Kopf aus. Für Girona setze ich ein dünnes Lächeln auf und denke über den sichersten Weg nach. Dann klemme ich mir die Flagge zwischen die Zähne und presche los. Adrenalin schießt durch meinen Körper. Für einen Moment fällt der ganze Druck von mir ab. Die Watte in meinem Kopf wird weggepustet. Ich schaffe es tatsächlich unbemerkt zum Felsen. Mein Herz macht einen Satz, als ich den kühlen Stein berühre. Im Vergleich zu meinem erhitzten Körper fühlt er sich fast eisig an. Mit der Flagge in meinem Mund kann ich nicht gut atmen, aber ich darf nicht riskieren, dass sie herunterfällt. Übermütig fange ich an, zu klettern. In der Ferne höre ich alarmierte Rufe, versuche sie aber mit aller Macht zu ignorieren, um mich weiter konzentrieren zu können.

Nach wenigen Sekunden spüre ich, wie eine Patrone knapp an meinem Fuß vorbeizischt. Erst, als ich weiter oben bin, wage ich einen schnellen Schulterblick. Vier Kämpfer haben ihre Gewehre auf mich gerichtet. Sie versuchen, mich zu treffen, aber die vielen Blätter und Pflanzen, die an und auf dem Felsen wuchern, erschweren ihnen die Sicht.

Ich wage einen Sprung und greife mit einer Hand nach einer Einkerbung im Felsen. Mein Bauch zieht sich erleichtert zusammen, als ich es schaffe, mich daran festzuhalten und hochzuziehen und mir dabei nicht alle Knochen zu brechen. Ich darf nicht innehalten, sonst werde ich zu einem leichten Ziel. Also klettere ich und klettere. Als ich beinahe oben bin, bemerke ich, dass gar nicht mehr auf mich geschossen wird.

Ich schaue nach unten und erkenne den Grund: Aurora klettert auf mich zu. Sie wird mich ohne jeden Zweifel erledigen. Ich höre, wie sie immer näher kommt. Meinem Mund entweicht ein panisches Quietschen. Sie packt meinen Fuß. Hektisch versuche ich, sie abzuschütteln und trete nach ihr, aber ihr Griff bleibt eisern. Meine Hände rutschen am Moos ab und für einen Moment bilde ich mir schon ein, zu fallen. Durch meine überreizten Nerven schießt eine Schnapsidee. Ich versuche, mit einem Bein und einem Arm Halt zu finden und gehe in die Hocke. Wenn meine Muskeln jetzt schlapp machen, werde ich nie wieder hochkommen. Das Blut rauscht mir in den Ohren.

Dann höre ich auf, mich gegen ihren Griff zu wehren und löse eine Hand vom Felsen. Ich nehme die Flagge in die Hand und steche damit genau in den Muskel, der ihren Arm mit der Brust verbindet. Sie schreit auf und lockert ihren Griff für einen Moment. Ich schüttele sie ab und trete ihr mit all meiner Kraft gegen die Schulter. Ich bin frei. Nur ein Gedanke bleibt noch in meinem Kopf: Ich muss nach oben.

Schnell habe ich die Flagge wieder zwischen die Zähne geklemmt. Spucke verklebt meinen Mund. Alles fühlt sich surreal an. Meine Arme zittern, als ich meine Fingernägel in das feuchte Moos kralle und mich weiter hochziehe. Einen schrecklichen Moment lang löst sich mein Bein vom Felsen und ich hänge über den Abgrund. Eine Sekunde lang habe ich das Gefühl, keine Luft mehr zu bekommen. Ein entsetzter Schrei bringt mich dazu, wieder klar zu denken. Ob es meiner oder der von jemand anderem war, weiß ich nicht. Mit etwas Schwung schaffe ich es, mein Bein in eine neue Mulde zu bugsieren. Mit letzter Kraft ziehe ich mich nach oben und spucke die Flagge aus. Der Gipfel des Felsens besteht aus einer geraden Fläche, wie eine Art Plattform. Ich verlagere das Gewicht auf meine weichen Knie und nehme die Flagge in die Hand.

Heute werde ich nicht rausfliegen. Heute werde ich die Stärkste sein. Was hatte ich diesmal anders gemacht, dass ich es so weit geschafft habe? Es muss reines Glück gewesen sein. Die Flagge wiegt schwerer in meiner Hand. Vielleicht habe ich es nicht verdient, hier oben zu stehen. Ein Glitzern im Augenwinkel lässt mich herumfahren. Ellie sitzt auf einem Ast über mir. Ihre Katzenaugen fokussieren mich. Nur ein Sprung, und sie wäre bei mir. Wird sie mir die Flagge entreißen?

Zwei unserer Gegner haben die Plattform erreicht. Ich stürme auf das Loch zu, in das ich die Flagge stecken muss. Ellie springt aus ihrem Versteck und boxt einer Gegnerin mit Sommersprossen in den Bauch. Es scheint die ungeschriebene Regel zu geben, hier oben kein Gewehr zu benutzen. Denn wenn jemand hier getroffen wird und zu nah am Abgrund steht, stürzt er in den Tod. Ich will gerade den letzten Schritt machen und die Flagge in den Boden rammen, als mich jemand anbrüllt.

»Halt!«

Das Gesicht des Mädchens mit der Stupsnase und den Sommersprossen ist rot angelaufen. Sie hat ihr Gewehr auf Ellie gerichtet, die am Abgrund steht. Entsetzt reiße ich die Augen auf.

»Das wirst du nicht tun. Wir sind doch hier alle Schwestern«, versuche ich, sie zu beschwichtigen.

Das Mädchen unterdrückt einen Schluchzer. »Ach ja? Erzähl das doch mal Aurora!«, faucht sie.

»Was?«, keuche ich verwirrt. Ich hätte die verdammte Flagge längst in das Loch rammen sollen. Stattdessen halte ich sie immer noch fest umklammert.

»Sie ist über mir abgestürzt, weil du sie getreten hast! Was denkst du, wieso wir nicht sofort hinter dir aufgetaucht sind? Sie ist gefallen und ... und die anderen haben gesagt, ich soll dir folgen, und ... und da war so viel Blut, aber ...«

Sie macht einen entschlossenen Schritt auf Ellie zu, die das Ganze stumm beobachtet. Ellies Blick ist so hasserfüllt, dass selbst ich zurückweiche.

»Du hast sie getötet!«, kreischt das sommersprossige Mädchen und funkelt mich an. »Gib mir die Flagge!« Ihre Worte fühlen sich an wie ein Messer in meiner Brust. Als meine Knie nachgeben, schleudere ich ihr die Flagge entgegen, als wäre sie ein alter Lappen. »Lass Ellie in Ruhe!«, presse ich hervor, bevor mir Tränen in die Augen schießen. Wenn das wahr war, dann hatte ich es nicht mehr verdient, zu weinen oder zu atmen. Mit aller Kraft versuche ich, den Sturm in mir noch für einen Augenblick zu bändigen. Das Mädchen weicht keinen Zentimeter von ihr ab.

»Lass sie in Ruhe!«, brülle ich.

Das Horn ertönt. Das Spiel ist vorbei. Die gegnerische Mannschaft hat wohl in der Zwischenzeit unseren Felsen erobert. Endlich lässt das Mädchen von Ellie ab. Wankend bewege ich mich zum Abgrund. Ich muss Aurora sehen. Heute hatte ich jemanden getötet, weil ich vor lauter Ehrgeiz blind gewesen war. Wenn das der Preis dafür war, hier ausgebildet zu werden, wollte ich ihn nicht zahlen.

Ich schaue vom Felsen und beobachte den Menschenauflauf, der sich um Aurora gebildet hat. »Sie lebt!«, höre ich jemanden erleichtert rufen, aber diese Worte dringen längst nicht mehr zu mir durch. Ich weiß nicht, wie lange ich nach dort unten gestarrt habe, aber irgendwann war auch Ellie bei Aurora. Sie beugt sich über Aurora und wischt ihr den Schmutz von der Wange. Das Sommersprossenmädchen schubst mich beiseite, um besser sehen zu können, was vor sich geht. Benommen taumele ich nach hinten und wäre beinahe selbst abgestürzt. Von hier oben kann ich auch das Meer sehen. Dunkel und ruhig erstreckt es sich in die Weite. Der Anblick der gleichmäßig schlagenden Wellen lässt meine Gedanken ruhiger werden.

Ich muss hier weg. Wie ferngesteuert klettere ich den Felsen hinunter und sprinte blindlings durch das Unterholz. Mit jedem Schritt kann ich besser atmen. Mich zieht es zum Meer. Zurückgehen kann ich nicht. Wenn ich versuche, jemandem zu helfen, mache ich alles nur noch schlimmer. Wenn das mein letzter Tag hier sein soll, dann will ich wenigstens einmal ins Meer. Ich will nur ein kleines Stückchen Sommer.

Endlich bin ich am Strand. Hastig zerre ich mir mein Top über den Kopf und ziehe mich bis auf die Unterwäsche aus. Der Ozean ist kalt und treibt alle Anspannung aus meinem Körper. Die Wellen sind viel stärker, als ich erwartet habe, und ziehen mich immer wieder unter Wasser. Meine Gedanken werden fortgespült und ich bleibe im Wasser stehen, bis ich meine Füße nicht mehr spüren kann. Als ich aus dem Meer komme, bibbere ich noch heftiger. Nur der Sand ist noch heiß von der Sonne. Ich setze mich hin und ziehe meine Knie an die Brust.

Als es dunkel ist, bin ich immer noch draußen. *Was wäre, wenn Aurora den Sturz nicht überlebt hätte? Ich hätte sie getötet.* Aber was wäre, wenn ich nicht nach ihr getreten hätte? Hätte sie mich dann vom Felsen gerissen? Spielt das überhaupt eine Rolle? Alle werden mich mit ihren Blicken erdolchen. Es könnte so ein schöner Abend sein. In einer anderen Welt würden wir alle am Strand sitzen, mit guter Musik und etwas zu trinken. Aber es gibt keinen Sommer für uns.

Ich traue mich erst in das Gebäude, als alle beim Abendessen sind. Der Gang zu den Schlafsälen ist wie ausgestorben. Mein Kopf ist so laut, dass ich die Stille nicht hören kann. Ich muss Aurora gegenübertreten, alles andere wäre feige. Aber was soll ich dann machen?

Auf einmal schubst mich jemand hart gegen die Wand. Sie drückt meine Hände an den unverputzten Stein, sodass ich mich nicht wehren kann. Ellie funkelt mich an.

»Du denkst, du kannst dich einfach davonschleichen?«

»Was willst du von mir?«, krächze ich tonlos.

»Stell dich nicht dumm.«

»Wieso bist du wütend auf mich?«, frage ich sie mit lauter Stimme. »Ich habe dir das verdammte Leben gerettet!«

Ellie weicht zurück und lockert ihren Griff.

»Bitte erklär es mir«, höre ich mich sagen.

Sie hebt ihre Fäuste, lässt sie aber dann wieder sinken und atmet geräuschvoll aus. »Als du oben auf dem Felsen warst, hast du so lange gezögert. Wir hätten längst gewonnen, wenn du etwas schneller gewesen wärst.«

Entrüstet schnaube ich. »Wenn du das Ganze beobachten konntest, hättest du doch einfach die dämliche Flagge nehmen können!«

»Maria hätte niemals auf mich geschossen, du dumme Kuh!«

»Und woher hätte ich das wissen sollen? Mach dich nicht lächerlich. Das kann nicht der Grund sein, weshalb du wütend auf mich bist. Da ist noch mehr.« Ich schaue sie prüfend an. »Hältst du mich etwa auch für … eine Mörderin?«

Ellie baut sich wieder vor mir auf. »Du hast Aurora hinuntergestoßen!«, brüllt sie und selbst in dem Schummerlicht der blinden Fenster sehe ich, wie sich ihre Wangen rot färben.

Ich sehe zu Boden und versuche, nicht die Fassung zu verlieren. Nicht vor ihr.

Ohrenbetäubende Stille drückt auf meine Brust. »Es tut mir leid«, schluchze ich mit erstickter Stimme.

»Es tut dir leid?! Sie hat sich beide Beine gebrochen! Wenn sie nicht bei der nächsten Prüfung aussortiert wird, fällt sie im Training monatelang zurück!«, spuckt Ellie mir entgegen.

Ich kneife die Augen zusammen. Meine Knie sind plötzlich zu schwach für mein Gewicht und ich muss mich wieder an die Wand lehnen, um nicht einzuknicken.

»Schau mich gefälligst an, wenn ich mit dir rede!« Sie gibt mir eine Ohrfeige und ich taumle, als sie mich loslässt. Sie hält mein Kinn fest, sodass ich sie anschauen muss. Widerwillig reiße ich meine Augen auf.

Ellie blickt auf mich herab. »Du bist keine Frau. Deine Vorfahren müssen sich für dich schämen. Denkst du, du kannst irgendetwas erreichen, wenn du auf anderen herumtrampelst? Das klappt vielleicht einmal. Aber irgendwann bekommst du das zurück. Und dann ist niemand da, der einer Made hilft.« Ellie atmet heftig und geht einen Schritt rückwärts. »Du bist eine Last für uns alle.«

Mit diesen Worten dreht sie sich um und marschiert in Richtung Krankenflügel davon.

Ich weiß nicht, wie lange ich im Korridor gestanden bin und ins Leere gestarrt habe. Meine Wange pocht und radiert jeden rationalen Gedanken aus meinem Kopf. Ich hätte niemals gedacht, dass ich Ellie eines Tages zustimmen würde, aber sie hat recht. Es gibt nur einen Weg, um dieses Desaster aufzulösen, das ich angerichtet habe: Ich muss gehen. Meine Schritte hallen einsam durch den Gang, als ich zum Schlafsaal gehe.

Mechanisch packe ich meine wenigen Besitztümer in eine Tasche. Ein paar Hosen und Tops, mein Kamm und meine Schreibsachen vom Unterricht. Eigentlich werde ich diese ja nicht mehr brauchen. Also packe ich mein Mäppchen und den Schreibblock wieder aus. Nichts davon bedeutet mir etwas. Manche Mädchen haben irgendwelchen Schmuck von ihren Eltern oder Kuscheltiere aus ihrer Kindheit. Da ich nicht an Zuhause erinnert werden wollte, hatte ich nichts mitgenommen. Als ich hierherkam, hatte ich geglaubt, dass wenn ich alle Prüfungen bestehen würde, ich meiner Vergangenheit den Rücken zukehren könnte. Aber natürlich war das lächerlich. Man konnte ihr niemals entfliehen und ich würde immer ein Niemand bleiben. Jetzt muss ich Platz machen für diejenigen, die es wert sind, Soldatin zu werden. Solange ich nicht stark bin, behindere ich andere.

Ich trete hinaus in die Nacht. Das Meer rauscht verlockend und auf meiner Brust liegt ein unsichtbares Gewicht. Das ist das letzte Mal, dass ich die See sehen kann.

Ich kehre dem Trainingsraum den Rücken zu und laufe am Krankenflügel vorbei. Am Ausgang bleibe ich stehen. Bevor ich mich nicht von ihr verabschiedet habe, kann ich nicht von hier verschwinden. Wahrscheinlich schläft sie. Umso besser, dann muss ich nichts sagen.

Ein Krankenpfleger runzelt die Stirn, als ich an ihm vorbeilaufe. Trotzdem gelange ich ungehindert zu Aurora. Das Mondlicht fällt hell durch die Fenster. Sie liegt ganz am Ende der Halle. Das Summen von medizinischen Geräten und das Atmen der Patientinnen sind die einzigen Geräusche. Am Fußende ihres Bettes bleibe ich stehen. Um Auroras Stirn ist ein Verband gewickelt und ihre Füße sind eingegipst. Ich will gerade wieder die Flucht ergreifen, als sie ihre Augen öffnet.

»Lynn, warte!«, wispert sie mir zu. In dieser leisen Halle hört es sich wie ein Glockenschlag an. Ich trete an ihr Bett.

»Wie geht es dir?«, fragt sie mich.

»Das sollte ich eher dich fragen«, entgegne ich. »Wie geht es dir?«

Sie knipst ihre Nachttischlampe an und verzieht dabei das Gesicht. »Mir tut alles weh.«

Ich hole tief Luft. »Also ich bin hier, weil ... verdammt, es tut mir so furchtbar leid, dass ich dich getreten habe. Dass du runterfällst, das habe ich nie gewollt. Ich wollte dich auch nicht weiter stören, ich ...«

»Du willst gehen?«, unterbricht Aurora mich fassungslos mit Blick auf meine Tasche. Sie hebt den Kopf und verzieht das Gesicht vor Schmerzen. »Bitte bleib hier, bis du mir erzählt hast, warum du gehst!«

Zögernd lasse ich mich auf einen metallenen Hocker sinken.

Ist das nicht offensichtlich?

»Ich möchte nie wieder irgendwem weh tun. Früher oder später werde ich sowieso aussortiert«, murmele ich, den Blick auf den Boden gerichtet.

Ich höre Bettwäsche rascheln. Als ich aufblicke, sehe ich, dass Aurora sich zu mir gedreht hat. Alarmiert springe ich auf.

»Bewege dich lieber nicht! Das muss doch furchtbar wehtun!«

Aurora lächelt nur müde. »Ich weiß, wo meine Grenzen sind.« Sie greift nach meinem Handgelenk und fängt meinen Blick auf.

»Hör mir jetzt genau zu, Lynn. Du bist nicht schuld an dem, was mir passiert ist. Wenn du mich nicht getreten hättest, hätte ich vielleicht sogar dich heruntergezogen. Ich hätte dich nicht so fest am Fuß packen sollen ...«

»Aber ich habe dir wehgetan!« Beschämt reiße ich mich von ihr los und beginne, hin und her zu laufen. »Ich war zu sehr verbissen darauf, zu gewinnen, dass ich keinen Zentimeter weit gedacht habe!«, zische ich etwas zu laut.

»Schsch!«, macht Aurora. Ich verstumme. Eine Patientin neben Aurora seufzt auf und dreht sich im Schlaf auf die andere Seite.

»Das war ich auch. Das waren wir alle. Alle waren auf den Kampf fokussiert, und du hast sogar den Sieg dafür aufgegeben, um Ellie zu retten. Du hättest ihn mehr verdient gehabt als viele andere.«

Kopfschüttelnd schlendere ich zum Fenster und beobachte die Mücken, wie sie erfolglos versuchen, durch die Scheibe zu fliegen und immer wieder am Glas abprallen. »Das hätte jeder getan. Und dass ich es auf den Felsen geschafft habe, war pures Glück.«

»Das hätte nicht jeder getan. Manchmal frage ich mich, wie weit ich gehen würde, um zu gewinnen.« Überrascht schaue ich wieder zu ihr. Aurora starrte für einen Moment ins Nichts. Dann sieht sie mich wieder an. »Dass du es bis dorthin geschafft hast, war nicht nur Glück. Du bist klug, Lynn. Nur weil du keine Gewichte stemmen kannst, bist du nicht schwach.«

Das sagst du so leicht.

»Vielleicht hast du recht«, murmele ich. »Aber hier ist so etwas nichts wert.«

»Ja, ich weiß. Das kannst du nicht ändern. Aber es sollte *dir* immer noch etwas wert sein.«

Wir schweigen eine Weile.

»Und was machst du jetzt, solange du … nicht laufen kannst?«

»Na, gesund werden, natürlich. Und nicht aufgeben.« Ihr Blick wird traurig. »Das solltest du auch nicht tun. Was würden die Mädchen, die rausgekickt wurden, zu dir sagen, wenn sie erfahren würden, dass du deine Chance einfach weggeschmissen hast? Sei nicht dumm.«

Quietschend öffnet sich eine Seitentür. Wir fahren herum. Ellie tritt ein. Ihre blonden Haare wallen locker über ihre Schultern.

»Hey, wie geht es dir?«, fragt sie Aurora und drückt ihr einen Kuss auf den Mund. Sie hat eine dampfende Tasse in der Hand und stellt sie auf dem Nachttisch ab, ohne den Blickkontakt mit ihr abzubrechen. Irritiert starre ich die beiden an. Wenn sie schon länger ein Paar sind, muss ich echt blind gewesen sein. Diese verliebten Blicke hätten mir auffallen müssen. Um mich bemerkbar zu machen, will ich zum Sprechen ansetzen, aber Ellie ist ganz auf Aurora fokussiert.

»Ich habe von Theresa noch etwas Schmerzmittel abzweigen können. Außerdem habe ich Hagebuttentee gemacht. Und –«

Ich räuspere mich und trete in den Lichtkegel der Nachttischlampe.

Ellie hört auf zu reden und starrt mich entgeistert an. Sie wendet sich Aurora zu. »Was macht SIE denn hier?«

»Sie wollte sich bei mir für etwas entschuldigen, was nicht ihre Schuld ist«, antwortet Aurora mit einem vorwurfsvollen Unterton.

Aurora greift nach Ellies Hand, aber diese zuckt zurück. Sie krallt ihre Finger in das Bettlaken und schaut sie besorgt an. Auroras Wangen färben sich rot. Die Zeit scheint stillzustehen und auf einmal fühle ich mich wie ein Eindringling.

Verdammt, wie soll ich mein Recht geltend machen, hier zu bleiben, wenn ich dadurch diese zwei für immer trenne? Ellie darf nicht rausfliegen.

»Ich denke, es ist besser, wenn ich jetzt gehe.«

Ellie öffnet den Mund, um etwas zu sagen, aber Aurora wirft ihr einen mahnenden Blick zu. Dann wendet sie sich an mich.

»Bitte geh nicht.«

Wortlos zwinge ich ein Lächeln auf mein Gesicht. Dann verschwinde ich.

Als ich hinaus in den Mondschein trete, fühle ich mich etwas leichter. Vielleicht hat Aurora recht.

Nur weil du keine Gewichte stemmen kannst, bist du nicht schwach.

Das hätte nicht jeder getan.

Es sollte immer noch dir etwas wert sein.

In meiner Magengegend breitet sich eine angenehme Wärme aus.

Vielleicht kann ich mir etwas wert sein. Aber sind meine egoistischen Ziele mehr wert als zwei Leute, die sich lieben? Wohl kaum. Sie auseinanderzureißen wäre grausam. Nach ein paar Schritten fange ich an zu schluchzen. Ich will mich nicht entscheiden. Ich will nichts mehr fühlen und denken müssen. Langsam lasse ich mich in den Sand sinken und ziehe die Beine an meine Brust. Das Zirpen der Zikaden und das Meeresrauschen beruhigt mich etwas. Resigniert grabe ich meine Zehen in den Sand.

Ich weiß nicht, wie lange ich schon dagesessen habe, ob es Stunden oder Minuten waren, als Schritte an meine Ohren dringen. Irritiert drehe ich mich um und weiche instinktiv zurück, als ich Ellie erkenne.

»Ich muss mit dir reden«, gibt sie kühl von sich und setzt sich neben mich. Ihre Gesichtszüge sind nicht sehr gut erkennbar, aber vor meinem inneren Auge sehe ich sofort wieder ihren hasserfüllten Blick, als sie mich gegen die Wand gedrückt hat.

Sie holt Luft, zögert und räuspert sich. »Also, falls du heute irgendwas gesehen hast, kannst du es bitte für dich behalten?«

Diese Frage erscheint mir angesichts der Tatsache, dass sie sich vielleicht nie wiedersehen werden, beinahe belanglos.

»Weil ich meine, äh, also wir sind erst ganz frisch ... Wir wollen unsere Beziehung noch nicht offiziell machen.«

Ich muss ein Glucksen unterdrücken. »Ich weiß von nichts. Meine Lippen sind versiegelt«, antworte ich mit rauer Stimme.

Ellie atmet hörbar aus. »Gut. Weil wenn nicht, dann ...«

»Morgen fliegt sowieso eine von uns raus«, unterbreche ich sie. »Du musst mir gar nicht vertrauen.«

»Vielleicht fliegt keine von uns raus. Vielleicht ist es jemand anderes.«

»Das ist Wunschdenken«, entgegne ich und male Linien in den Sand.

»Ich möchte nicht, dass jemand anderes entscheidet, wer geht und wer nicht«, offenbart Ellie. »Wir haben eine gewisse Entscheidungsfreiheit. Solange einer der Schwachen geht, ist es für die Trainer relativ egal, wer es ist.«

»Und du möchtest, dass ich diejenige bin, damit du und Aurora zusammenbleiben könnt, nicht wahr?«, frage ich bitter. Ich kann es ihr nicht verdenken und wünsche mir beinahe, dass sie mich anfleht, zu verschwinden.

»Ja. Ich meine, nein.« Ellie schüttelt den Kopf. »Es tut mir furchtbar leid, wie ich dich behandelt habe. Danke, dass du mir das Leben gerettet hast. Ich … ich kann verstehen, dass du das mit Aurora nicht mit Absicht getan hast.«

Ich schnaube. »Aurora wollte, dass du das zu mir sagst, nicht wahr?«

»Das bedeutet nicht, dass ich es nicht auch ein bisschen so meine«, rechtfertigt Ellie sich. Eine Weile herrscht eine unangenehme Stille. Ich spüre, dass sie noch etwas sagen will.

»Was, wenn wir eine Münze werfen?«, platzt es schließlich aus ihr heraus.

»Was!?«, frage ich entgeistert.

»Das wäre doch am gerechtesten, oder?«

»Das ist verrückt.«

»Aber auch nicht weniger willkürlich als die Entscheidung der Trainer, oder?«

Ich schweige. Wieso sollte ich mein Schicksal einer Münze überlassen? Das war absurd. Aber was hatte ich schon zu verlieren? So muss ich mich nicht selbst entscheiden. Und wenn Ellie das Risiko eingeht, zu verlieren, kann ich auch die Chance nutzen, zu gewinnen.

Ellie holt eine goldene Münze heraus, die im Mondschein glänzt.

»Die Seite, die oben liegt, darf bleiben. Was willst du sein?«

Ich kann meinen Blick nicht mehr von der goldenen Gravur abwenden.

»Zahl«, antworte ich.

Ellie wirft die Münze in die Luft.

Ein großes Dankeschön geht an Jace und Ulrike, ihr habt mir sehr dabei geholfen, diesen rauen Kieselstein zu polieren.

JOSEPHINE PANSTER

ERINNERUNGEN

Ich erinnere mich an einen sanften Sommerregen auf dem Trampolin.
An unkontrolliertes Lachen in einem alten Wohnwagen.
An aufgeregtes Kichern, wenn er dir zugelächelt hat.
Ich erinnere mich an blindes und bedingungsloses Vertrauen.
An laue Spätsommernächte in einem viel zu kleinen Zelt.
An weite Fahrtwege und an Schokolade gegen den Trennungsschmerz.
Ich erinnere mich an »Wir gegen den Rest der Welt«.
An den tiefen Schmerz, als aus dem »wir« ein »ich« wurde.
An verzweifelte Gefühle und schließlich Akzeptanz.
Und an den dumpfen Stich, der selbst Jahre später noch durch diese Gedanken ausgelöst wird.
Erinnerst du dich?

ALINA BEC.

DIE SOMMERBALLSAISON

Diese Geschichte widme ich meiner Familie, die immer an mich glaubt.

1855, SHEFFIELD, SOUTH YORKSHIRE

Die Sonne erreichte mein Schlafgemach schon in den frühen Morgenstunden. Sie streifte meine Nase, bis meine Augen endlich das Licht empfingen. Ich setzte mich auf und blickte einen Moment hinaus. Mit langsamen Schritten begab ich mich zu dem Frisiertisch. Ich betrachtete meine langen, braunen Haare im Spiegel und machte mich daran, sie mit einem Kamm zu entwirren. Schließlich fielen sie mir schwungvoll über die Schultern.

Ein Klopfen ertönte und weckte meine Aufmerksamkeit. Ich wandte den Blick vom Spiegel ab. »Herein!«

Tonele betrat das Zimmer. Sie war eines der Dienstmädchen im Haus. Mit vorsichtigen Schritten kam sie herein und legte das fertig genähte Kleid auf einem Stuhl ab. »Ich habe nicht die Absicht, Eure Zeit allzu lange in Anspruch zu nehmen, doch die Hausherrin hat mich gebeten, Euch auszurichten, dass Ihr Euch für den heutigen Sommerball bei den Camerons herausputzen sollt.« Sie hielt kurz inne, dann fuhr sie fort. »Sie hat mich auch gebeten, Euch dieses Kleid zu zeigen.« Sie hielt es nach oben, sodass ich es vollständig mustern konnte.

Es war ein weißes Kleid aus feinem Stoff mit mehreren Schichten. Die oberste war aus einem sehr feinen, durchsichtigen Gitterstoff und mit Blumen bestickt war. Außerdem besaß es Rüschenärmel und einen abgesetzten Bertha-Kragen. Ich liebte es vom ersten Moment an, das war sicher.

Tonele legte es zusammengefaltet auf den Stuhl neben sich und fuhr fort: »Sie sagte, es würde perfekt zu diesem Ball passen, und besteht darauf, dass Ihr es mit Anmut tragt.« Tonele knetete ihre Hände und wartete auf meine Antwort. Wahrscheinlich stellte sie sich schon auf eine Gegenwehr ein, die durch die Flure schallte und mit einem Nein gefüllt war.

Ich lächelte. »Aber gewiss werde ich es tragen. Es hat meine Vorstellungen übertroffen. Richte meiner Mutter bitte aus, dass ich es nicht nur mit Anmut, sondern auch mit Stolz tragen werde.«

Sie entspannte sich und lächelte glücklich. »Natürlich, Madame.«

Bevor sie sich zum Gehen wandte, nahm ich das Wort noch einmal an mich. »Und nimm dir am heutigen Tag bitte längere Pausen. Es ist Hochsommer und ich möchte, dass du bei bester Gesundheit bleibst.«

Ihr Lächeln wurde breiter und sie machte einen Knicks. »Ich danke Euch, Madame. Das Frühstück ist bereit zum Verzehr und gegen Anbruch der Mittagsstunde hilft Euch Miss Lazily bei den Vorbereitungen für den Ball.« Sie trat in den Flur und schloss die Tür.

Ich drehte mich wieder zum Spiegel und fuhr meine Gesichtskonturen mit den Augen nach. Meine Nervosität ließ sich nicht herauslesen. Ich war geübt darin, meine Gefühle und Gedanken zu verbergen. Das machte doch die Tochter eines Fürsten aus, nicht wahr? Die kleinen Unsicherheiten, Fehler zu machen und die Familie zu ruinieren, waren töricht.

In der Sommerballsaison fanden die schönsten Bälle statt und ich liebte sie, seit ich als kleines Mädchen daran hatte teilhaben dürfen. Aufregung strömte durch meinen Körper und ich schob die Unsicherheiten aus meinen Gedanken. Ich zog mir ein blaues Tageskleid an und machte mich auf den Weg zum Speisesaal.

Die köstlichen Düfte, die durch die langen Flure schwebten, streichelten meine Nase und erst jetzt bemerkte ich meinen Hunger.

Die Tür zur Küche ging auf und Milli, die Hausköchin, schwang mit vielen aufgestapelten Tellern auf ihren Händen hinaus.

Ich blieb abrupt stehen. »Guten Morgen, Milli. Kann ich dir behilflich sein?«

Sie drehte ihr Gesicht zu mir und lächelte. »Guten Morgen, Madam. Ich möchte ungern Eure Mühe …« Sie konnte den Satz kaum beenden, schon waren die Teller zur Seite gekippt.

Ich rückte schnell zu ihr hinüber, um sie aufzufangen, was mir gelang.

Milli lachte. »Ihr seid recht schnell.«

»Aber gewiss doch.« Ich schmunzelte und nahm ihr ein paar der Teller ab. »Und du weißt doch, dass du mich Luziana nennen darfst. Wo sollen die Teller hingebracht werden?«

Sie grinste. »Ich danke Euch. Kommt.«

Als ich schließlich im Speisesaal ankam, saßen meine Eltern bereits am Esstisch und führten eine Unterhaltung. Meine Mutter unterbrach das Gespräch, als ich den Raum betrat.

»Luziana, du kommst reichlich spät.«

»Ich hoffe, du kannst es entschuldigen, Mutter. Ich habe mich dazu bereit erklärt, der Köchin mit den Tellern zu helfen. Ich werde mich zukünftig nicht mehr verspäten.« Ich nahm auf der Seite der Fensterreihe Platz, von der man eine schöne Aussicht über unseren Garten hatte.

»Es sei dir verziehen. Milli überarbeitet sich in letzter Zeit oft. Die Vorbereitungen für die Ballsaison beanspruchen sie sehr.«

Meine Mutter nahm einen Schluck von ihrem Tee. Ihre Haare waren in einem lockeren Dutt zusammengebunden. Ein paar Strähnen fielen heraus, aber das änderte nichts daran, dass er ihr ausgezeichnet stand.

»Lord Cameron hat mich heute früh aufgesucht und mir diesen Brief überreicht. Er ist an dich adressiert.« Sie hob ihn vom Tisch, wo er neben ihrem Teller gelegen hatte, und überreichte ihn mir.

Ich nahm ihn entgegen und betrachtete ihn. Er war mit einem roten Stempel versehen, auf dem eine Rose abgebildet war.

Mein Vater schwieg, wie wir es von ihm gewohnt waren. Meine Mutter unterbrach die Stille. »Ich schätze, er ist von Lord Camerons Sohn.« Ihr Blick ruhte gespannt auf mir.

Der Brief lag leicht in meinen Händen. »In der Tat. Nur er benutzt den Rosen-Stempel.« Ich konnte mir ein Lächeln kaum verkneifen.

Liam Cameron war ein wirklich großzügiger Lord und eine ausgezeichnete Partie. Er schwirrte mir bereits seit Kindestagen durch den Kopf und ließ mich dabei stets ein wohliges Gefühl verspüren.

Die Stimme meines Vaters riss mich aus meinen Gedanken. »Liam ist ein bemerkenswerter Nachkomme des Lords. Seine Bescheidenheit und seine höflichen Umgangsformen sind in ganz England zur Sprache gekommen.« Er blickte kurz zu meiner Mutter, dann zurück zu mir. »Ich würde dir raten, den Brief zu öffnen und die Gespanntheit deiner Mutter zu stillen.«

Ich musste nun deutlich schmunzeln. »Aber gewiss doch, Vater.«

Meine Mutter lehnte sich zurück und verfolgte jede meiner Bewegungen mit den Augen. Ich riss den Briefumschlag auf und zog das zarte Papier hinaus.

Liams schwungvolle Schrift kam zum Vorschein und ich las den Brief vor:

Geehrte Luziana Elizabeth Collins,
am heutigen Tage findet der erste Ball der Sommerballsaison statt. Eure Familie ist, wie bereits zuvor angekündigt, herzlich eingeladen. Um sicherzustellen, dass Ihr sicher in unserem Schloss ankommt, werde ich eine unserer Kutschen losschicken, um Euch pünktlich abzuholen. Eurem Besuch blicken wir freudig entgegen.

Gez. Liam Cameron

Meine Mutter räusperte sich. »Ein wahrhaftiger Gentleman.«

Meine Gedanken waren zu laut, um ihre Worte aufzunehmen. Während des Vorlesens war mir, als hätte ich seine angenehme Stimme im Kopf. Als ich spürte, wie sich meine Wangen erwärmten, packte ich den Brief behutsam wieder ein und begann zu speisen.

Nach dem Essen zog ich mich in die Bibliothek zurück. Sie war mein Lieblingsplatz in unserem Schloss und auch der Ort, an dem ich recherchierte oder Bücher las. Ich band meine Haare zu einem lockeren Zopf zusammen und durchstöberte die Bücherregale. Die Sonne tauchte den Raum in angenehme Wärme.

Gerade als ein Wissenschaftsbuch mein Interesse weckte und ich mich zum Lesen begeben wollte, kam Tonele herein. »Verzeiht bitte die Störung, Madame.«

»Guten Tag, Tonele. Was kann ich für dich tun?«

»Lord Stielo Brannet steht im Hauptflur und fragt nach Eurer Zeit. Soll ich ihm ausrichten, dass Ihr gerade nicht im Haus seid?«

Ich verdrehte die Augen. Dieser Mann hatte schon mehrmals bewiesen, dass er ein unverschämter Mensch war, und probierte sich trotzdem an den Ehren meiner Familie und wartete darauf, um meine Hand anzuhalten. »Ich fürchte, diese Ausrede ist leider keine Option mehr.« Ich seufzte. »Bitte richte ihm aus, dass ich gleich bei ihm sein werde.«

»Gewiss, Madame.« Sie lächelte mir mitleidig zu. Tonele war

ein wirklich guter Mensch und ich verbrachte die meiste Zeit mit ihr. Wir sprachen oft über Themen, die ich auf einem Ball nicht als Tischgespräch teilen konnte.

»Danke dir, Tonele.«

Sie machte einen Knicks und drehte sich zur Tür, durch die sie verschwand.

Ich drehte mich um und legte mein Buch auf einen Beistelltisch neben einem Sessel. Um angemessen auszusehen, löste ich den Zopf. Bevor ich zu ihm ging, tat ich ein paar tiefe Atemzüge, um meine aufsteigende, schlechte Laune zu unterdrücken. Dann wandte ich meine Schritte in Richtung Hauptflur.

Lord Stielo schaute aus dem Fenster neben der Tür des Haupteingangs. Er war ein junger Mann mit braunen, schulterlangen Haaren. Als er meine Schritte wahrnahm, drehte er sich zügig um und grinste. »Lady Luziana, es freut mich, Euch wiederzusehen.«

Ich blieb einen Meter vor ihm stehen. Seine hohe Stimme ließ mich ein kühles Unwohlsein verspüren. Ich zwang ein Lächeln auf meine Lippen. »Das beruht auf Gegenseitigkeit.«

Er kam unwillkürlich näher, aber ich wich zurück.

»Was veranlasst Euch dazu, um diese Uhrzeit hier zu erscheinen?«, fragte ich.

»Nun, ich hatte wegen des angenehmen Wetters gehofft, Ihr würdet ein paar Schritte mit mir gehen.«

Ich lächelte knapp. »Aber gewiss doch.«

Wir flanierten durch unseren Garten, der sich über mehrere Hektar erstreckte und wunderschöne Blumen besaß.

Nach einigen Minuten brach Lord Stielo das Schweigen. »Heute findet bei den Camerons der erste Ball der Sommerballsaison statt.«

»In der Tat.« Ich beobachtete die Lilien und Tulpen, an denen wir vorbeiliefen. Die Rosen besaßen die meiste Eleganz und stachen mit ihrer roten Farbe heraus. Ich fühlte die Sonnenstrahlen, die meinen Körper wärmten und in der Umgebung Helligkeit verteilten. Sie verdrängten Lord Stielo aus meinen Gedanken.

»Lady Luziana?« Seine Stimme riss mich zurück in die Gegenwart. Ich hob meinen Blick, als er meinen Arm nahm und stehen blieb. »Ihr seid mit den Gedanken nicht bei unserer Unterhaltung. Fühlt Ihr Euch nicht wohl?«

Ich befreite mich aus seinem Griff und ging weiter. »Ich bin bei bester Gesundheit, danke.«

Er schloss zu mir auf. »Das freut mich.« Ein Moment der Stille erfüllte den Garten. »Ich kann meine Gedanken in letzter Zeit nicht von Euch lösen.«

Dieser Satz ließ mich zittern. *Würde er mir jetzt den Antrag machen?*

Ich versuchte, mein Unwohlsein zu verstecken. Er war der Letzte, der meine Angst sehen sollte.

Ehe ich etwas erwidern konnte, fuhr er fort: »Es würde mich freuen, wenn Ihr meine Begleitung zum Ball wäret.«

Mein Atem stockte, doch ich fasste mich rasch wieder. »Es ist nicht meine Absicht, eine Begleitung für den Ball zu sein. Ich werde im Namen meiner Familie dort erscheinen.«

Er senkte seinen Kopf. »Das verwundert mich nicht.«

Ich blieb stehen. »Wie soll ich das verstehen?«

Er drehte sich zu mir um. »Lady Luziana. Ihr seid in der Tat eine entschlossene Frau und habt die feste Überzeugung, ohne Mann etwas erreichen zu können. Ich finde es äußerst erstaunlich, aber Ihr solltet Eure Zeit nicht an so einer gewagten Fantasie verschwenden.«

Ein kalter Schauer lief mir den Rücken herunter und seine Worte hallten durch meinen Kopf. Eine Wolke verdeckte die Sonne und Dunkelheit legte sich über Sheffield. Das passte zu meiner Gefühlslage. Es fiel mir schwer, meine bestehende Wut zu unterdrücken. »Gewiss ist es eine gewagte Fantasie, aber dass ich meine Zeit daran verschwende, darin werde ich nicht mit Euch übereinstimmen.« Ich hielt kurz inne, dann fuhr ich fort: »Wir tragen einige Unterschiede zwischen uns, Lord Stielo, das haben wir festgestellt. Ein Mann, der einer Sicht folgt, die Frauen mit Entschlossenheit untergräbt, entzieht mir den Sauerstoff.« Jegliche Farbe wich aus seinem Gesicht. »Ich bekomme kaum Luft, entschuldigt mich.«

Die Unterhaltung war damit zu Ende und bevor Lord Stielo etwas erwidern konnte, drehte ich mich um und ging zurück zum Schloss.

Die Sonnenstrahlen durchbrachen die Wolken und es breitete sich Helligkeit über Sheffield aus. Als ich im Hauptflur ankam, nahm ich ein paar tiefe Atemzüge. Mein Körper war in keinem entspannten Zustand und meine Gedanken stritten sich miteinander.

Milli trat in den Flur und beobachtete mich. »Madame, Miss Lazily erwartet Euch.«

Ich nahm meinen Weg zu meinem Zimmer auf. »Ich muss wohl die Zeit aus den Augen verloren haben. Das Wetter draußen ist sehr verlockend.« Ich lächelte ihr zu.

»In der Tat, Madame. Sie hat Euch bereits ein Bad eingelassen und ihr Fuß wippt schon ungeduldig.«

»Na dann wird es höchste Zeit.«

Milli machte einen Knicks und verschwand in dem Flur zur Küche.

Miss Lazily wartete auf mich. Sie wippte mit dem linken Fuß und schaute aus dem Fenster meines Zimmers. Die Türschwelle knarrte, als ich darauf trat, und Miss Lazily drehte sich erschrocken um. Sie schien in ihren Gedanken versunken gewesen zu sein.

»Eure Verspätungen nehmen in letzter Zeit überhand.«

Ich trat ein. »Bitte entschuldige, Miss Lazily. Lord Stielo Brannet hat mich zum Flanieren durch den Garten eingeladen. Es wird nicht wieder vorkommen.«

Sie setzte ein Lächeln auf. »Lord Stielo hatte noch nie ein ausgeprägtes Zeitgefühl. Kommt, die Vorbereitungen rufen.«

»Ihr seht reizend aus.« Miss Lazily strich mit ihrer Hand durch meine Haare, die offen über meinen Schultern lagen. Nur mitteldicke Strähnen waren zu einem Zopf zusammengebunden. Sie bestückte die Stelle, an der er zusammengebunden war, mit einer Blume.

Ich betrachtete mich im Spiegel und verfolgte jeden Handgriff, den Miss Lazily an meinen Haaren machte. Zum Schluss brachte sie mir noch die weißen Handschuhe, die perfekt zum Kleid passten, und den Silberschmuck, der mit glänzenden Diamanten bestückt war. Als ich nach dem Anziehen der Handschuhe zurück in den Spiegel schaute, standen Miss Lazily Tränen in den Augen.

Ich drehte mich in ihre Richtung. »Was fehlt dir?«

Sie wischte sich eine herunterlaufende Träne aus dem Gesicht und lächelte. »Ihr seht traumhaft aus, Madame.«

Ich schmunzelte. »Ich danke dir.«

Meine Eltern saßen in dem Salon und standen abrupt auf, als ich eintrat. Meine Mutter ging auf mich zu und strich durch meine Haare. »Du siehst wie immer wunderschön aus.« Sie drehte sich zu meinem Vater um. »Nicht wahr?«

Er lächelte und trat zu uns. »Zu jeder Zeit.«

Meine Mutter schaute mir in die Augen und lächelte kurz, ehe sie sich an Tonele wandte, die an der Tür stand. »Ist die Kutsche schon eingetroffen?«

Diese öffnete den Mund, um etwas zu erwidern, doch sie wurde von einem Klopfen an der Eingangstür unterbrochen. Tonele öffnete die Tür und gab uns Bescheid, dass die Kutsche eingetroffen sei.

Der Kutscher stand im feinen Anzug vor der Tür. »Guten Tag,

Madame.« Er verbeugte sich tief. »Ich bin höchst erfreut, Euch bei bester Gesundheit anzutreffen.«

Meine Mutter lächelte, senkte den Kopf ein Stück und hob ihn wieder. »Das kann ich nur erwidern. Nun, ich denke, es ist Zeit für den Ball.«

»Aber gewiss doch. Bitte.« Er trat zur Seite und machte eine Geste, die zeigte, dass wir vorbeigehen sollten.

Meine Mutter ging zur Kutsche, gefolgt von meinem Vater und mir. Die Luft war angenehm und sie trug eine gewisse Frische in sich, die meine Nase kitzelte. Der Himmel war hellblau gefärbt und die Sonne ist auf ihrer Himmelsbahn schon weit vorangeschritten.

Die Pferde, die vor dem Wagen standen, zogen meine Aufmerksamkeit auf sich: zwei pechschwarze Friesen, die die schönste Eleganz besaßen. Ich streichelte die lockige Mähne des linken Tieres. Sie könnten einer Poesie von Shakespeare entsprungen sein.

Gefangen in meinen Gedanken, zog mich eine Stimme zurück in die Gegenwart. »Wunderschöne Tiere, nicht wahr?«

Ich drehte mich um und sah den Kutscher an. »In der Tat.« Mein Blick fiel zurück auf die Friesen.

Der Kutscher ging zu dem rechten der beiden und streichelte seinen Hals. »Sie heißt Lenora.« Er deutete zu meinem Friesen. »Und sie heißt Bell.«

Ich lächelte. »Das sind wunderschöne Namen.«

»Nun kommt, Madame. Ich bin mir ziemlich sicher, dass Eure Eltern es nicht erwarten können, zu fahren.«

Das Anwesen der Camerons war ansehnlich und von beachtlicher Größe. Das Herrenhaus ragte über mehrere Meter in den Himmel und war übersät mit großen Fenstern. Die Kutsche kam vor dem Eingang des Haupthauses zum Stillstand. Der Kutscher öffnete die Tür und reichte uns die Hand, um uns herauszuhelfen. Die Camerons traten an die Kutsche heran, um uns zu empfangen.

»Lord William Cameron, ich bin erfreut, Euch wiederzusehen.« Meine Mutter ergriff das Wort als Erste.

William lächelte und verbeugte sich. »Ganz meinerseits. Ich hoffe, Ihr seid wohlauf?«

Sie machte einen Knicks. »In der Tat. Mein Gott –« Ihr Blick fiel auf Liam, der neben seiner Mutter stand und einen feinen Anzug trug, und sie lächelte. »Ihr seid ja ein richtiger Mann geworden!«

Liam lachte verlegen und verneigte sich. »Ich nehme das als ein Kompliment.«

Meine Mutter wandte sich an Lady Cameron und machte einen Knicks zur Begrüßung. »Rachel, es freut mich sehr. Ich habe Euch lange nicht mehr zu Gesicht bekommen.«

Lady Cameron lachte. »Bitte entschuldigt, Linda. Als Eure Familie letztes Jahr zum Weihnachtsfestessen vorbeikam, war ich wegen verwandtschaftlicher Umstände nicht im Haus.«

Ihr Gemahl wandte sich in der Zwischenzeit an meinen Vater und mich. »Christoph, Lady Luziana. Es ist immer wieder eine Freude, Euch bei uns begrüßen zu dürfen. Und ich sehe, Eure Tochter ist schöner denn je.«

Ich lächelte. »Vielen Dank für die netten Worte, Lord Cameron. Es ehrt mich sehr, heute hier sein zu dürfen.«

Liam versuchte, sich ein Lachen zu verkneifen. Als er bemerkte, dass ich ihn ansah, trat er an mich heran. »Wäre es Euch recht, wenn ich Euch durch unseren Garten führe?«

Ich schaute zu meinem Vater, der knapp nickte. »Aber gewiss doch.«

Er bot mir seinen Arm an und ich spürte, wie seine Wärme durch meinen Körper fuhr, als ich ihn berührte. Sie hielt an, bis er mich losließ, als wir auf der Terrasse ankamen, wo der Ball stattfinden würde. Sie lag hinter dem Schloss, wo Blumen die Umrisse kennzeichneten. Das Orchester steckte schon in den Vorbereitungen und die Aussicht erstreckte sich über den großen Garten, in dem ein malerischer Brunnen stand.

Liam nahm meine Hand und führte mich hinunter in den Garten. Wir flanierten durch ein Labyrinth aus Hecken.

Nach einiger Zeit blieb er stehen. Ein wohliges Gefühl schoss durch meine Adern. Ich schaute hoch in seine braunen Augen, die in dem Schein der Sonne glänzten. Einige Strähnen seiner kurzen, dunkelbraunen Haare fielen ihm in sein junges Gesicht, während er auf mich hinunterschaute.

»Hör mal.« Er flüsterte fast und ein kribbeliges Gefühl durchfuhr meinen Bauch.

Ich schloss meine Augen, um mich ganz auf die Geräusche konzentrieren zu können. Fröhliches Gelächter erklang in der Ferne und die Musik erhellte die Stimmung. Liams Anwesenheit hatte diese Geräusche betäubt und ich nahm sie erst jetzt richtig wahr.

»Ich höre Personen, die sich amüsieren, und Musik, die zum Tanzen einlädt.« Ich bewegte mich weiter zu ihm. »Und jetzt höre ich deinen Herzschlag.«

Ich öffnete meine Augen und schaute ihn an. Seine Hand hob mein Kinn an. Sein Atem wärmte mein Gesicht, sein Blick wanderte zu meinen Lippen und bevor die Spannung zwischen uns unerträglich wurde, berührten seine Lippen meine. Wir fielen in einen leidenschaftlichen Moment, der jegliche Umgebung ausgrenzte. Ein Strom voller Wärme durchfuhr meinen Körper. Ich legte meine freie Hand an seinen Hals, während die andere in seiner verweilte. Er streichelte meine Wange und seine Haarsträhnen kitzelten meine Stirn. Langsam ließen wir voneinander ab.

Er ließ mich los und trat einen Schritt nach hinten. »Bitte entschuldige. Es stand mir nicht zu …«

Ich unterbrach ihn. »Ich wüsste keinen Grund, sich zu entschuldigen.«

Er lächelte und nahm wieder meine Hände. »Es würde mich mehr als glücklich machen, wenn du meine Frau werden würdest.«

Seine Worte entlockten mir ein erfreutes Quietschen und ich schlug beide Hände vor den Mund. Freudentränen bildeten sich in meinen Augen und ich senkte meine Hände. »Natürlich!«

Er schloss mich in eine feste Umarmung, die aus voller Zuneigung bestand. Als wir uns nach einer gefühlten Ewigkeit wieder voneinander lösten, beschlossen wir, zum Ball zurückzukehren.

Lady Melissa Lind Straines, die Fürstin von Putbus, kam um die Ecke. Sie blieb abrupt stehen und lächelte. »Lady Luziana, Lord Cameron. Wie schön, Euch wiederzusehen.«

Ich ergriff das Wort. »Ganz meinerseits. Darf ich Euch fragen, was Ihr hier unten tut?«

»Ich wollte die noch bestehende Sonne genießen und ein paar Schritte gehen.«

»Eine sehr gute Entscheidung«, erwiderte Liam.

Ich neigte meinen Kopf in einer höflichen Geste und beendete das Gespräch. »Wir werden unseren Spaziergang wohl beenden müssen. Ich bin sicher, dass wir oben erwartet werden. Ich würde mich freuen, wenn ich Euch später nochmals antreffen würde.«

Die Fürstin lächelte freundlich. »Davon könnt Ihr ausgehen.«

Als wir auf der Terrasse eintrafen, stürzten Lady Cameron und meine Mutter auf uns zu. Aus der Puste ratterte die Hausherrin ihre Worte hinab.

»Lord Stielo fragt nach Euch.« Danach deutete sie mit ihren Augen dorthin, wo sich Lord Stielo befand.

Er stand in einer Menschenmenge und beteiligte sich an einer Unterhaltung. Doch ich hatte keine Absicht, ein Gespräch mit ihm zu führen.

Meine Mutter wandte sich an Liam. »Lord Cameron, würde es Euch etwas ausmachen, wenn ich meine Tochter für einen kleinen Moment entführen würde?«

Er schaute zwischen uns hin und her. »Aber gewiss nicht.«

Meine Mutter nahm mich am Arm und zog mich in eine leere Ecke.

»Mutter, geht es dir nicht gut? Du wirkst sehr aufgebracht.« Mir fiel es schwer, einen klaren Gedanken zu fassen. In den letzten Minuten war alles so schnell gegangen und ich wollte einen guten Eindruck auf die hochachtungsvolle Gesellschaft machen.

»Nein, Schatz, ich bin bei bester Gesundheit. Die Gäste des

heutigen Balls sind beachtlich. Darunter ist auch die bekannteste Schriftstellerin von ganz England.«

Meine Augen weiteten sich. »Josephine Gallertes?«

»In der Tat.« Die Antwort kam nicht von meiner Mutter. »Die Familie Collins. Wie schön, Euch hier anzutreffen.«

Als meine Mutter sich umdrehte und zur Seite trat, stand eine adrette junge Frau vor uns. Ihre blonden Haare waren in einem perfekten Dutt zusammengebunden und sie trug ein blaues, festliches Kleid.

Die Aufregung ließ meine Stimme zittern. »Josephine Gallertes.« Ich brauchte einen Moment, um meine Worte zurechtzulegen und die Aufregung zu verstecken. »Ich habe all Eure Bücher gelesen. Euer Schreibstil ist fantastisch.«

»Wollen wir ein paar Schritte gehen?«

Die Frage schallte durch meinen Kopf. Ich schaute zu meiner Mutter, die mir einen glücklichen Blick zuwarf. »Ich bestehe darauf«, erwiderte ich schließlich zufrieden.

Josephine hielt mir ihren Arm hin, damit ich mich einhaken konnte.

»Diese Blumen sind wahre Kunstwerke.« Josephine betrachtete sie fasziniert.

Ich sah zu dem Beet, auf das sie deutete. »Ihr sprecht so wie in euren Büchern.«

Sie wandte den Blick ab und schaute zu mir. Wir waren schon weit spaziert. Bald kam die Wendung, an der man den Weg zurück zum Schloss nahm und der Garten zu Ende war.

»Ihr seid eine wunderschöne junge Dame, Lady Luziana.«

Ich lächelte beschämt, denn die Fähigkeit, Komplimente anzunehmen, war eine wahre Schwäche von mir. Trotzdem machten sie mich glücklich.

Im Gehen richtete Josephine ihren Blick wieder nach vorn und fuhr fort: »Ich bekam von Lord Stielo zu hören, dass Ihr eine besondere Entschlossenheit besitzt.«

Ich verzog das Gesicht. »Lord Stielo ist ein unverschämter Mann und kennt keinen Anstand. Ich bitte Euch darum, Euch nicht von ihm beirren zu lassen.«

Sie schüttelte belustigt den Kopf. »Ich lasse mich von keinem Mann beirren. Ich bin der Meinung, dass Ihr ein Fräulein der Vernunft seid und Euch bewusst seid, was Ihr wollt. Und ich habe mit meinen Beobachtungen recht behalten.«

Ich schaute sie verwirrt an. »Wie genau meint Ihr das?«

»Ich sah eine selbstsichere Frau, die sich von niemandem leiten lassen möchte, und nun weiß ich, dass ich recht behalten habe. Ihr habt schon gewählt.« Ihr Blick wanderte für einen kurzen Moment zu mir und es schien, als hätte sie mein Unverständnis aus meinen Gesichtszügen herausgelesen, denn sie beantwortete meine Frage von allein. »Einen Mann. Ihr habt Lord Liam Cameron gewählt.«

Ich lächelte verlegen. »In der Tat. Ich bedanke mich für die netten Worte.« Ich nahm den Ausgang des Gartens wahr, der zurück zum Ball führte, und nutzte meine letzte Gelegenheit des Gesprächs aus. »Ich schreibe auch. Also ich probiere es zumindest. Denn ich arbeite schon länger an meinem eigenen Roman, aber die Zweifel, nicht so gut zu sein wie Ihr, überkommen mich zu oft.«

Wir legten die letzten Meter zurück, die uns mitten ins Geschehen des Balls brachten.

»Ich denke, beim Schreiben geht es nicht darum, so zu schreiben, wie es andere tun«, sagte Josephine. Als wir oben ankamen, löste sie sich aus unserer Haltung, aber fuhr fort: »Jeder sollte seinen eigenen Schreibstil besitzen und seiner Begabung folgen. Ich bin mir ziemlich sicher, dass Ihr zu vielem fähig seid.« Sie nahm meine Hände. »Fangt an, an Euch selbst zu glauben, und folgt Euren Träumen.« Sie löste ihren Griff und nahm die goldene Kette ab, die um ihren Hals lag. »Ich möchte Euch etwas schenken. Dies ist die Kette, die mich bei allem unterstützt hat. Das Symbol der Sonne steht für das Durchhaltevermögen und die Kraft.«

Sie öffnete meine Hand und ließ sie hineinfallen. »Ich schenke sie Euch. Macht etwas aus Euren Träumen.«

Dieses Gespräch war alles, was ich mir erträumt hatte.

»Ich kann meine Dankbarkeit nicht in Worte fassen«, sagte ich.

Sie lächelte nur und bevor ich noch etwas sagen konnte, war sie in der Menge verschwunden.

Gerührt beobachtete ich, wie die Kette in der dunkelroten Abendsonne schimmerte, und legte sie um meinen Hals. Um die Sonne zu unterstützen, wurden die hohen, weißen Kerzen, die um die Tanzfläche herum standen, angezündet und die Musiker spielten passende Melodien zur beruhigenden Sommernacht.

Liam tauchte neben mir auf und hielt mir seine Hand hin. »Tanzt Ihr mit mir, Madame?«

Ich spürte, wie Lord Stielos Blick in meine Richtung zuckte und auf mir ruhen blieb – doch ich verbannte ihn aus meinen Gedanken. Ich lächelte und nahm Liams Hand. »Aber gewiss, Lord Cameron.«

Er führte mich auf die Tanzfläche. Ich legte meine Hand in seine und führte die andere an seinen Hals. Seine Hand umfasste meine Taille und wir folgten dem Rhythmus der Musik.

Er flüsterte mir zu: »Ist es dir recht, wenn ich die Verlobung zum jetzigen Zeitpunkt bekannt gebe?«

Ich neigte mich näher zu seinem Ohr und flüsterte: »Lass uns den Sommernachtstanz genießen.«

N. V.

LARA PICHLER

MAMAS SÜDSEETRAUM

5 Eier
2 Becher Zucker
1 Pck. Vanillezucker
1 Becher Öl
3 Becher Mehl, glatt
1 Pck. Backpulver
1 Becher Saft von der Dose Früchte/O-Saft
1 Dose Früchte, gemischte aus der Dose (ca. 500g)
2 Becher Schlagsahne
1 Becher Sauerrahm
Zimtpulver

1. Die Eier trennen, die Eigelbe mit dem Zucker und Vanillezucker schaumig schlagen. Langsam das Öl in die Eiermasse einlaufen lassen und danach das gesiebte Mehl und das Backpulver hinzugeben. Den Saft beimengen und zuletzt den Eischnee der 5 Eiweiße vorsichtig unterheben.
2. Die Masse auf ein Backblech füllen und darauf die zerkleinerten Früchte verteilen. Ca. 25 Minuten bei etwa 200°C backen. Auskühlen lassen.
3. Die Schlagsahne aufschlagen und mit dem Sauerrahm vermischen. Diese Masse gleichmäßig auf den Kuchen streichen und mit Zimt deckend bestreuen.

Guten Appetit!

JANINE FIELITZ

LEBST DU?

Langsam öffnete ich meine Augen. Ein Blick aus dem Fenster verriet mir, dass es regnete.

Unglaublich, dass genau diese Aussicht das Argument war, warum ich dieses Apartment gekauft hatte. Ich liebte die Vorstellung, am Morgen wach zu werden und über die Stadt schauen zu können. Somit hatte ich mich auch gegen Gardinen entschieden, denn ich wollte immer den blauen Himmel sehen. Regenwolken waren mir dabei nicht in den Sinn gekommen.

Genervt drehte ich der Fensterfront und den dunklen Wolken den Rücken zu. Als würden sie sich schneller verziehen, wenn ich ihnen keine Beachtung schenkte. Aber so war das nie mit Dingen oder Situationen. Sie verschwanden in der Regel nicht einfach.

Es half nichts. Ich schaute auf die Uhr auf meinem Nachttisch. 4:56 Uhr. Prima. Ich hatte drei Stunden geschlafen und genauso fühlte ich mich auch. Gestern Abend war es in der Kanzlei wieder länger geworden. Meine Kollegen waren schon abgehauen, doch ich hatte mich zuversichtlich durch die Papierberge gewühlt. Ich wollte unbedingt etwas für den neuen Fall finden. Meinem Chef zeigen, dass er mich berechtigterweise eingestellt hatte.

Außerdem machte es für mich kaum einen Unterschied, ob ich in der Kanzlei oder in meinem Apartment saß. Allein war ich sowieso.

»Jetzt reicht es aber mit dieser ganzen negativen Energie«, tadelte ich mich selbst.

Mein Handy zeigte mir diverse Aufgaben, die heute anstanden. Genervt warf ich mein Telefon auf die andere Seite meines Bettes und zog mir die Decke über den Kopf. Konnte ich nicht einfach liegen bleiben? Mein Herz pochte wie wild gegen meine Brust und eine nur schwer zu bändigende Wut breitete sich aus.

Nach einem kurzen Gefühlsausbruch sammelte ich mich wieder und tat das, wozu mir neulich in einem Hörbuch geraten worden war. Bewusst Atmen. Ich atmete tief ein und spürte, wie sich meine Rippen weiteten. Dann hielt ich den Atem kurz an, um schließlich kraftvoll wieder auszuatmen. Das wiederholte ich mehrmals und mein Herzschlag beruhigte sich. Ich fühlte mich etwas befreiter.

Wie jeden Morgen absolvierte ich mein Workout. Ich schlüpfte in eine dunkelblaue Leggins, zog einen Sport-BH an und ging auf das Laufband, das in meinem Wohnzimmer vor dem Fenster aufgebaut war. Dabei hörte ich einen Podcast über Zivilrecht weiter, den ich gestern angefangen hatte. Es war spannend, denn ich lernte neue Dinge, die ich in der Kanzlei anwenden konnte. Doch leider war er schneller zu Ende als mein Workout.

Ein Blick auf die verbleibenden Laufminuten verriet, dass ich entweder etwas Neues hören sollte oder zwölf Minuten mit meinen eigenen Gedanken verbringen musste. Da brauchte ich nicht lange nachzudenken. Schnell scrollte ich durch das Angebot und blieb an dem Titel *Lebst du?* hängen. Was war das für eine Frage? Würde ich nicht leben, dann würde ich doch deinen blöden Podcast nicht hören können. Eigentlich wollte ich weitersuchen, doch meine Neugier übernahm die Kontrolle und ich startete den Podcast.

Nach einem nervigen Jingle, der den Start dieses wahrscheinlich lächerlichen Podcasts ankündigte, empfing mich eine männliche, angenehm warme Stimme. Ich bekam eine Gänsehaut. »Hi, ich bin Matt.«

Matt – also. Er begrüßte seinen heutigen Gast Chris, Manager eines Großkonzerns, der von seinem Tagesablauf erzählte. Der Inhalt des Interviews konnte mich nicht ganz abholen, aber ich wechselte auch nicht das Programm. Dafür gefiel mir das Gefühl zu sehr, das die Stimme von Matt in mir auslöste. Seine Stimme beruhigte mich.

»Chris, was denkst du: Lebst du?«, fragte Matt.

Ich schnaubte. Ernsthaft, diese Frage war lächerlich.

»Ich weiß es nicht«, antwortete Chris in dem Podcast.

Wie, er wusste es nicht?

»Kannst du uns das etwas genauer erklären?«

Chris atmete einmal laut aus und …

Gerade als er zu einer Antwort ansetzen wollte, schrillte ein Piepen durch mein Ohr. Die Warnung, dass das Cool Down losging und das Laufband langsamer wurde. Ich nahm die Kopfhörer aus meinen Ohren und legte mein Telefon beiseite.

Nach meinem Training sprang ich unter die Dusche und machte mich bereit für den Arbeitstag. Doch immer wieder drängte sich eine Frage in meinen Kopf: »Lebst du?«

Auf dem Arbeitsweg lief ich an einem Café vorbei, doch ein Blick auf meine Smartwatch verriet mir, dass ich keine Zeit für außerplanmäßige Aktivitäten hatte. Dazu zählte auch, unterwegs einen Kaffee zu holen. Schade.

In der Kanzlei angekommen, ging ich direkt in das Büro, das ich mir mit zwei Personen teilte. Wieder war ich die Erste.

Ich setzte mich an meinen Schreibtisch und startete den PC. Ein Blick in meinen Outlook-Kalender zeigte mir, dass heute wieder einige Besprechungen anstanden, also würde ich mich den Papierbergen später widmen müssen.

»Der DJ war so cool.«

»Ja, hast du ...« Das Gespräch verstummte. Jonas und Lisa standen im Büro und bemerkten erst jetzt meine Anwesenheit. Ich nickte den beiden zu. Sie tuschelten leise weiter, aber ich konzentrierte mich auf meine Arbeit. Tatsächlich konnte ich die beiden nicht leiden. Lisa hatte eine Affäre mit Henry, unserem Vorgesetzten. Zwar gaben sie sich Mühe, es geheim zu halten, doch gelang ihnen das nicht. Sie versuchten alle im Glauben zu lassen, dass sie sich nicht leiden konnten, machten aber in einem Abstand von zehn Minuten Feierabend! Lächerlich. Aber gut, ich wollte ihnen nicht ihren Spaß verderben. Vielleicht brauchten sie diese Geheimniskrämerei, um ihre *Liebe* frisch zu halten.

Liebe – wer es glaubt.

Lisa war gerade frisch von der Universität gekommen und Henry war bereits zum zweiten Mal verheiratet und Mitte fünfzig. Aber was wusste ich schon?

Und Jonas – er arbeitete nie eigenständig. Sogar beim Kopieren musste man ihn unterstützen.

Ich war mir ziemlich sicher, dass die beiden mich auch nicht mochten. Aber das war für mich in Ordnung. Ich arbeitete hier schließlich nicht, um Freunde zu finden, sondern um meine Karriere voranzubringen. Also suchte ich ein paar Unterlagen zusammen und ging zu meinem ersten Termin.

Der Tag verging wie im Flug. Als ich aus meiner letzten Besprechung kam, ließ ich mich erschöpft an meinem Schreibtisch nieder. 22 Uhr. Meine Kollegen waren natürlich schon gegangen. Ich zog endlich meine High Heels aus und bewegte meine verkrampften Zehen. Warum tat ich mir jeden Tag diese Schuhe an? Ganz einfach: Frauen wurden dadurch anders wahrgenommen. Als würde ein Schuh einer Frau mehr Kompetenz zusprechen!

Nachdem ich meine verspannten Schultern kreisen gelassen hatte, widmete ich mich wieder den Unterlagen von gestern. Ich durchsuchte Gerichtsurteile und wühlte mich durch endlos viele Paragrafen. Sackgasse.

Das Brennen in meinen Augen erinnerte mich daran, eine kurze Pause zu machen. Also stand ich auf, holte mir ein Glas Wasser, öffnete das Fenster und blickte hinaus. Sauerstoff war immer gut, um den Kopf wieder freizubekommen. Vor allem an diesem heißen Tag war die frische Abendluft eine Wohltat und kühlte meine hitzige Haut.

Die Stadt leuchtete in bunten Lichtern. Wie viele Menschen saßen gerade in Restaurants oder mit ihren Liebsten auf dem Sofa? Wie viele Menschen tanzten gerade in einem Club? Wann hatte ich selbst das letzte Mal etwas unternommen? Aber wie sollte man vorankommen, wenn man seine Aufgaben nicht erfüllte?

Lebte ich?

Da war sie wieder, diese Frage. Kopfschüttelnd versuchte ich, sie aus meinen Gedanken zu verjagen.

Plötzlich riss mich eine vertraute Melodie aus meinen Gedanken. Mein Telefon, das auf meinem Schreibtisch lag, klingelte. Statt ranzugehen, schaute ich aus dem Fenster. Es konnte nur meine Mum sein. Sie rief jeden Abend an, um mich an meinen Feierabend zu erinnern. Als wäre ich nicht schon alt genug.

Nachdem das Klingeln verstummt war, ging ich zum Tisch und nahm mein Handy. Sie hatte eine Nachricht auf der Mailbox hinterlassen.

»Hi, Schatz. Ich wünsche dir alles Liebe zu deinem Geburtstag! Bist du immer noch im Büro? Oder machst du was Schönes? Ich hoffe sehr, dass Dora und du unterwegs seid und reinfeiert! Ich habe dich lieb und bin sehr stolz auf dich. Ruf mich morgen mal zurück. Bis dann, Mum.«

Mist! War es schon wieder so weit? Schnell swipte ich von der Mailbox auf den Kalender – tatsächlich: 01.07.2023.

»Okay, dann Happy Birthday«, sagte ich zu mir selbst und hob prostend mein Wasserglas an.

Moment, wenn heute der 01.07. war, dann ... Schnell kramte ich in den Papieren, bis ich die Anklageschrift in der Hand hielt. Bingo. Die Frist von zwei Wochen wurde nicht eingehalten. Ich konnte mein Glück kaum fassen. Endlich hatte ich etwas gefunden. Wir konnten den Fall gewinnen! Dafür würden wir zwar noch mehr Beweise benötigen, aber wir hatten zumindest eine Grundlage. Ich versank so in meiner Arbeit, dass ich nicht bemerkte, wie die Nacht zum Morgen wurde.

»Heute?« Ich schreckte zusammen und fuhr hoch. Mein Blick verriet mir, dass ich noch immer im Büro saß. Schnell zupfte ich meine Bluse zurecht, damit sie nicht so zerknittert wirkte, und zwickte mir in die Wangen, um ein wenig frischer auszusehen. Gut, dass Jonas' Stimme so laut war. Da war ich tatsächlich über den Unterlagen eingeschlafen.

»Oh, du bist ja auch schon wieder hier«, wurde ich von Lisa begrüßt.

»Ja, bin ich nicht jeden Tag vor euch da?« Meine Antwort klang schnippischer als beabsichtigt, aber ich war vor wenigen Sekunden wach geworden, hatte keinen Sport gemacht und noch kein Koffein intus. Ein bisschen Morgengemuffel würde ja wohl in Ordnung sein.

Bevor ich richtig in den Tag starten konnte, verließ ich das Büro und ging ins Bad. Hier wusch ich mir mein Gesicht mit kaltem Wasser und versuchte, meine zerzausten Haare zu bändigen. Hoffentlich würde der Tag heute kürzer sein. Mein Blick verweilte einen Moment an meinem Spiegelbild.

»Heute zeige ich es euch«, sagte ich zu mir selbst und schenkte mir ein Lächeln.

Wieder zurück im Büro sah ich Lisa und Jonas an meinem Schreibtisch stehen. »Sucht ihr was Bestimmtes?«

»Äh ... Da bist du ja wieder«, stammelte Jonas. Fragend zog ich meine Augenbraue hoch.

»Du bist ja weit«, sagte Lisa und zog mein gefülltes Notizblatt hervor.

Schnell überbrückte ich die Distanz zwischen uns und entriss ihr das Blatt. »Und was geht dich das an?«

»Gar nichts. Wir wollten nur wissen, an was du arbeitest.« Die beiden gingen von meinem zu ihrem Schreibtisch. Was sollte das denn? Worum es ging, würden sie heute in unserem wöchentlichen Meeting mit Henry erfahren. Ich atmete einmal tief durch und sortierte den Rest, um mich auf das Gespräch vorzubereiten.

»Setzt euch doch.« Henrys Stimme füllte den kleinen Konferenzraum. Ich hasste diesen stickigen Raum. Gerade einmal ein Tisch mit sechs Stühlen sowie ein Flipchart hatten hier Platz. Henry zeigte auf die Stühle ihm gegenüber. Jonas, Lisa und ich nahmen Platz. »Laut meinen Unterlagen betreust du, Kate, den Fall von Herrn Quarborg. Wie ist der Stand?«, begann mein Chef, noch bevor wir richtig saßen.

Ich nickte und räusperte mich. Dann schilderte ich den Sachverhalt und nannte ihm den Termin zur Anhörung. »Ich –«, setzte ich an, doch wurde von Lisa unterbrochen.

»Entschuldigung, aber Henry, ich habe da eine Idee, was Kate prüfen sollte«, sagte sie mit zuckersüßer Stimme.

Er schaute sie fragend an. »Du bist doch gar nicht mit dem Fall vertraut? Aber erzähl mal!«, ermutigte Henry sie.

Lisa richtete sich auf. »Das stimmt«, Lisas Stimme zitterte leicht, »aber er erinnert mich an einen ähnlichen Fall aus der Uni. Da ging es um die einzuhaltenden Fristen im Zivilrecht und …« Lisa stockte und ihr Blick traf meinen. Ich versteifte mich. Schnell ließ sie den Blickkontakt abbrechen. »Kate«, hörte ich ihre Stimme durch den Raum hallen, »du solltest die Anträge auf die Fristeinhaltung prüfen. Vielleicht findest du einen Fehler.«

Das hatte sie jetzt nicht gesagt, oder? Mir lief ein kalter Schauer über den Rücken und ich spürte, wie die Wut in mir hochkochte. Ich durfte auf keinen Fall die Kontrolle verlieren. Am liebsten wäre ich aufgestanden und hätte ihr die perfekt aufgesetzten Wimpern einzeln abgezogen. Henrys Stimme holte mich wieder zurück in die Realität.

»Das ist wirklich ein sehr guter Vorschlag von dir, Lisa. Kate, bitte sieh sie dir an und melde dich bis morgen.«

Ohne darüber nachzudenken, murmelte ich ein »Okay«.

Als die Sitzung vorbei war, verließ ich wutentbrannt den Raum.

Das war doch nicht ihr Ernst? »Vielleicht sollte Kate mal die Fristen überprüfen«, äffte ich Lisa nach. Ich ging zurück ins Büro, nahm meine Handtasche und machte mich auf den Weg nach Hause. Sollten sie ihre Fälle doch selbst lösen.

Zu Hause angekommen, sprang ich unter die Dusche. Immer noch spürte ich die Wut in mir. Wie konnte Lisa so dreist sein und meine Arbeit als ihre verkaufen? Und das war nicht das erste Mal. Ich hatte es so satt. Warum hatte ich nicht von meinen Ergebnissen erzählt?

Das warme Nass floss meinen Rücken herunter und mit jeder sanften Berührung des Wasserstrahls spürte ich, wie meine Wut davongespült wurde. Irgendwann würde sich meine Arbeit auszahlen.

Ich ließ das Wasser über mein Gesicht laufen und einen Moment lang war mein Kopf ganz leer. Ich war nicht mehr wütend, hatte keine tausend Gedanken. Das Karussell in meinem Kopf stand still. Nur das Wasser rauschte und das tat unglaublich gut.

Als ich fertig war, trocknete ich meine Haare und blickte in den Spiegel. Ich lachte verächtlich. Und dafür hatte ich fast meinen Geburtstag vergessen? Moment – ich hatte immer noch Geburtstag! Tatsächlich waren noch knappe vierzehn Stunden übrig und ich würde heute definitiv nicht noch einmal in die Kanzlei gehen.

Was sollte ich jetzt mit meiner gewonnenen Zeit anfangen? Normalerweise kannte ich solche leeren Zeitfenster nicht. Da fiel mir der Podcast und das Gefühl von Matts Stimme von gestern wieder ein. Bevor ich ins Wohnzimmer ging, kochte ich mir einen Tee. Mit dem wohltuenden Dampf von Pfefferminztee kuschelte ich mich schließlich auf das Sofa und startete den Podcast.

»Kannst du uns das etwas genauer erklären?«, hörte ich Matts beruhigende, etwas rauchige Stimme.

Chris räusperte sich. »Wo soll ich anfangen? Denn wo beginnt das Leben? Ab wann merke ich, dass ich mein Leben lebe? Tatsächlich würde ich behaupten, dass man es erst merkt, wenn man unzufrieden ist. Wenn man von einem Meeting ins nächste rennt. Oder wichtige Termine vergisst, die man normalerweise immer im Blickfeld hatte. Wenn man merkt, dass man eigentlich nur noch rotiert und agiert, aber gar nicht mehr«, Chris machte eine kurze Pause, »fühlt.«

»Fühlt? Warum ist ausgerechnet das Fühlen wichtig?«

»Zahlreiche Aufgaben überlagern unsere innere Stimme. Wir nehmen uns keine Zeit mehr, uns zu fragen, wie wir uns mit einer getroffenen Entscheidung fühlen. In meiner Karriere habe ich eine Zeit lang Entscheidungen nur mit dem Kopf getroffen. Ich hatte gar keine Zeit, auf mein Bauchgefühl zu hören. Ich meine damit nicht, dass das Bauchgefühl immer richtig ist. Man sollte bewusst abwägen zwischen den beiden und nicht vergessen, dass das Fühlen seine Daseinsberechtigung hat. Das Fühlen macht uns lebendig. Fühlen sind Emotionen und Emotionen machen uns als Mensch aus.«

»Danke, Chris, das war wirklich sehr aufschlussreich. Doch hast du vielleicht auch ein paar Tipps, wie man das Fühlen wieder lernen kann?«

»Ich kann nicht versprechen, dass es jedem hilft. Aber ich kann euch sagen, wie ich es selbst wieder gelernt habe. Ich habe mir eine Challenge ausgedacht, mit der ich es geschafft habe, wieder zu fühlen, mein Leben neu zu strukturieren und glücklicher zu werden.«

»Das klingt ja spannend. Magst du uns vielleicht mehr darüber verraten?«

»Klar. Also Tag eins: Sag Nein. Es kann unglaublich guttun, einfach auch mal Dinge zu verneinen. Zu sagen, dass man keine Zeit oder vielleicht auch schlichtweg keine Lust auf etwas hat. Das ist vollkommen legitim. Ich kann euch sagen, für mich war es ein sehr befreiendes Gefühl. Tag zwei: Sag jemandem deine Meinung. Und damit meine ich nicht, dass man jemanden schlecht machen oder gar beschimpfen sollte. Es geht darum, offen zu kommunizieren, wenn du mit einer bestimmten Art und Weise deines Gegenübers nicht zurechtkommst. Woher soll die andere Person wissen, wie ihre Handlungen auf dich wirken? Tag drei – mein Lieblingstag! Tu einfach mal gar nichts. Schau nicht in deinen Kalender, sondern lebe einfach in den Tag hinein. Ich weiß, das ist nicht so leicht. Vor allem, wenn man seine Arbeitszeit nicht frei wählen kann. Vielleicht machst du dann die Challenge lieber in deiner Urlaubszeit. Lebe den Tag so, wie es sich für dich richtig anfühlt. Lass auch das Handy bewusst beiseite, denn das lenkt meist viel zu sehr von uns selbst ab. Und hier sind wir wieder beim Fühlen. Ich denke, das ist der erste Tag, wo man sich bewusst damit auseinandersetzt, was man fühlt. Damit du deinen Tag gestalten kannst, musst du dir klarmachen, was du möchtest. An diesem Tag sind dir keine Grenzen gesetzt, außer, dass du nicht in deinen Kalender schaust.« Chris lachte auf.

»Das klingt wirklich gut!«

»Aber die Challenge geht noch weiter«, sagte Chris. »An Tag vier schreibst du dir auf, welche Dinge dir Spaß bereiten. Wovon möchtest du mehr? Hier geht es nicht darum, das Blatt vollzuschreiben und jede Menge Dinge zu finden. Es geht darum, überhaupt herauszufinden, was du möchtest. Glaub mir, am Anfang klingt die Aufgabe leicht, doch mir hat sie wirklich Kopfzerbrechen bereitet. Tag fünf: Tu etwas Verrücktes. Etwas, was du normalerweise nicht tun würdest. Das war die Challenge. Mir hat sie die Augen geöffnet. Ich habe sie mehrfach durchlebt. Immer wieder, wenn ich das Gefühl hatte, mein Fühlen verloren zu haben.

Doch tatsächlich habe ich mich niemals mehr so weit entfernt gefühlt wie vor dem ersten Durchlauf.«

»Chris, danke für diesen sehr persönlichen Einblick und deinen Besuch. Wenn ihr Lust habt, wagt doch auch einmal dieses Selbstexperiment und erzählt uns von euren Erfahrungen. Danke, dass ihr zugehört habt. Bei Fragen oder Anregungen schreibt mir gerne auf Instagram. Euer Matt.«

Der nervige Jingle vom Anfang dröhnte wieder in meine Ohren und bevor er zu Ende war, stoppte ich mein Telefon. Gab es noch weitere Folgen, um Matts Stimme zu lauschen? Fehlanzeige. Echt jetzt? Wieso hatte ich einen Podcast gefunden, von dem es erst eine Folge gab?

Und jetzt? Ob ich die Challenge einfach mal ausprobieren sollte? Wer brauchte dafür fünf Tage? Ich definitiv nicht. Und jetzt mal ehrlich, wie konnte man verlernen, zu fühlen? Tatsächlich entschied ich Dinge lieber rational als emotional. Und mein Fühlen war definitiv noch intakt, denn ich war unglaublich wütend auf Lisa und – Moment, ich wollte jetzt nicht an *sie* denken. Heute war schließlich mein Geburtstag und ich wollte diesen Tag anders verbringen als sonst. Beim nächsten Telefonat mit meiner Mum wollte ich ihr berichten, dass ich etwas Verrücktes getan hatte. Nämlich diese wirklich bescheuerte Challenge.

Ich stand hoch motiviert vom Sofa auf, stellte meine Teetasse zurück in die Küche und nahm mir ein leeres Papier. Ich setzte mich auf den Boden vor dem Couchtisch und schrieb noch einmal die verschiedenen Stufen auf:

Tag 1: Nein sagen
Tag 2: Jemandem die Meinung sagen

Diese beiden Aufgaben würde ich morgen im Büro erfüllen. Also erst einmal weiter.

Tag 3: Gar nichts tun

Gut, das tat ich bereits. Ich saß schließlich einfach nur in meinem Wohnzimmer auf dem Fußboden.

Tag 4: Was bereitet mir Spaß? Wovon will ich mehr in meiner Freizeit?

In Ordnung, dann starten wir damit. Das war schließlich auch schnell erledigt. Ich nahm ein weiteres Blatt Papier und schrieb in großen Buchstaben *WOVON WILL ICH MEHR*.

Ich setzte den Stift an. Doch plötzlich waren in meinem Kopf nur Dinge, die mit meinem Job zu tun hatten, aber es sollte meine Freizeit betreffen. Erst einmal bräuchte ich mehr Freizeit, aber gut. Ungeduldig tippte ich mit dem Stift auf das Papier. Da musste doch irgendetwas sein? Wollte ich verreisen? Da müsste ich erst einmal überlegen, wohin. Wollte ich ein bestimmtes Buch lesen? Wollte ich vielleicht ein Haustier? O nein, kein Haustier. Das wären wieder Verpflichtungen. Also auch keine Familie. Einen Partner, jemanden, mit dem ich zusammen Zeit verbringen konnte? Schwierig, wenn ich kaum Zeit hatte. Genervt ließ ich den Stift los. Diese Aufgabe würde ich verschieben.

Okay, und was war die letzte Aufgabe gleich noch mal?

Tag 5: Etwas Verrücktes tun

So etwas Bescheuertes. Zählte es, einfach früher aus der Kanzlei abzuhauen?

Ich sprang wieder zu Punkt drei. Einfach mal nichts tun und in den Tag hineinleben. Zählte es als Schummeln, dass ich heute Morgen einen Blick in meinen Kalender geworfen hatte? Eigentlich nicht, oder? Ich hatte schließlich noch nichts von dieser Challenge gewusst. Ab jetzt könnte ich einfach so in den heutigen Tag leben. Also, auf was hatte ich Lust? Ich wollte definitiv raus und das herrliche Sommerwetter genießen. Da fiel mir das Café von gestern Morgen wieder ein. Da würde ich hingehen!

Im Café angekommen, fand ich einen Platz auf der Terrasse. Es war noch nicht viel los. Wahrscheinlich arbeiteten die meisten potenziellen Gäste noch. Eine junge Frau nahm meine Bestellung auf – einen Kaffee und einen Karottenkuchen. Beides konnte ich wenige Minuten später mit Sonnenstrahlen im Gesicht genießen. Wann hatte ich das letzte Mal in einem Café gesessen? Es fühlte sich befremdlich an, hier ganz allein zu sitzen. Um diesem unangenehmen Gefühl Abhilfe zu leisten, wollte ich zu meinem Smartphone greifen, doch dann erinnerte ich mich an Chris' Worte – handyfreie Zone. Puh, gar nicht so einfach. Ich griff stattdessen zu meinem Wasserglas, das ich zu meinem Kaffee serviert bekommen hatte. Auf meinen Kuchenteller setzte sich eine Biene. Das Summen ihrer Flügel erfüllte die Luft. Ich beobachtete sie, wie sie gierig den Zucker aufnahm. Wann hatte ich zuletzt eine Biene gesehen? Ich ließ den Blick von ihr ab und signalisierte der Kellnerin, dass ich bezahlen wollte.

Unschlüssig lief ich die Straße hinauf. Der Tag war noch jung und ich hatte nicht die leiseste Ahnung, was ich tun wollte. Ich könnte vielleicht einen Spaziergang machen. Im Wald war ich schon lange nicht mehr gewesen, obwohl er nur wenige Gehminuten von meinem Apartment entfernt lag. Früher war ich gerne im Wald spazieren gegangen. Die saubere Luft. Die Stille. Aber seitdem ich in der Kanzlei arbeitete, ging ich nur noch in den Wald, wenn ich den ganzen Tag im Gerichtssaal verbracht hatte, um zumindest noch irgendeine Art von Sport zu treiben. Doch statt die Ruhe zu genießen, beantwortete ich eher Nachrichten oder telefonierte.

Immer weiter lief ich in den Wald. Ich atmete einmal tief ein und fokussierte mich auf meine Umgebung. Das Rascheln der Blätter, einen Schmetterling, der meinen Weg kreuzte und einige Marienkäfer, die an hohen Sträuchern saßen. Wie war es so schnell Sommer geworden? War nicht gerade noch alles weiß gewesen? Na gut – wir hatten Juli. Wann hatte ich das letzte Mal meine Umgebung so bewusst wahrgenommen? Moment, wahrnehmen? War das gleichzeitig fühlen? Abrupt blieb ich stehen.

O mein Gott, Chris hatte recht! Man konnte verlernen, zu fühlen! Fühlen hatte nicht unbedingt etwas mit den direkten Emotionen zu tun. Diese Erkenntnis traf mich hart. Auch ich hatte dieses Bewusstsein verlernt. War das vielleicht auch der Grund, warum ich es vorhin nicht geschafft hatte, das weiße Blatt zu beschreiben? Was wollte ich? Wollte meine innere Stimme mir das vielleicht schon längst mitteilen, doch ich hörte sie nicht? So wie ich nicht mitbekommen hatte, wie die Tage vorbeizogen und schon die zweite Jahreshälfte angebrochen war?

Ein Klopfen unterbrach meine Gedanken. War das etwa ein Specht? Ich suchte mit meinen Augen die Baumkronen ab. Doch leider sah ich ihn nicht. Aber ich entdeckte etwas anderes – ein Eichhörnchen. Ich versuchte, mich ihm zu nähern, doch da sprang es bereits zum nächsten Ast und flitzte den Baumstamm hinunter. Für einen kurzen Moment verlor ich es aus den Augen, aber dann sah ich es den nächsten Stamm empor rennen.

Ich musste schmunzeln und setzte meinen Weg fort. Tatsächlich hatte ich keine Ahnung, wie lange ich schon unterwegs war. Doch als ich in meiner Wohnung ankam, knurrte mein Magen. Schnell bereitete ich mir ein Sandwich zu und als ich gerade genüsslich den ersten Bissen zu mir nahm, klingelte mein Telefon. Dieses Mal nahm ich ab.

»Happy Birthday, Liebes«, hörte ich die Stimme meiner guten Freundin Dora.

»Danke! Wie geht's dir?« Ich freute mich, dass sie heute an mich dachte.

»Hey, du hast heute Geburtstag. Es ist viel wichtiger, wie es dir geht. Was machst du Schönes?«

Ich schaute irritiert auf meine Hände. Sollte ich ihr wahrheitsgemäß antworten?

»Ich habe mir gerade ein Sandwich gemacht«, sagte ich zögerlich.

»Wow, ein Sandwich zum Geburtstag? Du brauchst eine Pizza oder einen Burger oder irgendwas richtig Gutes!« Dora lachte.

»Du weißt aber schon, dass eine Pizza oder ein Burger nicht gerade gut sind?« Ich wollte nicht belehrend klingen, war mir aber durch ihre Ernsthaftigkeit auch nicht ganz sicher, wie sie das meinte.

»Mensch, Kate, ich meine doch für die Seele! Wollen wir heute Abend zusammen essen gehen?«

Ich zögerte.

»Okay, ich verstehe. Du musst dich heute Abend wieder dringend durch irgendwelche Papierberge wälzen und die anderen holen sich dann die Lorbeeren.«

Ich schnaubte.

»Sie haben es wieder gemacht, oder?« Dora klang entrüstet.

Verdammt, sie kannte mich wirklich gut. Ich nuschelte ein leises »Ja« in den Hörer.

»Wann lernst du endlich mal, was dagegen zu unternehmen? Es kann doch nicht sein, dass du dir den Hintern aufreißt und alle anderen «

»Wo willst du heute Abend hin?«, unterbrach ich sie. Ich hatte jetzt wirklich keine Lust auf eine Standpauke.

»Moment, du hast heute Abend Zeit?«, fragte Dora und ihre Stimme wurde vor Aufregung zwei Oktaven höher.

»Ja.«

Dora kreischte ins Telefon und ich hielt mein Handy weit von meinem Ohr weg. »Wie cool, damit habe ich gar nicht gerechnet! Auf was hast du denn am meisten Lust? Schließlich ist es dein Tag.«

»Mmh, vielleicht Pizza?«, fragte ich vorsichtig.

»Super, dann lass uns heute Abend um sechs Uhr ins *Luca* gehen. Was hältst du davon?«

»Klingt gut. Bis später.«

Ein Blick auf die Uhr verriet mir, dass ich noch zwei Stunden Zeit hatte bis zu unserem Treffen. Wann hatte ich mich eigentlich das letzte Mal mit ihr getroffen? Verrückt! Früher waren wir eine größere Gruppe gewesen, doch mittlerweile waren wir nur noch zu zweit. Ein paar waren weggezogen. Andere hatten Familien gegründet oder man hatte sich auseinandergelebt.

Ich aß mein Sandwich und ging wieder zum Sofa. Ich sah das weiße Blatt Papier auf dem Couchtisch liegen. Es war, als würde es mich verhöhnen. Ehrlich gesagt, hatte ich gedacht, dass es leichter sein würde, aufzuschreiben, was ich in meiner Freizeit tun wollte. Ich hatte doch immer ein Ziel. Doch das war eher beruflich. Was wollte ich in meinem Leben? Ich wusste es nicht.

Wütend warf ich ein Kissen vom Sofa durch das Wohnzimmer und verschränkte frustriert meine Arme vor der Brust. Nach wenigen Minuten raffte ich mich auf und suchte etwas zum Anziehen. Dann machte ich mich auf den Weg ins *Luca*.

Schon von Weitem konnte ich Dora erkennen, die mit ihrem flippigen Stil immer aus der Menge herausstach.

»Kate!« Dora zog mich direkt in eine feste Umarmung.

»Ich freue mich auch, dich zu sehen.« Und das meinte ich wirklich ehrlich.

»Wollen wir bei dem schönen Wetter draußen sitzen?«

»Ja, wir können gerne noch die schöne Abendluft genießen.«

Der Kellner platzierte uns an einem Tisch, der an einem Beet stand. Der süße Blumenduft wehte mir in die Nase.

»Es ist richtig toll, dass wir uns endlich mal wieder sehen! Ich weiß gar nicht, wann wir uns das letzte Mal gesehen haben.«

»Ich auch nicht.« Ich strich mir eine Haarsträhne aus dem Gesicht.

»Erzähl doch mal, was machst du so? Was gibt es Neues?«

»Ich kann dir gar nicht so viel erzählen. Meistens bin ich von morgens bis abends in der Kanzlei. Wie läuft es bei dir in der Schule?«

Bevor Dora antworten konnte, kam der freundliche Kellner und nahm unsere Bestellung auf. Zu unseren Pizzen bestellten wir eine Flasche Rotwein. Dora erzählte mir von ihrer Arbeit als Lehrerin und strahlte dabei. Das hatte ich schon immer an ihr bewundert. Dieses Leuchten, das Ausstrahlen von Glücklichsein. Es war sogar etwas ansteckend.

Der Abend verging wie im Flug. Die Pizza tat der Seele wirklich gut und der Wein lockerte die Stimmung. Es fühlte sich an, als hätten wir uns erst vor ein paar Tagen zuletzt gesehen. Wir waren bereits von den alltäglichen Themen abgekommen und lachten über Vergangenes. Nachdem Dora mir von einem Buch erzählt hatte, das sie gelesen hatte, erzählte ich ihr von dem Podcast, der Challenge und natürlich von Matts heißer Stimme. Wahrscheinlich sprach da der Wein aus mir.

»Hast du ihn mal bei Instagram gesucht?«

»Was? Warum sollte ich?«, fragte ich verwirrt. Doras Augen blitzten verschmitzt.

»Na, damit wir wissen, ob der Kerl mit der rauchigen Stimme auch heiß aussieht.«

Ich zuckte nur mit den Schultern und nahm noch einen großen Schluck aus meinem Weinglas. Dora zückte ihr Telefon.

»Wie heißt der noch mal? Ach, ich gehe einfach auf seinen Podcast, da wird es ja wohl eine Verlinkung geben. Siehst du! Da habe ich ihn ja schon.« Doras Mund klappte auf. Ich war mir nicht sicher, ob ich es sehen wollte. Doch dann siegte die Neugier.

»Jetzt zeig doch mal!«, stieß ich neugierig hervor und griff nach ihrem Handy. Ich starrte das Bild auf dem Display an. O ja, dieser Mann hatte nicht nur eine heiße Stimme.

»Also, den würde ich nicht von der Bettkante stoßen.« Dora kicherte.

»Ach, du schon wieder.« Auch ich fing an zu kichern und wir beide stießen mit unseren Gläsern an.

Zu Hause im Bett ließ ich den Tag Revue passieren. Auch wenn ich nicht viel von meiner To-do-Liste erledigt hatte, spürte ich, dass ich irgendwie … glücklich war. Ich konnte zwar kaum noch die

Augen offen halten, doch fühlte ich, dass ich heute meine Energiereserven aufgefüllt hatte. Und da wurde mir klar, was ich gleich morgen auf das noch weiße Blatt schreiben würde. Mehr Zeit mit Dora verbringen!

Am nächsten Tag ging ich wieder in die Kanzlei, wobei sich meine Lust in Grenzen hielt. Als ich in das Büro trat, war ich wieder die Erste. Ich setzte mich an den PC und sortierte meine Unterlagen. Als es klopfte, sah ich auf und traf auf Lisas Blick. Ich konnte nicht Hallo sagen. Am liebsten hätte ich ihr die Augen ausgekratzt, aber das ging natürlich nicht. Wieso klopfte sie überhaupt?

»Was willst du?«, fragte ich und mein Tonfall ließ keinen Zweifel daran, was ich über sie dachte.

»Ich wollte mich entschuldigen«, sagte sie mit zittriger Stimme.

Hatte ich richtig gehört? Sie wollte sich entschuldigen? Ich hatte mir dank der Challenge vorgenommen, ihr heute die Meinung zu sagen. Aber das ging in einem Streitgespräch besser, als wenn sie sich entschuldigte. Ich nahm all meinen Mut zusammen.

»Es ist ja nicht das erste Mal. Du brauchst mir nicht zu erzählen, dass du von allein auf die Sache mit den Fristen gekommen bist. Du hast es in meinen Unterlagen gelesen, richtig?«

Lisa nickte.

»Was hast du davon, dich an meiner Arbeit zu bereichern? Fühlst du dich dabei nicht schlecht?«

Lisa kam ein paar Schritte auf mich zu. »Ich weiß, es war richtig blöd.« Sie machte eine Pause. »Ich weiß nicht, wie ich das erklären soll. Du bist halt du.«

Was meinte sie denn damit? Irritiert schaute ich sie an.

Lisa runzelte die Stirn. »Ich weiß wirklich nicht, wie ich das erklären soll, ohne dass es total bescheuert klingt. Henry und ...« Sie stoppte.

»Ich weiß von dir und Henry.«

»Du weißt davon? Woher? Ich dachte ...«

»Ihr seid nicht so unauffällig, wie ihr glaubt.«

Lisas Wangen erröteten. »Du darfst es bitte niemandem verraten.« Ihre Stimme war nur noch ein Flüstern.

»Das hatte ich auch nicht vor. Das ist euer Ding, aber das erklärt noch nicht, was dein Problem ist. Wieso klaust du meine Arbeiten?« Ich versuchte, das Brodeln in mir zu kontrollieren und meine Stimme nicht zu heben.

»Okay, dann kann ich ja ganz offen zu dir sein«, sagte Lisa. »Henry erzählt ständig von dir. Sagt, wie toll du bist, was für gute Ideen du hast, wie innovativ du bist, dass du immer den richtigen Riecher hast, und ich wollte einfach mal schneller sein.« Lisa schluchzte.

Fing sie nun an zu weinen? Bitte nicht.

»Ich … Ich … wollte einfach auch mal so gut sein wie du.«

»Aber dafür musst du doch nicht meine Arbeiten stehlen«, sagte ich fassungslos. Das war ihre Motivation dahinter? »Weißt du eigentlich, wie viel Arbeit dahintersteckt? Ich habe mir mehrere Nächte um die Ohren geschlagen, in denen ihr was auch immer getan habt, und dann stiehlst du mir mein Ergebnis und lässt mich richtig doof dastehen.«

»Es tut mir leid. Wie kann ich das wiedergutmachen?«

Ich glaube, so viel hatten Lisa und ich noch nie gesprochen.

»Keine Ahnung … Vielleicht fängst du einfach mal an, selbst zu arbeiten.« Ich löste den Blickkontakt und widmete mich wieder meinen Unterlagen.

Lisa wollte gerade den Raum verlassen, doch sie drehte sich noch einmal zu mir um. »Kate, es tut mir wirklich leid und ich werde Henry sagen, dass das mit der Frist deine Idee war.«

Ich nickte ihr knapp zu. Ich war erstaunt darüber, dass sie so offen mit mir sprach und sich so einsichtig zeigte. Damit hatte ich überhaupt nicht gerechnet.

»Meinst du, wir könnten vielleicht zukünftig zusammenarbeiten, sodass ich ein bisschen von dir lernen kann?«, fragte Lisa. »Vielleicht kann ich dir so etwas abnehmen und du kannst auch mal früher Feierabend machen?«

Ich wusste nicht, was ich von diesem Vorschlag halten sollte. Wollte sie am Ende wieder nur von mir profitieren? Oder war es ein ernst gemeintes Angebot? Vielleicht konnte ich so meinem neuen Vorsatz treu bleiben und wieder mehr Zeit mit Dora verbringen.

Lisa wollte gerade den Raum verlassen, da sagte ich: »Ich weiß noch nicht genau, wie das laufen soll, aber vielleicht finden wir eine Lösung.«

Lisa kam näher zu meinem Schreibtisch.

»Du könntest zum Beispiel«, ich nahm den vor mir liegenden Papierstapel in die Hand, »diese Unterlagen chronologisch sortieren und einen Zeitstrahl entwerfen.«

»Danke.« Lisa nahm den Papierstapel entgegen und setzte sich an unseren Konferenztisch.

Ich verließ den Raum und ging ins Bad, um mich erst einmal zu sammeln. Hatte ich Lisa tatsächlich gerade meine Meinung gesagt? Ja, und es fühlte sich gut an! Auch wenn es eine unangenehme Situation gewesen war, sind wir uns beide trotzdem näher gekommen, und ja, vielleicht war es eine Chance für uns beide.

Der Arbeitstag verging wie im Flug. Tatsächlich half mir Lisas Arbeit, denn so brauchte ich mich nicht mit dem Strukturieren zu befassen, was sonst immer lange aufhielt. Wir hatten einen Zeitstrahl an unserem Whiteboard erarbeitet und ich konnte nun verschiedene Abläufe durchgehen. Es machte sogar ein wenig Spaß, gemeinsam zu arbeiten. Auch wenn dieser Arbeitstag wirklich anders war als meine bisherigen, freute ich mich auf morgen.

Verrückt, wie sich in zwei Tagen das Leben verändern konnte. Sicherlich würde es schwer werden, nicht wieder in die alten Muster zurückzufallen. Doch eins hatte ich mir geschworen: Ich würde nicht mehr meine gesamte Energie in die Arbeit stecken. Natürlich machte mir mein Beruf unglaublich viel Spaß. Doch das Gefühl, das durch den Waldspaziergang oder die Zeit mit Dora aufgekommen war, wollte ich nicht mehr verlieren. Ich hatte neue Kraft geschöpft. Ich wollte jetzt definitiv wieder mehr in meine Freizeit investieren und damit in mich selbst. Wer weiß, vielleicht würde ich die Challenge noch das eine oder andere Mal machen und mein Blatt weiter ergänzen.

Ich schmunzelte. Einen Punkt von der Challenge gab es noch zu erfüllen: Etwas Verrücktes tun. Ich nahm mein Handy und suchte wieder Matts Profil auf:

Hey, Matt, ich habe den Podcast von dir und Chris gehört und wollte dir nur sagen, dass die Challenge echt etwas bewirken kann – auch wenn ich sie anfangs ein wenig lächerlich fand! Ich hoffe, du wirst noch weitere Podcasts aufnehmen, und vielleicht hast du ja mal Lust auf einen Kaffee? Liebe Grüße, Kate.

Mein Herz raste. Sollte ich das wirklich abschicken? War das nicht vollkommen irre? Ich hielt einen kurzen Moment inne und hörte in mich hinein. Es fühlte sich gut an. Warum sollte man nicht einfach mal ein bisschen durchgeknallt sein? Was sollte im schlimmsten Fall passieren, außer, dass er nicht antworten würde? Richtig, überhaupt nichts!

Und dann drückte ich auf Senden.

Ich legte mein Handy beiseite, stand vom Sofa auf und lachte aus vollem Herzen. So befreit hatte ich mich schon ewig nicht mehr gefühlt.

ALINA BEC.

POETISCHE ZEITEN

Die Worte der Jahreszeit verspüre ich mit ihrem Gesang, diese mich über die weiten Felder führt. Jene, deren Blüten voller Eleganz in ihrer Gestalt ruhen und jene, deren Wege unendlich scheinen. Mancher registriert zu wenig, um es verfassen zu können. Mancher verfasst es mit der Macht der Worte, um es denen zu zeigen, die sich verlieren.

SAM JACKSON

GNADENSCHUSS IM FEUERREGEN

»Und das alles an einem Dienstag.«
CHRIS RHODES

Vor dem Ortsschild gaben meine Beine nach. Meine Knie sanken in den Sand ein, sofort weitete sich seine Hitze auf den Stoff meiner Hose aus, versengte mir die Haut. Ich legte den Kopf in den Nacken und schirmte die Sonnenstrahlen mit einer Hand ab. Schweißtropfen rannen mir von der Stirn über die Brauen direkt in die Augen. Um die Lettern auf dem Schild entziffern zu können, blinzelte ich gegen das gleißende Licht und die brennenden Schlieren an: Ein großes vergilbtes »C« links und ein kleines »O« rechts. Die restlichen Buchstaben und das ausgeblichene Grün im Hintergrund waren den Rostflecken zum Opfer gefallen.

Mit gemischten Gefühlen ließ ich meinen Blick zu der Stadt dahinter schweifen. Unterhalb der Anhöhe, auf der ich kniete, erstreckte sie sich bis zum Horizont. Es war ein ganz schön trostloser Anblick, aber allemal besser als eine Fata Morgana. Einst musste der aus verbogenen Stahlkonstruktionen und eingestürzten Betonbauten bestehende Trümmerhaufen eine beeindruckende Skyline abgegeben haben. Nun ragte das, was von den Hochhäusern übrig geblieben war, ausgehöhlt und skelettartig zum wolkenlosen Himmel empor.

Als ich mich erheben wollte, schoss ein stechender Schmerz in meine Schläfen, und wieder tauchte das Autoradio vor meinem inneren Auge auf.

Das sumpfgrüne Display zeigte »I'M AFRAID OF« an. Für den ganzen Titel war der Bildschirm zu klein, aber das hinderte das Lied nicht daran, seine Endlosschleife fortzusetzen. Zumindest, bis der Sandsturm wie aus dem Nichts herangerast war. Ein Wimpernschlag, und die dichte, orangerote Wand warf den Geländewagen um, an dessen Steuer ich saß. Rauschen trat an die Stelle von der Musik, dann ein unerträglich hohes Fiepen.

Nach Stunden, Tagen, vielleicht Wochen, hatten sich die Liedzeilen in mein Hirn eingebrannt wie die Sonne auf meiner Haut. Hatte ich nun den Namen Johnny und das Verlangen nach einer Dose Cola von dem letzten abgespielten Lied aufgeschnappt oder hörte ich wirklich auf Ersteres und dürstete nach Letzterem? Ich sah an mir herunter: weißes Achselshirt, sandfarbene Cargohose und feste Stiefel in der gleichen Farbe. Breite Brust und sehnige Arme mit einem Teint, der förmlich nach After-Sun-Lotion schrie. *Sieht nach 'nem Typen wie Johnny aus.* Dazu passten auch die kurzen, juckenden Haare und Bartstoppeln, aus denen sich einzelne Sandkörner lösten, als ich darüber strich.

Meine Lippen waren rissig und meine Kehle kurz vor dem Austrocknen. *Gibt's denn irgendwen, der in der Wüste keinen Durst hat?* Neben dem staubtrockenen Klima in meinem Mund hatte ich einen komischen Geschmack auf der Zunge. Er war bitter und metallisch. Für den Bruchteil einer Sekunde tat sich ein anderes Bild vor meinem inneren Auge auf. *Eine Glasphiole mit einer unnatürlich blauen Flüssigkeit.*

Hatte ich das Zeug etwa getrunken? War das der Grund, warum mein Gedächtnis gewisse Lücken aufwies? Warum ich mich nicht daran erinnern konnte, was mich außer dem Namen Johnny noch ausmachte zum Beispiel, und was meinen Aufenthalt hier irgendwo im Nirgendwo anging. Oder hatte ich mir den Kopf gestoßen und womöglich eine Gehirnerschütterung? War es ein Schleudertrauma? *Aber das lässt einen nicht die eigene Identität einfach so vergessen, oder etwa doch?* Ein Hitzschlag mit fiesen Halluzinationen, die mir diesen zusammenhangslosen Mist vorgaukelten?

Was auch immer schuld war, die Fragen blieben: Wer war ich? Was wollte ich hier? Und wo zum Teufel war ich überhaupt?

Das Ortsschild, die Hochhäuser ... *Fühlt sich irgendwie amerikanisch an.* Sicher war ich mir aber nicht. Nur, dass ich mich nach dem Sandsturm-Zwischenfall aus dem halb eingesandeten Fahrzeug hatte befreien können und es mehr oder weniger unverletzt bis zu den Überresten dieser ausgelöschten Zivilisation geschafft hatte. Meinem Bauchgefühl sei Dank. Es kam einer Kompassnadel gleich, die auf Norden ausgerichtet war. In meinem Fall war das Norden die Stadt – beziehungsweise C.O. City, das klang nicht ganz so unpersönlich. Auch jetzt zog es mich wie an einer unsichtbaren Schnur dorthin.

Mit einer Hand auf dem Oberschenkel drückte ich mich nach oben. Schwankend und stöhnend kam ich auf die Füße. *Als Entschädigung, dass ich dir folge, müsste doch wenigstens eine Cola-Dose für mich drin sein*, dachte ich. *Vorzugsweise eine eisgekühlte.* Ich streckte ein Bein vor dem Dünenkamm aus und rutschte den Hang ohne großen Kraftaufwand hinab. Dann stapfte ich durch den Sand, bis mich die Ruinen überragten und ich die ersten liegengebliebenen Autos passierte.

Auf den Hauptstraßen drängten sie sich Stoßstange an Stoßstange, Tür an Tür, und in mehr Reihen als für die Fahrbahnen ursprünglich vorgesehen waren, weshalb ich den Weg über die Autodächer wählte. Ausnahmslos jede Fahrzeugfront, egal ob die eines Sattelschleppers, Busses, Transporters oder Kleinwagens, zeigte in die entgegengesetzte Richtung, in die mich das Ziehen in meinem Bauch lotste. Als wären die Menschen vor etwas auf der Flucht gewesen, auf das ich schnurstracks zusteuerte. Unwillkürlich spannten sich meine Muskeln an. *Etwas stimmt nicht.*

Dennoch vertraute ich meinem Bauchgefühl. Zielsicher hatte es mich aus dem größten Nichts in ein … weniger großes Nichts geführt. Es hörte sich zwar selbst in meinen Ohren wie eine lahme Ausrede an, aber in die Wüste ging ich definitiv nicht zurück. Verstecken war ebenfalls keine Option.

Und so stieg ich über die eingedellte und rostige Blechlawine hinweg. Wie den Gebäuden um mich herum fehlten auch ihr die Glasscheiben. Ein Blick in die Innenräume offenbarte mehr als die üblichen Verdächtigen, alias Sandkörner und Staubpartikel: An der einen oder anderen Verkleidung entdeckte ich getrocknetes Blut, menschliche Knochen lugten zwischen den Sitzen hervor und Kleidungsfetzen hingen von den eingeschlagenen oder zerplatzten Fensterscheiben. *Hier stimmt etwas ganz und gar nicht.*

Wovor waren die Menschen bloß geflohen – und was hatte ihre Gebeine so präzise abgenagt? Nicht der leiseste Hauch von Tod und Verwesung lag in der Luft. Es wirkte, als wären bereits mehrere Jahrzehnte vergangen, seit in C.O. City die Hölle losgebrochen war.

Plötzlich blitzte Metall in meinem Augenwinkel auf. Ich duckte mich, den Kopf eingezogen und den Atem angehalten, in Erwartung eines Angriffs. Doch es kam keiner. Stattdessen blendete mich die Reflexion erneut, als ich mich vorsichtig aufrichtete. Diesmal sah ich, von was sie stammte: Eine Getränkedose, die in dem Flaschenhalter einer Mittelkonsole steckte. Schnaubend atmete ich aus, die Handfläche an meine Brust gepresst.

Nachdem ich mich bäuchlings auf das Autodach gelegt und mir die Dose per Hand durch eines der vorderen Seitenfenster geangelt hatte, musste ich feststellen, dass sie ziemlich leicht war. Auch die Aufreißlasche war längst eingedrückt. Sandkörner rieselten aus der Öffnung. Entweder hatte jemand vor mir die Dose geleert oder der Inhalt war verdunstet. Frustriert quetschte ich sie zusammen und warf sie in hohem Bogen gegen eine eingefallene Hausfassade.

Das Blechdach ächzte, als ich mich von meiner liegenden Position zurück auf die Füße stemmte. Ich hielt mich an einer Fensteröffnung fest und blickte erst über meine eine sonnenverbrannte Schulter, dann über die andere. Noch schien ich weit und breit der einzige Mensch zu sein. Vielleicht sogar das einzige Lebewesen. Trotz der brütenden Hitze lief es mir eiskalt den Rücken hinunter. Was auch immer für die Massenflucht verantwortlich gewesen war, musste ein ganz schöner Vielfraß sein, wenn es nicht einmal mehr Insekten gab. Denn bis auf die Sandverwehungen, die über den rissigen Straßenbelag fegten und knisternd gegen die Karosserien prasselten, regte sich absolut nichts. Dafür verließ die Sonne langsam, aber sicher ihren Zenit, und eine enge Gasse rechts von mir wurde in Schatten getaucht.

Halleluja! Vergessen war die unsichtbare Bedrohung. Hastig sprang ich über die Autodächer, um der unbarmherzigen Sonneneinstrahlung zu entkommen. Beim Betreten der Gasse blieb ich jedoch mit meinen Stiefeln an etwas Weichem hängen.

Gerade noch gelang es mir, mich an einer der rauen Fassaden abzufangen. Ich brauchte einen Moment, bis ich mich an die veränderten Lichtverhältnisse gewöhnt hatte. Dann brauchte ich noch einen, um zu begreifen, über was ich da gestolpert war.

Gegenüber von mir saß eine Gestalt; den Rücken an der Ziegelsteinmauer angelehnt, sowohl Arme als auch Beine von sich gestreckt. Ein Mann. Schätzungsweise hatte er zwanzig Jahre mehr auf dem Buckel als ich, und war somit etwa fünfzig. Sein von grauen Stoppeln überzogener Kopf ruhte auf seiner Brust.

Mein Puls beschleunigte sich. »Hey, hey … Sie!«, krächzte ich erst brüchig, dann lauter und fester, soweit mir das mit meiner staubtrockenen Kehle möglich war.

Ich ging vor ihm in die Hocke und rüttelte an seinen knochigen Schultern. »Wachen Sie auf, Mann. Ich könnte echt Ihre Hilfe …«

Das »gebrauchen« blieb mir im Hals stecken. Erst jetzt bemerkte ich, wie gräulich seine dunkle Haut war und wie steif er sich unter meinen Fingern anfühlte. Aus seinem Mund fiel ein selbstgedrehter Zigarettenstummel, der zuvor locker zwischen seinen Lippen eingeklemmt gewesen war.

Rauchen ist tatsächlich tödlich, schoss es mir ausgerechnet in diesem Augenblick durch den Kopf. Ernsthaftigkeit gehörte wohl nicht zu meinen Stärken.

»Scheiße, Mann. Die Kippe hat man dir aber auch gar nicht gegönnt, was?«, stieß ich hervor. Der kleine weiße Stummel war auf seinem Brustkorb gelandet, und der sah wirklich übel zugerichtet aus. Mehrere tiefe Furchen zogen sich quer über seinen Oberkörper. Als wäre jemand gleichzeitig mit – ich presste meine Lippen zusammen und zählte die Wunden – fünf Klingen auf ihn losgegangen. Mein leerer Magen grummelte, und das nicht vor Hunger. Eher, weil der Mann noch nicht allzu lang tot sein konnte. Nur der metallische Geruch seines Blutes, das sogar noch leicht feucht glänzte, drang in meine Nase.

Eine Auskunft über den nächsten Getränkeautomaten war von meinem Gegenüber jedenfalls nicht mehr zu erwarten. Davon abgesehen sah es für mich so aus, als wäre er überrascht worden. Unberührt und gesichert steckte eine Pistole in seinem Hosenbund. Offensichtlich war der arme Kerl nicht einmal dazu gekommen, die Waffe zu ziehen, bevor er angegriffen worden war.

Während ich ein Kribbeln der negativen Sorte im Nacken verspürte, fiel mir auf, dass der Mann und ich im Partnerlook gekleidet waren: eine sandfarbene Cargohose und feste Stiefel. Und jede Menge Taschen, in denen – im Gegensatz zu meinen – vielleicht etwas zu holen war. Ich wollte nach der Pistole greifen, zögerte aber. Knapp davor schwebte meine Hand in der Luft.

Soll ich oder soll ich nicht? Ertappt warf ich einen Blick über meine Schulter. Keiner da, der mir die Entscheidung abnahm, mir sagte, was richtig war und was nicht.

Ihm wird sie wohl kaum noch etwas nützen. Unter normalen Umständen hätte ich das sicherlich nicht getan. So legten sich meine Finger um das kantige Gehäuse, und die Schusswaffe, ein Feuerzeug und ein Kugelschreiber wechselten den Besitzer. Das Etui mit den etwa ein Dutzend vorgedrehten Zigaretten und einem losen Haufen Tabak stopfte ich jedoch wieder zurück in seine Hosentasche.

Anders als ich trug der Verstorbene über seinem zerfetzten und blutbefleckten Achselshirt eine ärmellose Weste, im gleichen Farbton wie seine Hose und Schuhe.

»O Mann. Tut mir leid«, murmelte ich, als ich in die dazugehörige rechte Brusttasche langte.

Ich holte ein Fernglas hervor und ließ eine zweite zerknirschte Entschuldigung folgen. Dann schlossen sich meine Finger in der linken Brusttasche um einen bauchigen Gegenstand.

»Das gibt's doch nicht!« Fassungslos starrte ich die Feldflasche in meiner Hand an.

Ich schüttelte sie.

Meine Atmung setzte kurz aus.

Im Inneren der Flasche gluckerte eine Flüssigkeit.

Es war zwar keine Cola, aber etwas zu trinken und damit besser als nichts. Auch wenn das Wasser viel zu warm war und abgestanden schmeckte, schluckte ich es gierig hinunter. Bis mir bewusst wurde, dass es nicht besonders klug war, die Flasche in einem Zug zu leeren.

Keuchend setzte ich sie wieder ab.

Dem hohlen Plätschern nach zu urteilen, als ich die Flasche erneut schüttelte, war nur noch ein winziger Schluck am Boden übrig. *Tja. Ich schätze, das habe ich verdient.*

Auf das, was ich danach tat, war ich alles andere als stolz, aber irgendwo musste ich die Sachen ja verstauen. Die Taschen an meiner Hose reichten nicht für jeden Gegenstand aus. Infolgedessen schickte ich mich an, dem Mann die Weste auszuziehen. Dabei legte ich eine Erkennungsmarke frei, die an einer Kette um seinen Hals hing.

Mit dem Daumen strich ich über die im rostfreien Stahl eingestanzten Buchstaben und Zahlen.

SNYDER, LANCE
AAHM23-H
NO-LA-70112

Lance Snyder also.

Fieberhaft überlegte ich, wo mir der Name und die anderen beiden Zeilen schon einmal untergekommen waren – es lag mir auf der nicht mehr ganz so ausgetrockneten Zunge. Zwischen Geländewagen und C.O. City hatte ich nämlich auch so eine Erkennungsmarke um den Hals getragen. Mich aber ihrer entledigt, weil ich der Überzeugung gewesen war, die Kette würde mich erwürgen. Genauso, wie ich meine eigene Weste und einfach alles an Ausrüstung in der Wüste zurückgelassen hatte. Als hätte ich nur unnötigen Ballast mit mir herumgeschleppt.

Kein *Was* war an meinem Gedächtnisverlust schuld, sondern *Wer*. Peinlich berührt schlug ich mir gegen die Stirn. Kurz vor der Dehydrierung und geplagt von Halluzinationen schien es mir plötzlich keine schlechte Idee mehr gewesen zu sein, das Zeug in der Glasphiole tatsächlich zu trinken.

»Du willst den Auftrag?«, fragte die tiefe Stimme mit spanischem Akzent. Es folgte ein langes, wirklich sehr langes Seufzen. Als wäre ich der ungehorsame Sohn und er der Vater, der es leid war, sich den Mund fusselig zu reden.

Diese vom Dienstag besessene … Schmeißfliege. *Mit der rechten Hand umfasste ich den Hörer des Münztelefons so fest, dass das Plastik knackte.* Aber die einzig kompetente Schmeißfliege, die mir das Ticket nach […] ausstellt, mein Zuhause – zumindest das, was davon noch übrig ist.

»Dann befolge gefälligst meine Anweisungen«, blaffte mein Gesprächspartner. »Keine Fragen, das war der Deal.« Er hielt inne, vielleicht, um sich die Nasenwurzel zu massieren, und ich öffnete meine linke Hand, die ich zur Faust geballt hatte. Unheilvoll lag die Glasphiole mit der unnatürlich blauen Flüssigkeit auf meiner Handfläche.

Offenbar beobachtete er mich durch die Kameras der entlegenen Tankstelle, nahe des Grenzzauns. »Das Serum ist für den Fall, dass du geschnappt werden solltest. Es ist so konzipiert, dass es einen Großteil deiner Erinnerungen löscht, allerdings ist es noch nicht ganz ausgereift. […]. Niemand darf jemals davon erfahren, von wem du und Snyder für diesen Auftrag angeheuert worden seid.« Ein Klappern im Hintergrund, wie von einer Tastatur. »Die Überwachungskameras sind überlistet, damit solltest du genug Vorsprung haben. Diesen Dienstag, […], nur dieser eine Versuch, ¿comprende?«

Jetzt seufzte ich. Ergeben. »Comprende, hasta la vista, was auch immer.« Doch die Leitung war bereits tot.

Wie Lance. Die lückenhafte Erinnerung erklärte zwar, warum ich planlos durch die Gegend irrte, warf aber noch mehr Fragen auf, als sie beantwortete. Hieß das nun, dass Lance noch am Leben wäre, wenn ich ihn früher gefunden hätte? Hätte ich ihm helfen können – oder sogar sollen? Bevor ich mir den Kopf darüber zerbrechen konnte, ob, wie und warum ich etwas mit seinem Tod zu tun hatte und was genau das eigentlich für ein Auftrag war, riss mich ein heißer und trockener Windstoß aus meinen Gedanken. Schon wieder fegte eine gewaltige Wand aus Sand und Staub das Sonnenlicht wie aus dem Nichts fort.

Fluchend nahm ich Lances Weste und Erkennungsmarke an mich. Ich streifte mir die Weste über und zwängte die Feldflasche, das Fernglas und die Marke in die Brusttaschen. Während sich die wild herumwirbelnden Sandkörner wie kleine Nadeln in meine Haut bohrten, mir die Sicht und die Luft zum Atmen raubten, zerrte ich den Ausschnitt meines Shirts über Mund und Nase. In der Hoffnung, nicht selbst bezahlen zu müssen, schloss ich Lances Lider mit dem stummen Versprechen für eine angemessene Abrechnung zu sorgen und flüchtete aus der Gasse.

Eine Querstraße weiter ertastete ich ein mannshohes Loch in der Fassade. Sand und Wind ließen meine Augen tränen. Den verschwommenen Schleier wegblinzelnd übersah ich die an der

Mauer angrenzende Treppe und verfehlte die erste Stufe. Unsanft landete ich auf meinem Steißbein. Dass sich ein erschrockener Schrei aus meiner Kehle löste, konnte ich beim besten Willen nicht verhindern. Mir den schmerzenden Hintern reibend, rappelte ich mich wieder auf. Dann humpelte ich Stufe für Stufe die Treppe nach unten, die zwischen mehreren Schutthaufen in die Tiefe führte.

An ihrem Ende verwehrte mir eine Holztür den Zugang zu den dahinterliegenden Räumlichkeiten. Sie war mit einem Vorhängeschloss verriegelt. Ein Tritt reichte aus und das spröde Holz gab nach. Abgestandene und kaum merklich kühlere Luft schlug mir entgegen. Lances Feuerzeug gezückt machte ich einen Schritt in den Kellerraum. Nach und nach wurden Bier- und Weinfässer, eine Glasvitrine mit Spirituosen und ein rustikaler Tresen sichtbar. Mit dem Zeigefinger fuhr ich über verwitterte Tischplatten und Stuhllehnen. Die fingerkuppendicke Staubschicht zerstob im flackernden Feuerschein. Ich kniff meine gereizten Augen zusammen und unterdrückte einen Niesanfall, der alles nur noch verschlimmert hätte.

Ein Billardtisch, eine Dartscheibe und eine bogenförmige Jukebox kreuzten meinen Weg zum Tresen. Dahinter befanden sich ein Notstromgenerator und ein Sicherungskasten. Nachdem ich ein paar Schalter betätigt hatte, erwachten die Lichter der Bar flimmernd zum Leben. Die nackten Glühbirnen, die an schwarzen Kabeln von der Decke hingen, die Lichtleisten an den Regalen sowie unter dem Tresen und der farbenfrohe Leuchtbogen der Jukebox gaben ein leises Surren von sich. Wahrscheinlich hatte der Besitzer bei der Anschaffung des Notstromgenerators eher an eine reibungslose Stromversorgung während der Hurrikan-Saison gedacht als an postapokalyptische Zeiten wie diese. Das reinste Paradies, verglichen mit dem Sandsturm, der über mir tobte.

Ich kippte einen der Tische um und schob ihn vor die Holztür. Eine heftige Windböe nach der anderen hämmerte gegen sie. Um mich von dem sandigen Todesklopfen abzulenken, klapperte ich die Schränke und Schubladen nach etwas Nützlichem ab.

Auf der Seite des Tresens, die eigentlich dem Barkeeper vorbehalten war, kamen hinter einer verzogenen Schranktür unter der Spüle diverses Putzzeug und echt schräge Gartenzwerge in Badebekleidung mit Sonnenbrillen, Cocktails und Schwimmreifen zum Vorschein. Außerdem ein großes Marmeladenglas, in dem kupfer-, silber-, und goldglänzende Münzen klimperten. Im wahrsten Sinne des Wortes: *Musik in meinen Ohren.* Die fröhlich vor sich hin blubbernden Blasen an der bunt beleuchteten Front der Jukebox sahen das offenbar genauso.

Aus dem mit Spinnweben benetzten Marmeladenglas fischte ich eine Fünf-Cent-Münze und steckte sie in den Münzschlitz der Jukebox. Da alle Titel verblasst waren, drückte ich irgendeinen von den insgesamt vierundzwanzig Knöpfen. Während sich der Mechanismus in Gang setzte, schlenderte ich zum Tresen zurück. Dort stellte ich das Marmeladenglas ab und wollte mir gerade einen Bourbon einschenken, als mit einem unverkennbaren Gitarrensolo, kratzig und in typischem Rock'n'Roll Sound »Johnny B. Goode« aus dem Lautsprecher schallte.

Türkisblaues Wasser, das an einen hellen Sandstrand gespült wurde. Palmen, die angenehmen Schatten spendeten. Überwiegend Leute in ihren Zwanzigern, die in knappen Bikinis und bunten Badeshorts in der Sonne brutzelten, in den Wellen planschten oder sich schon vor der Happy Hour die Kante gaben. Ein Radio, das von der Promenade aus mit genau diesem Lied die ausgelassene Szene untermalte. Und ich mittendrin. Damals war ich noch ein Student gewesen, der seine Semesterferien fernab von Zuhause voll und ganz ausgekostet hatte. Mit dem Kopf wippte ich zum Takt.

Chuck Berrys Einsatz ließ mich jedoch stirnrunzelnd innehalten.

Moment mal … Louisiana … New Orleans …

Ich riss die Augen auf und schnappte nach Luft. *Das ist es!* Plötzlich war es wieder da. Fahrig kramte ich Lances Erkennungsmarke aus der Weste hervor. Die Buchstaben und Zahlen der letzten Reihe – »NO-LA-70112« – waren die Abkürzung und eine Postleitzahl der Stadt New Orleans im US-Bundesstaat Louisiana. Lances Marke war dort registriert. *Und wofür war die mittlere Zeile noch gleich –*

Augenblicklich richteten sich die Härchen an meinen Armen und im Nacken auf. »AAHM23« – das war die Bezeichnung für »Animal and Human Mutation«. Erstmals war sie 2023 aufgetreten. Nur wenige Monate nach meinen Semesterferien, in denen mir die Rückreise, zurück zu meiner Familie, zu … Ava, verwehrt worden war. Eine Seuche. Der Grund für die Massenflucht. Und Lances Tod. Das ungute Kribbeln von vorhin war also eine Ahnung gewesen, was Lances Wunden verursacht haben könnte. Keine Klingen, sondern Krallen.

»Ein Kratzer und man ist infiziert.« Der Soldat mit dem obligatorischen Militärhaarschnitt und der sandfarbenen Uniform musterte jeden von uns der Reihe nach. Am längsten verweilte sein starrer Blick auf mir. Als wüsste er, dass mir seine Lektion scheißegal war, weil ich nur eins wollte: zurück nach Hause. Um jeden Preis. Selbst wenn ich dafür strammstehen und Befehle ausführen musste.

Sein rechtes Augenlid zuckte. Abrupt machte er auf dem Absatz kehrt und setzte seinen Vortrag fort. »Zwei Wochen und man meidet das Sonnenlicht. Hauchdünn und schleimig wie aufgelöste Gelatine spannt sich die Haut über den mutierten Körper. Ab diesem Zeitpunkt treibt der Hunger einen dazu, nichts außer Knochen übrig zu lassen …« Lance muss also kurz vor Sonnenaufgang …

Ein seltsames Geräusch riss mich aus meinen Gedanken. Weder klang es nach dem heulenden Wind, der dafür sorgte, dass immer wieder eine Ladung Sand gegen das Holz der Tür donnerte, noch kam es von der Jukebox. Vielmehr schien es von etwas Lebendigem ausgelöst zu werden. *O Mann!*

Intuitiv war meine linke Hand zu der Pistole in meinem Hosenbund gerutscht. Meine Finger schlossen sich um den Griff, während ich wie ferngesteuert eine abwehrbereite Position einnahm. Konzentriert scannte ich meine Umgebung ab. Diese Abfolge war mir mehr als vertraut, weil ich auf diese wirklich üble Bedrohung *Jagd* gemacht hatte – wie Lance. *Ha! Genau.* Das »H« nach »AAHM23« stand für »Hunter«.

Wieder dieses Geräusch – *Was ist das?* –, als ob hinter mir irgendetwas auf Holz scharren würde. In einer fließenden Bewegung zog ich die Waffe, entsicherte sie, und fuhr herum. Das leise Klicken beim Entsichern hallte unnatürlich laut in meinen Ohren wider. Es vermischte sich mit meinem rasenden Puls. Mit möglichst gleichmäßigen Atemzügen zielte ich auf die Geräuschquelle, die von den Bier- und Weinfässern zu kommen schien. Langsam schlich ich auf sie zu.

Einer der Fassdeckel saß locker und ließ sich nach innen drücken.

Hab ich dich.

Ich ging einen Schritt zurück und trat den Deckel ein. Aber anstatt den Abzug zu betätigen, ließ ich die Pistole im letzten Moment zu Boden fallen. Ein kleines Kätzchen starrte mich mit weit aufgerissenen blauen Augen an und ich starrte völlig perplex zurück.

Ohne mit der Wimper zu zucken, hätte ich eines dieser AAHM-Viecher abgeknallt, womit ich eigentlich gerechnet hatte … *aber eine Katze?*

Das Ding hätte blinde blutunterlaufene Augen, verfilztes Fell sowie lange skalpellscharfe Krallen und Fangzähne haben müssen. Es hätte mich, getrieben von seinem unstillbaren Hunger, angreifen und zerfleischen müssen. Stattdessen kauerte das kleine Kätzchen mit orange-weiß-getigertem Fell und riesigen klaren Augen in einer roten, nach Alkohol riechenden Pfütze im Inneren des Fasses. Das Tier triefte vor Rotwein und zitterte so stark, dass ich das Gesicht verzog und mitleidig aufseufzte.

Die winzigen, scharfkantigen aber alles andere als mörderischen Krallen hatte es in die Holzlatten des Weinfasses gegraben. In dem Versuch, sich zu befreien, löste es das Scharren aus, auf das ich aufmerksam geworden war. Nun fauchte mich das Kätzchen an. Es machte einen Buckel und seine Haare stellten sich auf. Fast, als wollte es sagen, dass ich genug geglotzt hatte und es gefälligst aus seiner misslichen Lage befreien sollte.

»Schön. Du bist ganz offensichtlich keine Mutation.« Demonstrativ reckte ich beide Hände in die Höhe. »Ich helfe dir. Aber glaub bloß nicht, dass das ein Freifahrtschein für dich ist, deine Krallen - und wenn sie noch so winzig sind - in mir zu versenken, kapiert?«

Auch wenn ich von dem Kätzchen sehr wahrscheinlich nichts zu befürchten hatte, wollte ich es auf keinen Fall mit bloßen Händen anfassen. Es könnte trotzdem infiziert sein.

»Ich bin übrigens Johnny ... glaube ich.« Ich rieb mir den Nacken. »Keine besonders lange, aber komplizierte Geschichte. Jedenfalls ist das der einzige Name, an den ich mich in Bezug auf mich erinnern kann - und wie heißt du?«, fragte ich, ohne eine Antwort zu erwarten, und sah mich gleichzeitig nach einem Geschirrtuch oder etwas Ähnlichem um - *in dem Schrank unter der Spüle war doch was* -, in das ich das Kätzchen wickeln könnte. Zum Ruhigstellen in erster Linie. Zum Abtrocknen in zweiter.

Dabei blieb mein Blick an Lances Pistole hängen. Etwas Weißes ragte aus der Mündung. Meine Augenbrauen wanderten himmelwärts. »Mooomentchen noch.« Das Kätzchen jaulte leise, und beschwichtigend fügte ich hinzu: »Johnny muss sich das hier erst genauer anschauen.«

Mit angehaltenem Atem hob ich die Waffe auf und entfernte das Magazin, in dem sich nur noch eine letzte Kugel befand. Dem Gnadenschuss vorbehalten. Mir entwich ein bitteres Lachen. *Ein Glück, dass ich nicht abgedrückt habe.*

Erst als ich das Magazin zurückgeschoben und den Sicherungshebel über dem Griff nach unten gedrückt hatte, schaute ich in den Lauf. In der Mündung steckte ein zusammengerolltes Zigarettenpapier. *Deshalb der lose Tabakhaufen im Etui*, dachte ich, als ich es herauszog und entrollte. Auf dem transparenten Papier stand:

06-22-2027-20-29

Darunter hatte Lance eine knappe Wegbeschreibung geschmiert. Etwa eine halbe Meile von der Stelle entfernt, an der ich ihn gefunden hatte, würden mich die Stichpunkte zu einem unterirdischen Gebäudekomplex führen. Den krakeligen Buchstaben nach zu urteilen, hatte er das verfasst, kurz bevor er attackiert worden war.

Ich schluckte schwer. Dann hatte er die Pistole absichtlich nicht gezogen. Er muss gewusst haben, dass er es nicht mehr schaffen, dafür aber jemand anderes auf seine Hinweise stoßen und vor allem die letzte Kugel benötigen würde. Dieser Jemand war ich. Da mir die Einzelheiten unseres Auftrags immer noch entfallen waren und ich Lance schlecht danach fragen konnte, musste ich wohl oder übel auf eigene Faust herausfinden, was genau ich mit der Zahlenkombination am Zielort machen sollte.

Fiepend und mit einem weiteren Scharren erinnerte mich das Kätzchen daran, dass es auch noch da war.

»Ist ja gut«, murrte ich und ließ das Zigarettenpapier in der Hosentasche zu dem Kugelschreiber verschwinden. Die Pistole steckte ich wieder in den Bund meiner Hose. Aus dem Schrank unter der Spüle nahm ich ein Geschirrtuch vom Stapel und näherte mich dem kleinen Schreihals.

Einmal gefaltet, breitete ich das Tuch über Köpfchen und Buckel aus. »Gleich ist es geschafft, kleiner Kerl – oder Kerline?« In ruhigem Tonfall redete ich auf das Kätzchen ein und packte es am Nacken. Während es starr wurde und ein überraschtes Maunzen von sich gab, zog ich mit der anderen Hand vorsichtig an den Pfoten und befreite die Krallen aus den Holzlatten. »Ich finde ja, dass du einen Namen vertragen könntest. Irgendwelche Vorschläge?«, setzte ich mein Beruhigungs-Überlegungs-Gemurmel fort.

Mit einem »Na, siehst du? War doch gar nicht so schlimm!« schlang ich das Tuch um den gesamten Katzenkörper, der perfekt in meine Handflächen passte. Ich hob das Kätzchen aus dem Weinfass und drückte es an meine Brust. Sanft rubbelte ich mit dem Geschirrtuch über das nasse Fell. Anfangs noch widerspenstig, entspannte sich das Kätzchen unter der Streicheleinheit in meinen Armen. Wieder trocken legte ich das warme Bündel auf dem Boden ab.

Als ich das Tuch zurückschlug, entdeckte ich eine kleine Ausbuchtung am Hinterteil des Kätzchens. »Kerlchen also.«

Dann wickelte ich das Tuch so um ihn, dass nur noch das orange-weiß-getigerte Köpfchen hervorlugte. Er sah aus wie ein Burrito – ein schnurrender noch dazu. Grinsend verkündete ich: »Purr-rito.«

Ein erstaunlich kräftiges Niesen war die Antwort.

»Sag bloß, dir gefällt der Name nicht.« Ich stupste Purr-ritos rosa Näschen an, was einen zweiten Nieser hervorrief und mich endgültig zum Lachen brachte.

Das letzte bisschen Wasser aus der Feldflasche flößte ich Purr-rito ein. Danach zweckentfremdete ich die Flasche zum Flachmann und stärkte mich selbst mit einem großen Schluck Bourbon. Seitdem der Sandsturm von einem Wimpernschlag auf den anderen abgeklungen war, hatte sich wieder eine gespenstische Stille über C.O. City gelegt. Und so hatte ich beschlossen, mich zusammen mit Purr-rito nach draußen, zurück an die Oberfläche, zu wagen. Zusammen würden wir dafür sorgen, dass Lances Tod nicht umsonst gewesen war.

Gnadenlos brannte die Nachmittagssonne vom stahlblauen Himmel auf uns herunter. Ich schirmte meine Augen ab und schlängelte mich an umgekippten Strommasten und Laternen vorbei. Alles war mit einer frischen Schicht Sand bedeckt. Stellenweise befreite ich Warnschilder mit Aufschriften wie »DANGER« und »CONTAMINATION« davon. Purr-rito, der das Köpfchen aus der Brusttasche der Weste gestreckt hatte, zuckte neugierig mit den Ohren. Die Aufschrift »BEWARE OF DOGS – DOGS WILL BITE« entlockte ihm sogar ein Miauen. Mit der Zeit überwog jedoch sein gleichmäßiges, tiefer werdendes Schnurren, das an meiner Brust vibrierte. Er war eingeschlafen.

Offenbar hatte das kleine Fellbündel seinerseits beschlossen, dass ich mir sein Zutrauen verdient hatte. Durchströmt von einer Wärme, die nichts mit der von außen zu tun hatte, breitete sich ein albernes Lächeln auf meinen Lippen aus.

Lances Wegbeschreibung lotste mich zu einer eingestürzten Brücke. Auf der ehemaligen Schnellstraße darunter waren die Fahrzeuge wie Blechdosen zerquetscht worden. Zwischen den Betonpfeilern und -trägern erfasste ich ausgebrannte Wracks. Rechts und links von der Brücke hatten sich noch mehr Karosserien in sechs, teilweise sieben Reihen je Fahrtrichtung ineinander verkeilt.

Das Lächeln auf meinen Lippen erstarb. Welche Ängste und Qualen die Menschen in diesem Chaos wohl durchlitten hatten? Ich wollte es mir gar nicht so genau ausmalen. Trotzdem tat ich es. *Die gesichtslosen Menschen verwandelten sich in Mom und Dad. Meinen kleinen Bruder Jamie. Ava, ohne die mir das Leben sinnlos erschien.*

In meiner Vorstellung versuchten sie aus der Stadt zu fliehen, während ich mir mehr als tausend Meilen entfernt, umgeben von lauter Fremden, ein Wettsaufen am Strand lieferte. Meinen Kummer über Avas Trennung in Alkohol ertränkte. Aus dem Trichter stieg er mir direkt zu Kopf.

Erst am darauffolgenden Vormittag, als ich meinen Rausch ausgeschlafen hatte, drang aus den Nachrichten zu mir vor, was sich Zuhause abspielte: Epizentrum, Strahlung, Sperrgebiet.

Obwohl ich sofort meine Taschen packte und zum Flughafen hetzte, kam ich zu spät. Die Grenzen waren bereits dicht, weder Ein- noch Ausreise möglich.

Ich hatte sie im Stich gelassen. Was mir wiederum selbst einen Stich versetzte und mich aufkeuchen ließ. Bis heute wusste ich nicht, was mit ihnen passiert war. Nur, dass es mehr als eine Massenflucht gegeben hatte. Die erste während der Explosion und die zweite, als die Seuche ausbrach. Unwahrscheinlich, dass sie beides überlebt hatten, wenn ich mir die Zerstörung ansah. Das, was von meinem Zuhause übrig geblieben war. Tränen brannten in meinen Augen, doch ich würgte sie hinunter, weil sie mir das, was ich verloren hatte, nicht zurückbringen konnten.

Über die Autodächer hinweg kletterte ich zu den Bahngleisen am anderen Ende der Brücke und erreichte schließlich ein weitläufiges Gelände, das mit kastenförmigen Ruinen gespickt war. Es war seltsam, dass Glasscherben, Schutt und jede Menge Sand unter meinen Sohlen knirschten, wo einst hohe Bäume Schatten gespendet sowie Rasenflächen und Bänke die Wege gesäumt hatten. Auf einer dieser Bänke, nahe der Universitätsbibliothek, vor einer mächtigen Eiche, war mir Ava zum ersten Mal aufgefallen. Stundenlang hätte ich sie dabei beobachten können, wie sie ihr Notizbuch mit ihren Gedanken füllte. Ich blinzelte und Ava, die sich in einer abwesenden Geste eine Haarsträhne aus dem Gesicht strich, löste sich in Nichts auf. Stattdessen starrte ich auf die Überreste einer Zuschauertribüne, die zu einem Footballfeld gehörte – Lances letzter Stichpunkt. Mein Ziel war der ramponierte Betonklotz hinter mir, dem ich mich nun zuwandte.

Die zerborstenen Fensterscheiben erleichterten mir den Einstieg in das Gebäude. Zu meiner Enttäuschung begegneten mir im Inneren mal wieder nur eingerissene Wände und Schuttberge. Geschredderte Möbelstücke und Elektrogeräte waren überall verstreut. Auch eine Etage tiefer fragte ich mich, was das Besondere an den grauen, schmucklosen Gängen sein sollte. Aber immerhin war es deutlich kühler und sandfreier als an der Oberfläche. Wohlig seufzte ich auf.

Je weiter ich mich von der Treppe und dem Tageslicht entfernte, desto dunkler wurde es. Bis ich meine Hand nicht mehr vor Augen sehen konnte. Purr-rito zappelte im Schlaf und Lances Fernglas – oder war es ein Nachtsichtgerät? – in der anderen Brusttasche bewegte sich mit. Wie ich war Lance ein AAHM23-Jäger gewesen und die Viecher Ausgeburten der Finsternis. Ich zog das Gerät aus der Weste hervor und hielt es mir an die Augen. Tatsächlich. Durch die Linsen zeichneten sich die Wände und Sockelleisten, ja sogar die Unregelmäßigkeiten im Beton in schummrigen Grüntönen ab.

Sechs Stockwerke tiefer nahm ich zum ersten Mal den Geruch nach Fäulnis und Tod wahr. Ich rümpfte die Nase. Dann hörte ich ein Piepen, gleichzeitig blinkte Licht auf. Abrupt blieb ich stehen. Auf dem glatten Bodenbelag gaben meine Sohlen ein lautes Quietschen von sich und ich zuckte zusammen.

Vorsichtig spähte ich um die Ecke und damit in den Gang, der mich zurück zum Treppenhaus führte. Wieder piepte es. Rotes Licht traf auf nackten Beton. Es drang neben einem schrankähnlichen Objekt am Ende des Gangs aus der Wand. Mit dem Nachtsichtgerät vor meinen Augen machte ich einen Getränkeautomaten aus – gefüllt mit Cola-Dosen – gute zwanzig Yards unter der Erde. Irritiert blinzelnd flüsterte ich: »Das ist ein Scherz, oder?«

Risse, wie bei gesprungenem Glas, hatten sich über die ganze Wand ausgebreitet. Als ich näher herantrat, fielen mir die Kratzspuren im Boden auf, und, dass der Automat mindestens einen Fuß breit vor der Wand stand, in der ein Loch klaffte. Eins und eins zusammengezählt deutete das darauf hin, dass der sperrige Kasten des Öfteren verschoben worden war. Dem beißenden Geruch nach zu urteilen, der aus dem Loch waberte, hatte ich die Quelle allen Übels lokalisiert. Mein Bauchgefühl sagte mir, dass das, was sich dahinter befand, Lances Grund war, für eine Zahlenkombination mit seinem Leben zu bezahlen. Und wenn ich nicht nachsah, würde es keiner tun. Außerdem wollte ich unbedingt wissen, was hier eigentlich abging.

»Beweg dich nicht vom Fleck. Johnny ist gleich wieder da.« Mit diesen Worten platzierte ich den nach wie vor schlafenden und in das Geschirrtuch eingewickelten Purr-rito auf dem Boden. Dann drückte ich mein gesamtes Gewicht gegen den Getränkeautomaten und schob ihn zur Seite.

Durch den freigelegten Schacht, der vermutlich mal der Luftzirkulation gedient hatte, rutschte ich noch tiefer ins Erdinnere. Unten angekommen war ich von Kopf bis Fuß mit einer schleimigen Substanz besudelt. Zäh und klebrig haftete sie an Haaren, Haut und Kleidung. Darüber hinaus stank das Zeug bestialisch. Angewidert verzog ich das Gesicht. »*Was zur Höl–*« Sogleich schlug ich mir eine Hand vor den Mund und atmete flach, bei dem Anblick, der sich mir durch das Nachtsichtgerät bot: Eine riesige unterirdische Halle voll mit AAHM-Viechern. *Ein verdammtes Nest.*

Träge räkelten sie sich um eine metallene Säule, die wie ein Obelisk in ihrer Mitte aufragte. Die schwere, feuchtwarme Luft war von ihren surrenden Atemzügen erfüllt. Erneut piepte es, und zusammen mit dem elektronischen Ton flammte das Licht auf; tauchte die Mutationen in einen glänzend roten Schein. Das Licht selbst stammte von einem Bildschirm an der Säule. Unmissverständlich zog mich die unsichtbare Schnur dorthin, ob ich wollte oder nicht.

In meinen Gehörgängen wummerte und rauschte es. Mich überkam das blanke Grauen. Es war nur eine Frage der Zeit, bis die Kreaturen aus ihrem Dämmerzustand erwachen und meine dürftige Schleim-Tarnung auffliegen würde. Kein noch so bestialisch stinkender Schleim konnte über meinen Geruch nach Schweiß und generell Mensch hinwegtäuschen. *Der reinste Selbstmord.* Aber ich durfte nicht kneifen. Nicht jetzt, so kurz vor dem Ziel. Nicht, wenn ich ein Versprechen abgegeben hatte und es diesen Auftrag zu erledigen galt. Aus irgendeinem Grund war er wichtig. Wichtiger als ein einzelnes Leben wie Lances ... oder meins.

Schmatzend versanken meine Stiefel in der Substanz, die sich auch am Boden angesammelt hatte und in langen Fäden von der Decke tropfte. Zu meinen Füßen schälten sich spitze Hüft- und Schulterpartien aus dem Glibber. Kleidungsfetzen bedeckten nur das Nötigste und gaben den Blick auf hervortretende Wirbel und Rippen frei. Auf Totenkopffratzen, knochige Gliedmaßen sowie Finger und Zehen, denen Krallen entwuchsen.

Das alles waren einmal Menschen gewesen.

Zitternd und schnaufend bahnte ich mir einen Weg zum Hallenzentrum. Übelkeit stieg in mir auf, als ich an Jamie oder an Ava dachte – wenn einer dieser bis zur Unkenntlichkeit ausgemergelten Körper der ihre war.

Mit mehr Glück als Verstand fand ich mich vor der Säule wieder, ohne einem der Viecher auf den Schlips getreten zu haben. Der Bildschirm sandte weiterhin in regelmäßigen Abständen sein rotes Signal mitsamt des nervtötenden Pieptons an seine Umgebung ab. Während der Hintergrund für ein paar Sekunden komplett schwarz wurde, blieben die zwölf weißen Striche, die mich aufforderten, einen Code einzugeben, an Ort und Stelle. Das war die Zahlenkombination also – ein Code. Aber wofür? Was löste er aus? Warum wusste ich das immer noch nicht?

Ich pfriemelte das Zigarettenpapier aus meiner Hosentasche und drückte auf die freie Fläche über dem ersten Strich. Sofort erschien ein weiß umrandetes, halb durchsichtiges rotes Fenster mit einem Nummernfeld. Drei mal drei Felder, von der Neun in der rechten oberen Ecke zur Eins in der linken unteren. Die Null stand allein und mittig unter der Zwei. *Dann wollen wir es mal zu Ende bringen. Hoffentlich fliegt mir nicht gleich alles um die Ohren.* Das Schmunzeln über meine eigene sarkastische Bemerkung fiel in sich zusammen, wie Avas Lächeln an jenem Tag, als sie sich von mir getrennt hatte. *»Hör auf! Das ist nicht lustig! DU bist nicht lustig! Ich ertrage das nicht mehr! Ich ertrage DICH nicht mehr!«*

Tief einatmend ließ ich meine Fingergelenke knacken, dann besann ich mich des Gestanks und atmete wieder flach. *Es tut mir leid, dass ich dich nicht ernst genommen habe, als du es am meisten gebraucht hast. Endlich habe ich es begriffen. Ich weiß jetzt auch, warum ich unbedingt nach Hause wollte: Ich dachte, ich tu's für dich. Dabei habe ich nur an mich gedacht. Wie immer. Das habe ich die ganze Zeit, als wir zusammen waren. Vielleicht ist das hier das erste Mal, dass ich nicht nur an mich denke.* Ich wählte die erste Zahl aus.

In exakt dem Moment, in dem ich auf die letzte Ziffer tippte, schwoll das Piepen zu einem durchdringenden Sirenengeheul an. Mir klingelten die Ohren. Es war keine Überraschung, dass etwas passieren würde. Nur, was letztendlich passierte, ergab für mich keinen Sinn. *Was habe ich getan?* Fassungslos starrte ich auf den Bildschirm. Mein Herzschlag setzte für den Bruchteil einer Sekunde aus, was ich von den rückwärts ablaufenden Minuten und Sekunden auf dem Display nicht behaupten konnte. Einmal ausgelöst, war der Countdown nicht mehr zu stoppen.

00:59:37

Jetzt waren es nur noch neunundfünfzig Minuten und sechsunddreißig Sekunden. Fünfunddreißig. Vierunddreißig ... Unter das Ohrenklingeln mischte sich eine widerwärtig feuchte und saugende Geräuschkulisse. Die Mutationen regten sich. *Das ist übel. Richtig übel.*

Eventuell war es nicht meine beste Entscheidung gewesen, diesen Auftrag zu beenden, ohne vorher Bescheid zu wissen, dass ich damit alle AAHM-Viecher in diesem beschissenen Nest aufscheuchen würde. Und was eigentlich geschah, wenn der Countdown abgelaufen war. Ich hätte einfach den Getränkeautomaten plündern und mich mit Purr-rito aus dem Staub machen sollen, als ich noch die Möglichkeit dazu gehabt hatte. *Ach verflucht, ich lerne aber auch wirklich gar nicht dazu.*

Völlig fertig, schleimig und blutend, aber immerhin noch in einem Stück, kämpfte ich mich durch das Loch zurück in den Gang mit dem Getränkeautomaten, meine Faust fest um Lances Feuerzeug geschlossen. Es hatte mich davor bewahrt, in Stücke gerissen zu werden, nachdem mich erst eine Mutation kurz vor dem Schacht an den Knöcheln gepackt, mich mit sich geschleift und eine zweite mir dann das Nachtsichtgerät aus der Hand geklaubt hatte. Erstere hatte sich lediglich in den robusten Stoff meiner Hose verkrallt, während Zweitere ihre scharfen Krallen in meinen Unterarm versenkt hatte.

Viel zu nah waren sie gewesen. Fauliger Atem hatte meine Wangen gestreift. Brüllend vor Schmerz und Wut hatte ich ihnen die kleine, wild flackernde Flamme unter die nicht mehr vorhandenen Nasen gerieben. Ihre milchigen, rot geäderten Augen weit aufgerissen und die Fangzähne gebleckt, waren sie kreischend nach hinten gewichen und über ihre Artgenossen gestolpert. Instinktiv hatte ich gewusst, dass die Kreaturen neben dem Verhungern und dem Sonnenlicht nichts mehr fürchteten als Feuer.

Den verletzten Arm auf Brusthöhe angewinkelt und den gesunden mit dem Feuerzeug nach vorn ausgestreckt, hatte ich mir die beiden Viecher, die mich angegriffen hatten, sowie die Nachzügler, die sich ebenfalls auf mich stürzen wollten, vom Leib halten können.

Schließlich war ich rückwärts in den Schacht geklettert. Aufgeputscht durch das Adrenalin in meinem Blut hatte ich die Längsseiten meiner Stiefel, meine seitlichen Unterschenkel und Ellbogen gegen die Lüftungsschachtelemente gepresst, und mich so Stück für Stück nach oben gestemmt.

Schwerfällig richtete ich mich auf. Purr-rito schoss mit angelegten Ohren auf mich zu. Er hatte sich aus dem Geschirrtuch entwirrt und drückte sich verschreckt fauchend an mein Bein. Offenbar setzten ihm der Lärm und die irre Lichtershow zu. Im Sekundentakt blinkte es diesmal von Warnmeldern an der Decke rot auf, mindestens dreimal so schnell und hell wie vorhin. Das Feuerzeug verstaute ich in meiner Hosentasche. »Hey, Kumpel«, brachte ich keuchend hervor. »Ich freue mich auch, dich wiederzusehen, echt Mann, aber dafür haben wir jetzt keine Zeit.«

Dennoch ließ ich es mir nicht nehmen, dem Getränkeautomaten vor unserem Abgang einen heftigen Tritt zu verpassen.

Ich hatte ihn an seinen ursprünglichen Platz vor dem Schacht geschoben. Die zitternden Dosen hinter der Glasscheibe hatten mich einfach angelacht – mehr hatte ich zu meiner Verteidigung nicht zu sagen. Zwei davon kippten über die Spiralen und landeten im Ausgabefach. Zischend wickelte ich mir das Geschirrtuch um den verletzten, dumpf pochenden Arm. Dann schnappte ich mir Purr-rito und eine Cola-Dose. Doch bevor ich die zweite zu fassen bekam, polterte es aus dem Schacht und der Getränkeautomat geriet bedenklich ins Wanken.

»Okay, scheiß drauf.« Mit quietschenden Sohlen hechtete ich los, zurück an die Oberfläche. Und zum Sonnenlicht, durch das ich die Horde Bluthunde hoffentlich abschütteln konnte. »Die Schmuseeinheit holen wir später nach.« Zu blöd, dass es kein Später geben würde, wenn ich an meine Wunde dachte.

Die Sonne war bereits im Begriff, unterzugehen, als ich mit Purrrito und der Cola-Dose im Arm aus dem Gebäude rannte. Schätzungsweise blieben uns fünfzehn Minuten, bis die letzten Strahlen hinter dem Horizont verschwunden sein und die Mutationen unsere Verfolgung wieder aufnehmen würden. Wenn überhaupt. Es war praktisch unmöglich, in dieser kurzen Zeitspanne aus der Stadt herauszukommen. Ein viel zu langer Fußmarsch trennte uns von dem Ortsschild, das fernab vom Schuss Sicherheit versprach. Nur mit einem fahrbaren Untersatz könnten wir es rechtzeitig dorthin schaffen.

Mit einem fahrbaren Untersatz, wie die Schrottkarre in der nahegelegenen Tiefgarage einer war.

Der Wagenbesitzer musste den alten Ford Taunus fluchtartig verlassen haben; anders konnte ich mir nicht erklären, warum im Zündschloss unter dem Lenkrad noch der Schlüssel steckte und die Fahrertür sperrangelweit offen stand.

»Wie war das mit dem Freifahrtschein?« Purr-ritos Krallen hatten sich in meinem Shirt verfangen. Er stieß einen herzzerreißenden Laut aus, als ich ihn von meiner Brust pflückte und durch das zerbrochene Seitenfenster auf die Rückbank verfrachtete. Dann klemmte ich mich selbst hinter das Steuer und ließ die Dose auf den Beifahrersitz rollen.

Etwas Weiches stupste meinen Ellbogen. »Hey, Kumpel.« Sanft schob ich Purr-rito zurück. »Ganz ruhig. Ich hol uns hier raus.« Sein kleiner Körper bebte und er hatte den Schwanz eingezogen. Diesmal verharrte er auf dem Platz, den ich ihm zugewiesen hatte. »Was hältst du von einem Freifahrtschein aus C.O. City?«

Die Tür knarrte, als ich sie zuzog, und der rote Lack blätterte unter meinen Fingern ab. Ich drehte am Schlüssel; der Motor orgelte, sprang aber nicht an. Da löste sich ein Schatten von einem der Pfeiler, die die Parkplätze säumten. Bleiche Haut blitzte zwischen den anderen zurückgelassenen Fahrzeugen auf. Ich erstarrte, und das eintönige Geräusch des Motors erstarb. Noch lauerte die Mutation. Und noch drangen die letzten goldenen Sonnenstrahlen durch die löchrige Decke der Tiefgarage. Wir konnten es schaffen. Vorausgesetzt, der Motor war nicht vollkommen hinüber.

Das Herz schlug mir bis zum Hals, als ich den ersten Gang einlegte und die Kupplung durchtrat. Mit einer schnellen Bewegung aus dem Handgelenk heraus drehte ich den Schlüssel erneut um die eigene Achse. Dabei schoss ein derart stechender Schmerz durch meinen verletzten Arm, dass ich Sterne sah. Schmallippig ließ ich die Kupplung kommen. Und mit dem Fuß auf dem Gaspedal verwandelte sich das Orgeln endlich in ein dröhnendes Heulen, in das ich gleich mit einstieg: »SCHEISSE JA, GENAU DAS WOLLTE ICH HÖREN!«

Ich manövrierte uns an den Autos vorbei und raste direkt auf die Ausfahrt zu. Doch dann passierten mehrere Dinge auf einmal: Die Sonne verschwand und die Tiefgarage wurde in Zwielicht getaucht. Schrilles Kreischen hallte von den Betonwänden wider. Unser Fluchtfahrzeug schaukelte, als die Kreatur auf das Heck sprang. Blech ächzte. Die Reifen verloren an Bodenhaftung und quietschten. Verzweifelt lenkte ich gegen. Ehe ich mich umdrehen oder irgendetwas tun konnte, hörte ich Stoff reißen und Purr-rito miauen. Dann war es plötzlich still.

Nach knapp vier Meilen ging mir der Sprit aus. Stotternd kam der alte Ford Taunus auf der Anhöhe mit dem Schild zum Stehen. Seitdem meine Beine dort im Sand nachgegeben hatten, waren nicht einfach nur ein paar Stunden verstrichen. Nein, es waren drei Leben verstrichen: Lances bei einer letzten Zigarette. Purr-ritos auf dem Rücksitz, gepackt von einer Mutation. Und meines. Während ich im halsbrecherischen Tempo eine freie Seitenstraße entlang gebrettert war, hatte ich das Feuerzeug noch einmal gezückt und an dem Rädchen gedreht. Die Flamme hatte das Viech aus dem Konzept gebracht; es war vom Heck des Wagens gestürzt. Trotz des kleinen Sieges änderte es nichts an der Tatsache, dass mein Todesurteil längst unterzeichnet war. Ich war mit der Seuche infiziert. Ich würde zu einem von ihnen werden.

Eine einzelne Träne löste sich aus meinem Augenwinkel. Resigniert wischte ich sie weg und nahm die Cola-Dose vom Beifahrersitz in die Hand. Durch die nicht mehr vorhandene Windschutzscheibe blickte ich nach oben. Die ersten Sterne leuchteten am dunkelblauen Himmel auf, während die letzten Sonnenstrahlen die Trümmer vor mir in einen rötlich-goldenen Schimmer hüllten. Gerade wollte ich die Dose öffnen und sie für uns drei heben, als die Sonne endgültig unterging, und mich ein gleißend helles Licht blendete.

Ich sah die Explosion, noch bevor der ohrenbetäubende Knall ein unerträglich hohes Fiepen hervorrief. Noch bevor ich einen seltsam metallischen Geschmack im Mund hatte. Und noch bevor mir klar wurde, dass ich mein Todesurteil selbst unterzeichnet hatte. Um mich mit eigenen Augen davon zu überzeugen, dass ich meine Familie und Ava nicht mehr retten konnte, hatte ich diesen Auftrag angenommen. Es war meine Aufgabe gewesen, die Bombe zu aktivieren. Dass ich dabei überlebe war nie vorgesehen gewesen.

Gebannt verfolgte ich, wie der Feuerball höher und höher stieg und eine mächtige Staubwolke mit sich riss. Der Boden erzitterte. Ein tiefes Grollen vibrierte in meiner Brust. Schwer zu sagen, ob von der Detonation, aus Angst oder Erlösung. Die letzte Kugel in der Pistole war die ganze Zeit für mich bestimmt gewesen. Mein Gnadenschuss im Feuerregen, bevor ich von der Druckwelle erwischt werden würde.

ZWÖLF STUNDEN SPÄTER

Erfrischungsgetränk löst Explosion aus

Dienstag, 06/22/2027, 20:29 Uhr, ehemals Chicago, USA, Sperrgebiet. Vier Jahre nach der verheerenden Explosion einer Atombombe im Michigansee, wird die einstige Großstadt von einer weiteren Explosion erschüttert.

Den Auswertungen der Satellitenbilder zufolge hat sich ein AAHM23-Jäger etwa eine Stunde zuvor Zugang zu einem Gebäude auf dem ehemaligen Campus der »Illinois Institute of Technology« verschafft. Laut dem AAHM23-Jäger-Vorstand sei der junge Mann von einer Privatperson angeheuert worden. Um wen es sich dabei handelt, konnte bislang nicht zurückverfolgt werden.

Was genau zu der Explosion geführt hat, ist ebenfalls noch unklar, aber die Satellitenaufnahmen dokumentieren, wie der Jäger das Gebäude um 20:11 Uhr mit einer Getränkedose und einer Katze fluchtartig verlässt.

Wie bei der Atombombe im Jahr 2023 ist alles im Umkreis von 20 Meilen zerstört worden. Außergewöhnlich ist, dass kein nuklearer Sprengsatz zum Einsatz gekommen ist. Trotz der optischen Ausmaße sind die Strahlenwerte im Sperrgebiet rund um die US-Bundesstaaten Michigan, Wisconsin, Illinois, Indiana und Ohio sowie die kanadische Provinz Onta-

rio konstant geblieben. Dafür hat die Bombe während der Explosion eine so hohe Frequenz freigesetzt, dass alle AAHM23-Organismen im Umkreis an sofortigem Multiorganversagen verendet sind.

Dass der Jäger und die Katze auch zu den Opfern zählen, ist wahrscheinlich. Feststeht, dass eines der größten AAHM23-Nester vernichtet worden ist, und damit eine der größten Bedrohungen für die zivile Bevölkerung eingedämmt werden konnte. Nun gilt es zu klären, wem genau wir diese selbstlose Tat zu verdanken haben.

Danke Genevieve X. Martin, du gibst mir das Gefühl,
dass meine Worte von Bedeutung sind.

SAM JACKSON

JOHNNY'S SANDKUCHEN

250g Butter
150g Zucker
1 Prise Salz
4 Eier
250g Mehl
2 TL Backpulver
1 Schuss Whisky/Bourbon
(oder eine andere beliebige Spirituose wie z.B.
Rum, Amaretto, Limoncello, Eierlikör, etc.)
etwas Butter/Kokosöl und
Mehl/Kokosraspeln für die Form

1. Kuchenform mit Butter/Kokosöl einfetten und mit Mehl/Kokosraspeln bestäuben bzw. gleichmäßig verteilen (so löst sich der Kuchen später von ganz allein aus der Form).
2. Weiche Butter mit Zucker und Salz schaumig schlagen. Die Eier einzeln unterrühren (macht den Teig richtig fluffig). Mehl mit Backpulver mischen und zum Teig geben. Für den Extra-Geschmack einen Schuss Whisky oder eine andere beliebige Spirituose.
3. Den Teig in die vorbereitete Kuchenform füllen und bei 170°C Grad Ober-/Unterhitze etwa 40–50 Minuten backen, bis sich eine goldbraune Kruste gebildet hat und mit der Stäbchenprobe kein Teig mehr hängen bleibt.
4. Nach dem Abkühlen lassen und Stürzen kann man den Kuchen noch mit Puderzucker oder Schokoladenguss garnieren, wenn man es süß mag.

KATHARINA SPRING

DER STICH EINER ROSE

Hand am Bogen, Blick fixiert. Einatmen, dann loslassen. Die Sehne schnellt zurück, der Pfeil schießt in die Ferne, irgendwohin, zwischen Felsen und Bäume. Hier auf dieser Klippe kann die Kriegerin alles überblicken. Die Wellen, den Horizont. Sie sieht immer noch die Bilder vor sich. Das unruhige Meer, die dunklen Wolken, die Bäume, die hektisch gegeneinander schlagen. Die Angst, die sich in den Augen der Menschen spiegelt. Zitternde Tiere und Kinder, die wie weggetreten wirken. Es ist zu viel für ihre jungen Herzen. Doch nicht für das der Kriegerin. Sie ist gerannt und hat gekämpft, mit Schwert, Speer und Pfeil und Bogen. Die Wunde oberhalb ihres Wangenknochens blutet noch. Ihre Blicke huschen hin und her, aus Angst vor einer weiteren Falle. Doch mittlerweile lockert sich ihre zusammengeballte Hand. Sie atmet wieder. Stille hängt wie schwerer Nebel über der Insel, nur der Wind flüstert ihr noch zu. Seit dem Moment, in dem sie den letzten Pfeil abgeschossen hat, weiß sie: Es ist vorbei.

Dunkelrote Rosen mit sonderbar schwarz gefärbten Blütenrändern: Solche hatte Livia noch nie gesehen. Sie rankten sich um einen Stein, der mitten im Wald aus dem Boden ragte. Er hatte eine klare Form und mit seinen geraden Kanten sah er fast wie ein Grabstein aus, umhüllt von Lichtstrahlen, geschmückt mit diesen ungewöhnlichen Blumen. Livia legte den Kopf schief. So ein Stein, schon sonderbar …

Hier war sie bisher nie gewesen. Irgendetwas hatte dieser Ort an sich, als würde eine vergessene Seele um ihn herumschweben. Solche Rosen … Die Stimmen in ihrem Hinterkopf, die sie hierher geführt hatten, wurden leiser.

Livia streckte die Hand nach einem der Gewächse aus, um es genauer zu betrachten. Doch in dem Moment, in dem sie die samtige Oberfläche der dunklen Blüte berührte, durchzuckte sie ein heftiger Schmerz. Wie ein Blitzschlag fuhr er bis zu ihrem Herzen und hinterließ dort ein stechendes Gefühl, tausend Nadeln gleich. Ihre Hand zuckte zurück, Livia war wie gelähmt. Sekunden später, die sich für sie wie eine Ewigkeit anfühlten, erweckte der Schmerz Adrenalin in ihr und ließ sie rennen. Egal wohin, Hauptsache weg. Nicht mal ein Stich an einem Dorn tat so weh wie das, was sie gerade verspürt hatte! Und das war kein Dornenstich gewesen.

Sie duckte sich unter Ästen weg, Haare fielen in ihr Gesicht und einige Male wäre sie fast gestolpert. Sie wusste nicht, wo sie war. *Links, rechts. Wo kam dieser Baum her? Verdammt, diese dämlichen Wurzeln!*

Nach Minuten des Umherirrens erreichte sie den Strand. Vor ihr lag das ruhige Meer, links ein riesiger Hafen, rechts wuchsen Klippen in den Himmel und thronten über der Insel, auf der ihre Familie schon seit Urzeiten lebte.

In ihrem Rücken lag der Wald und dahinter das kleine Dorf, das sie ihr Zuhause nannte. Sie hatte es am Vormittag verlassen, um einen Spaziergang zu machen. Hatte nicht gemerkt, wie die Zeit vergangen war, und war tiefer und tiefer in den Wald gegangen. Erst, als sie auf das Grab gestoßen war, hatte Livia die länger werdenden Schatten bemerkt: Es war später Nachmittag geworden.

Unregelmäßige Atemstöße plagten sie, ihre Seiten stachen so sehr, dass sie kaum Luft holen konnte. Schließlich erblickte sie einen Steg.

Hinsetzen, Liv. Einfach nur hinsetzen. Komm schon, entspann dich. Alles ist gut.

Langsam wurde ihre Sicht schärfer und sie versuchte zitternd, ihren Atem unter Kontrolle zu bringen. Etwas Blut tropfte von ihrem Finger und löste sich im Meer. Wieso blutete sie? Es war doch nur die Blüte der Rose gewesen, die sie berührt hatte! Und das schon vor mehreren Minuten.

Livia verlor sich in ihren Gedanken. Eine warme Brise umwehte sie, Wellen schlugen gegen den Steg, während sie den Lauf der Sonne gen Westen beobachtete.

Irgendwann, nach zwanzig oder vierzig Wellenschlägen, nahm sie ein Knarzen am Steg wahr. Zügige Schritte, die näher kamen. Ihre Muskeln spannten sich an, doch dann zeichnete sich auf der Wasseroberfläche ein Schatten ab, der ihr bekannt war: Breit gebaut, mittelgroß, lockige Haare. Es war Evan, ihr Kindheitsfreund. Vorsichtig ließ er sich neben ihr nieder. Mit hochgezogenen Augenbrauen und besorgtem Blick fragte er: »Hey, was machst du hier? Ist was passiert? Was ist los? Geht's dir gut?«

»Ich- Du würdest mir sowieso nicht glauben ...«, murmelte Livia, ihre Stimme klang rau und erstickt, nach den Tränen, die sie vergossen hatte.

Er erwiderte nichts, sondern sah sie nur mit einem warmherzigen, aber eindringlichen Blick an. Je länger er sie so beobachtete, desto mehr drängte es sie, ihm alles zu erzählen. Die Wörter flossen nur so aus ihr heraus. Von dem Grabstein und der Rose. Von der Stimmung, die dort geherrscht hatte. Von den unausgesprochenen Worten in der Luft. Wie die Rose sie magisch angezogen hatte und wie für einen Moment alles vergessen war. Und dann, wie der Schmerz sie wieder weggestoßen hatte.

Evan unterbrach sie nicht ein einziges Mal oder zog sie auf, wie er es sonst gerne tat. Stattdessen hörte er ihr diesmal wirklich zu. Livia stieß ein unsicheres Lachen aus, weil seine Augen so auf ihr ruhten, und wandte ihren Blick ab, als würde sie im Meer nach Antworten suchen. Sollte sie zurückgehen? Im Wald nach dem Grab suchen? Sie musste versuchen, Evan davon zu überzeugen, mitzukommen. Denn sie konnte das nicht einfach auf sich beruhen lassen.

Ein Räusperer von Evan riss sie aus ihren Überlegungen.

»Wow … das ist echt, wow … Also ich … ich glaube dir. So etwas kann man sich nicht ausdenken, du sowieso nicht. Du kannst nicht gut lügen, das wissen wir beide. Also: Wo war es, das Grab? Könnten wir da nochmal hin? Vielleicht finden wir ja irgendwas heraus.«

Herausfinden, was dort vor sich ging? Wollte sie das wirklich? Die Erinnerung hatte einen bitteren Nachgeschmack hinterlassen. Sie war in solch einer Eile und Angst geflüchtet, dass sie keine Zeit mehr gehabt hatte, sich die Lichtung genauer anzusehen. Irgendetwas an diesem Ort, an diesem Grab, war merkwürdig gewesen. Sie wusste nur nicht mehr genau was. Aber sie musste es in Erfahrung bringen. Mit Evan gemeinsam. Anstatt den warmen Sommerabend am Wasser zu genießen, machten sie sich also auf den Weg. Weg vom Meer, in Richtung des Waldes.

Zum Glück merkte Livia relativ bald, dass sie den Weg noch ungefähr im Gefühl hatte, obwohl sie sich nicht mehr an die Einzelheiten ihrer Flucht erinnern konnte. In ihrem Finger pochte das Blut; immer stärker, je näher sie dem Herzen des Waldes kamen. Äste zerbrachen unter ihren Füßen und gaben ein Knacken von sich, die Blätter der Bäume wurden dichter und es wurde dunkler, während sie tiefer und tiefer ins Dickicht vordrangen.

Ein Schritt, zwei Schritte, drei, und da war es wieder: Das Gestrüpp aus Rosen, das auf dem brüchigen Stein wucherte. Ihr Finger krümmte sich vor Schmerz. *Als würde er den Ort wiedererkennen.*

Aus jeder Richtung raschelte es, durch den kühlen Wind und die Blätter, doch zwischen dem Rascheln meinte Livia, auch etwas anderes zu hören. Ein Flüstern, ein Raunen, von dem sie nicht ausmachen konnte, woher es kam. Es drang an ihre Ohren und wurde dabei immer lauter.

Worte waren es keine, oder doch? War hier noch jemand? Evan schien es nicht zu bemerken.

Trotz der einsetzenden Dunkelheit musste sie sich überwinden. Mit dem Ärmel ihrer Jacke schob sie die Ranken beiseite und das Grab gab ein Symbol frei. Es war eine Rose, die anstelle eines Pfeils in einen Bogen gespannt war. Der Stein selbst war von Ranken überwuchert.

Rosen. Dunkelrote Blüten mit schwarzen Rändern.

Livia fröstelte. So schön und doch so gefährlich.

Anscheinend hatte Evan ihr Unwohlsein bemerkt und trat an ihre Seite. Sein Blick traf auf das Rosensymbol. Irritiert wich er zurück und legte den Kopf schief. Es schien, als würden einhundert Zahnräder in seinem Gehirn rattern und versuchen, sich an dieses Symbol zu erinnern. Plötzlich erhellte sich seine Miene und er griff sich an den Kopf. »Natürlich, Liv! Ich kenne das Symbol. Das hab ich schon mal gesehen, ich … Ich glaube, da war so ein Buch bei meiner Großmutter. Darin habe ich manchmal gelesen, als ich klein war. Wir könnten sie besuchen, sie wohnt etwa zwanzig Minuten entfernt von hier, in einer Hütte am Strand.«

Livia blickte nach oben. Ihre Augen verengten sich und sie runzelte ihre Stirn, als sie erkannte, dass sich der Himmel immer stärker verfärbte. Konnten sie das heute noch schaffen?

»Wir müssen hier sowieso raus, bevor es komplett dunkel wird. Gehen wir besser gleich, dann schaffen wir es auch noch zu meiner Großmutter.«

Livia zog ihren Arm langsam von dem Grab zurück und wagte sich an Evans Seite hinaus aus der Finsternis.

Evans Großmutter hatte sie herzlich empfangen. Das Angebot, eine Suppe zu essen, hatten sie hastig abgelehnt und waren direkt in die Bibliothek gegangen. Diese protzte mit mehreren großen

Regalen aus dunklem Holz, hier und da waren bequem aussehende Lesesessel platziert und der Boden war mit Teppichen ausgelegt. Es war wie ein kleines Labyrinth.

Nach etwa zwanzig Minuten des Suchens kam plötzlich ein aufgeregter Ruf von Evan: »Hier! Ich glaube, hier ist es!« In der Hand hielt er ein dickes Buch, eingebunden in braunes, abgegriffenes Leder.

Auf der Vorderseite des Einbands waren keine Schriftzeichen, nur ein Symbol eingraviert: eine Rose, die in einen Bogen gespannt war.

In dem Buch waren Sagen und Legenden, Mythen und Geschichten niedergeschrieben worden. Zumindest ließen die Namen der Kapitel das vermuten.

Ob das Symbol auf dem Grab mit einer von diesen zu tun hatte?

Evan strich über die verschnörkelte Schrift auf der vergilbten Seite und zitierte:

»Da hielt die Welt den Atem an. Und in diesen dunklen Zeiten wurde sie von einer Unbekannten beschützt. Manche hielten sie für eine Göttin, andere für einen Sturm, einen Geist, eine Gesandte. Doch sie war die eine, die Kriegerin. Ihr Blick reichte weit in die Ferne und fuhr wie ein Blitz in die Seele des Bösen. Sie war die Anführerin der Schlachten, kam aus dem Nichts, verschwand in das Nichts und ging niemals unter die Menschen.

Damit prägte sie die Geschichte und uns alle. Sie hat uns gerettet.

Sie pflanzte Rosen auf den Spitzen derer Pfeile, die im Kampf beschädigt wurden. Außer auf einer. Aus einer der Spitzen schmiedete sie ein mächtiges Armband.

Diese Kriegsrosen konnte niemand anfassen, außer ihre Nachfahren und der Armbandträger.

Nur Wesen ihres eigenen Kriegerblutes.«

Evans Stimme war während des Lesens kratzig geworden, er blickte auf und schaute Livia stumm an. In ihrem Magen rumorte es und ihr Herz flatterte, aber diesmal war sie eher überwältigt als furchtsam. Die Geschichte der Inselkriegerin, die einst alle gerettet hatte, musste etwas in ihr ausgelöst haben. Deswegen hatte die Rose ihr so wehgetan, weil sie nicht von der Kriegerin abstammte. Dann war also alles wahr?

Ihr Blick wanderte zu Evan, der zu Boden starrte. »Aber es gibt keinen Beweis für ihre Existenz. Es ist nur ein Mythos ... Jeder weiß doch, dass sie uns angeblich gerettet hat. Zumindest erzählt man sich das ... Verdammt, es muss doch irgendwas geben ... Ist es ihr Grab, ist es ein Relikt aus längst vergangener Zeit? Wenn sie wirklich existiert hat, darf sie nicht vergessen werden. Sie hätte ihr Leben für diese Insel gegeben.« Er blätterte vor und zurück, nochmal zu der Geschichte, las die Stelle wieder und wieder, während er von Livia nur besorgt beobachtet wurde.

Er fuhr sich mehrmals durch die Haare und murmelte weiter vor sich hin. Was war denn nur los? Livia spürte, wie auch sie durch seine Unruhe langsam hibbelig wurde. Ihre feuchten Hände aneinander reibend versuchte sie, ihn wieder ins Hier und Jetzt zurückzuholen.

»Hey, Evan.«

Er schreckte auf und starrte sie an. Dann schien er sich wieder zu fangen.

»Wie wär's, wenn wir das morgen besprechen? Ich glaube, heute ist schon viel zu viel passiert. Lass uns eine Nacht darüber schlafen. Sonst drehen wir irgendwann komplett durch. Das ist alles so ... verrückt. Verhext. Vielleicht fällt uns noch etwas auf, aber lass uns das Buch erstmal beiseitelegen.«

Seine Augen wanderten weiterhin zwischen ihr und dem Buch hin und her.

Doch dann nickte er. »Ja, das wäre vermutlich das Beste.«

»Dass ihr mich das fragt ... Ich hätte nie gedacht, dass das jemals passieren würde ...«, murmelte Evans Großmutter, die dampfende Suppe vor sich stehen hatte.

Am nächsten Tag waren die beiden zu ihr gegangen. Die Sonne, die durch das Fenster schien, ließ ihr silbergraues Haar schimmern, genau wie ihre Augen es taten, als Livia nach dem Buch und dem Rosensymbol fragte. Sie war schon immer eine rege Geschichtenerzählerin gewesen, besonders wenn es um die Mythen und Legenden der Insel ging. Obwohl sie stiller geworden war, seit ihr geliebter Ehegatte verstorben war.

»Dein Großvater hat diese Geschichte geliebt, weißt du noch, Evan? Sein Interesse für diese Kriegerin war fast absonderlich, wie ein Wahn. Er hat alles gelesen, was man über die damaligen Schlachten nur lesen konnte. Obwohl es nie bestätigt wurde, dass es diese mysteriöse Fremde überhaupt wirklich gegeben hatte. Er wollte ihre Existenz unbedingt beweisen. Und er war so knapp davor, doch dann ...« Ihre Stimme versagte und sie blickte betrübt auf ihren Suppenteller. Das Glänzen ihrer Augen kam nun nicht mehr von der Geschichte. Es kam von Erinnerungen und Trauer.

»Es hätte ihm so viel bedeutet, sein Ziel zu erreichen. Er hat es mir nie genau erzählt. Es bricht mir das Herz. Oh, Kinder ...« Kurz hielt sie inne. »Es tut mir leid, ich wollte euch nicht damit belasten. Eigentlich wollte ich euch helfen. Wisst ihr, er hat immer irgendetwas von einer Zeichnung gesprochen. Ihr ... also, nach dem Essen könnt ihr gerne mal an seinen Schreibtisch. Er hatte stapelweise Notizen zu dem Thema.«

Evan und Livia schauten sich an, ihre Augen ebenso wässrig wie die der Großmutter. Doch sie lächelten auch ein bisschen, denn immerhin waren sie einen Schritt vorangekommen.

»Wie konnten wir das übersehen?« Livia runzelte verwirrt die Stirn, als Evan einen kleinen Zettel zwischen den Seiten des Geschichtenbuches hervorzog und ihr diesen reichte.

Die Oberfläche des Papiers fühlte sich rau an. Darauf standen unordentlich Nummern und Buchstaben, als wäre die Feder, der diese entstammten, hastig bewegt worden.

Auf dem Zettel waren Koordinaten niedergeschrieben. Darunter eine Pfeilspitze gezeichnet.

»Was könnte damit gemeint sein? Wollte er … da hin? Ist da etwas, das der Kriegerin gehören könnte? Naja, höchstwahrscheinlich, warum sollte er den Zettel sonst zu genau dieser Geschichte legen?« Tausende Fragen taten sich in Livias Kopf auf. Evan jedoch hatte sich schon eine Karte geschnappt, um die Koordinaten zu ermitteln.

Er hatte sie mehrmals geprüft und war jedes Mal wieder am höchsten Punkt der Insel gelandet. Bei den Klippen, die nachts wie schwarze Ungetüme über der Insel aufragten. Um diese Klippen rankten sich viele Legenden.

Vielleicht würden sie eine davon aufdecken können, doch dafür würden sie wandern müssen. Ihr Ziel war mindestens einen Zweitagemarsch entfernt. Würde ihnen das wirklich Freude bereiten? Sie waren so weit gekommen, doch wollten sie das wirklich tun?

Evan wollte es auf jeden Fall und Livia konnte ihn nicht im Stich lassen. Die Wunde, die der Tod seines Großvaters hinterlassen hatte, war nicht mehr frisch, doch der Schmerz war geblieben. Evan brauchte etwas, woran er sich festhalten konnte. Eine Mission.

Außerdem wollte Livia ebenfalls wissen, ob es wirklich die Pfeilrosen der Kriegerin waren, die ihr diesen unergründlichen Schmerz zugefügt hatten. Das Kribbeln in ihren Fingern hielt nach wie vor an und erinnerte sie daran, dass auch sie Antworten haben wollte.

Eine warme, salzige Brise fuhr ihnen durch die Haare. Auf ihrer Haut brannte die Sonne und Insekten schwirrten um ihre Köpfe, als sie den gepflasterten Anstieg begonnen, der aus dem kleinen Dorf hinausführte.

Die ersten Schritte.

Am schwersten war der anfängliche Teil des Weges, denn er lag außerhalb des Waldes. Ihre erste Nacht würden sie unter den schützenden, kühlenden Dächern der Bäume verbringen, doch die waren lange nicht in Sicht.

Sie würden das schon schaffen. Es würde verdammt hart werden, doch Aufgeben war keine Option.

Zwei spannungslose Tage waren vergangen. Eigentlich sollten sie schon längst am Ziel sein, doch sie hatten ihre Fähigkeiten wohl überschätzt und kamen langsamer voran als erhofft. Wenigstens wanderten sie, wenigstens legten sie Weg zurück. Auch wenn das hieß, dass ihr Schlafplatz aus steinhartem Untergrund bestand, auf dem sie des Öfteren das Gefühl hatten, irgendetwas würde gerade über ihren Körper krabbeln. Es hieß, sich von trockenen Müsliriegeln zu ernähren und keine sauberen Klamotten zu tragen.

Erschöpft stöhnte Livia auf, zupfte an ihrem verschwitzten Oberteil und lehnte sich gegen einen Baum. Evan ließ sich kraftlos neben ihr nieder. Sie hatten eine steile Passage hinter sich und obwohl die Sonne sie unter den Baumkronen nicht mit ihrer vollen Kraft erreichen konnte, kam es Livia vor, als würden ganze Wasserfälle aus Schweiß an ihrem Körper hinunterlaufen. Durch die Pause spürten sie jetzt den lang ersehnten Wind stärker, der sie kühlte und trocknete. Ihre Arme waren von Insekten zerstochen und sie hatten längst keine Kraft mehr.

Aber was hätten sie tun sollen? Umkehren? Diese Abenteuerlust unbefriedigt lassen, das Gefühl der Leere akzeptieren? Ja, es war anstrengend. Doch es hatte auch einen gewissen Reiz. Außerdem war da ... Der Wunsch nach Anerkennung.

Der Weg kam Livia unendlich vor.

Aber sie tat es für Evan. Er half ihr aus dieser Trance. Er nahm sie in den Arm und redete ihr gut zu, *alles würde schon gut gehen.* Und doch hatte Livia die ganze Zeit das Gefühl, dass er ihr etwas verschwieg.

Die Nächte waren kühl.

Die Aussicht auf den Strand war unbeschreiblich schön und wurde schöner, je näher sie ihrem Ziel kamen.

Zu ihrer Linken lag der Hafen, an dem Schiffe an- und ablegten. Anschließend die Küste, die sich kilometerweit erstreckte, und ihr Dorf, das kontinuierlich kleiner wurde. Irgendwann konnten sie es gar nicht mehr erkennen.

Da unten herrschte Sommer pur und was taten sie, anstatt ihn zu genießen? Sie wanderten.

Hoffentlich würde sich ihre Mühe am Ende auch lohnen.

»Ach du meine Güte!« Livia ließ ihren Blick über die felsige Landschaft schweifen und musste gleichzeitig darauf achten, dass sie ihr Gleichgewicht nicht verlor.

Sie waren angekommen. Eigentlich hätte sie ein Gefühl der Befreiung erwartet, eine Last, die von ihr fallen würde. Doch die Frage, was sie jetzt tun sollten, drängte sich immer stärker in den Vordergrund.

Es waren so viele Felsen, die hier aus der Erde wuchsen. Sie wussten ja nicht einmal, wonach sie suchen sollten. Ihre einzigen Anhaltspunkte waren eine Pfeilspitze und eine *Zeichnung*, von der Evans Opa anscheinend dauernd gesprochen hatte.

Livia wischte sich über die Stirn und stöhnte auf. »Na toll. Und wie sollen wir da bitte diese Zeichnung finden? Sollen wir jetzt einfach jeden einzelnen Stein umdrehen und abtasten, oder wie?«

Evan stand noch etwas weiter hinten und blickte in die Ferne. Das Ziel war erreicht. Er drehte sich zu ihr, legte den Kopf schief und meinte schlicht: »Warum nicht?«

Irritiert zog Livia die Stirn in Falten.

»Wir können ja mal mit der obersten Felsreihe anfangen. Das ist schließlich der höchste Punkt.«

Gesagt, getan. Obwohl, in Livias Fall war es eher gesagt, versucht. Sie *versuchte*, irgendetwas zu entdecken. Argwöhnisch sah sie an den Felsen hoch. Eine bessere Idee hatte sie aber auch nicht, obwohl sich die Suche schwierig gestalten würde. Denn für sie glich ein Stein dem nächsten und ihre Beine taten weh. Sie brauchte eine Pause. Muskelkater setzte bei ihr an Stellen ein, von denen sie nicht einmal wusste, dass dort Muskeln existierten. Das einzig Verlockende war die Aussicht: Der Horizont, das Meer, diese unendliche Weite. Sie nahm einen tiefen Atemzug und breitete die Arme aus. Ein warmer Sommerwind streifte sie aus der Richtung des Wassers. Und obwohl es anstrengend und auch nervenaufreibend gewesen war, hierher zu gelangen, gab ihr dieser Moment Kraft. In der Ferne lagen der Strand und der Wald. Der Wald, in welchem ihre Reise überhaupt erst angefangen hatte. Von hier oben wirkten die Bäume so winzig, dass sie fast nicht glaubte, dass sie dazwischen tatsächlich die eigenartigen Rosen gefunden hatte. Es war ihr so viel bedrohlicher vorgekommen.

Langsam drehte sie sich, sodass der Wind ihr die Haare ins Gesicht blies. Sie ließ ihren Blick umherwandern. *Felsen, Lücke, noch ein Felsen* … Plötzlich blitzte etwas auf. Eine Spiegelung stach ihr direkt ins Auge. Ihr Herz klopfte schneller.

»Evan! Ich glaube, ich hab was gefunden! Komm, hierher!« Aufgeregt zeigte sie auf einen der Felsen, der auf den ersten Blick ganz gewöhnlich aussah. Bei erneutem Hinsehen konnte man jedoch erkennen, dass mittendrin ein Riss entstanden war. Der Grund war eine Pfeilspitze, die fast zur Gänze in dem Stein steckte. Das hätte kein Mensch mit bloßen Händen geschafft. War das ein Zeichen? Zufall konnte es keiner sein.

Sie mussten es herausfinden.

Es zog sie regelrecht dorthin.

Ihr Abenteuergeist war wieder erweckt, sie spürte, wie sich

das Adrenalin einen Weg durch ihre Adern bahnte, als würde sie völlig unter Strom stehen.

Langsam näherte sie sich dem Stein. Wie von selbst streckte sie ihre Hand nach dem glänzenden Metall aus.

Ihr war mulmig zumute, ihr Magen grummelte, ihre Füße wippten durchgehend auf und ab, doch sie durfte sich jetzt nicht umstimmen lassen. Wahrscheinlich assoziierte ihr Gehirn inzwischen grundlos das Berühren von unbekannten Gegenständen mit Gefahr.

Doch oh verdammt, *es hatte Recht.*

In dem Moment, in dem ihre warmen Fingerkuppen auf die kalte, silbrig glänzende Spitze trafen - brach der Boden unter ihren Füßen weg. Ihr Herz sackte nach unten. Der Fall kam ihr ewig vor, als würde sie nie mehr aufkommen und das Schwarz sie langsam verschlucken. Es vergingen nur wenige Sekunden, bis sie auf dem Abgrund aufschlug. Für einen kurzen Augenblick vergaß sie, wo oben und unten war.

Der Aufprall war ihr durch ihre Knochen gefahren, hatte ihre Zähne aneinander gerammt und sie hatte sich den Kopf angestoßen.

Gelandet war sie in einer Höhle, deren Boden feucht und erdig war, einzig die Wände waren aus Stein. Livia ächzte. Ihren Gliedmaßen ging es gut, aber irgendwie war ihr ... *schwindelig.* Sie versuchte, dieses Gefühl wegzublinzeln, doch ihre Sicht verschwamm immer mehr. Irgendetwas glänzte. War da oben etwa ...? Nein, das konnte nicht sein. Livia fühlte sich benommen und langsam schwankte ihr Körper nach hinten. Wo war die Wand? *Verdammt.*

Ein Käfer krabbelte quer über sie, doch das war ihr egal. Ihr Kopf schmerzte und fühlte sich auf einmal viel zu schwer für ihren Nacken an. Von oben fielen Erdklumpen herunter. Die Stelle, wo sie durchgebrochen war, konnte man deutlich erkennen. Sie wollte die Augen nicht schließen, doch es passierte ganz automatisch. Bis ein Schrei von ihrer Linken sie in die Gegenwart zurückholte.

»Liv! Verdammt, was ist passiert? Geht's dir gut? Hörst du mich?! Liv!«

Evan. Sie konnte ihn zunächst nicht sehen, sondern nur die Panik in seinem Tonfall wahrnehmen. Seine Stimme hallte an den Wänden der Höhle wider und klang, als wäre Evan ganz nah bei ihr. Er musste zu ihr heruntergekommen sein, wie auch immer er das geschafft hatte. Livias Gedanken wurden wieder klarer und sie öffnete ihre Augen. Sein bleiches Gesicht verharrte über ihr und trotz seiner Angst beruhigte seine Anwesenheit ihr Schwindelgefühl. *Er war da.* Sie war nicht alleine. Langsam verließ sie der Schock.

»Mir geht's gut. Glaub ich. Evan, was sollen wir machen?«

»Bist du wirklich okay?« Sorgenfalten zierten die Stirn des Angesprochenen. »Wie konnte das nur passieren? Tut es dir irgendwo weh? Kannst du deine Füße bewegen, deine Arme?«

»Ja, Evan, ja, es geht schon wieder, ich hab mir nur den Kopf gestoßen, es –«

Doch er unterbrach sie: »Oh, Gott sei Dank, ich hatte so Angst, ich –«

»Evan.«

Erst jetzt sah er ihr richtig in die Augen. Sie stemmte sich vorsichtig auf ihre Ellenbogen. Er sollte ihr zuhören. Das war wichtig.

»Vorhin hab' ich was gesehen. Vielleicht habe ich es mir nur eingebildet, aber vielleicht hat es etwas mit der Kriegerin zu tun. Und es ist höchstwahrscheinlich nach wie vor da.«

Evans fragender Blick richtete sich auf die Stelle, auf die sie zeigte. Leicht nach oben, leicht nach links. Da, an der kantigen Wand der Höhle, war eine merkwürdige Einbuchtung. Und genau dort, wo sich der Hohlraum bildete, ragte ein Stück Papier heraus. Ruckartig stand Evan auf und wollte nach oben greifen, er war zur Gänze darauf fixiert, es zu holen, als wäre es ein Jetzt-oder-nie-Moment. *Als würde sein Leben davon abhängen.*

Doch er drehte sich auf halbem Weg um und half Livia auf die Beine. Diese musste sich an besagter Wand abstützen, da ihr immer noch schwindelig war.

Ihre Hände auf kaltem Stein. Auf einmal fühlte sie, wie Evan ein Kettchen um ihr Handgelenk legte. Verwundert schaute sie ihn an.

»Es lag neben dem Papier. Ich denke, du solltest es haben. Es passt zu dir.«

Das Metall war kühl und silbern und schmiegte sich perfekt an ihre Haut.

Ihre Hände, kalter Stein, kaltes Metall.

Und der Anhänger war eine kleine Pfeilspitze.

»Ist es das? Haben wir es geschafft?« Evan hatte weiterhin seine Augen aufgerissen, als müsste er erst realisieren, dass der Moment wirklich gekommen war.

Livias Blick war auf die Kette – oder eher das Armband – fixiert. »Denkst du, es hat ihr gehört?«

»Ich glaube schon. In der Legende steht, es war wie ein Teil von ihr. Ich denke, du könntest jetzt sogar die Rose anfassen. Du und ... ihre Nachkommen.«

Livia musste lächeln, doch gleichzeitig erinnerte sie sich an ihre erste Berührung einer solchen Rose.

»Irgendwann vielleicht«, meinte sie nur.

Langsam rollte Evan die Papierrolle aus, vorsichtig, um sie nicht zu beschädigen.

Und da war sie gezeichnet: Die Kämpferin, die die Insel gerettet haben soll. Ihr langes, braunes Haar war zu einem Zopf gebunden und ihr weißes Kleid, das von Lederriemen durchzogen war, wehte um ihre Knöchel. Auf ihrem Rücken trug sie ein Schwert und einen Köcher, in dem sich nur noch ein einziger Pfeil befand. In der Hand hielt sie einen dunkelbraunen Bogen mit lederner Grifffläche. Sie stand auf einer Klippe, schaute in die Ferne und in ihren Augen spiegelte sich die Sehnsucht nach Freiheit wider. Livia war fasziniert von der Ausstrahlung der Kriegerin. Es war, als könnte sie ihre Blicke durch das Papier hindurch spüren.

Unter der Zeichnung stand nur ein Wort geschrieben. Der Name der Kriegerin.

»Kaida.«

Der Name war so majestätisch und schön wie die Kriegerin selbst. So geheimnisvoll …

Evan und Livia waren dabei, andächtig das Bild zu betrachten, während sie auf einem Felsvorsprung saßen und ihre Füße baumeln ließen. Es war Abend, somit war es kühler geworden und die Sonne war allmählich hinter grauen Wolken verschwunden. Es fühlte sich an wie die Ruhe nach dem Sturm. Doch irgendetwas lag weiterhin in der Luft. War es die Angst vor dem Unbekannten? Wieso konnte Livia selbst nicht so mutig sein wie Kaida? Einfach sein, einfach eins sein. Mit sich selbst, mit den Menschen und der Natur.

Ihr Blick war auf die Zeichnung fixiert. Ihre Magie hatte sie beide in ihren Bann gezogen. Langsam blickte Livia auf, betrachtete zuerst das Armband, dann das Wasser, den angrenzenden Strand und den Wald. Dann sah sie zu Evan, der mit Tränen in den Augen gen Horizont blickte. »Wir haben es geschafft, Opa.«

Und als sie sich an die ganzen Dinge erinnerte, die passiert waren, auf diesem unglaublichen, verrückten Abenteuer, da konnte sie nicht anders, als ihm um den Hals zu fallen, während sich unter ihnen das Meer ruhig und endlos zum Himmel erstreckte.

Ihr gegenüber Evan, dessen Blick in die Ferne mit einmal einen anderen Ausdruck zeigte. Die Sehnsucht nach Freiheit.

»Liv … Es können ja nur Nachfahren der Kriegerin die Rosen anfassen. Und, naja, du als Armbandträgerin jetzt auch, richtig?«

Livia nickte.

»Und du meintest, du würdest sie *irgendwann vielleicht* mal berühren wollen, richtig?

Wieder ein Nicken.

»Ich muss dir was sagen ... Ich ... Mein Opa ... Also ... Es gab ... Und ich bin ...«

Sein Blick richtete sich nochmal auf das Meer, dann wanderte er zurück in Livias Augen. Evan räusperte sich, griff hinter seinen Rücken und meinte: »Irgendwann ist eine dehnbare Zeitspanne.«

Dann reichte er ihr eine Rose. Dunkelrot mit schwarzen Blütenrändern.

Und Livia realisierte alles.

Danke an meine Schreibschwestern Fina, Vio und Maxi.
Danke an alle, die meine Geschichte zu dem gemacht haben, was sie heute ist und danke an alle, die mir das ermöglicht haben.
Ihr seid die Sterne, die meinen Autorenhimmel erhellen.

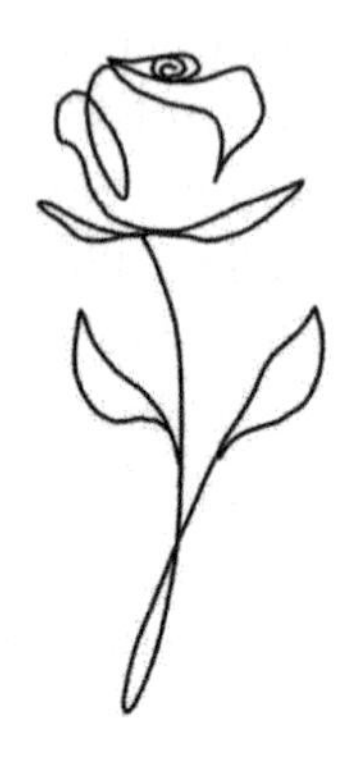

MAREIKE VERBÜCHELN

TANZEN DURCH DEN SOMMER

Hüpfen. Von Pfütze zu Pfütze.
Tanzen und lachen und singen.
Die warmen Regentropfen auf der Haut spüren,
die nassen Haare durch diesen Sommerregen.

Hüpfen. Von Pfütze zu Pfütze.
Tanzen und lachen und singen.
Die Sonnenstrahlen auf der Haut genießen,
während die Sonne den Regen ersetzt.

Hüpfen. Von Pfütze zu Pfütze.
Tanzen und lachen und singen.
Diesen Moment ausschöpfen bis zum Ende,
denn was ist schöner als ein Sommerregen?

HANNA C. LEGNAR

GEFÜHLE HINTER GLAS

Für meine Freunde, die wichtigsten Menschen in meinem Leben. Und für alle, die sich wie Eleonora und ich oft missverstanden fühlen, weil sie manche gesellschaftlichen Ansprüche nicht erfüllen (können) und deshalb alles zerdenken.

16. JUNI

Beinahe zärtlich kroch die Sonne der späten Morgenstunden über ihre Haut. Sie küsste ihre Füße, strich über ihre Beine, schmiegte sich an ihren Bauch. Wärme breitete sich in ihrem Körper aus. Die Sonne umarmte sie. Zunächst nur zurückhaltend. Doch mit jeder Minute, die verstrich, wurde die Umarmung fester. Bis sie schließlich zu fest wurde und drohte, ihr die Luft zu nehmen.

Eleonora öffnete die Augen und blinzelte gegen das Licht. Sie setzte sich auf und zog sich in den Schatten am Kopfende ihres Bettes zurück. Sie entzog sich der Sonne so weit, dass sie bloß noch ihre Füße erreichte.

Es war fast Mittag. Mühsam widerstand sie dem Drang, die Vorhänge zu schließen und sich wieder in ihrem Bett zu verkriechen. Stattdessen rief sie sich ins Gedächtnis, dass aus einem verschlafenen Morgen kein verlorener Tag werden musste. Seufzend fuhr sie sich mit der Hand durch das Haar und stand auf.

So leise wie möglich ging sie zur Tür. Dabei achtete sie bewusst darauf, die knarzenden Holzdielen zu meiden. Sie legte ihr Ohr an die Tür und lauschte. Im Flur war alles ruhig, von unten hörte sie gedämpfte Stimmen.

Es waren nur drei Meter bis zu ihrem Badezimmer. Das war nahe genug, um es unbemerkt dorthin zu schaffen. Auf Zehenspitzen verließ sie das Zimmer und zog leise die Tür hinter sich zu.

Als sie gerade ihre Hand auf die Klinke der Badezimmertür legte, schnappte sie ihren Namen in dem Gespräch auf, das unten geführt wurde. Sie zuckte zusammen und fluchte leise, als der Boden unter ihr knarrte. Der Schreck hatte sie unaufmerksam gemacht. Hektisch flüchtete sie in den kleinen Raum, der vor ihr lag. Beinahe hätte sie die Tür achtlos hinter sich zugeworfen, nur um sie geschlossen zu wissen, doch gerade noch rechtzeitig gelang es ihr, die Panik aus ihrer Bewegung zu verbannen und die Tür abzufangen. Leise ließ sie sie einrasten und drehte mit zittrigen Fingern den Schlüssel im Schloss.

Mit einem Stöhnen ließ sich Eleonora gegen die Wand sinken und rutschte daran hinunter. Die Fliesen in ihrem Rücken waren angenehm kühl. Sie legte den Kopf auf ihre Knie. Mit den Händen fuhr sie sich durchs Haar, ließ sie in ihrem Nacken verweilen und konzentrierte sich darauf, gleichmäßig zu atmen.

Wie sehr sie den Sommer doch hasste. Die Wärme hinderte sie daran, klar zu denken. Sie machte sie müde und ließ sie doch kaum Schlaf finden. Die meisten Nächte lag sie wach, bis in den Morgenstunden ihre Erschöpfung den Kampf gegen den Sommer gewann. Sie verschlief oft einen Großteil der Tage, nur um sich dann ihren Schuldgefühlen stellen zu müssen.

Am liebsten hätte sie sich jetzt auf den Fliesenboden des Badezimmers gelegt und noch ein paar Stunden weitergeschlafen. Das war zwar nicht der bequemste Untergrund, doch besser als die Matratze ihres Bettes, die sich ungnädig an ihren Körper schmiegte und sie so noch zusätzlich wärmte, wäre es wahrscheinlich allemal.

Allerdings hatte sie keine Zeit mehr zum Schlafen, also stand sie auf und ging zu dem runden Spiegel, der über dem Waschbecken an der Wand hing. Sie betrachtete die Frau, die sie daraus ansah. Ihr Blick wanderte über die kurzen, braunen Haare, die, vom Schweiß nass, an ihren Schläfen klebten. Sie musterte ihre blasse Haut. Wie ein Vampir sah sie aus. Vielleicht war sie ja auch einer. Das würde immerhin ihre Abneigung gegen den Sommer erklären. Wäre es wirklich so, dass die Sonne sie umbrächte, dachte sie, müsste sie sich zumindest nicht Jahr für Jahr rechtfertigen.

Dabei war das eigentlich Unsinn. Sie sollte sich vor niemandem rechtfertigen müssen. Genauso wenig sollte sie sich dafür erklären müssen, den Sommer nicht zu mögen, wie sie andere nicht dazu drängte, Begründungen für das gegenteilige Empfinden darzulegen.

Mensch zu sein – sollte das nicht eigentlich bedeuten, Menschlichkeit zu beweisen? Geduld zu haben? Verständnis zu zeigen? Oder schlichtweg das Zugeständnis zu machen, dass verschiedene Menschen unterschiedliche Perspektiven, unterschiedliche Meinungen und unterschiedliche Empfindungen hatten? Dass nichts davon sich als Wert gegen etwas anderes aufwiegen ließ?

Eleonora sah ihrem Spiegelbild in die Augen. Sie unternahm den Versuch, darin zu lesen, und hoffte, einen Blick auf die Seele zu erhaschen, die dahinter verborgen lag. Sie suchte nach Antworten. Sie wollte herausfinden, wer sie war. Doch sah sie nichts weiter als das Braun ihrer Augen.

Wieso hätte sie bei sich selbst auch mehr sehen sollen, wenn die Augen anderer Menschen ihr doch ebenfalls nichts als Rätsel aufgaben.

Sie legte die Finger an die Wange ihres Spiegelbildes, fuhr von den Wangenknochen bis hinunter zum Kinn. Wärme floss aus ihren Fingerspitzen in das Spiegelglas und das Bild vor ihren Augen flirrte kurz.

Jaspers Gesicht erschien hinter Eleonoras Abbild. Er legte die Arme von hinten um sie und verschränkte sie vor ihrer Brust. Sein Kinn legte er auf ihrem Kopf ab. Er lächelte und die Frau im Spiegel tat es ihm gleich.

Gleichermaßen irritiert und neugierig betrachtete Eleonora den Anblick, der sich ihr bot. Die Szene kam ihr bekannt und fremd zugleich vor. Sie weckte in ihr eine Erinnerung an einen vergangenen Sommer, der nun beinahe zehn Jahre zurücklag. Genau so hatte er sie damals oft festgehalten und ihr eine Möglichkeit gegeben, sich anzulehnen. Sie hatte sich fallen lassen können und er hatte sie stets aufgefangen. Er war immer für sie da gewesen, war ihr immer so nah gewesen.

Sie hatte sich stets sicher gefühlt in seiner Gegenwart. Das tat sie auch heute noch, bloß diese Nähe war verschwunden. Eben das war es, was sie stutzen ließ. Mehr als diese enge Freundschaft hatte sie Jasper nie geben wollen, gar nicht geben können. Also hatte sie sich zurückgezogen, als Jasper eine Beziehung eingegangen war. Sie hatte ihm nicht im Weg stehen wollen. Die viel zu offensichtliche Vertrautheit zwischen ihnen hätte nur zu Missverständnissen und Eifersucht geführt. Doch nun bot sich ihr ein Anblick von Nähe, die es gar nicht mehr gab. Was sah sie da? Dieses Bild war nicht echt. Jasper war nicht hier und eine solche Umarmung zwischen ihnen mittlerweile unvorstellbar.

Eleonora kniff die Augen zusammen und schüttelte den Kopf in dem Versuch, die Szene zu vertreiben. Doch als sie die Augen wieder öffnete, hatte sich nichts verändert. Verunsichert löste sie ihre Finger vom Spiegel und wich zurück. Überrascht stellte sie fest, dass das Bild verschwand.

Sie zweifelte kurz an ihrer eigenen Wahrnehmung, verdrängte dann jedoch den Gedanken und warf sich eine Handvoll kaltes Wasser ins Gesicht.

Langsam ging Eleonora die Treppe hinunter. Dabei lauschte sie den Stimmen aus der Küche. Novalee diskutierte gerade mit Dinah und Leander über die Blumendekoration. Sie stöhnte, aber eigentlich überraschte es sie nicht. Am liebsten hätte sie gleich wieder kehrtgemacht. Doch stattdessen atmete sie tief durch und ging zu den anderen in die Küche.

Jasper saß am Tisch auf der Eckbank, die Hände um seine Tasse Kaffee gelegt. Ihm gegenüber saß Dinah. Sie hatte ihm den Rücken zugewandt und blickte zu Novalee und Leander, die nebeneinander an der Küchenzeile lehnten.

Als Jasper Eleonora sah, grinste er schief und verdrehte mit kurzem Blick auf die anderen im Raum die Augen. Außer ihm hatte sie allem Anschein nach noch niemand bemerkt.

Kurz überlegte sie, ob sie sich unauffällig zu Jasper auf die Bank setzen sollte, der Geruch nach Kaffee war jedoch zu verführerisch. Also nahm sie sich eine Tasse aus dem Regal und ging hinüber zur Küchenzeile, um sich etwas einzugießen. Dabei zog sie Novalees Aufmerksamkeit auf sich.

»Ach, auch schon wach?«, fragte ihre Schwester sie spöttisch.

Eleonora biss sich auf die Lippe und sagte nichts. Sie nahm sich lediglich ihren Kaffee und rutschte zu Jasper auf die Bank.

»Angemessen kleiden kannst du dich offenbar auch nicht.« Novalee musterte Eleonoras orangefarbenen, langen Rock, den sie mit einem dünnen, grünen Rolli kombiniert hatte, mit einem missbilligenden Blick. »Ich hoffe nur, dass du wenigstens für die Hochzeit eine passendere Wahl triffst.«

Es hatte keine fünf Minuten gedauert, bis man etwas an ihr auszusetzen fand. Es hatte keine fünf Minuten gedauert, bis man ihr bewiesen hatte, dass ihre Befürchtungen nicht bloß aus der Luft gegriffen waren. Es war eigentlich klar gewesen, dass ihre Schwester ihre Kleiderwahl, wenn sie in Novalees Augen derart unangepasst an die Witterungsverhältnisse war, nicht unkommentiert lassen würde. Warum es sie überhaupt kümmerte, hatte Eleonora allerdings noch nie verstanden.

»Nova!« Der Ärger in Dinahs Stimme war so deutlich herauszuhören, dass er auch Eleonora nicht entging.

Jasper lehnte sich zu ihr und flüsterte: »Sie redet Unsinn. Du siehst großartig aus, Elly.«

Sie ließ ihm ein dankbares Lächeln zuteilwerden.

Dinah und Jasper passten gut zusammen. Sie teilten die Überzeugung, dass die Stärken eines Menschen mehr Beachtung finden sollten als die Schwächen. Doch sie liebten einander für beides gleichermaßen. Genau wie Jasper hatte auch Dinah nie ein Urteil über Eleonora gefällt. Ganz im Gegensatz zu den meisten anderen Menschen, denen sie begegnet war. Normalerweise war es eher so, dass man sie als sonderbar abstempelte, als unangepasst. Sie war die Frau, die sich sowieso nicht an die unausgesprochenen Regeln der Gesellschaft hielt.

Also wieso sich auch die Mühe machen, sich mit ihr auseinanderzusetzen, wenn es doch viel bequemer war, sich eine vorschnelle Meinung zu bilden? Ein sehr verletzender Zug, bloß spielte das wahrscheinlich einfach keine Rolle, wenn man nicht derjenige war, den es verletzte.

»Seit wann seid ihr eigentlich hier?«, erkundigte sich Eleonora leise bei Jasper.

»Wir sind irgendwann heute Morgen angekommen. Ich habe nicht auf die Uhr geschaut.« Er zuckte mit den Schultern.

»Haben wir uns jetzt eigentlich schon für eine Blumendekoration entschieden?«, lenkte Leander das Thema zurück auf die Hochzeitsplanung.

»Ich bleibe dabei, dass ich etwas Rotes will«, stellte Dinah entschieden fest.

Der Einwand von Novalee kam prompt: »Klassisches Weiß würde aber besser zu einer Hochzeit passen.«

»Zu einer klassischen Hochzeit, ja. Aber unsere Hochzeit soll auch uns entsprechen.« Jasper vergrub sein Gesicht in den Händen und stöhnte.

»Am Ende liegt die Entscheidung bei Dinah und Jasper«, sagte

Leander an Novalee gewandt. »Und rote Blumen funktionieren ebenso gut wie weiße.«

»Du musst es wissen«, gab sie ihrem Bruder spitz zur Antwort. »Du bist hier schließlich der Florist.«

»Richtig. Und wärt ihr auf einen anderen Floristen angewiesen, könntet ihr die Hochzeit längst ohne Blumen feiern bei eurer Entscheidungsfreudigkeit«, murmelte Leander kaum hörbar, während Novalee sich von der Küchenzeile abstieß und den Raum verließ.

19. JUNI

»Elly, hilfst du mir mit den Karten?« Jasper schob ihr einen Stapel roter Kärtchen über den Tisch, die sowohl den Zweck von Tisch- als auch von Dankeskarten erfüllen sollten. Dazu reichte er ihr einen silbernen Stift und einen Ausdruck der Gästeliste. Eleonora nickte.

Sie nahm eine davon in die Hand und sah sie sich an. *Dinah & Jasper* war oben in feiner, silberner Schrift auf die Vorderseite gedruckt. Unten stand das Datum, *16. August*, dazwischen wurde das Papier von der Zeichnung einer Rose geziert, die Dinah selbst angefertigt hatte.

»Sie sind so schön geworden«, schwärmte Eleonora und fuhr ehrfurchtsvoll mit dem Finger über die Schrift. »Genauso schön wie die Einladungskarten.«

»Das sind sie«, stimmte Jasper zu. »Auf der Rückseite steht *Danke, dass du heute hier bist!* Darüber haben wir etwas Platz gelassen. Dort wollen wir die Namen der Gäste eintragen. Handschriftlich, damit es persönlicher wirkt.«

»O nein, hoffentlich verschreibe ich mich nicht!« Eleonora verzog gequält das Gesicht.

»Das wäre nicht so schlimm. Wir haben ein paar mehr, als wir brauchen. Nur zur Sicherheit.« Jasper zwinkerte ihr zu. »Die fertigen Karten legen wir dann am besten erst mal hier hinein.« Er deutete auf eine Glasschale, die zwischen ihnen auf dem Tisch stand.

»Das sollte ich hinbekommen«, bestätigte Eleonora.

Als sie die erste Karte mit Namen versehen hatte und sie ablegen wollte, berührte ihre Hand das Glas der Schale. Kurz blitzten darin Jasper und sie auf. Gemeinsam tanzten sie auf einer Wiese in der untergehenden Sonne. Als sie die Hand zurückzog, verschwamm das Bild, bevor es schließlich ganz verschwand. Sie runzelte die Stirn.

»Was ist?«, fragte Jasper, ihrem Blick folgend, irritiert.

»Nichts, alles gut.« Eleonora rang sich ein Lächeln ab und flehte ihren Herzschlag an, sich wieder zu beruhigen. Doch ihre Lüge ließ ihr Herz nur noch mehr rasen. Sie unterdrückte das Bedürfnis, Jasper in das, was sie gesehen hatte, einzuweihen, und setzte stattdessen ihre Arbeit fort.

Fortan war sie jedoch pingelig darauf bedacht, nicht noch einmal an die Schale zu kommen. Denn was immer das gewesen war, es erinnerte sie unangenehm an das Bild im Spiegel, das sie einige Tage zuvor gesehen hatte.

6. AUGUST

Eleonora schreckte von ihrer Zeichnung auf, als es klopfte.

»Moment«, rief sie hastig und schob ein paar leere Blätter über das Papier. Sie mochte zwar keine sonderlich begabte Künstlerin sein, doch war Jaspers Gesicht zu deutlich auszumachen, als dass sie es offen hätte liegen lassen. Zumal sie nicht wusste, wer vor ihrem Zimmer stand und mit welcher Absicht.

Als sie die Tür öffnete, gerade so weit, dass sie nicht den Blick auf ihr Zimmer freigab, sah sie sich Dinah gegenüber. Diese deutete mit einer Geste auf den Kleidersack, den sie in ihrer Hand hielt.

»Ich könnte deine Hilfe brauchen. Darf ich reinkommen?«

»Sicher!« Mit einem Lächeln ließ Eleonora sie hinein.

Dinah warf den Kleidersack auf das Bett und öffnete den Reißverschluss. »Novalee war mir keine sonderlich große Hilfe«, gestand sie sich zerknirscht ein. »Das Kleid ist schön, eigentlich sogar genau, was ich wollte, aber …«

»Aber?«, fragte Eleonora neugierig und schmunzelte bei dem Gedanken an Novalee, die aufgeregt um Dinah herumrannte, hier und dort an ihrem Kleid zupfte, nur um am Ende immer noch etwas auszusetzen zu haben.

»Ich bin mir auf einmal so unsicher, ob das Kleid überhaupt dem Anlass entsprechend ist.«

»O je, du klingst schon wie meine Schwester«, stellte Eleonora mit gespielter Verzweiflung fest, fügte dann jedoch ernsthaft hinzu, »ich schätze zwar, du bist einfach nervös, aber so oder so – ich bin unglaublich neugierig, was du dir ausgesucht hast.«

Dinah holte ein zartrosafarbenes Kleid hervor, dessen Oberteil mit floralen Spitzenapplikationen geziert war. Der zweilagige Rock kombinierte Seide mit unaufdringlich glitzerndem Chiffon.

Eleonora öffnete den Mund, suchte nach Worten. Es war eher ein hochzeitstaugliches Abendkleid für die Gäste, als für eine Braut entworfen, doch es entsprach Dinah. »Ziehst du es einmal für mich an?«, fragte Eleonora und ihre Augen leuchteten vor Begeisterung.

»Würdest du eventuell …?«, fragte Dinah und versuchte erfolglos, einen Blick über ihre Schulter auf den halb geöffneten Reißverschluss zu werfen.

Eleonora lachte, verzichtete auf eine Antwort und trat von hinten an sie heran, um das Kleid zu schließen.

»Es ist noch viel schöner, als ich es mir vorgestellt hatte!«, stellte sie fest, nachdem sie einen Schritt zurückgetreten war und Dinah betrachtet hatte.

»Trotzdem bleiben Reißverschlüsse am Rücken eine Fehlkonstruktion«, erwiderte die zukünftige Braut. »Solche Kleider sind schon fast ein Grund zum Heiraten. Dann hat man wenigstens jemanden, von dem man sich beim Anziehen helfen lassen kann.«

Eleonora blinzelte verwirrt. »Ich helfe dir doch jetzt auch, obwohl wir nicht verheiratet sind.« Sie bemerkte ihre Fehlinterpretation der Aussage in dem Moment, als sie Dinahs Blick sah. Diese war sichtlich bemüht, ein Lachen zu unterdrücken.

»Ich meinte nur …«

Doch Dinah unterbrach sie. »Nein, alles gut! Du hast ja recht. Ich bin ganz deiner Meinung, wir müssen dabei wohl einfach pragmatisch sein. Eigentlich sollte das auch nur ein Witz sein.«

Verlegen blickte Eleonora zu Boden. Die Erklärung hätte sie nicht mehr gebraucht, trotzdem war sie dankbar dafür. So musste sie sich nicht für ihre ungeschickte Reaktion erklären. Stattdessen konnte sie sicher sein, dass Dinah die Situation bereits selbst erfasst hatte.

»Welche Schuhe ziehst du dazu an?«, wechselte Eleonora das Thema.

»Das weiß ich noch nicht. Ich werde schon welche finden. Ansonsten ziehe ich einfach gar keine an«, tat Dinah die Frage kurzerhand ab. »Vielleicht sollten wir eher darüber reden, was du anziehen wirst.«

Tatsächlich hatte sie noch keine Ahnung, was sie anziehen wollte.

Dinah ging hinüber zum Bett, auf dem noch immer der offene Kleidersack lag, und schob ihn beiseite.

»Komm mal her!«, rief sie Eleonora zu sich herüber, die daraufhin überrascht feststellte, dass Dinah noch einen zweiten Kleidersack mitgebracht hatte.

»Was ist das?«, fragte sie mit einer Spur Misstrauen in ihrer Stimme.

Die Vorstellung, von jemand anderem für die Hochzeit ihres besten Freundes eingekleidet zu werden, verursachte ihr Unbehagen.

»Es ist bloß ein Angebot«, erwiderte Dinah, als hätte sie ihre

Gedanken gelesen. »Schau es dir einfach an und sag mir dann, was du darüber denkst.« Sie schenkte ihr ein Lächeln.

Zögerlich öffnete Eleonora den Sack und zog ein dunkelgrünes Kleid daraus hervor. Es war schmucklos und schön, war hochgeschlossen und hatte lange Ärmel. Ihr stockte der Atem. »Woher hast du das?«

»Wir haben es für dich nähen lassen.«

»Wir? Warum?«

»Jasper und ich. Wir wollten, dass du etwas hast, worin du dich wohlfühlst. Etwas, das zu dir passt«, erklärte Dinah vorsichtig.

»Aber warum? Wieso tut ihr das für mich?«, fragte Eleonora unsicher.

»Weil du unsere Freundin bist, Elly. Weil du uns wichtig bist und wir es furchtbar fänden, wenn unsere Hochzeit für dich nur Stress bedeuten würde.«

Eleonora war fasziniert von der Selbstverständlichkeit, mit der Dinah das sagte.

Ein Kleid, da war sie sich sicher, könnte den Stress für sie nicht verhindern. Ihr blieb jetzt schon die Luft weg bei dem Gedanken an all die Menschen, die da sein würden. Durch das Kleid würde der Tag für sie kaum einfach zu überstehen sein. Aber vielleicht würde es so zumindest ein bisschen einfacher werden. Dann hätte sie eine Sorge weniger und müsste nicht auch noch über ihr Aussehen nachdenken.

»Hilfst du mir, es anzuprobieren?«

»Umwerfend!«, stellte Dinah fest und biss sich die Sekunde darauf auf die Lippe. »Ich meine, es sieht großartig an dir aus. Wie findest du es?«

»Umwerfend«, stimmte Eleonora zu und drehte sich vor dem Spiegel hin und her. Das Kleid reichte ihr bis kurz unter die Knie. »Denkst du, ich kann dazu meine braunen Stiefel anziehen?«

»Probier es doch einfach aus!« Dinah lachte, setzte sich auf den Holzstuhl, der an Eleonoras Schreibtisch stand, und beobachtete diese dabei, wie sie ihr Outfit vervollständigte. Die hohen Schnürstiefel aus dünnem, braunen Leder harmonierten überraschend gut mit dem Kleid.

»Ich finde es perfekt.« Eleonora betrachtete zufrieden ihr Spiegelbild.

»Ich finde, du siehst ein bisschen wie eine Waldelfe aus«, sagte Dinah. »Also ja, es ist perfekt.«

Sie stand auf und stellte sich neben Eleonora vor den Spiegel. »Eine Blume könnten wir dir noch ins Haar stecken«, überlegte sie laut.

»Nein, lieber nicht. Dann sehe ich wohl wirklich wie eine Waldelfe aus. Das war eigentlich nicht mein Plan.« Eleonora lachte, selbst ein wenig überrascht, wie leicht ihr das Herz gerade war.

So hatte sie sich seit Wochen nicht mehr gefühlt. Die bevorstehende Hochzeit war wie eine Last auf ihren Schultern gewesen. Immer wieder hatte sie ihr die Distanz zwischen Jasper und ihr vor Augen geführt. Dinah war damals der Grund gewesen, weshalb sie sich voneinander entfernt hatten. Nun war es ausgerechnet Dinah, Jaspers zukünftige Frau, mit der sie hier stand und lachte. Nun war ausgerechnet sie es, die ihr nach Wochen der Schwere wieder ein wenig Leichtigkeit verschaffte. Wie seltsam das Leben doch manchmal war.

Gedankenverloren machte Eleonora einen Schritt auf den Spiegel zu und legte ihre Hand an das Glas. Als allerdings Jasper im Spiegel erschien und ihr seinen Arm um die Schultern legte, erschrak sie. Sofort zog sie ihre Hand zurück.

»Er bedeutet dir viel.« Dinah sah Eleonora im Spiegel an.

Konnte es sein, dass in ihrer Stimme keinerlei Wertung lag? War es tatsächlich bloß eine Feststellung? Oder hatte Eleonora irgendetwas übersehen? Sie suchte in Dinahs Blick nach einer Antwort, doch sie fand keine.

»Hast du …?«, setzte sie an und brach ab. Die Frage blieb ihr im Hals stecken, bildete einen dicken Kloß. Sie schluckte.

»Ob ich ihn auch gesehen habe?« Ein Lächeln breitete sich auf

Dinahs Gesicht aus. »Ja, das habe ich. Und ich würde es gerne noch einmal sehen.«

»Ich … Es tut mir leid.« Eleonora trat einige Schritte vom Spiegel zurück und drehte sich weg, damit Dinah die Tränen in ihren Augen nicht sah.

Diese legte ihr behutsam die Hand auf die Schulter. »Es gibt nichts, was dir leidtun müsste. Das ist wunderschön.«

»Aber er wird dein Mann!« Nun rannen Eleonora die Tränen an den Wangen hinab.

Dinah nahm ihre Hand und lenkte sie zum Bett. »Und das stört dich?«, fragte sie und deutete ihr an, sich zu setzen.

»Nein, natürlich nicht.« Oder etwa doch? Sie fühlte sich von ihrem eigenen Herzen verraten. Sie hatte Dinah von der ersten Sekunde an gemocht. Von Anfang an hatte sie sich für Jaspers Glück gefreut. Doch es hatte ihr das Herz gebrochen, was das für sie beide bedeutet hatte. Nun schien sie selbst nicht mehr zu wissen, was sie eigentlich fühlte.

»Das hatte ich auch nicht erwartet. Aber du denkst, es sei verwerflich, dass er dir wichtig ist«, stellte Dinah fest. »Ich glaube, Jasper denkt tatsächlich etwas sehr Ähnliches. Allerdings liegt ihr da beide falsch.«

Eleonora sah sie fragend an.

»Wie eng euer Verhältnis zueinander auch ist, Elly, ich weiß, dass du keine Konkurrenz für mich bist. Das bist du nie gewesen und das wirst du auch nie sein. Sonst hätte ich bei Jasper gar keine Chance bekommen.« Dinah überlegte, wie sie fortfahren sollte. »Ich habe euren Umgang miteinander gesehen. Das Einzige, was mich je daran gestört hat, war, wie sehr ihr ihn meinetwegen geändert habt. Ihr habt auf einmal angefangen, euch voneinander zurückzuziehen. Weil alles andere mir gegenüber nicht angemessen gewesen wäre, hat Jasper gesagt, als ich ihn einmal darauf angesprochen habe.«

»Man hatte uns ständig für ein Paar gehalten«, rechtfertigte sich Eleonora.

»Na und? Es ist doch völlig egal, was die Leute denken, solange wir es besser wissen. So hatte ich ehrlich gesagt immer das Gefühl, zwischen euch zu stehen, und das habe ich nie gewollt.«

»Also findest du es nicht eigenartig, dass mir der Mann, den du heiratest, so viel bedeutet?« Eleonora wischte sich die Tränen aus den Augen und blickte Dinah an.

»Nein, ich finde es nicht eigenartig. Ich finde es schön. Denn ich glaube, dass nicht viele Menschen so glücklich sind, eine Freundschaft wie eure zu haben. Ihr seid so vertraut miteinander. Ich halte das für sehr wertvoll.«

Eleonora nickte. Nun glaubte sie, endlich eine Erklärung dafür zu haben, weshalb Jaspers Hochzeit emotional so eine Herausforderung für sie war. Es war offenbar einfach nur ihre Angst, dass Jasper und sie sich dadurch noch weiter voneinander entfernen würden. Doch Dinah hatte ihr gerade erfolgreich vor Augen geführt, dass ihre Sorgen vollkommen unbegründet gewesen waren.

»Ich hoffe ehrlich gesagt«, knüpfte Dinah an ihre vorherige Aussage an, »dass ihr es schafft, euch einander wieder anzunähern.«

»Ich denke nicht, dass das ein Problem wird«, erwiderte Eleonora und grinste bei dem Gedanken an all die Male, die es sie unsagbare Selbstbeherrschung gekostet hatte, gegen das Bedürfnis anzugehen, sich von Jasper in den Arm nehmen zu lassen.

Dinah lachte. »Umso besser!«

16. AUGUST

Eleonora ging zum Fenster und sah hinaus. Die Wiese glänzte dunkel in der Morgensonne. In der vergangenen Nacht hatte es geregnet. Für die Hochzeit mochte das nicht optimal sein, doch ihr hatte der Regen zu einem erholsamen Schlaf verholfen.

Sie überlegte, ob sie zuerst hinausgehen sollte, um die Tische einzudecken, die sie gestern unter Pavillons aufgestellt hatten.

Oder ob sie sich zuerst für die Feier umziehen sollte, um nicht Gefahr zu laufen, dass sie noch nicht fertig war, wenn die ersten Gäste kamen.

Sie entschied sich für die zweite Variante. Allein schon deshalb, weil sie sich in das Kleid verliebt hatte, das Dinah und Jasper ihr geschenkt hatten. Nachdem sie es das erste Mal anprobiert hatte, hätte sie es am liebsten nicht mehr ausgezogen.

Als sie nach draußen trat, stieg ihr der Geruch von Sommerregen in die Nase. Sie hielt einen Moment inne. Der Regen hatte die Luft heruntergekühlt. Es war nicht kalt, aber wesentlich angenehmer als in den letzten Tagen.

»Guten Morgen!«, rief Eleonora fröhlich Leander zu, der gerade mit der Blumendekoration zu kämpfen schien.

Überrascht sah er auf. »Guten Morgen, Elly. Schönes Kleid!« Er sah seine Schwester neugierig an.

Eleonora verteilte Geschirr und Besteck, Servietten und die Tischkarten.

»Elly?« Jasper streckte den Kopf aus einem der Fenster. »Braucht ihr bei irgendetwas noch Hilfe?«

»Nein, Leander und ich kommen klar«, rief sie ihm zu.

»Wo ist Novalee?«, fragte Jasper irritiert.

»Ich glaube, bei Dinah.« Eleonora runzelte die Stirn.

»Dinah ist bei mir«, stellte der Bräutigam fest. »Ach, Novalee wird schon wieder auftauchen …« Mit einem Achselzucken zog er den Kopf wieder ins Innere des Hauses und schloss das Fenster.

»Das ist zu befürchten«, murmelte Eleonora und beeilte sich, die letzten Vorbereitungen zu treffen.

Es wurde eine schöne Hochzeit. Das Wetter machte zwar nicht ganz, was es sollte, doch von kurzen Schauern abgesehen, blieb es weitestgehend trocken. Zwischendurch bahnte sich sogar die Sonne ihren Weg durch die Wolken.

Eleonora hatte ihre Eltern zu Novalee und Leander gesetzt und sich selbst bei Dinah und Jasper platziert. Allein die Vorstellung, den ganzen Tag mit ihrer Mutter und ihrer Schwester an einem Tisch sitzen zu müssen, hatte sie nervös gemacht. Die Geduld von Leander und ihrem Vater teilte sie nämlich leider nicht.

Dinah sah wunderschön aus, wie es zu erwarten gewesen war. Leander hatte einen wundervollen Brautstrauß für sie gezaubert. Er hatte rote, rosafarbene und weiße Blüten miteinander kombiniert und genau den Stil ihres Kleides getroffen.

Eigentlich hatte Eleonora eine Chaoshochzeit erwartet. Zumindest war das der Anschein gewesen, den die Planung der letzten Wochen erweckt hatte. Doch am Ende war alles stimmig.

Und sie selbst war auch glücklich.

»Wirst du deinen Brautstrauß eigentlich noch werfen?«, fragte Jaspers Mutter Maria an Dinah gewandt.

»Stimmt, eigentlich könnte ich das machen.« Ihre Augen leuchteten, während sie ihren Blick über die Gäste schweifen ließ.

»Vielleicht solltest du die Gelegenheit nutzen«, sagte Jasper mit Blick nach oben. »Der Himmel zieht langsam zu. Nicht dass ihr gleich im Regen steht.«

»Da ist etwas dran. Komm mit, Elly.« Dinah wollte nach ihrer Hand greifen.

Doch Eleonora zog sie zurück. »Danke, aber ich glaube, ich bin momentan ganz zufrieden. Ich bleibe hier.« Sie grinste Dinah an, auf deren Gesicht ein breites Lächeln erschien.

Dafür gingen Jaspers Mütter mit. Die beiden hatten ihn zwar gemeinsam großgezogen, doch geheiratet hatten sie nie.

»Bitte nicht«, entfuhr es Jasper, als es ausgerechnet Frederike war, die Dinahs Strauß fing. »Ich hatte eigentlich erst mal genug von Hochzeitsplanung.« Er ließ den Kopf auf den Tisch fallen, warf sich seinen Müttern jedoch in die Arme, als sie strahlend zurück an den Tisch kamen.

Dinah und Eleonora tauschten einen zufriedenen Blick. Die Hochzeit war ein voller Erfolg.

HEIDI METZMEIER

ERDBEER-COCKTAIL

6 cl weißer Rum
2 cl Zitronensaft
2 cl Kokosmilch
7 Erdbeeren
Eine Portion Erdbeer- oder Vanilleeis
Eiswürfel
Minze

1. Alle Erdbeeren bis auf eine pürieren, mit den anderen Zutaten in einem Cocktailshaker gut mischen.
2. Danach in ein Glas geben, das mit drei Eiswürfeln gefüllt ist. Die verbliebene Erdbeere zur Dekoration obenauf legen. Es sieht besonders schön aus, wenn du das Glas zuvor am Rand anfeuchtest und danach in Rohrzucker tauchst.
3. Wer mag, kann der Deko mit einem Blatt Minze den letzten Schliff geben. Serviert wird der Cocktail mit Glashalm und langstieligem Löffel.

Schmeckt lecker, aber Vorsicht, macht süchtig und hat einige Umdrehungen.

MAREIKE VERBÜCHELN

SOMMERMORGEN

Morgens die frische Luft genießen,
früh aufstehen und den Sonnenaufgang beobachten,
sich erfreuen über das Vogelgezwitscher,
der Geruch von Wiesen und Blumen,
Wassermelonen und Orangensaft vor sich,
die ersten Sonnenstrahlen auf der Haut,
Augen schließen
und sich auf einen weiteren Sommertag freuen.

FINANAS

LIEBE MEINES LEBENS

Für dich, liebe:r Leser:in. Du bist nie allein und solltest du dich doch so fühlen: Schreib mir und wir sind gemeinsam einsam. :)<3

Jeder Tag ist gleich. Aufwachen, weiterschlafen. Aufstehen, Lächeln aufsetzen, mich fragen, ob es normal ist, keine Angst vor dem Sterben zu haben, und mich in einen unruhigen Schlaf weinen.

Heute ist ein Tag wie jeder andere. Die Sonne strahlt durch mein Fenster und ich kuschle mich tiefer in mein Bett, für mich der einzige Ort, an dem ich nicht verurteilt werde, der einzige Ort, an dem ich mich sicher fühle. Nachdem mein Wecker schon zum vierten Mal geklingelt hat, stehe ich endlich auf, stapfe stöhnend ins Bad, meide den Blick in den Spiegel, gehe aufs Klo und putze mir das erste Mal diese Woche meine Zähne.

Ich bin stolz drauf. *Witzig, oder?* Andere ekeln sich, wenn sie es einen Tag nicht schaffen, ihre Zähne zu putzen.

Ich wische mir mit meinen dreckigen Ärmeln über die Augen, gefüllt mit Tränen, bei denen ich gar nicht mehr merke, wann sie kommen und gehen.

Heute muss ich nach draußen. Ich bin auf einen Geburtstag

eingeladen. Ich hasse Geburtstage, genauer gesagt: Ich hasse Aufmerksamkeit und Menschen. Mich eingeschlossen. Menschen machen mir Angst. Man kann sie nicht einschätzen und doch sind sie irgendwie alle gleich. Absagen geht aus etlichen Gründen nicht: Die Angst, aufzufallen, die Angst, etwas zu verpassen. Die Angst, als Außenseiter abgestempelt zu werden oder die, dass eine Ausrede aufgedeckt werden könnte. Somit habe ich wohl keine andere Wahl, als auf diese Party zu gehen. Allein bei dem Gedanken an schwitzende, tanzende, alkoholisierte, sich in den Armen liegende Jugendliche wird mir schlecht.

Nachdem ich mich durch die Wäscheberge am Boden zurück in mein Zimmer gekämpft habe, nehme ich mein letztes sauberes Outfit aus dem Schrank und streife es mir über. Ich hasse es: Ein pinkes Top und enge, blaue Jeans, damit meine fetten Oberschenkel besonders gut zur Geltung kommen. Als nächstes fische ich eine Umhängetasche aus dem Chaos, stopfe Handy und Lipgloss hinein und mache mich auf den Weg durch die goldene Sonne in die dunkelste Hölle.

Die letzten Sonnenstrahlen des Tages fallen durch die Kronen hoher Bäume, die den Straßenrand säumen. Ich habe das Gefühl, sie engen mich ein, fühle mich umgeben von ihnen so klein, so unbedeutend. Während ich die nächste Kreuzung überquere, beobachte ich, wie zwei Männer mit einem Hund spazieren gehen. Der Hund, ein Zwergpudel, hechelt. Kein Wunder bei dieser Hitze. Eine Hitze, die förmlich dazu auffordert, den Tag zu Hause in der kühlen Wohnung zu verbringen, anstatt auf eine Party zu gehen.

Ehe ich es wirklich realisiert habe, stehe ich vor Lenas Tür: Glas, mit weißem Rahmen, ohne einen einzigen Makel. *So ziemlich das komplette Gegenteil von mir.*

Ich schaffe es nicht, zu klingeln, dabei versuche ich es wirklich. *Was soll ich nur tun?* Ich ziehe mein Handy aus der Umhängetasche zu ziehen und noch bevor ich auf den grünen Knopf drücke, kann ich ihre Stimme hören: *Ich wusste immer, aus dir wird nichts. Ach Süße, das meine ich doch nicht so. Wie, du hast heute wieder nicht geschlafen? Die Nacht ist zum Schlafen, nicht zum Denken da.* Entschlossen lasse ich mein Handy zurück in meine Tasche gleiten. Selbst meine Mutter hasst mich, ich meine, sonst wäre ich mit meinen sechzehn Jahren wahrscheinlich noch nicht ausgezogen. Eigenartig, dass sie trotzdem die Erste ist, die ich anrufen will, wenn ich Angst habe. *Egal, ich schaffe das, ich kann das alleine.* Die Schultern gestrafft, richte ich meinen Blick nach vorne und drücke mit zitterndem Finger auf die Klingel. Die Tür wird so abrupt aufgerissen, dass ich die Kontrolle über mein Fake-Lächeln für den Bruchteil einer Sekunde verliere.

Ein Schwall von Schweiß und lauter Musik bricht über mich herein, als ich am Arm in das Haus hineingezogen werde. So laut, wie die Musik mich empfängt, hätte ich sie auf dem Hinweg schon hören müssen. Aber, wie die meiste Zeit meines Lebens, waren meine Gedanken lauter gewesen.

Eine Gänsehaut überkommt mich. Ich blicke mich um: Menschen. Überall Menschen. In meiner Bauchgegend macht sich ein unangenehmes Kribbeln breit. Es stinkt und ich stolpere, als ich mich endlich von der fremden, mich ziehenden Hand befreien kann.

Meine Schuhsohlen kleben und lösen sich bei jedem Schritt nur schwerfällig vom Boden. Ich muss hier weg. Auf der Suche nach einer Zuflucht drehe ich mich im Kreis.

Da, ein Sofa in der Ecke des Raumes, weit weg von der Tanzfläche. Ich will gerade loslaufen, als jemand umhertaumelt, gegen mich stößt und sich der gesamte Inhalt seines roten Plastikbechers über meine Brust ergießt. Na toll. Angeekelt verziehe ich mein Gesicht und schiebe ihn von mir.

»Sorry«, murmelt er, während er lachend und schwankend in der Menge verschwindet.

Ich hasse das Gefühl, von jedem angestarrt zu werden, aber durchnässte Tops scheinen Aufmerksamkeit magnetisch anzuziehen.

Endlich schaffe ich es, mich auf die modrige Couch niederzulassen. Eigentlich wollte ich mein klitschnasses Outfit als Grund, alleine ins Bad zu verschwinden, nutzen, allerdings hätte das bei dem großen Ansturm mit Sicherheit Ewigkeiten gedauert. Also muss ich mich damit zufrieden geben, es an Ort und Stelle grob auszuwringen. Krampfhaft versuche ich, meine Körperhaltung zu entspannen, um möglichst unscheinbar zu sein.

Alles in mir kämpft dagegen an, hier zu sein, aber wenn Lena mich und den Rest der Stufe einlädt, muss ich wohl kommen.

»Hey.« Eine Staubwolke steigt empor, als Lena sich neben mir auf dem beinahe antik wirkendem Sofa niederlässt - wenn man vom Teufel spricht. Wir mögen uns eigentlich nicht, zumindest haben wir nie miteinander geredet, der Höhepunkt war ein *Hallo* auf dem Schulflur.

»Hi«, erwidere ich reflexartig.

Biergeruch bahnt sich den Weg in meine Nase. Ich hebe meinen Blick. Lena hält mir einen roten Plastikbecher vors Gesicht und sieht mich fragend an. Eigentlich trinke ich nicht, aber was soll's. Vielleicht hilft es mir, meine Abscheu gegenüber Menschen zu betäuben.

»Danke«, antworte ich auf ihr stummes Angebot und nehme ihr den Becher mit einem Lächeln ab.

Ich nippe an dem Getränk, und ehe ich mich versehe, ist sie schon wieder verschwunden. Erleichtert atme ich aus und lasse meinen Blick erneut schweifen. Auf der gegenüberliegenden Wand steht ein Spruch: »Man lebt nur einmal.« Wow. Oder soll ich sagen, zum Glück? Ich will mir gar nicht vorstellen, wie schlimm es wäre, wenn wir diese Hölle zwei mal durchleben müssten. Auf meine Wand würde ich sowas nicht unbedingt schreiben. Mein Seelenspruch wäre vermutlich sowas wie: »Ich bin anwesend, aber nicht da. Ich rede, aber sage nichts. Ich lächle, aber freue mich nicht. Ich existiere, aber lebe nicht.«

Die ersten Töne von *A drop in the ocean* von Ron Pope ertönen, ich zucke zusammen und mein Herzschlag beschleunigt sich. Ohne mir dessen bewusst zu sein, erhebe ich mich von der Couch. Was hat dieses Lied auf einer Party verloren? Meine Atmung ist flach und schnell. Die Menschen liegen sich in den Armen, schaukeln umher, und jemand versucht, mich zwischen sie zu ziehen. Mir wird schlecht. Panisch sehe ich mich um. *Ich muss hier weg.* Mein einziger Einfall, um aus dieser Situation zu entkommen: Rennen. Also renne, renne, renne ich zurück nach Hause, in mein Zimmer, meine Höhle, meine Zuflucht, die ich nie hätte verlassen sollen.

Ich stoße meinen Zeh an einem Bücherstapel, ziehe vor Schmerz Luft ein, hüpfe auf einem Bein Richtung Bett und lasse mich fallen.

Tränen quellen aus meinen Augen hervor, ich will schreien, aber bringe keinen Ton heraus. Ich will fliehen, doch bewege mich kein Stück. Das Einzige, was sich bewegt, sind meine Pupillen, die verzweifelt nach Hilfe suchen, auch wenn ich das niemals zugeben würde. Mein Blick bleibt auf Stift und Papier haften, die die Spitze eines Müllhaufens neben meinem Bett bilden. Ich weiß selbst nicht, warum, doch ich strecke meine Hand instinktiv danach aus, setze mich auf und streiche über das leere Blatt. Das dumpfe Geräusch von Tränen, die auf Papier prasseln, findet seinen Weg in meine Ohren. Es stimmt beinahe mit dem Geräusch der Regentropfen überein, die sanft an meine Fensterscheibe klopfen. Das Blatt weicht unter meinen Tränen auf und wird immer feuchter. Meine Hand schließt sich fester um den Stift. Ich atme.

Ein. Aus.

Nochmal: Ein und aus.

Und dann? Dann lehne ich mich über das Blatt und schreibe.

Ich lasse los und schreibe, was ich fühle:

Die Tränen der Wolken laufen die Scheibe hinunter,
Die Welt ist grau, wird nicht heller und bunter
In den Tropfen will ich versinken,
Tief darin ertrinken,
Im Inneren füllt eine Kälte mich aus
Die Wärme lief aus meinem Herzen hinaus

Ich lasse den Stift fallen und das Gedicht unter mein Kissen gleiten. Meine Tränen sind versiegt. Mein Herzschlag beruhigt. Mein Kopf fällt ins Kissen, meine Augenlieder zu und ich in einen tiefen Schlaf.

Das erste, was ich nach dem Aufwachen mache? *TikTok* öffnen. Witzig, wie alle Menschen behaupten, dass die sozialen Medien süchtig machen, weil die Algorithmen sich den persönlichen Interessen anpassen. Ich denke, dass die sozialen Medien als Flucht aus der Realität, dem echten, hässlichen Leben dienen. Eine Werbung poppt auf, ich scrolle weiter. Das Nächste: Ein Capybara-Video. Ich lächle bei dem Anblick der Tiere und springe zum nächsten TikTok: »Pausiere das Video, wenn der Beat droppt, der Satz, bei dem es stoppt, beschreibt dein Leben.« Ich warte, bis der Beat von *Alien* von FLØRE einsetzt, und tippe dann auf die Bildschirmmitte. Das Video pausiert. Im Hintergrund sind die Silhouetten von zwei sich umarmenden Menschen sichtbar, dabei steht der Satz: »Du hast die Liebe deines Lebens gefunden.«

Haha, denke ich. *Wer liebt mich denn bitte?* Der Gedanke hinterlässt ein Stechen in meiner Brust. Genug Social Media für heute. Ich lege mein Handy auf den nächstbesten Bücherstapel und strecke mich in meinem warmen Bett.

Gähnend stehe ich auf, ziehe einen Pulli über, von dem ich keine Ahnung habe, wann er das letzte Mal gewaschen wurde, und stapfe in die Küche. Ich fühle mich ausgeschlafen und kann mich absolut nicht daran erinnern, je so ausgeruht gewesen zu sein. Auf der Suche nach etwas Essbarem durchforste ich die Küchenschränke.

Schlechte Nachrichten: Ich finde nichts. Denn wann ich das letzte Mal einkaufen war, weiß ich auch nicht mehr. Mein einziger Fund ist eine Packung Kakaopulver, von dem ich, Überraschung, auch nicht weiß, wie lange das schon hier ist. Kann das ablaufen? Ich würde es googeln, aber mein Handy ist in meinem Zimmer und ehrlich gesagt habe ich gerade keine Lust, es zu holen. Vorsichtig versuche ich, den Deckel zu öffnen. Er bewegt sich kein Stück. Ich verstärke meinen Griff und reiße förmlich an dem Verschluss. Eine riesige Kakaostaubwolke fliegt mir entgegen. Das Pulver kitzelt in meiner Nase und ich niese.

»Warum muss sowas immer mir passieren?«, murmle ich kopfschüttelnd vor mich hin und stelle die Dose auf der Küchenplatte ab.

Frustriert klappe ich die Kühlschranktür zu. Natürlich, keine Hafermilch mehr. Um grob die Überbleibsel der Kakaowolke zu entfernen, fahre ich mit meinen Fingern über meinen Pullover und lasse sie durch meine Haare gleiten. Ich komme wohl nicht am Einkaufen vorbei. Also streife ich meine Jacke über, greife nach einem Jutebeutel, schlüpfe in meine Schuhe und mache mich auf den Weg.

Ich schwitze, während ich auf den Bus warte. Hätte ich die Jacke doch zu Hause gelassen.

Quietschende Reifen holen mich aus meiner Gedankenwelt. Automatisch hebe ich meinen Blick vom Boden, stehe auf und steige in den Bus. In die hinterste Ecke, da, wo die wenigsten Menschen sind.

Warum guckt dieser Typ mich ständig an? Dunkle Haare, weiche Gesichtszüge, grüne, auf mich gerichtete Augen.

Sitzen in diesem Bus nicht genug andere Leute, die er mit seinen Blicken erdolchen kann? Gereizt schaue ich zurück. Das habe ich noch nie getan, eigentlich hasse ich Augenkontakt. Er grinst und deutet auf seinen Mundwinkel, als eine Haarsträhne in sein Gesicht fällt.

Oh Mist. Ich öffne die Selfiekamera meines Handys und sehe den Grund für seine Aufforderung. In meinem Mundwinkel lassen sich Reste der Kakaoexplosion finden.

»Fuck.« Ich reibe mir über den Mund und schaue ihn wieder an. Er streckt seinen Daumen nach oben und ich spüre die Hitze in meine Wangen kriechen. Schnell wende ich mich ab. *Kann diese Busfahrt bitte endlich enden?* Als wäre mein Gedanke erhört worden, hält der Bus und ich sprinte heraus.

»Nein, nein, nein!« Ich falle über die Stufen und finde mich auf dem Boden neben dem Bus wieder. *Auf dem Boden, genau da, wo ich mich auch mental befinde.*

»Hey, bist du okay?« Ich rieche Zimt. Und ich liebe Zimt. Zimt riecht nach Zuhause.

Nickend schaue ich auf: Wow. Kein moosgrün, kein waldgrün, sondern klares, leuchtendes smaragdgrün blickt mir entgegen. Mein Hals wird trocken.

»Klar, äh … alles okay«, krächze ich.

Wie kann man sich nur so oft innerhalb so kurzer Zeit blamieren?

Ich raffe mich auf, blicke ihm entgegen, und meine Mundwinkel heben sich von ganz allein. *Was zum Teufel passiert hier?*

»Danke«, bringe ich hervor.

»Wofür?« Er hebt eine Augenbraue und dieser Anblick entzieht mir ein weiteres Lächeln.

»Naja … du weißt schon, der Kakao an meinem Mund.« Unsicher starre ich auf meine Füße.

Er lächelt das wärmste Lächeln, das ich je gesehen habe.

»Schmierst du immer dein ganzes Gesicht voll, wenn du isst?«, neckt er mich.

»Eigentlich kann ich essen«, stelle ich klar und mustere sein Gesicht: Diese wundervollen Augen, sanfte Sommersprossen und dieses unglaubliche Lächeln.

»Hätte ich jetzt auch gesagt«, kontert er. »Woher weiß ich, dass du das nicht nur sagst, um mich zu beeindrucken?«

»Äh … ich weiß nicht«, gebe ich zu. Innerlich hasse ich mich für diese unspektakuläre Antwort. *Ich wusste immer, aus dir wird nichts,* schallt es durch meinen Kopf. *Kann ich nicht einmal auch nur ein bisschen mehr sein, als das, wozu meine Mutter mich macht?* Ich fasse all meinen Mut zusammen: »Weil ich es dir beweisen werde, morgen um 14 Uhr im LaLimbla.« *Hilfe, wie unangenehm, bitte sag mir, dass ich das nicht wirklich ausgesprochen habe!*

Seine Mundwinkel zucken als Antwort. Er fügt hinzu: »Und

woher weiß ich, dass du mich morgen um 14 Uhr im LaLimbla nicht entführen willst, wenn du mir noch nicht einmal deinen Namen verrätst?«

Das LaLimbla war das beste Eiscafé in der Umgebung, jeder kannte es.

»Amelie«, stottere ich. »Mein Name ist Amelie.«

Ein Grinsen schleicht sich auf meine Lippen. Ich wende mich ab und werfe ihm noch ein »Bis morgen« hinterher, bevor ich vollends in der nächsten Gasse, Richtung Supermarkt, verschwinde.

In Gedanken bei ihm kaufe ich das Nötigste ein. Ihm? Mist, ich hab' ihn gar nicht nach seinem Namen gefragt. Egal, das werde ich morgen als allererstes fragen. Im LaLimbla. Bei dem Gedanken an die vielen Menschen im Café kommt Unsicherheit in mir auf. Dennoch nehme ich mir fest vor, es zu schaffen, nicht zu flüchten, sondern endlich die Chancen zu ergreifen, die mir mein Leben bietet. Mit einem Kopfschütteln verjage ich die Gedanken aus meinem Kopf.

Zu Hause angekommen, räume ich die Einkäufe in die Schränke und kann mir endlich – ohne Komplikationen – meinen Kakao zubereiten. Ich gebe eine Prise Zimt hinzu und muss sofort wieder an ihn denken. Dieser Duft, ich lieb's.

Heute Nacht bin ich mit einem vorfreudigen Kribbeln im Bauch eingeschlafen.

Je näher das Date, falls man das so nennen kann, kommt, desto unsicherer werde ich. Ich denke an die Stimmen der Menschen im Café, höre die schreienden Kinder, fühle die Blicke aller auf mir. Eine unangenehme Kälte zieht sich durch meine Gliedmaßen. Ich schaffe das. Ich habe es mir vorgenommen. Wenigstens diese eine Sache sollte ich doch können. Das kann doch jeder. Selbst ein Kind schafft es, sich ein Eis zu bestellen und es zu essen, ohne sich zu blamieren.

Ein letzter tiefer Atemzug, bevor ich aufbreche. Ich rücke mein Shirt zurecht und mache mich auf den Weg. Eigentlich ist das sonnige Wetter perfekt für ein kühles Eis. Doch habe ich Angst, es würde die letzten verbliebenen Gefühle in meinem Inneren einfrieren. Schneller als gedacht finde ich mich etwa 20 Meter von dem LaLimbla entfernt wieder. Panik macht sich in mir breit.

Ich sehe die hellen, verzierten Tische im Außenbereich, jeder mit einer künstlichen Topfpflanze und einem Teelicht ausgestattet. Kinder, die um die Tische rennen und Angestellte, die Bestellungen aufnehmen und ihre Eisspezialitäten durch die Menge balancieren. Ich verfolge eines der Kinder mit meinen Blicken und meine Augen bleiben an einem der Tische hängen. Er ist schon da. Suchend dreht er sich von einer Seite zur anderen.

Mein Herzschlag beschleunigt sich. Er sieht so perfekt aus, so makellos. Im Vergleich dazu bin ich zerfetzt, sowohl mein Inneres als auch mein Äußeres sind mindestens zehn Mal hässlicher als er.

Ich kann das nicht.

Eine Träne bahnt sich den Weg an die Oberfläche.

Bitte nicht jetzt. Schnell wische ich über meine Augen. Er verdient viel mehr, als einen Menschen, der nicht einmal mit sich selbst klarkommt. *Tut das nicht jeder?* Mein Herz ist jetzt schon in so viele Teile zerbrochen, dass ich keine Ahnung habe, wie ich aushalten könnte, wenn er an mein Herz wachsen und anschließend plötzlich verschwinden würde. Denn ... machen wir uns nichts vor, das mit uns passt nicht. Mittlerweile habe ich es aufgegeben, meine Tränen wegwischen zu wollen, was macht es für einen Unterschied? Ich meine, wische ich eine weg, kommt die nächste, wische ich die weg, kommt noch eine und noch eine. Vergleichbar mit meinem Herzen, das in immer mehr Stücke zerfällt, egal wie sehr ich versuche, es aufzuhalten. Und was mache ich jetzt? Genau, das, was ich am besten kann, vielleicht sogar das Einzige, was ich überhaupt kann:

Rennen. Ich flüchte und verletze andere, bevor ich selbst verletzt werden kann. Und ob man's glaubt oder nicht, ich hasse mich dafür.

Ich bin wieder hier. Zu Hause, in meinem Revier, meiner Höhle, meinem Zimmer.

In einer Sache bin ich mir sicher: Die sozialen Medien haben recht. Ich habe die Liebe meines Lebens gefunden. Zwar nicht in Form eines Menschen, aber ich habe sie gefunden: Ein letztes Mal fühle ich die Worte durch meine Adern fließen. Spüre, wie die Poesie mir eine Gänsehaut zaubert und lasse mein Herz das letzte Mal sprechen:

Wenn der Mond hoch am Himmel steht
Und der ein oder andere ins Traumland geht
Sitze ich alleine hier und denke darüber nach
Ob ich leben muss oder sterben darf
Der Mond leuchtet kühl und klar
»Die Nacht ist zum Schlafen und nicht zum Denken da«
Wie ich es hasse, diesen Satz zu hören
Sie tun so, als würde mein Tod sie stören
In dieser Nacht, besonders klar
Ist der Tod zum Greifen nah
Ich strecke meine Hand nach ihm aus
Und gleite aus meinem Leben heraus

Danke Katha, ohne dich und unsere Schreibsessions hätte ich es nicht einmal bis zur Rohfassung geschafft, danke an meine Testleser:innen, ich glaube ihr wisst genauso gut wie ich, dass meine Story ohne euch nicht die gleiche wäre. Zuletzt danke ich Lou und FLØRE denn ihr (und das Chaos in meinem Kopf) wart der Grund und die Inspiration für diese Geschichte. Ich liebe euch.<3
(Auch wenn ihr das hier vermutlich nie lesen werdet).

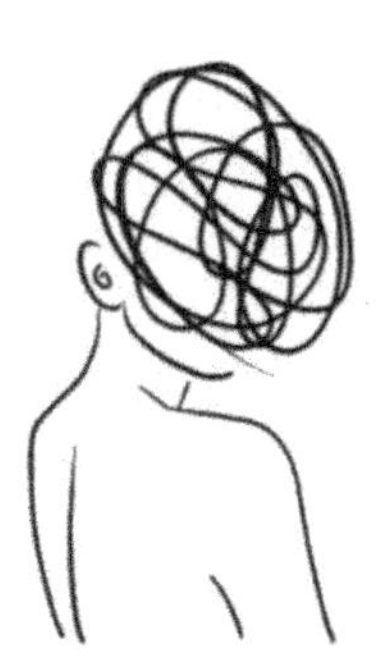

PETRA BAAR

BIRNEN EINKOCHEN

1 kg harte Birnen (weiche werden matschig)
1,5 L Wasser
125 g Zucker
1/2 Packung Vanillezucker oder 1/2 Schote

1. Zunächst die Einmachgläser, Deckel und Dichtungen auskochen (etwa 5 Min. im Topf)!
2. Die Birnen vierteln und von Kerngehäuse und Stiel befreien.
3. Das Wasser, Zucker, Vanillezucker oder Vanilleschote in einem Topf erhitzen, bis sich der Zucker vollständig aufgelöst hat. Die Schote entfernen.
4. Nun die Birnenstücke in die Gläser geben und diese bis etwa eine Daumenbreite unter den Rändern mit der Flüssigkeit auffüllen. Danach gut verschließen.
5. Im Einkochtopf oder einem normalen Kochtopf mit Einkochthermometer ca. 30 Min. bei 90°C einkochen. Anschließend im Topf abkühlen lassen.

Die Birnen schmecken wunderbar zu Schokoladenpudding oder Eis. Da sie lange haltbar sind erinnern sie noch lange an den Spätsommer zurück.

Guten Appetit!

YUNA MAAS

AUF NEUEN WEGEN

MUT ZUM UNBEKANNTEN

Fahr!

Mehr musste ich nicht tun. Lediglich den Fuß mit einem leichten Druck auf das Gaspedal drücken. Es war so einfach, doch es fühlte sich verdammt schwer an. Und das bereits seit einigen Stunden. Ich durfte nur nicht zurückblicken, sonst gab ich mich meiner Angst hin, würde umdrehen und wieder zurückfahren in mein vertrautes – und jetzt altes – Leben, welches ich so dringend hinter mir lassen wollte. Also fuhr ich einfach weiter, obwohl ich nicht genau wusste, wohin. Ich kniff meine Augen zusammen, da es mir schwer fiel, in der Dunkelheit die Fahrbahnmarkierungen zu erkennen. Die Scheinwerfer waren die einzige Lichtquelle auf der verlassenen Autobahn.

Der ausgebaute Sprinter klapperte und dröhnte, während ich über die Autobahn sauste. Ich hatte die Schrottkiste vor wenigen Tagen von meinem ersparten Geld gekauft. Dementsprechend war auch der Zustand des Fahrzeugs nicht gerade wünschenswert. Doch solange der Camper über die wichtigsten Funktionen wie eine Kochstelle, eine Campingtoilette und ein Bett verfügte und nicht unter mir zusammenbrach, erfüllte er seinen Zweck. *Vorerst.*

Mein Blick fiel auf Link, der eingerollt in seiner Box auf dem Beifahrersitz lag und schlief. Es ist bislang nicht die beste Idee gewesen, den Kater mit auf mein persönliches Abenteuer ins Unbekannte mitzunehmen. *Verdammt*! Ich hätte ihn zu Hause lassen sollen. Das schlechte Gewissen zerdrückte mein Herz so sehr, dass es schmerzte. Vielleicht nahm er es mir übel, dass ich ihn aus seinem bekannten Revier herausgerissen hatte, nur, damit ich die nächste Zeit nicht allein war. Seit ich denken konnte, war ich noch nie vollkommen auf mich allein gestellt gewesen. Und ein großer Teil von mir fürchtete sich vor der bedingungslosen Einsamkeit.

»Es tut mir leid, Link«, murmelte ich. Wie zu erwarten, reagierte er nicht, sondern schlief seelenruhig neben mir weiter. Allein dadurch spendete er mir Kraft.

Ich zuckte zusammen, als mein Handy klingelte. Sogar Link hob träge sein Köpfchen. Bei dem Namen auf dem Display zog sich mein Herz schmerzhaft zusammen. Der Kloß in meinem Hals, den ich seit meinem Aufbruch zu ignorieren versuchte, machte sich nun deutlich bemerkbar. Wusste sie bereits davon? Ich fuhr mir übers Gesicht. Bevor ich es mir anders überlegte, nahm ich den Anruf entgegen.

»Oma?«, stammelte ich in die Freisprechanlage. »Es ist mitten in der Nacht.«

»Das hält dich auch nicht davon ab, einfach wegzufahren.« Nach einer kurzen Pause fügte sie hinzu. »Deine Mutter hat mich angerufen.«

Ich erstarrte. Unruhig rutschte ich auf dem Sitz hin und her. »Okay.«

»Du hast deinen Job gekündigt.«

»Ja, ich –«

»Und deine Wohnung aufgegeben.«

»Aber ich –«

»Und du bist davongefahren, ohne dich zu verabschieden.«

»Ja, tut mir leid«, erwiderte ich kleinlaut. Aus Angst, dass sie meinen Plan wie meine Mutter missbilligten, war ich zu feige gewesen, noch einmal bei meinen Großeltern vorbeizufahren. Meine Kraft, noch länger die Tränen zurückzuhalten, versagte.

»Als ich jung war, gab es für mich nur einen richtigen Weg. Eine andere Möglichkeit habe ich nicht einmal in Betracht gezogen. Ich habe einen netten Mann kennengelernt, diesen geheiratet und Kinder bekommen«, begann sie.

Ihre Worte kamen mir so vertraut vor. Mama hatte genauso angefangen. Doch im Gegensatz zu Oma ging sie auf andere Punkte ein, wie die Karriere und Arbeit in Verbindung mit der Familie. Doch wie bei Oma gab es für sie nur einen einzigen richtigen Weg.

»Oma, ich –«

»Ich bin noch nicht fertig, Mila«, unterbrach sie mich.

Ich murmelte eine gezwungene Entschuldigung und presste meine Lippen aufeinander.

»Ich würde dich oder deine Mutter für nichts auf dieser Welt eintauschen wollen. Ihr seid das Beste, was mir passieren konnte. Doch ich glaube, wenn ich den Gedanken zulasse, dann wäre ich bei manchen Entscheidungen in eine andere Richtung abgebogen.« Durch die Lautsprecher konnte ich den traurigen Unterton ihrer Stimmlage heraushören. Aus Angst, die Kontrolle über das Fahrzeug zu verlieren, drosselte ich das Tempo. Immer mehr Feuchtigkeit sammelte sich in meinen Augen, während ich ihr lauschte. »Aber das war eine andere Zeit. Ich hatte nicht die Möglichkeiten, die du jetzt hast. Du kannst dein Leben frei gestalten. Nutze die Gelegenheit.«

Ihre Worte versetzen mir einen Stich im Herzen. Mit dem Handrücken wischte ich mit die Tänen aus dem Gesicht. »Oma«, schluchzte ich leise. Ich fühlte ihr Bedauern, nicht die Möglichkeit besessen zu haben, einen anderen Weg zu gehen. Es war ein tiefer verdrängter Schmerz, und es kam mir vor, als wäre er mein eigener. »Es tut mir so leid.«

Sie lachte. »Ach mein Kind, das ist doch nicht deine Schuld. Ich bereue nichts, das solltest du wissen!«

Der Motor dröhnte, während ich über ihre Worte nachdachte. Im Gegensatz zu meiner Mutter klang sie nicht wütend. Sie schrie mich auch nicht an. Ganz im Gegenteil. Irgendwie hatte ich das Gefühl, sie versuchte mich bei meinem Vorhaben zu bestärken.

»Danke!«, murmelte ich schließlich.

»Pass auf dich auf, Mila.«

Mein Herz erwärmte sich. Ich lächelte schwach. »Mach ich. Versprochen!«

Im Schneidersitz saß ich auf einem ungemütlichen Klappstuhl vor meinem Camper und starrte gedankenversunken hoch zu den Sternen. Es war eine herrliche Sommernacht. Nicht zu kalt, aber auch nicht zu schwül. Der Mond erleuchtete den kleinen See vor mir, sodass die Oberfläche an manchen Stellen glitzerte. Alles war so ruhig. Abgesehen von einem leisen Plätschern, das hin und wieder zu hören war. Obwohl ich über acht Stunden, lediglich mit kleinen Unterbrechungen, durchgefahren war, fühlte ich mich großartig. Ich war müde und erschöpft, aber auch erleichtert. Die Last, diese panische Angst und die Frage, ob ich die richtige Entscheidung getroffen hatte, waren für den Augenblick verschwunden. Nach einer langen Zeit ohne Druck konnte ich nun endlich wieder durchatmen. An Schlaf war noch nicht zu denken. Erst wollte ich diesen Moment auskosten. Ich hatte es geschafft. Und verdammt, war ich stolz auf mich.

Ich schloss einen Moment die Augen und genoss die sommerliche Nachtluft auf meinem Gesicht, die in meiner Nase kitzelte. Feuchtigkeit sammelte sich unter meinen Lidern. Eine Träne löste sich und rann meine Wange hinunter. *Zufrieden.* Anders könnte ich meine Gefühlslage nicht beschreiben.

Ein leises Miauen erweckte meine Aufmerksamkeit.

»Hey, da bist du ja wieder!« Kurz nach meiner Ankunft an dem abgelegenen See inmitten der Alpen hatte ich Link in die Natur entlassen. Behutsam hob ich ihn auf meinen Schoß und strich über sein weiches Fell. »Wie war dein Ausflug? Bist du mir böse, dass ich dich entführt habe?«

Schnurrend legte er sich auf meine Beine und rollte sich ein.

»Ich hoffe, das war ein Nein«, murmelte ich.

Vorsichtig griff ich hinter mir nach meiner Handtasche und zog mein Notizbuch und einen Stift heraus. Ich atmete tief durch, dann schlug ich die markierte Seite auf.

~~1. Wohnung kündigen~~
~~2. Job kündigen~~
~~3. Camper kaufen~~
~~4. Mama Bescheid geben~~
5. Losfahren!!
6. Raus aus Deutschland
7. Meinen Weg gehen
8. Mich selbst finden
9. Wer bin ich?
Hinweis: Denk dran, irgendwann geht dir das Geld aus.

Ganz leicht hob ich meine Mundwinkel. Dann strich ich die Punkte fünf und sechs durch. Die erste Hürde hatte ich geschafft. Die ersten sechs Meilensteine waren mir nicht leicht gefallen, doch ich vermutete, dass die nächsten umso schwieriger werden würden.

ES GIBT IMMER EINEN ANDEREN WEG

»Verfluchter Mist!«, murmelte ich.

Stau. Soweit das Auge reichte. Stöhnend warf ich einen Blick auf Link, der in seiner Box stand und aufmerksam hin und her sah.

Der Verkehr lief schleppend. So richtig voran kam keiner. Die

Radiosprecherin verkündete, dass sich der Stau aufgrund einer Baustelle noch einige Kilometer ziehen würde.

Nach zwei Stunden lehnte ich mit der Stirn am Lenkrad und wippte ungeduldig mit den Beinen. Ich war so weit gekommen, hatte Deutschland verlassen und jetzt saß ich auf der Autobahn fest. Ironie des Schicksals. Schon wieder kam ich nicht voran und trat lediglich auf einer Stelle herum. Genauso wie zu Hause. Jeden Tag der gleiche Mist.

Jetzt bloß nicht den Kopf in den Sand stecken und weinen.

Schnaubend richtete ich mich wieder auf und stellte fest, dass ich zwei Meter weiter fahren konnte.

Wie schön für mich!

Ich verringerte den Abstand und wollte gerade wieder den Kopf aufs Lenkrad legen, als ich im Augenwinkel etwas aufblitzen sah.

»Link, siehst du das?« Ich traute meinen Augen nicht. Auf dem Standstreifen stand eine vollgepackte junge Frau, die ein Schild mit der Aufschrift *Rom* hochhielt. Sie trug einen gelben Pullover und eine blaue Latzhose. Ihr breites Grinsen, die Art, wie sie von einem Fuß auf den anderen hüpfte und das Schild hochhielt, erinnerte mich an die gelben kleinen animierten Wesen, die diesem Bösewicht halfen. Wie hießen die noch gleich?

Amüsiert betrachtete ich sie. Wie war sie auf die Autobahn gekommen? Fast hatte ich sie erreicht. Bislang hatte sich ihr noch niemand angenommen. Fasziniert beobachtete ich, wie sie das Schild höher streckte. Wieder kam ich einige Meter weiter. Nun war ich direkt auf ihrer Höhe. Ich sah aus dem Beifahrerfenster und fing ihren Blick auf. Nun konnte ich ihr komplettes Gesicht erkennen. Sie war ziemlich jung – vielleicht in meinem Alter –, hatte weiche Züge und ein sehr schönes Lächeln. Noch bevor ich meine Meinung ändern konnte, lehnte ich mich über Links Box, öffnete die Beifahrertür und stotterte in meinem schlechten Englisch: »Möchtest du mit?«

Sie strahlte zu mir hoch. »Ja, gern. Ich bin Sophie«, antwortete sie zu meiner Erleichterung auf Deutsch.

Ich räusperte mich. »Hey, ich bin Mila und das ist Link.«

Ihr Grinsen wurde noch breiter, als sie den Kater entdeckte.

»Schön, euch kennenzulernen. Wo kann ich meine Sachen abstellen und mich hinsetzen?«

Der Verkehr war wieder stehen geblieben, sodass ich ohne Bedenken die Handbremse anziehen und den Gang rausnehmen konnte. »Du kannst mir deinen Rucksack geben und dich dann hier hinsetzten.« Ich deutete auf den Beifahrersitz.

Vorsichtig hob ich Links Box hoch und quetschte mich durch die zwei vorderen Sitze in den hinteren Bereich des Campers. Link schien nichts dagegen zu haben. Vorsichtig stellte ich seine Box in der sogenannten Küche ab und befestigte sie an einem Spanngurt, den ich extra eingepackt hatte.

Sophie stieg ein und hielt mir ihren Rucksack hin, den ich daraufhin ebenfalls mit dem Spanngurt sicherte.

Zaghaft rüttelte ich an dem riesigen Rucksack und an der Katzenbox. »Ich denke, das sitzt fest«, murmelte ich eher zu mir selbst und war überrascht, als ich eine Antwort auf meinen lauten Gedankengang bekam.

»Ja, denke ich auch. Ich schreibe schnell meiner Mama, dass ich eine Anhalterin gefunden habe. Danke für alles!«

Mit einem unsicheren Lächeln drehte ich mich zu ihr. Sophie saß bereits angeschnallt auf dem Beifahrersitz und sah zu ihrem Handy hinunter.

Ich musterte ihr Profil. War mein Drang nach Gesellschaft bereits nach einem Tag so groß, dass ich eine Wildfremde mitnahm? Eigentlich wollte ich die Reise ganz allein antreten und mich nur auf mich selbst konzentrieren. *Verdammt.* Ein Hupen riss mich aus meiner Gedankenwelt. Der Verkehr war einige Meter vorangekommen.

Weit kamen wir jedoch nicht. Verzweifelt lehnte ich mich gegen die Kopfhalterung.

»Wie lange stehst du schon im Stau?«

Ich schielte zur Seite. »Über drei Stunden.«

»O je.«

»Was du nicht sagst«, murmelte ich und presste die Lippen aufeinander und merkte zu spät, dass mein Kommentar sehr schnippisch über meine Lippen gerutscht war. »Tut mir leid. Die ganze Situation nervt mich nur noch.«

Sie nickte schließlich und starrte dann aus dem Fenster. »Das verstehe ich.«

»Wie kommst du eigentlich auf die Autobahn?«, fragte ich, um irgendwie das Eis zwischen uns zu brechen und meiner frustrierten Laune nicht weiter Raum zu verschaffen.

»Meine Mitfahrerin zuvor war zwar sehr nett, aber ich habe mich nicht wohl gefühlt.« Sophie lächelte, sodass ihre Grübchen hervortraten. »Die Energie, die sie ausgestrahlt hat, war mir zu düster. Also habe ich auf mein Bauchgefühl gehört und sie hat mich dann aussteigen lassen.«

Ich starrte sie an und wusste nicht so recht, wie ich auf ihre Erklärung reagieren sollte. Erst, als sie ihren Kopf neigte und mich erwartungsvoll anblickte, wurde mir bewusst, dass ich sie vermutlich total irritiert angaffte. Räuspernd drehte ich mich wieder nach vorn und wusste nicht so recht, was ich darauf erwidern sollte. »Klingt einleuchtend.«

Sie lachte laut. »Es war auch sehr einleuchtend für mich.«

»Dann hoffe ich, dass meine Aura besser ist«, wollte ich wissen, obwohl ich es bezweifelte, da ich ziemlich genervt von der Gesamtsituation war. Noch eine Stunde mit mir und sie würde wahrscheinlich auch freiwillig auf der Autobahn aussteigen, um von mir wegzukommen.

»Um Längen. Du bist ein schönes Orange.« Sie grinste und verschränkte ihre Arme hinter ihren Kopf. Dabei fielen mir unter den hochgekrempelten Ärmeln die vielen kleinen Tattoos auf ihrem Arm auf.

»Na dann.« Orange? Ich wollte gar nicht wissen, was das bedeutete.

Irgendwann zog Sophie ihre Schuhe aus, setzte sich in den

Schneidersitz und schloss die Augen. Ich beobachtete sie dabei, wie sie lächelnd neben mir saß und leise mit dem jeweiligen Radiosong mitsummte. Woher nahm sie nur ihre gute Laune?

»Wie weit kannst du mich mitnehmen?«, fragte sie einen Moment später, als wüsste sie, dass ich sie betrachtete.

»Ehm ... Direkt nach Rom, wenn du möchtest.«

Sie öffnete ihre Augen und das helle Blau kam zum Vorschein. »Echt?«

»Ja, ich habe ...« Kein Ziel? Ich biss mir auf die Lippe. Es war mir unangenehm zu erzählen, dass ich überhaupt nicht wusste, wohin ich eigentlich fuhr. »Ich kann dich nach Rom fahren. Ich bezweifle nur, dass wir je ankommen, wenn das hier so weiter geht.«

Sie spitzte die Lippen. »Was hältst du davon, die Autobahn zu verlassen?«

»Um dann durch die Dörfer zu tuckern?«, fragte ich verständnislos. »Ich glaube, das dauert auch ziemlich lang.«

Sie strich eine blonde Strähne hinter ihr Ohr. »Hmm ... ich habe es nicht eilig. Wir könnten die Landschaft genießen, irgendwo etwas Leckeres essen und eine Pause machen.«

»Möchtest du heute nicht ankommen?«

Sie lächelte. »Nein, nicht zwingend. Ich reise nicht, um anzukommen. Der Weg dahin ist doch das Ziel«, erklärte sie ruhig und sachlich, als würde sie mir irgendetwas damit sagen wollen. »Sieh mal, du hast einen Camper und ich habe ein Zelt. Was bringt es uns, hier festzusitzen und genervt voranzukommen? Wir könnten einfach einen anderen Weg fahren.« Sie pausierte und wartete, dass ich etwas erwiderte. Jedoch war ich viel zu erstaunt von ihrer Direktheit. »Es dauert vielleicht länger, aber wir bekommen wenigstens etwas von der Welt mit. Und wenn wir nicht mehr wollen, dann schlafen wir irgendwo und fahren morgen weiter. Was denkst du?«, sprudelte es begeistert aus Sophie heraus.

Sie lächelte. Ihr aufgeweckter Blick glitt über mein Gesicht. »Hast du es eilig?«, fragte sie, da ich nicht antwortete, weil ihre Worte etwas in mir in Gang gesetzt hatten.

Überzeugt schüttelte ich den Kopf. Ich war so besessen davon gewesen, voranzukommen, dass ich vergessen hatte, die Beschleunigung aus meinem Leben zu nehmen und mein Abenteuer einfach zu genießen.

GEFANGEN IM KOPF

Mein Magen erinnerte mich deutlich daran, dass ich heute bisher lediglich eine Banane gegessen hatte. Fest drückte ich mir gegen den Bauch, um dem lauten Knurren entgegenzuwirken. Ich seufzte und massierte anschließend meine Schläfen. Getrunken hatte ich auch zu wenig. Müde blickte ich auf die Straße. Wir hatten die Alpen hinter uns gelassen und fuhren nun an bunten Feldern und kleinen Wäldern vorbei. Die Sonne stand hoch am Himmel und wurde immer wieder von einzelnen Wolken überdeckt. Es war ein sommerlicher Tag, sodass ich immer mal wieder während der Fahrt die Fensterscheiben herunterfahren ließ und tief einatmete, um mich zu beruhigen.

Meine Gedanken kreisten ständig und eindringlich. Mittlerweile zweifelte ich deutlich an der Entscheidung, meinem vertrauten Leben den Rücken zuzukehren. Der erste Tag war – wie sagte ich das jetzt am besten, ohne den kompletten Mut zu verlieren – *ganz und gar nicht* wie erwartet verlaufen. Die anfängliche Euphorie war verpufft. Und frei fühlte ich mich erst recht nicht mehr. Stattdessen schmerzte alles. Ich vermisste meine Oma, meine Freunde und selbst meine Mama – und das sollte schon etwas heißen. Wie gern würde ich jetzt ihre Stimme hören und einen Rat von ihr einholen.

»Ich glaube, wir sollten eine Pause einlegen. Etwas essen und entspannen«, schlug Sophie vor.

Ich fuhr weiter. »Wir haben gerade erst die Autobahn verlassen. Du willst jetzt schon eine Pause machen?«

Nach reiflicher Überlegung war ich ihrem Rat gefolgt. Fast

eine Stunde hatten wir gebraucht, um uns durch den Stau zu schlängeln und die nächstbeste Ausfahrt zu nehmen.

»Unbedingt! Vielleicht brauchst du ja auch eine?« Wieder sah sie mich eindringlich an. Ich erwiderte ihren Blick.

»Du willst gar nicht mehr weiterfahren, oder?«

Sophie presste ihre Lippen aufeinander und warf mir einen entschuldigenden Blick zu.

»Das war also von Anfang dein Plan?«, schlussfolgerte ich und wusste nicht so recht, ob ich diese Tatsache als gut oder schlecht empfand. Schon seit sie sich auf den Beifahrersitz gesetzt hatte, hatte sie ziemlich viel gefordert. Irgendwie störte mich das, genauso wie der Gedanke, dass ich heute nicht so weit wie gestern gekommen war. Der Abstand zu meinem alltäglichen Leben war noch nicht groß genug. *Du schaffst es nicht,* murmelte die kleine, mutlose Stimme in meinem Kopf.

Nun schmunzelte Sophie wieder und zuckte mit ihren Schultern »Vielleicht.« Unter meinem Blick richtete sie sich ein wenig auf, sah jedoch nicht weg. »Darf ich dich etwas fragen?«

Ich räusperte mich und nickte.

»Wie fühlst du dich gerade?«

Irritiert musterte ich sie mit zusammengezogenen Augenbrauen. »Ich fühle mich …« Entkräftet? Müde? Traurig? »… gut.«

Sie verzog das Gesicht. »Ich bin ziemlich erschöpft und hungrig. Ich habe den Eindruck, dir geht es auch so. Wir sollten uns etwas Gutes tun.«

»Ich … äh …« Ich konnte sie nicht länger ansehen. Starr sah ich auf die Straße. Jedes Mal, sobald ich in ihre Augen blickte, bekam ich das Gefühl, als würde sie tief in meine Seele blicken.

»Mila?«

»Ich weiß nicht. Ich glaube, ich will weiterfahren.« Mein Kopf war leer und gleichzeitig so voll, dass ich keine Gedanken greifen und kein Gefühl identifizieren konnte.

Als ich ihre Hand auf meiner Schulter spürte, zuckte ich zusammen und hätte fast das Lenkrad losgelassen.

»Mila, ich fühle, dass es dir nicht gut geht.«

»Woher willst du wissen, was ich fühle?«, entgegnete ich genervt.

»Ich spüre es. Du hast bestimmt auch Hunger. Wieso sperrst du dich so davor, anzuhalten?«

Sie spürte es? Aus dem Augenwinkel erkannte ich, dass sie mich besorgt musterte.

Laut schnaubend drehte ich mich zu ihr. »Du kennst mich nicht!«

Sie wich zurück. Hatte ich geschrien? Mit ihren großen Augen starrte sie mir direkt in die Seele.

Sophie schluckte und hob ihre Hände. »Ich will dir nicht zu nahe treten. Es kommt mir nur so vor, als würdest du vor etwas fliehen.« Ihre Stimme war so sanft. Irgendwie wohltuend.

Kopfschüttelnd drehte ich mich von ihr weg.

»Jeder braucht einmal eine Pause. Ich denke, das solltest du wissen.«

Was dachte sie sich dabei? Ich floh nicht, sondern ... *Verdammt!* Wie kam sie darauf? Ich wollte doch nur weiterfahren. Genauso wie gestern.

»Ich fahr dich in die nächste Kleinstadt, dann setze ich dich ab.«

Ich spürte ihren Blick auf mir, doch ich widerstand dem Drang, ihm zu begegnen, und fuhr einfach weiter. Wir kannten uns seit höchstens zwei Stunden und sie nahm sich die Freiheit heraus, mir zu beschreiben, wie ich mich fühlte und mir eine Pause vorzuschlagen. Warum machte mich das so verdammt wütend?

Weil sie recht hat, flüsterte eine kleine Stimme in mir.

Wir fuhren einen kleinen Schotterweg entlang, bis der Camper wieder festen Halt unter sich hatte. Ich blinzelte. Der Himmel hatte sich zugezogen. Nur noch vereinzelt drangen die Sonnenstrahlen durch die Wolkendecke. Ein paar Meter von uns entfernt befand sich ein kleines italienisches Dorf. Sophie hatte darauf bestanden, hier herausgelassen zu werden, und ich musste mir eingestehen, dass es ziemlich idyllisch aussah. Dann hielt ich an.

»Passt das so?«

Sophie nickte langsam. »Danke.«

»Kein Problem«, erwiderte ich und beobachtete, wie sie sich abschnallte und ausstieg.

Seufzend fuhr ich mir übers Gesicht. Ich begriff immer noch nicht, wie es zu dieser Situation gekommen war. Was war passiert, dass sich nun unsere Wege so schnell wieder trennten? Sie wollte eine Pause und ich … eigentlich auch. Ich hatte Kopfschmerzen, Hunger und mein Hintern tat vom Sitzen weh.

Kopfschüttelnd quetschte ich mich in den hinteren Teil des Campers und öffnete die Schiebetür.

Sophie stand bereits da und nahm mir ihren Rucksack ab. Obwohl ich sie gerade aus meinem Camper warf, lächelte sie. Ihr schien es nichts auszumachen. Im Gegensatz zu mir. Am liebsten wäre ich wieder zurückgerudert, hätte mich für mein Verhalten, welches ich selbst nicht verstand, entschuldigt.

Krampfhaft hielt ich mich am Griff der Seitentür fest. Mir fehlten die Worte. Mir fehlte der Mut.

Sie umschloss meine freie Hand. »Ich danke dir, dass du mich hierher gebracht hast, und ich wünsche mir, dass du endlich bei dir ankommst.«

»Danke«, murmelte ich irritiert. *Bei mir?*

Dann drehte sie sich um und lief den Weg entlang zum Dorf.

Ich setzte mich auf den Fahrzeugboden, zog meine Knie an und sah ihr hinterher. »Verdammt. Link, wieso sagst du denn nichts?«, murmelte ich verzweifelt und fuhr mir durch die Haare. »Mila, du bist so eine sture Ziege!«, verfluchte ich mich selbst.

Eine seltsame Schwere legte sich auf meine Brust. Wer auch immer Sophie wirklich war und was sie ausmachte, würde ich nun niemals herausfinden.

Link miaute.

Erschöpft ließ ich mich vor dem platten Reifen zu Boden gleiten. Wie um Himmels Willen war das passiert?

Ich war keine zehn Meter weit gefahren, seit Sophie allein weitergezogen war. Frustriert schlug ich mehrfach gegen den Reifen.

»Du verdammtes Scheißding!«, schrie ich auf. Tränen rannen meinen Wangen hinunter. Nichts lief wie geplant. Ich hatte den halben Tag im Stau gestanden und eine Fremde aus meinem Camper geworfen.

Diese Reise sollte mir *helfen*. Das Alleinsein sollte mir *gut* tun. Stattdessen tat mir alles weh und ich fühlte mich miserabel. Dazu kamen noch der verdammte Kohldampf und diese miesen Kopfschmerzen.

Weinend zog ich meine Beine an den Oberkörper. Die Steine bohrten sich in meinen Hintern, sodass es wehtat. Doch ich ignorierte den körperlichen Schmerz. Ich war fünfundzwanzig Jahre alt und hatte die Kontrolle über mein Leben verloren. Wie war ich nur auf die dumme Idee gekommen, meinen sicheren Job und die Wohnung zu kündigen?

»Was stimmt nicht mit mir?«, schluchzte ich.

Ich hörte das Klingeln meines Handys im Camper. Es stoppte, bis es einige Sekunden später erneut ertönte. Erschöpft hob ich den Kopf, rappelte mich mühsam auf, wischte mir die Tränen weg und stapfte zur Tür.

Ich schluckte, als ich den Namen auf dem Display erkannte. Sie durfte auf keinen Fall von meinem Zusammenbruch und dem platten Reifen erfahren. Nicht rangehen wäre aber auch keine Option. Es würde sie bei ihren stumpfsinnigen Ansichten nur bestärken. Ich wischte mir über die Augen und atmete mehrfach tief durch. *Reiß dich zusammen, Mila!*

Mutlos setzte ich mich auf den Boden meiner Küche und blickte zum höher gelegenen Bett im hinteren Bereich des Campers.

»Hey Mama.«

»Mila. Danke, dass du rangegangen bist.«

Bei ihrer Stimme sammelten sich erneut Tränen in meinen Augen. Mit aller Kraft versuchte ich, sie zurückzuhalten. »Klar.«

»Geht es dir nicht gut?« Sie klang alarmiert. »Was ist passiert?«

Ich schniefte. »Nichts. Alles gut.«

»Och, mein Schatz. Komm heim.«

Abwehrend schüttelte ich den Kopf. Ich durfte jetzt nicht aufgeben. »Nein.«

»Es tut mir leid, dass wir uns gestritten haben. Bitte kein falscher Stolz. Du kommst heim, wohnst erst einmal bei mir und wir sprechen einfach nicht darüber. Okay? Ich bin nicht mehr sauer. Versprochen!«

Tränen rannen über meine Wangen. Wie gern würde ich jetzt bei ihr sein. »Ich kann nicht, Mama.«

»Wieso nicht?«

»Ich bin nicht glücklich«, flüsterte ich und wischte mir über die Augen.

»Schatz, komm heim. Du reagierst über.«

Ich starrte zu Link, der versuchte, die Metallstäbe seiner Box anzuknabbern. Er war gefangen in einem Käfig. Genauso wie ich, wenn ich jetzt zurückkehren würde. Ich öffnete seine Tür. Link tappte schnurrend zu mir und leistete mir die erhoffte Gesellschaft.

»Mila?«

»Ich kann nicht«, wiederholte ich.

»Du kannst doch nicht einfach von deinem Leben davonfahren. So läuft das nicht. Du musst Verantwortung übernehmen, auch wenn es mal nicht so gut läuft«, erklang ihre Stimme.

»Du verstehst das nicht, Mama. Ich möchte dieses Leben nicht mehr und ich bin ehrlich, ich weiß nicht, ob ich es je wollte.«

Mich ließ das Gefühl nicht los, dass ich in dieses Leben hineingequetscht worden war.

»Was redest du denn da?«

»Ich kann nicht länger so tun, als ob es mir gut geht. Mir macht es keinen Spaß, jeden Tag im Büro zu sitzen, nach Hause zu fahren und am nächsten Morgen wieder arbeiten zu gehen. Jeder beschwert sich darüber, tut jedoch nichts. Wir sind alle wie Zombies, die auf die Rente hinarbeiten. Das will ich nicht.«

»Das ist aber so. Es ist normal«, widersprach sie direkt.

Ich umschloss das Handy etwas fester. »Das ist dein einziges Argument. Jedes Mal. Das ...«

»Schrei mich nicht an«, unterbrach mich meine Mutter streng.

Ich hatte nicht bemerkt, dass ich laut geworden war. »Tut mir leid. Aber es ist doch so. Ich muss wissen, was ich will, von mir und vom Leben.«

»Mila ...«, sagte sie leise.

»Nein, Mama. Jetzt bin ich dran.« Ich atmete tief durch. Die nächsten Worte wählte ich mit Bedacht. »Du bist so besessen von deiner Arbeit. Was hast du davon? Ich bin gefühlt bei Oma aufgewachsen und wann hast du das letzte Mal etwas getan, was dir Spaß gemacht hat? Und komm mir nicht mit dem Urlaub! 30 von 365 Tage sind nicht viel.«

»Ich bin deine Mutter. Ich sorge für dich. Geld wächst nicht auf Bäumen!«, schrie sie. »Das Leben ist kein Wunschkonzert. Jemand muss sich darum kümmern!«

»Hast du dich jemals gefragt, wie ich mich gefühlt habe, als du mich bei Oma abgesetzt hast? Ich weiß, die Welt funktioniert nur mit Geld, aber du bist mir um einiges wichtiger.« Ich schüttelte den Kopf, weil ich es einfach nicht verstand. »Mama, bist du glücklich? Kannst du am Ende deines Lebens sagen: Ja, ich habe gelebt, ohne, dass ich etwas bereue?«, fragte ich. »Oder quälst du dich nur mit den Gedanken durch die Woche, dass bald Wochenende ist oder dass du in der Rente Zeit hast?«

Keine Antwort.

»Du hast nur eine begrenzte Zeit auf dieser Welt. Ich möchte meine Zeit nicht vergeuden, indem ich nur für gesellschaftliche Werte lebe. Ich habe nur ein einziges Leben und das möchte ich so gestalten, wie es mir gefällt. Ich will leben, und mich nicht durch den Tag quälen, und mir ist schon bewusst, dass es mal beschissene Tage gibt. Darum geht es jedoch nicht.«

»Ich werde jetzt auflegen«, erwiderte sie.

Wie schon zuvor, zog sie sich zurück. »Ernsthaft?«

Ich erzählte ihr gerade, wie ich mich fühlte, und sie wollte das Gespräch beenden. Unglaubliche Wut kochte in mir. Meine Hand tat weh, weil ich das Handy so fest umklammerte, dass meine Fingerknöchel weiß hervortraten.

»Du bist unvernünftig. Du denkst es nicht bis zum Ende durch! Es gibt Menschen, denen geht es um einiges schlimmer, Prinzessin.«

Ich schrie. Innerlich. Laut.

»Das macht meine Gefühle nicht weniger wert. Nur weil es anderen schlechter geht, geht es mir nicht besser«, entgegnete ich leise. »Es ist vielleicht in deinen Augen eine schlechte Idee, doch ich darf es mir erlauben, weil es mein Leben ist. Dann falle ich eben hin, aber ich habe die Stärke, wieder aufzustehen. Wenigstens kann ich sagen, dass ich es versucht habe.« Das Gespräch zerrte an meinen Nerven. Zum ersten Mal in meinem Leben hatte ich Mama meine Gedankenwelt offenbart. Und es fühlte sich gut an.

»Jetzt darfst du auflegen.«

DU BIST NICHT ALLEIN

Der Donner erschütterte mich bis ins Mark. Ungleichmäßig prasselte der Regen auf das Dach. Link lag eingerollt zu meinen Füßen. Ich vergrub meinen Kopf unter meinem Kissen. Nachdem ich erfolglos in dem kleinen Dorf nach einer Werkstatt gesucht hatte, war ich zurück zum Camper gelaufen. Es hatte keine andere Möglichkeit gegeben, als hier auf dem kleinen Schotterweg zu übernachten. Obwohl es sich überhaupt nicht gut angehört hatte, war ich noch ein paar Meter gefahren, sodass ich nicht mitten auf dem Weg stand.

Erneut knallte es unendlich laut. Es hörte sich an, als würde das Gewitter gegen den Camper schlagen. Immer fester.

»Mila?«, erklang es leise.

Abrupt richtete ich mich auf. Für eine geschlagene Sekunde nahm ich an, dass mein Verstand mir einen Streich spielte, bis jemand gegen meine Campertür klopfte.

»Mila?« Diesmal lauter und energischer.

Mit klopfendem Herzen sprang ich aus dem Bett. Gebückt lief ich zu Tür und öffnete sie. Sofort regnete es herein. Der Wind riss mir die Tür aus der Hand, sodass sie sich weit aufschob, und klatschte mir meine Haare ins Gesicht. Blinzelnd sah ich nach draußen und entdeckte Sophie, die ihre Augen vor dem Regen abschirmte. Sie war klatschnass.

Ohne darüber nachzudenken, zog ich sie in den Camper. Zusammen kämpften wir gegen den Wind und zogen die Tür zu.

Sie sank zu Boden und starrte mich an. Dann lachte sie plötzlich auf und machte eine lässige Handbewegung. »Mein Zelt ist einfach weggeflogen.«

Es war so absurd, dass ich mit einstimmte. Wir lachten eine Weile, bis sie plötzlich anfing, zu weinen. *Verdammt.* Das Lachen blieb mir im Hals stecken. Sofort rutschte ich zu ihr.

»Alles gut?« Vorsichtig fasste ich ihre Schulter an.

Schluchzend schüttelte sie den Kopf. »Wie kann sowas passieren? Das Zelt ist plötzlich eingerissen und dann bin ich raus und ... einfach weg. Alles. Ich habe dich im Dorf gesehen. Du bist ziemlich verstreut die Hauptstraße entlang gelaufen. Dann habe ich festgestellt, dass du hier noch stehst. Ich wusste nicht, wohin.«

»Konntest du nichts mehr retten?« Entsetzt sah ich mich nach ihrem Rucksack um und stellte fest, dass er nicht hier war. *Verdammt.* »Es tut mir so leid. Ich werde dir morgen im Hellen suchen helfen. Versprochen!«

Sie weinte. Immer wieder schniefte sie. Da ich nicht genau

wusste, was ich tun sollte, zog ich sie langsam in meine Arme. Sie war nass und kalt. Ihr ganzer Körper zitterte.

»Ich gebe dir ein Handtuch und Klamotten von mir.«

Sie nickte lediglich. Ich durchwühlte meine Schränke und fand eine lockere Jogginghose und einen dicken Pullover.

»Danke.« Sie nahm mir die Klamotten mit einem schwachen Lächeln ab.

Wir lagen im Bett. Nachdem Sophie sich abgetrocknet und umgezogen hatte, kuschelten wir uns unter die Decken. Link lag zwischen uns und ließ sich von Sophie kraulen.

»Es tut mir leid, dass ich heute Mittag so komisch reagiert habe«, begann ich, da es mir bereits auf der Zunge gelegen hatte, als sich unsere Wege getrennt hatten. »Ich ... weiß zurzeit nicht, was mit mir los ist. Das ist eine blöde Ausrede, aber es ist so. Ich kann es nicht besser erklären.«

Ihr Blick glitt zu mir. »Möchtest du einfach mal die Luft herauslassen und erzählen, was dich gerade beschäftigt?«

Das hatte ich damit eigentlich nicht gemeint. »Ich denke nicht. Außerdem hast du gerade ganz andere Probleme als meine.«

Wieder lächelte sie schwach. »Das macht deine aber nicht weniger wichtig. Vielleicht tut es mir ganz gut, einfach nur für dich da zu sein, so wie du jetzt gerade für mich da bist.«

Ich wusste nicht, wie ich auf ihre Worte reagieren sollte. Es überforderte mich enorm. »Wir kennen uns doch kaum.«

»Ja und? Manchmal lernt man Menschen kennen und hat tiefgründigere und erkenntnisreichere Gespräche als mit Personen, die man bereits sein Leben lang kennt«, widersprach sie. Sie betrachtete mich so aufmerksam, dass ich unruhig hin und her rutschte.

»Ich möchte mich echt nicht aufdrängen. Vielleicht sollten wir einfach schlafen«, versuchte ich, die Unterhaltung zu unterbinden.

»Mila, du drängst dich nicht auf. Ich bin diejenige, die deine Klamotten anhat und in deinem Bett liegt.«

Ich drehte mich von ihr weg und sah nun auch hoch zur Decke. »Ich hatte heute Streit mit meiner Mutter«, begann ich. »Wir streiten uns zurzeit sehr oft, da ich alles, was ich kannte, hinter mir gelassen habe, um mit dem Camper loszufahren. Ich brauche eine Pause und einen neuen Blickwinkel auf mein Leben.«

Ich erzählte ihr davon, wie ich meinen Job gekündigt hatte, meine Wohnung aufgegeben und tagelang heulend auf der Couch gesessen hatte, da ich nicht wusste, was ich eigentlich von mir selbst erwartet hatte. Ich öffnete mich, wie ich mich zuvor noch niemandem sonst offenbart hatte.

Und sie lauschte. Immer wieder nickte sie oder erklärte mir, dass sie meine Gedanken nachvollziehen konnte. Zum ersten Mal hatte ich nicht den Eindruck, ich wäre komplett dabei, meinen Verstand zu verlieren, sondern ich fühlte mich wertgeschätzt und wahrgenommen. Und das nur, weil sie mir zuhörte und versuchte, mich durch meine Augen zu sehen.

»Du bist nicht allein«, flüsterte sie irgendwann und griff nach meinen Händen.

GENIESSE DIE KLEINEN DINGE

Am nächsten Morgen war der Sturm wie weggeblasen. Als hätten sich die Energien über den Tag aufgeladen, um sich schließlich in der Nacht zu entladen, sodass nun ein neuer frischer Tag starten konnte.

Ich schob den Vorhang ein wenig zur Seite und erblickte den Sonnenaufgang hinter dem Dorf, der die Häuser in ein wunderschönes Orange tauchte. Es nieselte noch.

»Vielleicht sollte der Streit mit deiner Mutter gestern so sein. Du hast für dich Stellung bezogen und jetzt leuchtest du wieder in einem saftigen Orange«, flüsterte Sophie, die sich über die Augen rieb und ebenfalls aus dem Fenster sah.

Um ehrlich zu sein, wusste ich nicht so recht, was ich darauf antworten sollte. »Okay. Dann bin ich jetzt stolz auf mich.«

Sie nickte begeistert. »Genau.«

Schließlich beschlossen wir, Kaffee zu kochen. Sophie räumte zwei Tassen aus dem Schrank, während ich den Wasserkocher auf den Gasherd stellte.

»Schau mal, ein Regenbogen.« Sophie klebte an der Scheibe über dem Herd.

Tatsächlich. Er erstrahlte genau über dem Dorf.

»Hast du Lust, rauszugehen?«, schlug sie plötzlich vor.

»Es regnet doch noch«, widersprach ich und schüttelte den Kopf.

»Macht doch nichts. Die paar Tropfen. Die Sonne ist ja warm.«

Ihre Argumente überzeugten mich nicht. »Ich habe keine zwei Regenjacken.«

»Dann ziehen wir uns eben aus«, sagte sie, als wäre es ganz selbstverständlich.

Ich lachte. Wie konnte sie nach gestern nur wieder so tatenfroh sein?

»Komm schon. Wir müssen jeden Moment auskosten.« Sie zog die Klamotten aus, die ich ihr gegeben hatte.

»Ich weiß nicht«, murmelte ich.

Sie lachte nur, öffnete die Tür und war lediglich in Unterwäsche bekleidet. Erst quiekte sie laut auf, als sie heraustrat, dann setzte sie sich langsam in Bewegung. Eher springend statt tanzend hüpfte sie über den Boden.

Sophie drehte sich im Kreis und schloss die Augen. Ihr Gesicht richtete sie gen Himmel.

Ach was soll's. Schnell entledigte ich mich meiner Kleidung, atmete tief durch und rannte schließlich hinaus. Das Gras war noch feucht. Die Erde war weich. Ich schrie vor Freude. Der Regen war kalt und ich bekam sofort eine Gänsehaut. Lachend kam Sophie zu mir.

»Und? bereust du es?«

Ich schlang die Arme um mich selbst. »Ja. Ich friere«, scherzte ich.

Grinsend neigte sie den Kopf. »Schließe deine Augen und rieche, schmecke und tanze. Benutze all deine Sinne.«

Ich atmete tief durch. Es roch angenehm nach nasser Erde. Es war unglaublich still. Dann schloss ich die Augen. Die Tropfen fühlten sich wie zärtliche Berührungen an. Kühl, aber angenehm. Ich fröstelte, als ein Windstoß mich erfasste.

»Tanz!«, rief Sophie dicht neben mir.

Also tanzte ich. Ich wirbelte herum, bewegte mich mit dem Wind und wurde eins mit der Erde. Tränen liefen über meine Wangen. Die Gefühle übermannten mich. Keine schlechten, aber auch keine guten. Ich weinte aus purer Befreiung.

Irgendwann öffnete ich meine Augen und war überrascht, was ich entdeckte. »Ich habe dein Zelt gefunden«, rief ich laut.

Sophie schrie begeistert auf und rannte zu mir. »Alles Gute kommt irgendwann zurück.«

Wir blickten uns an und grinsten.

ULRIKE ASMUSSEN

SOMMERBUCKETLISTE

- Im Garten Zelten
- Erdbeeren pflücken
- In einem See/im Meer schwimmen
- Durch den Sommerregen tanzen
- Mit der Bahn für einen Tag in eine andere Stadt fahren
- Den CSD besuchen
- Ganz viel Eis essen
- Grillen
- Marmelade kochen
- Kanu oder Tretboot fahren/Rudern oder Segeln gehen
- Am Lagerfeuer sitzen
- Den Sternenhimmel beobachten

FLO MORENO

TIEFENRAUSCH

Es war früh und die Sonne kroch langsam hinter den steilen Klippen hervor. Einzelne Strahlen kitzelten bereits das noch im Schlaf versunkene Meer.

Es gab kaum einen Ozean, in dem Henry noch nicht getaucht war und jeder einzelne Ort, jedes Gewässer, hatte seinen ganz eigenen Reiz. Jahr für Jahr vergaß er für wenige Wochen sein Dasein als Lehrer und konzentrierte sich einzig auf seine Leidenschaft.

Keine Familie, keine Schüler, keine Verpflichtungen. Die Sommerferien gehörten ihm allein. Ihm und dem Wasser. Seit der junge Mann denken konnte, zog es ihn dorthin.

Während der Autofahrt von seiner derzeitigen Unterkunft in Dahab zu seinem heutigen Ziel dachte Henry zurück an seine ersten Tauchgänge. Die Unterwasserwelt hatte etwas Magisches an sich. Nichts auf der Erde war vergleichbar mit einem über Jahrhunderte hinweg gewachsenen Korallenriff. Mit der Artenvielfalt des maritimen Lebens, die stets im Einklang mit dem Meer war. Mit den Farben, die je nach Strömung und Witterung mal mehr, mal weniger intensiv erschienen. Nichts konnte ihm diese innere

Ruhe verschaffen, die ihn jedes Mal einnahm, sobald ihn das Wasser umgab wie ein schützender Kokon.

Sein heutiger Tauchgang war jedoch eine Premiere. Es gab kaum noch Leben an diesem Ort und die meisten Korallen waren abgestorben. Der Reiz lag definitiv nicht in der Schönheit des Riffs, sondern darin, die eigenen Grenzen zu testen.

Wie weit kann ich gehen? Bis zu welcher Tiefe schaffe ich es? Werde ich den Weg durch die Kathedrale bis ins offene Meer tauchen können?

Der Wagen hielt an. Henry drückte dem Fahrer einen Schein in die Hand, schnappte sich seine Ausrüstung und warf die Autotür hinter sich zu.

Auf dem Fußweg zum Einstieg genoss er die Stille. Er wurde begleitet vom steten Rauschen des Meeres und dem knirschenden Sand unter seinen Füßen.

Nichts deutete darauf hin, dass sich hier in Kürze Hunderte von Touristen einfinden würden. Die etlichen dicht aneinander gedrängten Restaurants würden erst am späten Vormittag ihre Türen öffnen. Ein aufgeregtes Kribbeln ging durch Henrys Körper und er konnte ein Grinsen nicht unterdrücken, als sein Blick den tiefblauen Fleck inmitten der türkisfarbenen See einfing. Das Blue Hole. Sein Ziel.

Ein Loch im Dach eines Riffs, über einhundert Meter tief. Durch einen bogenförmigen Tunnel, die sogenannte »Kathedrale«, war es mit dem offenen Meer verbunden.

Wie lange hatte er schon davon geträumt, dort hindurch zu tauchen? Den Schauplatz zahlreicher Todesfälle mit eigenen Augen zu sehen? Vielleicht sogar herauszufinden, was dort unten vor sich ging? Henry weigerte sich, daran zu glauben, dass es sich ausschließlich um Unfälle handelte. Mit Sicherheit waren falsche Selbsteinschätzung und nicht kalkulierbare Strömungen Risiken, die ihre Tribute forderten.

Aber von geschätzten dreihundert Tauchern?

Er bereitete sich vor.

Tauchanzug. Handschuhe. Flossen.

Gedanklich ging er die Checkliste durch.

Tarierjacket. Atemregler. Tauchlampe.

Henry schloss die Augen.

Selbstkritisch sein. Konzentriert. Die Strömung beobachten.

Als er sie wieder öffnete, war er fokussiert. Er blendete seine gesamte Umwelt aus. Unbekannten Plätzen begegnete er immer mit Respekt, tastete sich behutsam voran, bis ihn schließlich die willkommene Ruhe empfing.

Die Sonnenstrahlen brachen durch die Wasseroberfläche. Ihr diffuses Licht verlieh der Unterwasserwelt etwas Mystisches. Je tiefer er sank, desto ruhiger wurde er. Henry war sich seiner Sache sicher, doch sein Vorhaben war selbst für einen erfahrenen Taucher riskant.

Über fünfzig Meter tief musste er tauchen, um die Öffnung zu erreichen. Über zehn Meter mehr, als den Sportlern normalerweise erlaubt waren.

Der Schein der Sonne verblasste langsam und mit ihr die Farben. Zuerst rot, dann orange und gelb, bis zum Schluss alles zu einem einheitlichen Blau verschmolz. Im Gegensatz zum offenen Meer war das Wasser im Blue Hole deutlich trüber und in Kombination mit der Dunkelheit, die ihn umgab, war Henry nicht länger verwundert, dass viele Taucher hier die Orientierung verloren.

Er schaltete seine Tauchlampe an. Trotz des Neoprenanzugs spürte er die zunehmende Kälte.

Immer wieder musste er den Druck in seinen Ohren ausgleichen.

Ein Schatten.

Was war das?

Verwirrt schaute er sich um.

Schon wieder.

Henrys Puls schoss in die Höhe. Etwas streifte sein Bein.

Keine Algen.

Er versuchte, die aufkommende Angst zu unterdrücken.

Einatmen. Ausatmen.

Eine Hand um seinen Fuß.

Panik.

Etwas riss ihn nach unten.

Nein.

Henry erhaschte einen Blick auf seinen Angreifer.

Unmöglich.

Mit aller Kraft versuchte er, sich zu befreien.

Eine Illusion?

Doch das Wasser machte seine Bewegungen träge.

Zu real.

Der Griff um sein Gelenk war eisern.

Keine Luft.

Der Drang, zurück an die Oberfläche zu tauchen, war überwältigend.

Keine Chance.

Er wurde immer tiefer gezogen.

Finsternis.

Henry verlor an Kraft.

Kann mich nicht mehr wehren.

Verlor den Mut.

Vorbei.

Verlor das Bewusstsein.

Henry fühlte sich elend. Erinnerungen an einen Tauchgang waberten durch seinen schmerzenden Kopf. Bilder der dunklen

See. Von einem Schatten. Von einer Gefangenschaft. Von Kreaturen, die er nur aus Mythen kannte.

Er riss die Augen auf. Dunkelheit. Der intensive Geruch nach Fisch ließ die Galle in ihn aufsteigen. Die Luft schmeckte ungewöhnlich salzig.

Wo bin ich?

Es fiel Henry schwer aufzustehen. Das monotone Rauschen in seinen Ohren kostete ihn das Gleichgewicht. Er zitterte am ganzen Leib. Eine eisige Kälte hatte sich in ihm ausgebreitet. Er trug noch immer seinen Tauchanzug, doch Handschuhe und Flossen waren verschwunden. Die langen, braunen Haare klebten ihm im Gesicht. Auf wackeligen Beinen tastete er sich an der Mauer entlang, gegen die er gelehnt hatte. Nach und nach kehrte das Gefühl in seine Glieder zurück und er spürte die Nässe unter seinen Fingern. Und noch etwas ... Glitschiges.

Algen?

Das Rauschen ebbte ab, nur um kurz darauf erneut aufzubranden.

Wasser?

Die Hoffnung schwand, in der Sicherheit seiner Unterkunft zu sein.

Was ist passiert?

Er ertastete glattes Metall. Eine Lücke. Wieder Metall.

Gitterstäbe?

Henrys Herz begann zu rasen. Misstrauisch kniff er die Augen zusammen, als er aus der Finsternis langsam ein kleines Licht auf sich zukommen sah.

Nein. Nicht nur ein Licht. Es waren etliche kleine leuchtende Punkte.

Glühwürmchen ...

Schatten zeichneten sich ab und endlich konnte er Umrisse erkennen.

Er war gefangen in einer Art Höhle. Ein rostiges, altes Gitter versperrte ihm den Weg hinaus. Ein Abhang aus großen Steinbrocken mündete davor in einen endlosen See, der in der Ferne von der Finsternis verschluckt wurde.

Das Wasser vor ihm teilte sich entzwei und eine Gestalt erhob sich daraus.

Erschrocken taumelte Henry nach hinten und prallte gegen die Felswand. Verzweifelt suchte er nach einem Ausweg.

»Spar dir die Mühe.«

Eine liebliche, beinahe melodische Stimme durchbrach die Stille. Seine Angst war noch immer präsent. Die Vernunft riet ihm zur Vorsicht. Doch er vergaß alle Achtsamkeit, war verzaubert vom Klang der Worte. Gefangen vom Anblick der Schönheit, die unmittelbar vor ihm sanft von den Wellen auf und ab gewogen wurde.

Ihre roten Haare glichen im Schein der um sie herum schwirrenden Lichter dem schönsten Sonnenuntergang. Der Moment, kurz bevor der Feuerball ins Meer abtaucht und den gesamten Himmel in Flammen aufgehen lässt. Sie endeten oberhalb ihrer Brust und wurden dort von schimmernden, grünen Schuppen abgelöst, die ihre Weiblichkeit verdeckten. Ihr gesamter Oberkörper war in Millionen Nuancen von ihnen verziert. Um ihren Hals ruhte eine goldene, muschelförmige Kette, deren Licht im Einklang mit seinem Herzschlag pulsierte.

Aus dem Wasser blitzte eine Schwanzflosse auf. Henry brauchte einen Moment, um zu begreifen, dass sie dasselbe Grün zierte wie den Körper der ...

Meerjungfrau?

Unvermittelt schlug die Flosse auf das Wasser auf und spritzte es ihm ins Gesicht.

»Vergleich mich bloß nicht mit diesen verträumten, auf Steinen singenden, naiven Wassergeistern!«, zischte sie.

Was?

Der magische Moment war schlagartig vorbei.

»Was ist hier los? Wo bin ich? Wer bist du? *Was* bist du?« Mit jeder Frage war er ihr einen Schritt näher gekommen, bis er nun direkt hinter dem Metall stand und sie eindringlich musterte.

In einer eleganten Bewegung glitt sie aus dem Wasser und setzte sich auf den Abhang, der das Gefängnis vom Ufer trennte.

Herausfordernd blickte sie in seine dunkelbraunen Augen, sichtlich fasziniert. Und auch Henry konnte seine Faszination nicht verbergen. Eines ihrer Augen war blau. So blau wie das Meer selbst. Das andere grün. So grün wie eine saftige Wiese in den frühen Sommermonaten.

Vorsicht, Henry. Trau ihr nicht.

Doch er konnte seinem eigenen Ratschlag nicht folgen. Viel zu groß war die Anziehung zu dem Unbekannten. Dem Mythischen.

»Henry. Was für ein schöner Name. Ich heiße Nereida.«

Sein Herz geriet ins Stolpern.

Woher …?

Nereida lächelte ihn entzückt an und etwas in ihren Augen blitzte auf.

»Und die richtige Bezeichnung ist ›Nymphe‹. Weißt du, eigentlich dürfte ich gar nicht hier sein. Es ist mir verboten, die Menschen zu sehen. Doch noch nie hat meine Halskette, mein Ti'hama, auf diese Art und Weise aufgeleuchtet.« Unschuldig spielte sie mit einer Haarsträhne und musterte ihr Amulett.

»Ich verstehe das nicht. Wie …?«

»Die Überströmung führt bei den meisten zum Verlust des Bewusstseins.«

Henry durchkämmte seine Erinnerungen. Versuchte, zu erfassen, was passiert war. Doch jedes Mal, wenn er kurz vor der Antwort war, wurde ihm schwarz vor Augen.

»Das ist eine Nebenwirkung beim Kontakt mit Eirene, der Ältesten von Thalama. Zum Schutz für unser Volk.«

Er konnte ihre Worte nicht greifen. Sie waren ein Rätsel, das er nicht zu lösen vermochte.

Ich muss noch immer bewusstlos sein.

»Nein, Henry. Auch wenn ich es mir für dich wünschen würde.« Sie senkte ihren Blick und wahrhaftige Trauer lag in ihren Augen.

»Was soll das heißen? Woher kennst du meine Gedanken? Wo verdammt noch mal bin ich hier?« Seine Stimme wurde bei jedem Wort lauter und hallte bedrohlich von den Felsen wider. Der Zorn sprach aus ihm. Der Zorn darüber, dass sie jede seiner Fragen auswich.

Seine Fingerknöchel traten weiß hervor, als er die Gitterstäbe fest umklammerte. Sie halfen ihm, nicht erneut zu Boden zu sinken.

»Henry. Das Blue Hole, die Kathedrale, sie führt direkt in unsere Welt. Eine Welt, die vor euch Menschen seit dem Tag des Verrats verborgen bleiben soll. Euresgleichen ist unserer Magie nicht würdig.«

»Nicht würdig?«

»Nicht würdig. Vor vielen Jahrhunderten wurde beinahe unser gesamter Stamm durch einen Angriff der Menschen ausgerottet. Nur wenige haben überlebt.«

Henry musste sich konzentrieren, um ihrer Erzählung zu folgen.

»Eirene hat es sich zur Aufgabe gemacht, jeden Taucher, der unserem Geheimnis zu nahe kommt, auszuschalten.«

»Was heißt das, ›ausschalten‹?«

Einbildung. Das ist nicht real. Reiß dich zusammen.

Er schloss die Augen und vergrub das Gesicht in seinen Händen. Als er sie wieder öffnete, saß Nereida noch immer vor ihm. Und er war noch immer gefangen.

Ihre Stimme wurde weicher. Mitfühlender. »In wenigen Stunden wird die Höhle geflutet und das Meer wird nichts als deine seelenlose Hülle zurücklassen. Ein Leben für ein Leben.«

»Was?« Henrys Stimme brach ab. Er glaubte, an dem Kloß in seinem Hals zu ersticken. »Aber ich habe doch nichts getan. Verdammt. Lass mich hier raus!«

Die verschollenen Taucher waren also tatsächlich keine Opfer von unglücklichen Unfällen. Sie waren Tribute. Tribute der Nymphen an ihre verstorbenen Brüder und Schwestern. Eine Erkenntnis, auf die er im Nachhinein gerne verzichtet hätte.

»Mir sind die Hände gebunden. Ich kann dein Schicksal nicht abwenden. Das wäre Hochverrat.«

Verzweifelt ließ er sich auf den nassen Boden fallen.

Er fühlte sich kraftlos. Hilflos. Überfordert.

Ich flehe eine Meerjungfrau um Gnade an. Das ist doch absurd.

»Nymphe!« Nereida sah Henry tadelnd an.

Er war der erste Mensch, dem sie begegnete, und genau wie er war sie misstrauisch, aber gleichermaßen überwältigt. Durch den engen Anzug zeichneten sich seine Muskeln überdeutlich ab. Sie hatte keine Zweifel, dass er ihr an Land überlegen war. Und das Braun seiner Augen ... Sie glaubte, darin zu versinken. Nicht wie in der ihr so vertrauten See. Eher wie in einer tiefen Umarmung, aus der man sich nie mehr lösen möchte. Warm. Geborgen. Noch nie hatte sie eine Augenfarbe wie diese gesehen. Ein ihr unbekanntes Gefühl breitete sich in ihrer Magengrube aus.

War es Angst? War es Bewunderung?

Nereida schüttelte den Kopf. Sie durfte ihm gegenüber keine Sympathie entwickeln.

Genau davor hat Eirene gewarnt.

Vor zehn Jahren hatte man sie in der Überströmung gefunden, orientierungslos und ohne Erinnerung. Die Ansichten über ihren Verbleib waren zwiegespalten. Viele Meeresbewohner begegneten ihr mit Angst und Hass.

Grüne Augen galten in Thalama als menschlich. Nur wer in der Lage war, Luft zu atmen, konnte sich an dem saftigen Grün der Sommerwiesen erfreuen, was ihnen diese Farbe verlieh. Als Nymphe war man stets umringt vom allumfassenden Blau des

Meeres. Undenkbar, dass jemand, der sein ganzes Leben hier verbrachte, eine andere Augenfarbe besitzen konnte. Und doch besaß Nereida beides.

Nach unendlichen Gezeitenwechseln beschloss man, dass sie bleiben durfte. Doch es war ihr verboten, sich den gefangenen Tauchern zu nähern. Zu ungewiss waren die Auswirkungen eines Menschen auf sie.

Und in all den Jahren hatte sie sich daran gehalten. Bis heute. Bis ihr Ti'hama zum ersten Mal zu pulsieren begann.

Sie hatte gewartet, bis man den Gefangenen seinem Schicksal überließ, und war dann in den Bernsteinfelsen hinein geschwommen.

Er erhob sich vom Grund des Meeres, schmiegte sich an den Steilabfall eines Riffs, als wären sie seit Urzeiten miteinander verbunden.

Henrys Stimme riss Nereida unsanft aus ihren Gedanken.

»Was willst du hier, *Nymphe*?« Unverwandt sah er sie an. »Helfen willst du mir nicht. Wartest du auf meinen Tod?«

Selten verschlug es ihr die Sprache. Doch was sollte sie erwidern?

Warum bin ich hier?

Sie wollte Antworten, eindeutig. Noch nie war das Leuchten ihrer Kette aus dem Takt geraten. Es passte sich dem Rauschen ihres eigenen Herzschlages an, dem Rauschen des Meeres. Den Gezeiten. Doch seit dieser Mann gefangen genommen worden war, schien etwas den Rhythmus zu stören. Seit Nereida Henry das erste Mal in die Augen gesehen hatte, spürte sie ein zaghaftes, ungewohntes Klopfen in ihrer Brust. Ein Klopfen, das ebenso beängstigend wie aufregend war. Und mit jedem Klopfen wuchs die Gefahr, ihm nicht länger widerstehen zu können. Eine bedrohlich hohe Welle wurde angespült, schwappte durch die Gitterstäbe und rang um ihre Aufmerksamkeit.

Eirene.

»Henry. Kein Wort über unsere Begegnung. Du darfst noch nicht einmal an mich denken. Bitte.« Sie sah ihn mit flehendem Blick an. Ihre Angst war zum Greifen nahe.

Ihre Angst wurde zu seiner Angst. Er nickte.

Es könnte ihm egal sein, was aus ihr wurde. Er würde sterben und sie ließ ihn zurück. Er würde leiden und sie ließ es zu. Und doch konnte er ihr den Wunsch nicht ausschlagen.

Geräuschlos ließ sie sich in das Wasser gleiten. Die Glühwürmchen stoben in alle Richtungen und kurz darauf stand Henry erneut in der Finsternis. Allein und hellwach. Aber nicht in der Lage, zu begreifen, was gerade geschehen war.

Er spürte eine leichte Vibration unter seinen Füßen. Vernahm das erneute Aufbranden einer Welle. Diesmal noch größer. Noch mächtiger. Er drückte sich in die hinterste Ecke seines Gefängnisses und nahm schützend die Arme über den Kopf.

Eine gewaltige Wasserfontäne erhob sich vor dem Ufer, brach an der niedrigen Decke des Felsens und ergoss sich erbarmungslos über Henry.

»Du wagst es, die Augen vor mir zu verschließen? Lass sie mich sehen. Lass mich hinein. Hinein in deine Gedanken.« Die glockenklare Stimme bahnte sich ihren Weg durch seine Ohren. Jeden einzelnen Nerv entlang. Ihr Klang hüllte sie ein und ließ sie vibrieren wie die Saite einer Gitarre. Zurück blieb eine Anspannung, die kaum auszuhalten war. Ein Verlangen, das ihn in den Wahnsinn trieb. Er war sich seiner selbst bewusst, doch weder sein Körper noch sein Geist gehorchten ihm. Und so gab er der Versuchung nach, die Quelle für sein unkontrolliertes Inneres ausfindig zu machen, und öffnete die Augen.

Reiß dich zusammen.

Henry musste nicht fragen, um zu wissen, wer sich vor seinem Gefängnis aus dem Wasser erhob. Eirenes Schönheit stand der Nereidas in nichts nach. Blonde, lange Haare flossen ihr in sanften Wellen über die Schultern. Ihr Körper war ein Kunstwerk, verziert mit blauen Schuppen, die im schwachen Licht der zurückgekehrten Glühwürmchen in Millionen von Schattierungen funkelten. Ihre Augen schienen direkt in Henrys Seele zu blicken. Das Blau in ihnen reflektierte die See selbst. Noch nie hatte er etwas so Atemberaubendes gesehen.

Nicht an sie denken.

Zu spät.

»Nereida?« Eirenes Miene verfinsterte sich und sie entblößte ihr wahres Gesicht.

Fangzähne!

Die Eleganz, die Henry noch vor wenigen Sekunden bewundert hatte, wich einer Wut, die die Nymphe nur schwer verbergen konnte. Er hätte schwören können, dass sich das Blau in ihren Augen sichtlich verdunkelte. Die Fäden, die Eirene mit der Magie ihrer Stimme in Henry gesponnen hatte, verloren durch den Verlust der Selbstkontrolle ihre Wirkung und endlich konnte er wieder klar denken.

Was habe ich getan?

Gelöst vom Bann der Nymphe, suchte er nach schützenden Worten.

»Nereida ist Euch gegenüber loyal geblieben. Kein Wort hat sie mir anvertraut.«

Nachdenklich musterte sie ihn. Ihr Kiefer mahlte ununterbrochen. Sie versuchte, erneut die Kontrolle über ihn zu bekommen, doch alles, was Eirene zu hören bekam, war das schäumende Meer, das unter ihrem Zorn zu toben begann.

»Sie hat dich gewarnt!« Ohne ihn noch eines Blickes zu würdigen, tauchte sie unter und ließ Henry in der Dunkelheit zurück mit der erdrückenden Last des Verrats. Wohl wissend, dass seine Stunden gezählt waren.

Nereida …

Das Wasser reichte inzwischen bis an die Gitterstäbe. In wenigen Minuten würde ihn das Meer verschlingen und er war ihm schutzlos ausgeliefert.

Eine erneute Flutwelle brach über Henry herein, unvorhersehbar und gnadenlos. Wasser füllte seine Lunge.

Das war's.

»Sei nicht albern. Du hast etwas Wasser geschluckt, das ist alles.«

Nereida hielt ihre flache Hand in seine Richtung, sog alles Meerwasser aus ihm heraus und ließ es mit einer einzigen Bewegung zurück zu seinem Ursprung fließen.

Henry tat einen tiefen Atemzug und fing, diesmal vom penetranten Geschmack des Salzes in seinem Mund, erneut zu würgen an. Als er sich wieder gefangen hatte, richtete er sich auf und sah ... *sie*.

»Was machst du hier?« Seine Stimme klang heiser. Panisch.

»Wie wäre es mit ›Danke‹?« Nereida saß am Abhang zum Ufer und sah ihn voller Sorge an.

Diese Sehnsucht in ihren Augen ...

Die Erkenntnis über den Grund ihrer Rückkehr sickerte langsam zu ihm durch und hinterließ ein prickelndes Gefühl auf seiner Haut.

Sie sehnte sich nach Luft. Nach dem Land.

Nach mir.

Und er war bereit, diese Sehnsucht zu stillen. Hier und jetzt. Ein Blick in ihre Augen und er vergaß die Welt um sich herum. Die Zeit stand still. Nur für einen Moment. Dann wurde ihm schlagartig bewusst, was er getan hatte. Was er *ihr angetan* hatte. »Nereida. Du musst hier weg. Ich ... Keine Ahnung, wie ... Ich wollte das nicht. Sie weiß Bescheid. Eirene weiß, dass du bei mir warst und ...«

»Ich weiß, Henry. Ich weiß.« Mit einer Handbewegung bedeutete sie ihm, zu schweigen.

Inzwischen stand das Wasser bis zu seinen Knien. Es schien

mit jeder Sekunde schneller zu steigen. Viel Zeit blieb ihm nicht mehr.

Nereida holte etwas aus dem Wasser hervor und hielt es Henry triumphierend vor die Nase.

Ein Schlüssel.

»Aber … Ich … Wieso?« Erstaunt sah er Nereida dabei zu, wie sie das Schloss zu seiner Zelle öffnete. *Klick.*

»Mein Herz schlägt, seitdem du aufgetaucht bist. Kein beruhigendes Rauschen. Keine innere Ruhe. Einzig deine Stimme, die in meinem Kopf widerhallt. Deine Augen, die ich sehe, sobald ich meine schließe.« Sie senkte den Kopf.

»Eirene nennt es den Tiefenrausch. Sie selbst ist ihm ein einziges Mal verfallen. Zu jener Zeit, als der Angriff kurz bevorstand. Die Liebe ist toxisch für Nymphen. Eine Halluzination. Sie lässt einen leichtsinnig werden. Man ist nicht mehr in der Lage, ohne diese Liebe zu leben. Es sei denn … sie erlischt.«

Jetzt sah sie ihn wieder an. Ihre Augen bohrten sich in seine. Ihr Blick war eisern. »Doch das lasse ich nicht zu.«

Ein Blick. Ein Satz. Eine Sekunde.

Das Leben kehrte zurück in Henrys Körper. Die lähmende Kälte wich einer angenehmen Wärme, das sich von seiner Körpermitte aus in jede einzelne Zelle ausbreitete.

»Es wird nicht lange dauern, bis Eirene den Verlust des Schlüssels bemerkt. Wir müssen es bis zur Überströmung schaffen. Sie führt uns zurück in die Kathedrale. Erst dahinter bist du in Sicherheit.« Nereida wandte sich um und zog seine Tauchausrüstung aus dem Wasser. Verblüfft nahm er sie entgegen. Henry hätte nicht gedacht, dass sie noch existierte. Hastig zog er Flossen und Handschuhe an. Das Wasser reichte nun bis an seine Brust und er verlor immer wieder den Kontakt zum Boden. »Und was ist mit dir?« Mitten in der Bewegung hielt er inne und musterte die Nymphe. Versuchte, aus ihrem Blick schlau zu werden. Als Antwort bekam er ein müdes Lächeln.

Nein.

»Ich hoffe, du bist gut darin, die Luft anzuhalten. Deine Sauerstoffflaschen habe ich nicht finden können.«

Henry hatte diese Information noch nicht verarbeitet, da zog die Nymphe ihn schon mit sich unter Wasser. Er hätte panisch sein sollen. Sich von ihr losreißen müssen. Ihr Plan war absolut irre. Doch ihre Berührung schickte einen Blitz durch seinen Körper und alle Zweifel wurden gesprengt. Sie zersplitterten in tausend Teile und wurden vom Wasser davongetragen. Sein Puls verlangsamte sich und eine vertraute, unbeschreibliche Ruhe erfüllte ihn. Eine Ruhe, die ihm sonst nur der Ozean zu geben vermochte.

Die kleinen Lichter blieben in der Höhle zurück und es wurde, wie so oft, dunkel um ihn. Wie tief mochten sie wohl unter der Wasseroberfläche sein? Henry erwartete die Kälte, den Druck in seinen Ohren. Doch all das blieb aus. Wieso fiel es ihm so leicht, die Luft anzuhalten?

Nereida.

Die Finsternis wurde durch ein kleines Licht erhellt. Das Ti'hama. Es pulsierte noch immer im Einklang mit seinem Herzen. Mit *ihren* Herzen.

Es war beinahe schon zu leicht. Hohe Felsen und einzelne Korallenriffe gaben ihnen Sichtschutz. Nach kurzer Zeit zeigte Nereida auf einen Kelpwald in der Ferne. Der Seetang wurde ungewöhnlich stark hin und her gewogen.

Die Strömung.

Die Nymphe nickte ihm zu. Auf den letzten Metern bis zu den Algen waren sie schutzlos. Nereida gab Henry ein Zeichen und wurde schneller. Henry hatte Mühe, mit ihr mitzuhalten.

Noch gute zehn Meter ...

Fünf ...

Drei ...

Zwei ...

Aaah!

Ein stechender Schmerz ging durch Henrys Arm. Er wurde nach hinten gerissen. Die innere Ruhe verschwand.

Nereida. Wo ist sie?

Mit jedem Herzschlag breitete sich eine kalte, alles erstickende Angst in ihm aus.

Links. Rechts. Nichts.

Algen. Er sah nichts außer einer grünen Masse, die alles um ihn herum verschlang.

Luft. Ich brauche Luft.

Der plötzliche Drang, zu atmen, übermannte ihn.

Nereida?

Hilfesuchend schwamm er zurück und fand, wonach er suchte. Die Erleichterung war groß, als er ihre grün schimmernde Flosse erblickte.

Die darauf einsetzende Panik umso gewaltiger.

Eirene.

Zwei ihrer Wachen hielten Nereida gefangen. Ihr eiserner Griff machte es der Nymphe unmöglich, zu entkommen. Ihre Blicke begegneten sich.

Verschwinde, Henry. Sofort!

Es war das erste Mal, dass er ihre Stimme in seinem Kopf hörte. Gefesselt von ihrem Klang blickte er sie hilflos an.

Nun wurde auch Eirenes Aufmerksamkeit auf Henry gelenkt.

Ich kann nicht. Ich will nicht.

Er wusste, dass es vorbei war. Eirene würde Nereida nicht gehen lassen. Und er konnte dem Drang, Luft zu holen, nicht länger widerstehen.

Wir sterben. Hier und jetzt.

Nereida bündelte ihre Kraft. Mit ihrer Flosse schickte sie Henry eine so gewaltige Wassermenge entgegen, dass dieser mit dem dadurch entstandenen Sog zurück in den Kelpwald gezogen wurde.

Nein!

Seine Augen vor Schreck weit geöffnet.

Es tut mir leid.

Ihre Augen vor Trauer geschlossen.

Eirenes wutentbranntes Gesicht. Ihr Speer in Nereidas Herz. Die letzten Bilder, die Henry sah, bevor der grüne Vorhang aus Algen ihm die Sicht versperrte.

Kurz darauf wurde er von einer Strömung erfasst und er verlor erneut das Bewusstsein.

»Geht zurück.«

»Lasst ihn atmen.«

»Er kommt zu sich.«

»Gott sei Dank.«

»Weiß er überhaupt, wie gefährlich das ist?«

Henry dröhnte der Kopf. In seinen Ohren rauschte es. Das Geräusch vermischte sich mit hektischem Gerede.

Was ist passiert? Wo bin ich?

Er wollte seine Augen öffnen, doch ihm fehlte die Kraft dazu. Er war erschöpft. Jeder einzelne Teil seines Körpers schien aus Blei zu sein.

Das Atmen fiel ihm schwer und er glitt zurück in das allumfassende Nichts.

Wunderschöne rote Haare.

Eine grün schimmernde Schwanzflosse.

Augen, die einem in die Seele blickten.

Henry schreckte hoch. Er öffnete die Augen und wurde von grellem Neonlicht geblendet.

Das Piepen von Maschinen drang zu ihm vor.

»Herr Hayden. Bitte bleiben Sie ganz ruhig. Ich informiere einen Arzt, dass Sie wach sind.« Eine Frau im blauen Kittel legte ihm beruhigend eine Hand auf die Schulter und lächelte ihm zu.

Einen Arzt?

In seiner Armbeuge klebte ein Pflaster und verdeckte die Nadel, die offensichtlich irgendeine Flüssigkeit in seinen Körper leitete. An seinem linken Zeigefinger klemmte ein Pulssensor. Seine Hand ruhte auf einem weiß bezogenen Bett. Weiß, wie der Rest des Zimmers. Steril.

Ein Krankenhaus.

Nach und nach sickerten die Erinnerungen zurück.

Das Blue Hole. Die Gefangenschaft. Nereida. Die Flucht. Ihr Tod.

»Hallo, Herr Hayden. Schön, dass Sie wach sind.« Der Arzt betrat Henrys Zimmer und blieb am Fußende seines Bettes stehen. Er durchblätterte eine Akte. Seine weißen Haare und die tiefen Furchen in seinem Gesicht ließen ihn alt aussehen. Streng. »Nun, Herr Hayden. Wissen Sie, was passiert ist?«

»Ich ... Ich bin mir nicht sicher.« Was sollte er erzählen? Dass er von einer Nymphe gefangen genommen worden war? Dass er von einer anderen befreit wurde? Er sich zu ihr hingezogen fühlte? Dass sie etwas *Magisches* verband? Henry war sich trotz seines Zustands durchaus bewusst, wie albern das klang. Und je länger er darüber nachdachte, desto absurder wurde es.

»Tiefenrausch. Ist Ihnen das ein Begriff?« Der Arzt legte den Ordner beiseite und kleine grau-blaue Augen schauten ihn abschätzig an.

Tiefenrausch. Toxische Liebe.

Blödsinn.

Henry wunderte sich über die Fantasie seines Unterbewusstseins. Über die offensichtliche Auswirkung eines tatsächlichen Tiefenrausches.

Er nickte.

Hatte er sich *überschätzt*? Hatte er die Gefahr des steigenden Stickstoffgehaltes im Blut mit zunehmender Tiefe *unterschätzt*?

Er wusste, dass dies Halluzinationen, Leichtsinnigkeit oder auch Verwirrtheit auslösen konnte. Doch niemals hätte er erwartet, dass sie derart reale Ausmaße annehmen könnten.

Waren seine Erinnerungen in Wirklichkeit nur Einbildung?

War alles mit dem Phänomen des *Aufgasens*, mit einfacher Physik, zu erklären?

»Herr Hayden. Sie hatten großes Glück, dass ein anderer Taucher Sie im Blue Hole bemerkte. Ihr fahrlässiges Verhalten hätte Sie das Leben kosten können. Sehen Sie dies als Ihre zweite Chance und verzichten Sie in Zukunft auf ähnlich riskante Ausflüge.« Damit verließ er den Raum.

Der Tiefenrausch erklärte alles, worauf Henry so verzweifelt Antworten gesucht hatte.

Das Gefühl der Erleichterung, nicht verrückt zu sein, focht mit dem Gefühl der Enttäuschung, dass diese Magie nicht real sein sollte, innere Machtkämpfe aus.

So echt waren seine Gefühle für sie. So echt war der Schmerz, wenn er an ihren Tod dachte.

Nach einer gefühlten Ewigkeit fielen Henry die Augen wieder zu und endlich gaben seine unaufhörlich kreisenden Gedanken Ruhe.

Die Mittagssonne wärmte ihn. Es tat gut, nach drei Tagen Bettruhe wieder draußen zu sein.

An seinem letzten Urlaubstag wollte Henry noch einmal zurück. Zurück an den Ort, der ihn fast das Leben gekostet hätte. Langsam verblassten seine Erinnerungen an die Geschehnisse. An Nereida. An die Gefühle.

Es war, als würde sich der dichte Nebel in seinem Kopf von Tag zu Tag immer weiter lichten und ihm so ermöglichen, wieder einen klaren Gedanken zu fassen.

Henry schlenderte das Ufer zum Blue Hole entlang. Links von ihm befand sich der endlose Ozean. Rechts ragten die Felswände in die Höhe. An der nördlichen Seite des Gesteins waren Gedenktafeln für die verstorbenen Taucher angebracht. Jede einzelne las Henry sich durch.

Hier hätte auch mein Name stehen können.

Gerade als er sich zum Gehen wenden wollte, erregte die letzte Tafel seine Aufmerksamkeit. Hitze stieg in ihm auf. Das Rauschen in seinen Ohren kehrte zurück. Ein Schlag in die Magengrube.

Nereida Shellburn
**21.03.1986*
†26.06.2012
Geliebte Tochter. Geschätzte Freundin. Angesehene Tauchlehrerin.
An Land geboren, im Meer zu Hause.

Sein Herz krampfte. Hinderte ihn am Atmen. Seine Beine gaben nach. Die Welt um ihn herum begann sich zu drehen.

Drei Tage waren seit seinem Tauchgang vergangen. Drei Tage, in denen er sich immer wieder eingeredet hatte, dass seine Erinnerungen die Folge eines Tiefenrausches waren. Drei Tage, die ihn immer wieder an den Rand der Verzweiflung brachten. Und nun war er hier. An Land und nicht im Meer. Umgeben von Luft und nicht von Wasser. Und *ihr* Name stand auf der Tafel.

Seine Gedanken überschlugen sich. Brachen erbarmungslos über ihn herein. Was hatte das alles zu bedeuten?

»Entschuldigen Sie. Benötigen Sie Hilfe?« Jemand legte zaghaft eine Hand auf seinen Rücken und die Welt stand still. Eine endlose Achterbahnfahrt, die mit einer einzigen Berührung angehalten wurde. Einfach so. In Henry keimte ein Gefühl auf, das er schon beinahe tief in sich begraben hatte.

Diese Ruhe. Diese Stimme.

Unsicher, ob sein Verstand ihm erneut einen Streich spielte, sah er sich um. Ein ungleiches Augenpaar blickte ihm entgegen. Freundlich und besorgt zugleich.

»Geht es Ihnen gut?«

Ja. Nein. Ich weiß es nicht.

Seine Augen fanden eine goldene Muschelkette, die den Hals der rothaarigen jungen Frau zierte.

Unmöglich.

»Ja. Ja, ich denke schon.« Henry stand etwas unbeholfen auf. »Wasser. Ich brauche bloß etwas Wasser.«

Ihre Augen blitzten verheißungsvoll auf. »In Ordnung. Ich werde Sie begleiten.« Sie ergriff seine Hand, um ihn zu stützen.

Henry war sich nicht sicher, ob er träumte. Ob er halluzinierte. Ob er tot war.

Was war Realität? Was entsprang seiner Fantasie? Aber eigentlich war es auch egal.

Egal, solange der Sommer anhält.

Egal, solange sie meine Hand hält.

MAREIKE VERBÜCHELN

DAS GEFÜHL DES SOMMERS

Alles wird grün um uns herum,
Eis essen im Lieblingscafé,
picknicken am Fluss,
Wasserbomben schlachten,
faulenzen am See,
Wassermelonen genießen,
lange Tage bis in tief in die Nacht,
Playlisten für den Sommer erstellen,
morgens kühle und frische Luft,
Glühwürmchen in der Nacht,
schwimmen im Meer,
Sternenhimmelnächte,
lesen in der Hängematte,
ein Lächeln auf den Lippen,
Vogelgezwitscher am frühen Morgen,
Kuchen backen mit Freunden,
Sonnenaufgänge beobachten,
Lagerfeuernächte,
Fahrradtouren über Felder,
Geruch der Wiesen und Bäume in der Luft,
durch bunte Felder laufen,
Straßenmusiker an jeder Ecke,
surfen durch die Wellen,
glitzernde Augen,
lange Spaziergänge mit dem Hund,
tanzen im Garten,
das Gefühl von Freiheit genießen,

Duft der Sommerhitze,
summen der Bienen im Ohr,
tanzen durch die dunklen Straßen,
Nachmittage am Pool,
reisen in andere Länder,
Kirmesbesuche,
wandern bei Sonnenschein,
lange Abende mit Freunden,
mit Kreide malen,
Tretboot fahren auf dem See,
grillen mit Freunden,
Feuerwerke beobachten,
Konzerte im Sommer,
Übernachtungen im Auto,
Sonnenstrahlen auf der Haut,
nächtliche Spaziergänge,
Sommergefühle bekommen,
Freizeitparks besuchen,
die Ruhe am Morgen genießen,
am Meer picknicken,
Sommergewitter beobachten,
Erdbeerpflücken auf dem Feld,
über Rasensprenger springen,
lesen am See,
Tage im Schwimmbad,
Sonnenuntergänge bewundern,
Strandspaziergänge,
Gänsenlümchen pflücken,
Ausflüge in Städte,
kurze Klamotten und Sonnenbrillen,
Kuhglocken erschallen in den Bergen,
Geruch von Sonnencreme,
Ausflüge mit Freunden machen,
Sommerlieder im Radio,

Gitarre spielen am Lagerfeuer,
Festivalbesuche,
Kanufahren durch den Fluss,
Geruch nach frisch gemähtem Rasen,
kalte Getränke genießen,
Grillabende mit der Familie,
Cocktailabende mit Freunden,
Regenbogen bestaunen,
Inliner fahren über bunte Felder,
tiefgründige Gespräche in lauwarmen Nächten,
Kuchen essen in Cafés,
Wasserpistolen Kämpfe,
der Geruch nach Sommerregen,
Sonnenstrahlen auf der Haut spüren,
im Park liegen und Menschen beobachten,
buntes Wassereis genießen,
Federball spielen,
träge Schäfchenwolken beobachten,
Sommerregentänze,
in Kindheitserinnerungen versinken
und das Gefühl des Sommers genießen

PETRA BAAR

UNTER EINEM BIRNBAUM

Mein besonderer Dank gilt Dir, denn nur durch den Kauf dieser Anthologie ermöglichst Du uns, soziale Projekte zu unterstützen. Fühle Dich dafür herzlich umarmt.

Albertas Schnarchen klingt wie eine Kreissäge, die verzweifelt versucht, ein Metallstück zu zersägen. Jedoch nur, wenn Alberta einatmet. Beim Ausatmen hat Werner das Gefühl, dass sich seine Frau in Darth Vader verwandelt.

Die halbe Nacht geht das schon so. Verzweifelt kämpft Werner gegen seine Wut und das mächtige Gefühl, ihr das große Daunenkissen ins Gesicht zu pressen. Wie lange würde es dauern, bis der Erstickungstod einsetzen würde? Drei, vier oder womöglich mehr als fünf Minuten? Sicherlich würde sie sich zur Wehr setzen und sich nicht kampflos ihrem Schicksal ergeben. Diese Einsicht lässt Werners aufkeimenden Plan wie eine Seifenblase zerplatzen. Gegen Alberta hat er nicht den Hauch einer Chance. Schließlich hat sie sich im Laufe der fünfzig Ehejahre ein gutes Polster angefuttert, während er zu einem kraftlosen, hageren alten Mann zusammengeschrumpft ist.

Werner seufzt. Was zum Teufel hatte ihn nur geritten, damals um Albertas Hand anzuhalten? Noch heute verflucht er diesen Tag, der sein bis dahin wunderbares Leben auf den Kopf gestellt hat. Vom Lebemann zum Pantoffelhelden – na, herzlichen Glückwunsch! Tiefer kann man kaum sinken!

Er hatte sich damals nach dem Abitur Richtung Italien aufgemacht, um einen unbeschwerten Sommer zu genießen. Viva l'italia! Doch schon am ersten Urlaubstag in San Vito Lo Capo auf Sizilien durchbohrte Amors Pfeil erbarmungslos sein Herz. Die zuckersüße Bedienung der Eisdiele Venezia zog ihn von der ersten Sekunde an in ihren Bann. Endlos lange Beine steckten in einer knallengen Jeans und die roten Lippen waren heißer als der Kaffee, den er bei ihr bestellte. Unter dem knochigen alten Birnbaum vor ihrem Elternhaus küsste er sie bereits am selben Abend so voller Leidenschaft, dass ihr Vater ihn mit einem Luftgewehr vom Hof jagte. »Meine Alberta ist eine brava bambina! Primo a sposarsi! Erst Heirat! Sonst nix Kuss!«

Hätte er damals nur die Beine in die Hand genommen und wäre gerannt, bis er Italiens Grenzen hinter sich gelassen hätte. Doch Alberta war schon in sein Herz eingezogen, noch bevor er ihren Büstenhalter öffnen konnte. Wenige Tage später kaufte er von seinem mühsam zusammengesparten Urlaubsgeld einen goldenen Verlobungsring und ging vor ihr auf die Knie. »Wunderschöne Signorina, mach mich zum glücklichsten Mann der Welt! Heirate mich und komm mit mir nach Deutschland! Ich werde uns ein Haus bauen und einen Birnbaum für dich im Garten pflanzen!«

Der Vollmond, der das sommerlich erhitzte Schlafzimmer in ein kühles Blau taucht, lässt Albertas Umrisse wie einen gestrandeten Wal im Nachthemd erscheinen.

»Ich hasse dich«, flüstert Werner und streckt ihr im Schutz der Nacht die Zunge heraus. »Bääääääh!«

Verbittert dreht er sich auf die andere Seite und starrt den Radiowecker an – fünf Uhr drei. Bald würde die Sonne aufgehen.

Seine ist schon lange untergegangen. Albertas Temperament, das ihn am Anfang so fasziniert hat, empfindet er mittlerweile einfach als launisch. Ihre Schönheit – verflogen. Gemeinsamkeiten – null. Bier und Schnaps – verboten. Mit den Fußballfreunden um die Häuser ziehen – erst recht verboten. Das Feuer – erloschen. Zurückgeblieben ist nicht ein Funken Glut – nicht einmal Rauch.

Allein der mittlerweile stattliche Birnbaum, den er damals für sie pflanzte, erinnert noch an die einst große Liebe. Am liebsten würde Werner ihn fällen, denn der Anblick bereitet ihm Sodbrennen. Hundertmal hat er ihn in Gedanken schon mit der Axt bearbeitet. Doch Albertas Gemecker über die viele Arbeit durch das Birneneinkochen hindert ihn daran. Soll sie doch stöhnen, dass ihr der Rücken vor Schmerzen brennt. Zudem beschert ihre Allergie gegen Wespenstiche ihm regelmäßig leuchtende Augen und ihr leuchtende Beulen. Was wäre eigentlich, wenn Alberta – rein zufällig natürlich nur – von vielen Wespen heimgesucht werden würde? Ja, was wäre dann …?

Werner bemerkt, wie bei diesem Gedanken ein Gefühl von Leichtigkeit durch seinen Körper strömt – als wäre ein Stein, ach was, ein ganzes Gebirge von seinem Herzen gefallen. In seinem Kopf entstehen Bilder von Freiheit, Fußball, Weibern, frisch gezapftem Bier und einer Beerdigung. Friedlich schläft er ein.

Alberta greift zur Wasserflasche, die auf ihrem Nachtschränkchen steht. Ihr Mund ist so trocken wie die Wüste Gobi. Seit zwei Stunden liegt sie schon wach und imitiert Schnarchgeräusche, um Werner auf die Palme zu bringen. Seine ruhige Atmung verrät ihr, dass er nun doch noch eingeschlafen ist.

Werner – allein dieser Name hätte sie damals davon abhalten müssen, seinen überstürzten Heiratsantrag anzunehmen und mit ihm nach Deutschland auszuwandern. Ein Waschlappen, wie er im Buche steht, der mit ihrem italienischen Temperament einfach nicht klarkommt. Ständig beleidigt, ständig Fußball im Kopf und dann dieses ständige Gemecker über ihre geliebte Mittelmeerküche: »Schon wieder Nudeln, ich mag keinen Fisch, Oliven sind eklig, mach doch mal Sauerbraten, die Pizza ist mir zu rund!«

Mit Nachbar Paul sieht die Sache zum Glück anders aus. Stattliche ein Meter neunzig schummeln sich durch die Hintertür, wenn Werner seinen Verein auf dem Fußballplatz anfeuert. Paul liebt nicht nur ihre Pizza Funghi, sondern auch jeden Zentimeter Haut an ihr. Alberta hingegen liebt es, wenn Paul seinen Kopf in ihrem Schoß vergräbt und Komplimente über ihre weiblichen Rundungen macht. Wenn Werner doch nur einfach tot umfallen würde, dann könnte Paul seine kleine Mietwohnung kündigen und bei ihr einziehen. Doch hätte, wenn und aber – alles nur Gelaber! Werner erfreut sich bester Gesundheit und ist weit davon entfernt, mit seinen schlecht sitzenden Dritten ins Gras zu beißen.

Alberta setzt sich auf die Bettkante und schaut aus dem Fenster. Die Morgensonne wirft ihre ersten Strahlen durch die Dunkelheit. Glitzernde Lichtfäden bahnen sich ihren Weg durch das Blätterkleid des Birnbaums, der das Schlafzimmerfenster beschattet.

Wie sehr sie diesen Baum doch verabscheut. Nur ein Grund hält sie davon ab, Gift auf sein Wurzelwerk zu kippen, damit er endlich eingeht. Werner. Jeden Herbst beklagt er sich über das viele Laub, das den ganzen Garten verunreinigt und das er ständig zusammenharken muss. Ganz zu schweigen vom Birnenpflücken, was ihm von Jahr zu Jahr auf der hohen Leiter mehr Schwierigkeiten bereitet. Soll er doch stöhnen, dass sein Rücken und die Schulter davon schmerzen.

Plötzlich kommt Alberta ein Gedanke, der ihr ein breites Lächeln auf die Lippen zaubert. Was wäre, wenn die Leiter – rein zufällig natürlich – doch einmal kippen würde? Ja, was wäre dann …?

Ein gewaltiges Donnern reißt Alberta aus ihrer Gedankenwelt. Die Äste des Birnbaums beginnen heftig gegen das Schlafzimmerfenster zu schlagen. Wie aus dem Nichts ist ein Gewitter aufgezogen, das von heftigen Windböen begleitet wird. Ein weiterer Donnerschlag reißt Werner aus dem Schlaf, der vor Schreck fast aus dem Bett fällt. Blitze zucken am Himmel und erhellen das Schlafzimmer auf bizarre Weise. Der einsetzende Regen prasselt wie die Ladung von Maschinengewehren gegen die Fensterscheibe. Irgendetwas wird draußen durch die Gegend gewirbelt und bleibt schließlich an der Scheibe des Fensters kleben. Eine weiße Herrenfeinrippunterhose mit Eingriff und kurzem Beinansatz – Größe sechs.

»Die Wäsche!«, schreit Alberta, als sich zur Unterhose noch eines ihrer roten Spitzenhöschen gesellt.

Werner eilt zum Fenster und tatsächlich. Eine ganze Ladung Sechzig-Grad-Wäsche, die am Abend zuvor von ihnen auf die Leine gehängt worden war, verteilt sich gerade in alle Richtungen. »Komm, bevor unsere ganze Unterwäsche in die Gärten der Nachbarn gefegt wird!«, ruft Werner entsetzt und zieht Alberta am Arm.

»Willst du etwa bei dem Wetter raus?« Alberta reißt mit einem Ruck ihren Arm zurück.

»Willst du etwa, dass die ganze Nachbarschaft weiß, was du unter deinem Nachthemd trägst?«, entgegnet Werner gereizt und greift sich seinen Bademantel, der an einem Haken neben der Tür hängt. Dann ist er auch schon aus dem Zimmer verschwunden.

»Wenn du wüsstest«, murmelt Alberta und muss einen kurzen Augenblick an Paul denken. Dann erhebt sie sich seufzend von der Bettkante und trottet in Zeitlupe hinter Werner her.

So schnell das heftige Sommergewitter aufgezogen ist, so schnell ist es auch wieder verschwunden. Als Alberta vor der Haustür auf die erste Stufe der Marmortreppe tritt, hat sich der Sturm bereits gelegt und mit ihm Blitz und Donner. Ein sanfter Sommerregen fällt vom Himmel und bis auf einige herumliegende Kleidungsstücke, Laub und kleine Äste sieht die Welt schon wieder friedlich aus.

Es dauert einen Moment, bis Alberta bemerkt, dass Werner mit einer seltsam verschränkten Körperhaltung am Fuße der Treppe kauert. »Werner?«

Keine Antwort.

Vorsichtig geht Alberta die Marmorstufen hinunter, die sich dank Nässe und Blätterwerk in eine sommerliche Rutschbahn verwandelt haben. »Werner?«

Erneut bleibt eine Antwort aus.

Als sie ihm mit dem Zeigefinger in die Rippen tippt, kippt er zur Seite und gibt den Blick auf eine große, klaffende Wunde am Hinterkopf frei. »Mamma mia!«, entfährt es Alberta.

Eine Prüfung seines Pulses bestätigt, was sie bereits geahnt hat. Werner ist tot. Die rutschige Treppe ist ihm anscheinend zum Verhängnis geworden.

In diesem Moment wird ein ganzer Cocktail von Glückshormonen in Albertas Gehirn freigesetzt. Glockenhell erklingt ihr Lachen, als sie barfuß im Sommerregen durch den Garten tanzt. Es ist ihr völlig egal, dass sie innerhalb kürzester Zeit klatschnass wird und das Nachthemd wie eine zweite Haut an ihr klebt. Sie fühlt sich frei und bereit für ein neues Leben.

Das Wespennest, das der Sturm aus einer finsteren Ecke auf den Rasen geweht hat, bemerkt sie erst, als sie mit ihrem nackten Fuß hineintritt …

Es war eine schöne Beerdigung. Gemeinsam wurden Alberta und Werner auf dem kleinen Friedhof der Gemeinde beigesetzt. Der Pastor fand wunderbare Worte für eine Ehe, die vor fünfzig Jahren in Italien begann. Die Trauergemeinde war sichtlich zu Tränen gerührt und Taschentücher wurden herumgereicht. Ein kleiner Birnbaum wurde später auf das Grab gepflanzt, als Zeichen der Verbundenheit, des Respekts und der Liebe.

JOSEPHINE PANSTER

COCKTAIL SOMMERWIESE

(ALKOHOLFREI)

4 cl Maracujasaft
3 cl Zitronensaft (am besten frisch gepresst)
2 cl Waldmeistersirup
Ginger Ale

1. Maracujasaft und Zitronensaft abmessen und miteinander vermischen.
2. Anschließend den Waldmeistersirup dazugeben und das Ganze mit Ginger Ale auffüllen.
3. Wer möchte, kann zusätzlich noch Eiswürfel für eine bessere Abkühlung bei hohen Temperaturen reintun.
4. Ansonsten: Dekoriert den Cocktail gern nach Lust und Laune! Ich persönlich nehme gern ein Schirmchen und schiebe noch einen Apfelring auf den Strohhalm. ;)

FINANAS

Sommerregentanz

Sommer
Der Himmel blau, die Sonne lacht
Warm bis in die Nacht

Regen
Der Himmel grau, die Wolken weinen
Nasse Füße wünscht man keinem

Tanz
Die Welt ist bunt, die Menschen lachen
Tanzen kann so glücklich machen

Sommerregentanz
Blau, grau, bunt
Lachen und weinen
Man sieht den Regenbogen erscheinen
Für Trauer keinen Grund

A. S. SCHÖPF

TANZ DER UNENDLICHKEIT

Für alle, die auch in den schlechten Momenten das Gute sehen.

Grinsend blickte ich auf die Bühne vor mir. Der Bass vibrierte durch meinen Körper und erfasste Takt für Takt jeden Teil meines Bewusstseins.

Ich stand inmitten einer endlos scheinenden Menschenmenge, die sich einheitlich zum Beat der Musik bewegte. Synchron. Gefühlvoll. Wie eine aufeinander abgestimmte Choreografie, in der wir uns ergänzten und verbanden. Sowohl körperlich als auch mental. Voller Enthusiasmus und Energie.

Eine endlos scheinende Sekunde ließ ich mich von meiner besten Freundin Jacky ablenken, die mir etwas ins Ohr brüllte und ein eisgekühltes Getränk in die Hand drückte. Skeptisch begutachtete ich erst sie und dann das Glas, das mit einer leicht rosafarbenen Flüssigkeit gefüllt war, in der einige Eiswürfel klimperten. Es war nicht die erste zweifelhafte Mische, die sie mir im Laufe des Nachmittags angedreht hatte. Doch ich war experimentierfreudig und stellte mich ihren Versuchen. Bisher hatte ich es nicht bereut.

»Wenn ich dich frage, was genau das ist, wirst du mir vermutlich sowieso keine hilfreiche Antwort geben, habe ich recht?«, rief ich und lehnte mich in Richtung ihres Ohres.

Sofort drang mir der Geruch ihres süßlichen Parfums und eine Note Aftershave in die Nase, das ich ihrem Freund Math zuordnete. Dieser war vor wenigen Minuten in der Menschenmenge verschwunden, um uns etwas zu Essen zu besorgen.

»Vertrau mir einfach«, lachte Jacky, woraufhin ich ihr nur einen skeptischen Blick zuwarf.

Heute war wirklich ein typischer Sommertag. Fünfundzwanzig Grad im Schatten. Wenn man mich fragte, konnte man die Temperaturen im Moment gut mit der Sahara vergleichen. Ich war froh um mein kurzes Top, das zwar viel Haut zeigte, mich so aber auch vor einem Hitzschlag rettete. Kombiniert mit einer kurzen Hose und schicken Sandalen, deren Bänder ich knapp über meinen Fußknöcheln zusammengebunden hatte, sah ich aus wie ein perfektes Festivalgirl – zumindest in den Augen meiner Freundin Jacky. Sie hatte mir heute schon mehrere Male gesagt, wie gut ihr mein Outfit gefiel, was vermutlich auch daran lag, dass sie es für mich ausgesucht hatte. Jacky hatte die verschiedensten Farbkombinationen ausprobiert und ich war kaum zu Wort gekommen. Immerhin konnte ich jetzt stolz behaupten, dass ich ihr die viel zu hohen High Heels hatte ausreden können, die sie mir ursprünglich andrehen wollte. Meine Haare fielen mir in leichten Wellen über die Schultern, was vermutlich die einzige Fehlentscheidung des Tages gewesen war. Sie klebten ununterbrochen an meinem verschwitzten Rücken. Wirklich angenehm.

Wie jedes Jahr fand dieses Wochenende am Stadtrand an der Grenze zum nahe gelegenen Waldstück das Highlight der Saison statt: Party, gute Musik und nette Menschen in Kombination mit viel zu ungesundem, aber verdammt leckerem Essen verschiedenster Nationen. Mein Frühstück heute war ein vegetarischer Burger gewesen. Um elf Uhr morgens. Dazu eine gekühlte Cola und das vollwertige Essen war komplett gewesen.

Wir hatten die Nacht, wie viele andere Festivalbesucher auch, in einem der liebevoll hergerichteten Zelte verbracht. Von einer ruhigen Nacht konnte daher kaum die Rede sein. Man sah uns die Müdigkeit förmlich an.

Ich unterdrückte ein Gähnen und beobachtete Math, der gerade mit drei Portionen vom Fett triefender Pommes zurückkehrte. Jetzt hängte ich meine sonst relativ gesunde Ernährung endgültig an den Nagel. Außerdem machte sich Jackys Drink schon jetzt bemerkbar. Da kam mir der Kartoffeltraum ganz gelegen.

»Du bist ein Schatz, aber ich glaube, das weißt du sowieso«, rief ich Math dankend entgegen, ehe ich nach einer der Pappschalen griff und genüsslich in eine Fritte biss. Sofort breitete sich der Geschmack nach der perfekten Mischung Fett und Salz in meinem Mund aus und ich unterdrückte ein zufriedenes Seufzen.

»Scheiße sind die gut«, murmelte ich mit vollem Mund und beobachtete Math und Jacky, die beide genüsslich die Augen geschlossen hatten.

Der Sänger auf der Bühne spielte in der Zwischenzeit bereits seine dritte Zugabe und schien nicht vorzuhaben, seinen Auftritt demnächst zu beenden, was mich nicht gerade störte. Seine Musik war gut. Sehr gut. Was mich eher störte, war die kreischende Gruppe junger Mädchen vor mir. Ursprünglich hatte ich gehofft, dass ihr Durchhaltevermögen im Laufe des Konzerts nachlassen würde, doch im Moment sah es so aus, als legten sie gerade erst richtig los. Sie gehörten eindeutig zu den Hardcore Fans.

Ich stopfte mir die restlichen Pommes in den Mund – die Portion hatte ich wirklich in Weltrekordzeit verschlungen – und drehte mich zu meinen Freunden. »Ich besorge mir irgendwo ein Wasser, mein Mund fühlt sich an wie die Sahara«, brüllte ich über das Gekreische hinweg.

Jacky nickte mit vollem Mund und Math sah ebenfalls so aus, als würde er einige Minuten ohne meine Anwesenheit zurechtkommen.

Das ganze Salz und der fragwürdige Drink meiner Freundin hatten mein Verlangen nach alkoholfreier Flüssigkeit angekurbelt. Eilig drehte ich mich um und kämpfte mich Schritt für Schritt mit meinen Ellenbogen durch die verschwitzte Menschenmasse. Eine unvermeidliche Aktion, mit der ich mir einige grimmige Blicke einfing. Ein kurzes entschuldigendes Nicken musste reichen. Wie viel fremde DNA mittlerweile an mir klebte, wollte ich gar nicht wissen.

Ich genoss die gemeinsamen Stunden mit Musikverrückten wie mir ungemein, doch ab und an waren ein paar Minuten Verschnaufpause gar nicht schlecht. Die Nähe zu fremden Menschen in Kombination mit der Lautstärke konnten auf Dauer wirklich anstrengend werden.

Nachdem ich die letzten verschwitzten Zuschauer hinter mir gelassen hatte, warf ich die kleine Pappschale der Pommes in einen Mülleimer und schaute mich um. Auch hier war unglaublich viel los, aber immerhin konnte ich mich einigermaßen bewegen, ohne in irgendjemanden hineinzulaufen.

Gerade passierte ich einen Stand mit himmlisch duftenden Gebäcken, deren Namen ich nicht einmal kannte. Es war faszinierend zu sehen, wie viele Kulturen hier jedes Jahr einen Platz fanden. Italienische Spezialitäten, asiatische Kleinigkeiten, türkisches Fingerfood und vieles mehr. Natürlich musste ich mich jedes Mal aufs Neue durch alles probieren.

Zielstrebig steuerte ich einen der Getränkestände an, der weniger besucht war. Ich stellte mich hinter einem Pärchen an, das gerade seine Bestellung aufgab, und ließ meinen Blick über die Umgebung schweifen.

Überall auf dem Boden lag buntes Konfetti verstreut, das auf die vorherige Nacht hindeutete. Jacky und ich hatten uns einfach gehen lassen. Mit der Musik, mit den Menschen und der guten Laune. Das Lagerfeuer nach den Konzerten des gestrigen Abends und die Nacht in den Zelten waren besondere Erlebnisse, die ich so schnell nicht vergessen würde.

Ich wandte meinen Blick von der Festivallocation ab, als das Pärchen vor mir den Platz räumte. »Hey, ein Wasser bitte«, sagte ich.

Im Hintergrund verstummte gerade das letzte Lied der aktuellen Band. Trotz der Entfernung zur Bühne konnte man hier mehr als genug von der Musik hören. Auch das Gekreische war deutlich erträglicher.

»Eh, alles klar«, antwortete ein junger Mann unsicher, der kaum älter als ich sein konnte. Einige seiner dunkelblonden Strähnen fielen ihm in kleinen Locken in die Stirn, der Rest wurde von einer dunklen Cap verdeckt. Dazu trug er eine Sonnenbrille, die den Großteil seiner Augenpartie verbarg und schief auf seiner Nase saß.

Etwas überfordert blickte er sich um, öffnete einige Schubladen und schaute dann wieder zu mir.

»Ich springe hier gerade für einen Kumpel ein und kenne mich echt nicht aus.« Er lachte unsicher und rückte die Sonnenbrille gerade.

Schulterzuckend deutete ich hinter mich. »Hinter mir ist niemand und ich habe Zeit«, antwortete ich und verschränkte die Arme, ehe ich mich gegen die Holzwand des Standes lehnte und so tat, als rückte ich eine imaginäre Uhr zurecht. »Ich schaue dir gerne beim Verzweifeln zu. Immerhin habe ich gute Musik.«

Seine Haltung entspannte sich sichtlich, als er realisierte, dass es mir wirklich nichts ausmachte. Eilig machte er sich daran, auch die restlichen Schubladen zu öffnen und jedes Mal einen intensiven Blick hineinzuwerfen.

»Ich hab's garantiert gleich«, murmelte er und stockte im nächsten Moment. »Hah, gefunden«, rief er triumphierend und streckte eine Flasche Wasser in die Höhe. Sein Gesicht zierte ein siegessicheres Grinsen und ich musste schmunzeln.

»Es ist wirklich schön, zu sehen, dass es Menschen gibt, die sich über Kleinigkeiten freuen können«, sagte ich lachend und kramte nach meinem Geldbeutel, ehe ich ihm einen Fünfeuroschein in die Hand drückte.

»Und ich finde es schön, zu sehen, dass es auch noch entspannte Menschen gibt, die ein paar Minuten ihres Tages opfern können«, antwortete er und drückte mir das Wasser und mein Wechselgeld in die Hand.

Ich bedankte mich und drehte mich zurück zu dem Festplatz. Es war wirklich faszinierend, wie viele Menschen es jedes Jahr aufs Neue hierher verschlug. Der Festplatz glich einem völlig überfüllten Ameisenhaufen.

»Hey, warte!«

Ich wich gerade einer überquellenden Mülltonne neben dem Getränkestand aus, als plötzlich jemand nach meinem Arm griff. Verwundert drehte ich mich um und blickte in dunkelbraune Augen, die mich unschlüssig musterten und sofort in ihren Bann zogen. »Sorry, aber ich würde es bereuen, wenn ich dich jetzt nicht frage«, sagte der Getränketyp, löste seine Finger jedoch noch nicht von mir. Erst jetzt viel mir auf, dass sich ein blitzförmiges Tattoo über seinen Arm erstreckte. Er hatte seine Sonnenbrille abgesetzt und auch die Cap saß nicht mehr auf seinem Kopf.

»Aha?«, fragte ich verwundert und konzentrierte mich darauf, nicht nervös zu wirken. Ich war mir seines Griffes durchaus bewusst und ignorierte das aufgeregte Prickeln, das seine Berührung in mir auslöste.

»Hast du Lust, nach meiner Schicht etwas trinken zu gehen?«, fragte er und kratzte sich mit seiner freien Hand verlegen an der Stirn.

Verwundert blickte ich ihn an. »Eigentlich bin ich mit meinen Freunden hier. Du kannst aber gerne mal vorbeischauen, wenn du Lust hast.«

Ich zuckte mit den Schultern und löste mich aus seinem Griff. Sofort verschwand die angenehme Wärme, die seine Berührung ausgelöst hatte, doch das aufgeregte Prickeln blieb.

Jacky und ich hatten vereinbart, dieses Wochenende einen reinen Freundestrip zu machen – wenn wir Math mal außen vor ließen. Er war mittlerweile sowieso ein fester Bestandteil unserer

Clique. Ich war mir sicher, dass sie nichts an einer kleinen Planänderung auszusetzen hatte.

»Das ist besser als nichts, oder?«, fragte er schmunzelnd, sichtlich erleichtert, dass ich ihn nicht vollkommen vor den Kopf gestoßen hatte.

»Wenn du es so bezeichnen möchtest, ja.« Ich lachte und musterte sein Gesicht genauer. Durch seine leicht durcheinandergeratenen Haare brachte er einen entspannten Auftritt zustande. Das graue Shirt und die dunkle Hose waren nicht wirklich auffällig, standen ihm aber gut. Sein Blick war offen, er wirkte wirklich nett und liebenswert.

»Wie gesagt, du kannst gerne dazustoßen. Wir stehen recht weit links vorne, in der Nähe der Notfallsanitäter. Mit etwas Glück findest du uns bestimmt«, sagte ich und lächelte ihn an.

»Alles klar, das bekomme ich schon hin. Ich muss nur leider wieder zurück an die Arbeit.« Er deutete auf den Stand und fuhr sich nervös durch die Haare. »Mein Kumpel bringt mich um, wenn ich nicht alle Kunden versorge.«

Ich hob zum Abschied die Hand und beobachtete grinsend, wie er sich umdrehte und sich ungeschickt zurück hinter die Theke quetschte. Nach einigem Fluchen hob er zähneknirschend die Hand und widmete sich den nächsten Kunden.

Grinsend drehte ich mich in die entgegengesetzte Richtung. Das aufgeregte Kribbeln hatte sich bis in meine Zehenspitzen ausgebreitet und fühlte sich nicht so an, als würde es schnell wieder verschwinden.

»Wo warst du denn so lange?«, brüllte Jacky mir ins Ohr und rückte etwas näher zu mir, als ich sie und Math erreichte.

»Ich lasse mir gerne Zeit, du kennst mich doch«, antwortete ich und grinste sie an. Ich konnte nur hoffen, dass meine

Wangen mittlerweile wieder eine normale Farbe angenommen hatten.

»Da ist noch etwas«, flötete meine beste Freundin sofort, als sie meinen Gesichtsausdruck erkannte.

Na ganz toll.

»Das sehe ich dir an der Nasenspitze an.« Sie hob warnend ihren Zeigefinger, hörte jedoch nicht auf zu grinsen.

Warum musste meine beste Freundin immer alles sofort erkennen?

»Pah, das geht dich überhaupt nichts an«, antwortete ich gespielt hochnäsig, verschränkte die Arme und kehrte ihr den Rücken zu.

»Du musst es mir aber verraten.« Jacky legte von hinten die Arme um mich und schmiegte ihr Gesicht in meine Halsbeuge. »Ich bin doch deine allerbeste und allertollste Freundin.«

Ich spürte ihren warmen Atem an meiner Haut und schüttelte mich leicht.

»Außerdem steht das in unserem Beste-Freundinnen-Kodex«, schob sie verschwörerisch hinterher und kniff mir spielerisch in die Seite. »Laut dem gehen Geheimnisse nämlich echt gar nicht.«

Gespielt gelangweilt kickte ich nach einem Plastikbecher vor uns und betrachtete, wie er davonrollte. Ich wusste genau, dass sie nicht lockerlassen würde.

»Der Getränketyp hat mich gefragt, ob ich nachher etwas mit ihm trinken möchte. Ich habe ihm gesagt, dass er gerne zu uns stoßen darf, wenn er uns findet«, ratterte ich viel zu schnell herunter.

Sofort spürte ich, dass sie mich verstanden hatte. Ihr Griff verstärkte sich und sie rüttelte mich aufgeregt. »Wusste ich's doch.« Aufgeregt hüpfte sie hinter mir auf und ab.

»Mach mal kein Drama draus. Wir wissen nicht mal, ob er überhaupt kommt. Außerdem weißt du, wie ich zu dem Thema stehe.« Ernsthafte Beziehungen hatte ich in den letzten Jahren gekonnt vermieden und das sollte auch so bleiben.

Trotzdem kannte ich meine Freundin. Sie steigerte sich gerne in Dinge hinein. Sehr. Intensiv. Und das war nicht nur bei meinen Angelegenheiten der Fall. Vor Math hatte das schon das ein oder andere Mal zu einem akuten Sofa-Abend mit Krisensitzung geführt. Dazu gab es tonnenweise Eis und die schlimmsten Schnulzen, die sich die Menschheit je ausgedacht hatte. Doch mir war es recht. So wurde uns nie langweilig.

Und trotzdem wollte ich es vermeiden, dass sie voreilige Schlüsse zog, die vielleicht sowieso nicht eintreten würden.

Ich löste mich aus Jackys Umarmung und blickte sie an.

»Konzentrier du dich lieber auf deinen Freund«, sagte ich und deutete auf Math, der von einer Gruppe Mädchen regelrecht niedergetrampelt wurde. Tanzend rempelten sie ihn immer wieder an und schoben ihn so Stück für Stück nach hinten. Sie nahmen keinerlei Rücksicht auf ihn und ignorierten die Tatsache, dass er knappe zwei Köpfe größer war, gekonnt.

Jackys Blick ruhte weiterhin auf mir. »Du musst endlich weiterleben, Viv«, sagte sie, während eine ihrer Hände nach Math tastete. »Du kannst dein Leben nicht wegen dieses Vollidioten an den Nagel hängen. Hab wieder ein bisschen Spaß.« Ihr Gesichtsausdruck war mitfühlend. Sie wusste, dass sie gerade einen wunden Punkt ansprach, auch wenn er das nach mittlerweile zwei Jahren eigentlich nicht mehr sein sollte.

Jacky war jeden Moment an meiner Seite gewesen und hatte alles miterlebt. Es war eine typische Jugendliebe von einem naiven Mädchen gewesen. Nur dass ich nicht das einzige Mädchen in seinem Leben gewesen war. Nach wochenlangem Geheule und Selbstmitleid war das Leben zwar weitergegangen, doch seitdem hatte ich niemanden mehr an mich herangelassen. Weiter als einen kleinen Flirt war ich nicht gegangen.

Genervt griff Jacky nach Maths Arm. »Du musst dich echt mehr durchsetzen, Babe«, zischte sie gerade laut genug, dass ich sie noch verstehen konnte, ehe sie die Mädchen wütend anfunkelte. »Passt bitte etwas besser auf. Ihr seid hier nicht alleine.«

Es war wirklich witzig, anzusehen, wie sie sich vor ihnen aufbaute. Trotz des deutlichen Altersunterschieds wirkte Jacky durch ihre Größe eher wie ein kleines aufgebrachtes Schulkind. Immerhin funktionierte es. Die Gruppe brachte etwas mehr Abstand zwischen uns und grölte einige Meter weiter vorne weiter, als würde ihr Leben davon abhängen.

Math musterte seine Freundin dankbar und ich musste mir ein Lachen verkneifen. Die beiden waren wirklich ein verdammt süßes Pärchen.

Im Hintergrund spielte noch immer eine Band, die mich jedoch nicht wirklich vom Hocker riss. Ausschließlich Cover von Liedern, die man so oft im Radio hörte, dass sie einem mittlerweile aus den Ohren heraushingen. Jacky und Math waren in ein ernsthaftes Gespräch vertieft und ich betrachtete meine Umgebung etwas genauer. Die Gruppe Mädchen hatte sich nicht mehr von ihrem Platz bewegt und war auch jetzt noch immer sehr motiviert und aufgedreht. Ihnen schienen die Lieder sehr zu gefallen. Um mich herum standen hauptsächlich Zuschauer, die etwa so alt wie ich waren. Wenn sie nicht gerade wild knutschten, bewegten sie sich wie ich im Takt des ruhigen Liedes, das gerade einsetzte, oder unterhielten sich.

Bis zum großen Höhepunkt heute Abend waren nur kleinere, eher unbekannte Bands angekündigt. Samuel Michelson hatte als krönender Abschluss die Chance, dieses Wochenende endgültig perfekt zu machen. Ich musste zugeben, dass ich nicht einmal ansatzweise wusste, um wen es sich handelte, und auch Jacky kannte ihn nicht, doch der Hype behauptete, er sei ausgesprochen gut. Also gab ich ihm die Chance, auch mich zu überzeugen.

»Du siehst echt gelangweilt aus«, erklang plötzlich eine tiefe Stimme neben mir.

»Das sieht nur so aus«, erwiderte ich, ohne mich meinem Nachbarn zuzuwenden. Der Getränketyp.

»Wie würdest du es denn beschreiben?«

Ich spürte seinen Blick auf mir, schaute aber weiterhin zur

Bühne. Die aktuelle Band hatte scheinbar doch etwas drauf. Zumindest der Song, den sie gerade anspielten.

»Ich denke, ich würde es eher interessiert nennen. Interessiert und neugierig auf meine Art. Ich bin kein Fan davon, wenn man mir meine Emotionen sofort von der Nase ablesen kann. Die vorherigen Lieder waren allesamt Cover, die man nicht mehr hören kann. Das hier ist neu und somit interessant.« Ich wandte mich ihm zu.

Sein Gesicht wurde zur Hälfte von der großen Sonnenbrille verdeckt und auch die Cappy saß wieder auf seinem Kopf. Er verschränkte die Arme vor der Brust, während er mich musterte.

»Du bist also ein Musikkritiker, verstehe.« Er tat so, als schien er abzuwägen, ob diese Tatsache wirklich zutreffen konnte. »Ich bin übrigens Sam«, stellte er sich vor und streckte mir seine Hand entgegen.

Ich zögerte, ergriff sie dann jedoch. »Vivian, hi.«

Sein Griff war fest, entschlossen und trotzdem spürte ich seine weiche warme Haut. Er übte eindeutig keinen handwerklichen Beruf aus.

»Hey, du musst der Getränketyp sein«, unterbrach uns Jacky plötzlich und rückte mit Math im Schlepptau etwas näher.

»Der Getränketyp?« Sam musterte mich fragend.

»Ich kannte deinen Namen nicht und Jacky war neugierig.« Ich zuckte mit den Schultern und löste meine Hand etwas verspätet aus seiner.

»Jacky bin übrigens ich und das ist Math.«

Die beiden Jungs nickten sich kurz zu. Warum konnte das bei Frauen nicht auch so einfach funktionieren?

Jacky verwickelte Sam in ein Gespräch. Meine Freundin war schon immer offen gegenüber neuen Menschen gewesen, was ein enormer Vorteil war. Egal, wo man hinkam, man lernte wirklich immer jemanden kennen.

Während die Band einen Song nach dem anderen spielte, erzählte Sam uns etwas aus seinem Leben und auch ich versuchte, meinen langweiligen Studentenalltag möglichst interessant zu formulieren. Ich erfuhr, dass er seit einigen Jahren durch die Weltgeschichte reiste und sich mit verschiedenen Aushilfsjobs über Wasser hielt. Gleichzeitig lebte er für die Musik. Er wollte frei sein und sein eigenes Ding machen. Ein Wunsch, der schon lange in mir lebte, den ich jedoch nie wirklich an die Oberfläche ließ. Sam hingegen schien genau das zu leben und gleichzeitig zu lieben.

»Und nein, die Aushilfsjobs sind normalerweise nicht an Getränkeständen«, erzählte er lachend und berührte mich scheinbar beiläufig am Arm. Immer wieder beobachtete ich ihn dabei, wie sein Blick an mir hängen blieb und in mir ein Gefühl auslöste, das ich schon viel zu lange nicht mehr gespürt hatte.

»Leute, ich sage das ja echt ungern, aber das da oben sieht gar nicht gut aus«, rief Jacky über die Musik hinweg und deutete zum Himmel. Fragend hob ich den Blick und stockte. Wir waren so auf das Gespräch fixiert gewesen, dass niemandem die riesigen Wolken aufgefallen waren, die sich über uns zusammengebraut hatten. Noch immer war die Hitze drückend und schien gar nicht enden zu wollen. Doch das Geschehen am Himmel kündigte eindeutig ein gewaltiges Gewitter an.

»Ich bin mir sicher, dass wir es überleben werden«, sagte ich lachend und kniff meiner Freundin in die Seite.

»Wir schon«, erwiderte Math. »Unsere Zelte werden aber garantiert weniger erfreut sein.«

Math hatte recht. All unsere Sachen lagen in den Zelten, die wir für das Wochenende unser Zuhause nennen durften. Just in dem Moment traf mich der erste Wassertropfen.

Um uns herum löste sich die Menschenmenge langsam auf. Die Band spielte noch immer, doch das Gekreische der Fans war abgeklungen. Das anfängliche Tröpfeln ging in ein leichtes Nieseln über, das garantiert nicht weniger werden würde. Im Gegenteil.

»Ich glaube, wir sollten eine kleine Rettungsaktion starten«, rief Jacky, deren Haare sich durch die Nässe bereits kringelten.

Das würde später eine geschmeidige Selbstmitleidsorgie ihrerseits geben. Seit ich denken konnte, glättete sie sich ihre Haare und wollte nicht auf mich hören, wenn ich ihr sagte, dass mir ihre natürliche Haarstruktur gefiel.

»Ich kann euch gerne helfen«, schlug Sam vor, der sich einige Regentropfen aus dem Gesicht strich.

Aus der Ferne erklang das erste Donnergrollen, während alle Zuschauer in verschiedene Richtungen davonströmten.

Die Band war noch immer voller Tatendrang, doch einige Festivalmitarbeiter brachten die technischen Geräte in Sicherheit.

»Na dann wollen wir mal«, sagte ich und strich mir eine durchnässte Haarsträhne aus dem Gesicht. Der Rest klebte mittlerweile vollständig an meinem Rücken und ich spürte, wie die Tropfen meine Haut entlang nach unten flossen.

Gemeinsam mit den anderen bahnte ich mir einen Weg durch die sich auflösende Menschenmenge und dankte dem Universum, dass ich heute nicht auf meine wasserfeste Mascara verzichtet hatte. Das Donnergrollen wurde lauter, intensiver. Immer wieder erhellte ein Blitz den düsteren Himmel. Nach wenigen Metern fühlte ich mich wie frisch geduscht. Die Luft roch nach Regen und Natur. Langsam wich die Hitze des Tages einer angenehmen Wärme. Zwar fühlte sich alles noch etwas angestaut an, doch der leichte Wind und die Nässe schwemmten den Druck eines langen Sommertages erfolgreich fort.

Eilig folgte ich meinen Freunden zu den Zelten, als der Regen endgültig zu einem Wolkenbruch wechselte. Ein mächtiges Donnern erschütterte den Boden und der Wind fegte das ein oder andere in Vergessenheit geratene Shirt durch die Luft, während dicke Tropfen auf uns hinunter prasselten.

»Ich glaube, da gibt es nicht mehr viel zu retten«, stellte Math fest, als wir außer Atem bei unseren bescheidenen Unterkünften ankamen.

Ich konnte ihm nur zustimmen. Die Liegewiese war vollkommen überschwemmt. Von dem Inhalt unserer Zelte war nicht mehr viel übrig. Zumindest nichts Trockenes. Ich machte einen Schritt auf den Eingang meines Zelts zu, machte jedoch sofort wieder einen Rückzieher. Die Erde hatte sich in eine Art Moorlandschaft verwandelt. Mein Schuh gab ein schmatzendes Geräusch von sich, als er sich vom Boden löste.

Prustend wischte ich mir über das Gesicht und strich einige Haarsträhnen zur Seite. Wenn mich nicht alles täuschte, schwamm eine meiner quietschgelben Socken etwas weiter hinten in einer Pfütze.

Den anderen ging es nicht besser. Wir beobachteten unsere Unterkünfte dabei, wie sie sich immer mehr mit Wasser füllten und einzelne Kleidungsstücke einige Meter durch den Matsch schwammen und dreckig irgendwo hängen blieben.

Dabei sahen wir aus, als wären wir mitsamt unseren Klamotten duschen gegangen. Mein Oberteil klebte an meinem Körper und ich konnte nur hoffen, dass es mittlerweile nicht komplett durchsichtig war. Jackys Locken pappten kraftlos an ihrem Kopf und Maths Haare hingen wie bei einem nassen Pudel nach unten.

Nur Sam war einigermaßen anschaulich. Durch die Cappy wurde seine Haarpracht verschont, die Sonnenbrille hatte er mittlerweile abgesetzt. Sein Shirt klebte ebenfalls an seinem Körper, doch irgendwie schaffte er es, dabei noch viel zu gut auszusehen.

»Schöner Mist«, murmelte Math. »Ich gehe dann wohl nackt nach Hause.« Er schüttelte den Kopf und betrachtete noch einmal das überschwemmte Zelt, ehe er sich zu uns drehte. »Also, was machen wir jetzt? Hier stehen und auf bessere Zeiten warten?«

»Nix da«, erwiderte ich eilig und blickte meine Freunde nacheinander an. »Wir sind hier, um Spaß zu haben, oder?«

Einstimmiges Nicken.

»Na dann lasst uns auch Spaß haben.« Lachend breitete ich die Arme aus und reckte mein Gesicht gen Himmel. Ich hieß jeden einzelnen Wassertropfen willkommen, genoss das Gefühl, wie der Regen erst meine Haut berührte und dann langsam nach unten floss. Mein Grinsen wurde immer breiter und ich nahm die

Empfindungen der absoluten Freiheit, des Lebens und der Natur, die viel zu oft viel zu weit weg schienen, in mich auf. Ein Lachen drang über meine Lippen, brachte meine Freude jedoch kaum zur Geltung. Glücklich blickte ich zu meinen Freunden, die mich beobachteten.

»Wisst ihr was?«, rief Jacky und sprang in eine große Pfütze. Wasser spritzte auf und besudelte unsere Beine. »Viv hat recht. Das ist doch eh nur Wasser.« Sie lachte und drehte sich im Kreis, während ihre Hose mehr und mehr durchnässt wurde. Kurzerhand griff sie nach Maths Hand und zog ihn zu sich.

Dieser schaute etwas überfordert, griff dann jedoch nach ihrer Hüfte und bewegte sich langsam mit ihr.

Die Musik war trotz des Donners gut zu hören. Die Band hatte scheinbar ein stabiles Durchhaltevermögen. Der langsame Song, der gerade startete, passte perfekt zu den Bewegungen meiner Freunde.

Grinsend beobachtete ich, wie die beiden sich verliebt in die Augen blickten. Jacky und Math waren wirklich wie füreinander geschaffen.

»Möchtest du nur zuschauen oder selbst ein bisschen das Leben genießen?«, hörte ich Sams Stimme an meinem Ohr. Ich spürte seinen warmen Atem in meinem Nacken und nahm seinen Körper hinter mir bewusst wahr. Behutsam verschränkte er unsere Finger miteinander und hielt inne. Es wirkte, als würde er auf meine Bestätigung warten.

Zitternd atmete ich ein. Er hatte genau die Worte wiederholt, die Jacky zuvor zu mir gesagt hatte. Vielleicht war es für mich an der Zeit, die Vergangenheit ruhen zu lassen. Vielleicht war es an der Zeit, neue Menschen in meinem Leben willkommen zu heißen. Und vielleicht war der richtige Moment dafür genau jetzt gekommen.

Also nickte ich und versuchte, Sam damit zu zeigen, dass ich einverstanden war.

Langsam drehte er mich so, dass wir uns gegenüberstanden.

Mein Blick wanderte über seine definierten Gesichtszüge zu seinen dunklen Augen, die mich liebevoll anblickten. Im Hintergrund ging die Band gerade zum Höhepunkt des Liedes über. Der Donner vermischte sich mit den leichten Klängen des Songs und ein heller Blitz erleuchtete den Himmel, doch ich hatte nur Augen für Sam.

Er bewegte sich langsam, kam einen Schritt auf mich zu und drehte mich einmal im Kreis.

Ein breites Grinsen breitete sich auf meinem Gesicht aus.

»Du kannst tanzen?«, fragte ich und fing seinen Blick.

»Ich gebe mein Bestes«, antwortete Sam schmunzelnd und übernahm endgültig die Führung.

Wie von selbst passte sich mein Körper dem seinen an. Eine Bewegung ging in die nächste über und verschmolz zu einem ungeplanten, aber dennoch wunderschönen Tanz. Wir waren gefangen in unseren Blicken, in unseren Berührungen und in der Musik. Meine Hand verschmolz mit der seinen, schien sich mit ihr zu verbinden, als wäre sie endlich dort, wo sie hingehörte. Gemeinsam drehten wir uns durch die Pfützen, der Regen umhüllte uns und kühlte uns ab. Abermals wirbelte Sam mich herum und fing mich auf, bevor ich unsanft im Wasser landete.

Für einen kurzen Moment trafen sich unsere Blicke, dann war ich wieder auf den Beinen. Ich ignorierte die Nässe und den Dreck, der an meinen Beinen nach oben spritzte.

Sam führte perfekt. Sein warmer Händedruck bot mir Sicherheit und Stabilität, sein Taktgefühl leitete uns ohne Unterbrechungen. Mein Blick war in dem seinen gefangen. Es gab kein Entkommen, während wir uns immer weiter zu den Klängen der Musik bewegten. Es fühlte sich so echt und so natürlich an, als hätten wir beide noch nie etwas anderes getan.

Sam wirbelte mich herum, fing mich auf und hatte die vollkommene Kontrolle über meine Bewegungen. Mein Atem beschleunigte sich, als Sam uns abrupt zum Stehen brachte. Sein Brustkorb hob und senkte sich schnell. Auch er war sichtlich außer Atem.

Einige Wassertropfen fielen aus seinen Haaren auf sein Gesicht und bahnten sich einen Weg über seine definierten Wangenknochen. Noch immer konnte ich meine Augen nicht von ihm abwenden und ihm schien es ähnlich zu gehen.

Sein warmer Atem kitzelte meine Haut, ich spürte, wie nah wir uns waren.

Noch immer lag meine Hand in seiner. Mit der anderen stützte ich mich an seinem Oberkörper ab, brachte so einen winzigen Abstand zwischen uns.

Mein Herz raste unter seinen Berührungen, schien sich gar nicht mehr beruhigen zu wollen.

Langsam stellte ich mich auf die Zehenspitzen und lehnte mich etwas mehr in seine Richtung. Ich ließ meinen Blick von seinen Augen zu seinen Lippen und wieder zurück wandern.

Auch Sam wirkte nervös. Keiner von uns bewegte sich. Ich achtete auf unsere gleichmäßigen Atemzüge und auf die Bewegungen von Sams Brustkorb.

Im Hintergrund setzte das nächste Lied ein. Ein weiteres Donnergrollen zog über uns hinweg, ein weiterer Blitz.

Sam durchfuhr ein Ruck, es schien fast so, als hätte jemand einen Schalter umgelegt.

Dann überwand er den Abstand zwischen uns, legte seine Lippen auf meine.

Die Geräusche um uns herum verschwanden. Die Nässe verflüchtigte sich. Zurück blieb eine unbeschreibliche Wärme, die von Sam und mir ausging. Es fühlte sich wie ein Ankommen und gleichzeitig wie das Ausbreiten von Flügeln an, die viel zu lange von Fesseln gefangen gehalten worden waren. Mein Inneres explodierte in tausend Teile. Gleichzeitig fand jedes Teil direkt wieder an die richtige Stelle zurück. Es fühlte sich wie ein Neuanfang an, ein Neuanfang, der mit dem reinsten Freiheitsgedanken verbunden war. Erst als sich Sam von mir löste, schienen meine Füße wieder festen Boden unter sich zu haben.

Mein Blick war noch immer in den dunklen Augen meines

Gegenübers gefangen, die mich so intensiv musterten, als wollten sie mich nie mehr loslassen.

Der Regen hatte nachgelassen und war in ein leichtes Nieseln übergegangen, das nur noch ab und an von einem entfernten Donnern unterbrochen wurde.

Das hier fühlte sich richtig an. Nicht gestellt, nicht eigenartig, es fühlte sich einfach richtig an. Vielleicht ging es zu schnell, vielleicht war ich zu voreilig, doch mein Gefühl sagte mir, dass ich hier, genau in diesem Moment, richtig war. Es war so, als wäre es schon immer so gewesen. Ohne Ausnahmen.

»Was hatte Sam noch mal vor?«, fragte Jacky eine halbe Stunde später und hakte sich bei mir unter, während wir uns hinter den anderen Konzertbesuchern einreihten.

Das Gewitter hatte sich zurückgezogen. Geblieben war die angenehme kühle Luft. Der Himmel hatte sich orange gefärbt und deutete einen atemberaubenden Sonnenuntergang an, der einer Zeichnung in einem Bilderbuch gleichkam.

Gemeinsam waren Math, Jacky und ich auf dem Weg zum Highlight des Wochenendes. Vor und hinter uns tummelten sich grüppchenweise Jugendliche, die gespannt auf den Sänger warteten, während sie an ihren Getränken schlürften und den Tönen der Vorband lauschten.

»Er hilft wieder irgendwo aus. Keine Ahnung«, antwortete ich schulterzuckend und spürte die Röte, die bei dem Gedanken an Sam in meine Wangen schoss. Wir hatten zuvor nicht mehr viel gesprochen, hatten uns eher an die Nähe des jeweils anderen gewöhnt. Ich wusste nicht, in welche Richtung es in Zukunft gehen würde, doch ich wusste, dass ich mich in Sams Nähe vollkommen geborgen und gut aufgehoben fühlte.

»Wir sehen aus wie Schweine.« Jacky unterbrach meine Gedanken und brachte mich so dazu, an meinem Körper hinunterzublicken. Meine Klamotten waren vollständig durchnässt. An meinen nackten Füßen klebte Dreck, von meinen Sandalen hatte ich mich bei unseren Zelten getrennt. Ich hatte Glück, dass mein Oberteil nur begrenzt durchsichtig geworden war und ich nicht halb nackt durch die Gegend lief. Auch die Tatsache, dass fast alle um uns herum ein ähnliches Erscheinungsbild zur Schau stellten, machte alles um einiges erträglicher. All diejenigen, die jetzt noch hier waren, waren die wahren Festivalbesucher.

Wir reihten uns recht weit vorne ein und hatten einen guten Blick auf die Bühne. Vor uns eilten Angestellte hin und her und beseitigten die Auswirkungen des Gewitters. Überall lagen Müll und andere Kleinigkeiten auf der Wiese.

Die letzten Sonnenstrahlen versetzten alles in ein goldenes Licht. Es war die perfekte Atmosphäre für den Abschluss dieses einzigartigen Wochenendes, das ich garantiert nicht so schnell vergessen würde.

Math hatte seine Arme um Jacky geschlungen, während die letzten Akkorde des Songs der Vorband ausklangen. Als der Star des Abends angekündigt wurde, stieg der Lärmpegel um ein Vielfaches. Ein Drummer lief auf die Bühne, setzte sich hinter sein Schlagzeug und stimmte den Beat des ersten Songs an, der sich sofort einen Weg durch meinen Körper bahnte. Mein Brustkorb vibrierte und ich spürte das Adrenalin, das durch meine Adern pumpte.

Das war es, was ich so sehr liebte: Menschen, die das Leben genossen, die sich von den Schwingungen der Musik und den Bewegungen der Menschenmenge mitreißen ließen, die von Sekunde zu Sekunde intensiver wurden. Das Jubeln wurde lauter, der Applaus donnerte. Meine Ohren klirrten und brauchten Zeit, um sich an die Lautstärke der Fans zu gewöhnen. Eine Pause war ihnen nicht gegönnt, denn genau in diesem Moment lief auch der restliche Teil der Band auf die Bühne und platzierte sich hinter seinen Instrumenten.

Der Boden bebten, die Menschen sprangen im Takt der Musik in die Luft. Sie ließen sich gehen und vergaßen alles um sich herum.

Genau wie ich. Ich war ein Teil dieser Menschen. Ich war Teil dieser Menge, die sich wie abgestimmt bewegte, als wäre sie darauf trainiert, nichts anderes zu tun.

Ich ließ mich mitreißen von der Euphorie und der Energie, die durch unsere Reihen wanderte, von dem Strom der Musik, die die Band gerade anstimmt. Ein Lächeln breitete sich auf meinem Gesicht aus, als auch ich die Arme in die Luft riss und mein Gesicht gen Himmel richtete, der langsam immer dunkler wurde.

Abermals genoss ich das Gefühl der endlosen Freiheit, ehe ich den Blick zurück auf die Bühne richtete, auf der nur noch der Sänger fehlte.

Die Anspannung der Fans war zum Greifen nahe. Es fühlte sich so an, als könnte man die Luft förmlich schneiden. Eine Bewegung vorne rechts zog meine Aufmerksamkeit auf sich und ließ mich völlig erstarren.

Der Sänger lief locker und selbstsicher auf die Bühne, begrüßte die Menschenmenge, doch dann stockte er. Er zögerte, griff dann jedoch zu seinem Mikrofon und warf einen kurzen Blick zu seiner Band, ehe er ihn durch die Menge schweifen ließ.

Ich hatte das Gefühl, auf heißen Kohlen zu stehen, als seine dunklen Augen direkt die meinen trafen. Wie war es möglich, dass sein Blick in einer solch großen Menschenmenge sofort den meinen fand? Konnte das hier gerade wirklich passieren?

Das Jubeln der Fans war nur noch ein leises Hintergrundgeräusch, das sich so anhörte, als hätte jemand alles in Watte gepackt.

Meine Aufmerksamkeit galt ausschließlich dem Sänger, dessen Lippen sich zu einem unsicheren Lächeln verzogen, während er mich fragend anblickte.

Noch immer war ich wie erstarrt, doch dann nickte ich.

Ich nickte, als wäre es das Normalste auf dieser Welt, als wäre meine Antwort auf diese unausgesprochene Frage schon immer klar gewesen, denn ich verstand, warum er mir nicht gesagt hatte, wer er wirklich war.

Ich vertraute ihm.

Ich wusste nicht, warum, doch irgendetwas in mir hatte sich an dem heutigen Tag verändert. Irgendwie hatte mir der heutige Tag gezeigt, was leben wirklich bedeutete und wie wunderschön leben sein konnte.

Ich löste meinen Blick keine Sekunde von ihm, während ich ihm die stille Zusage gab.

Vor mir auf der Bühne stand der Sänger.

Vor mir auf der Bühne stand Sam.

Danke an Lara. Danke, dass du immer an meiner Seite bist und mit mir gemeinsam die Cinnamon Society durch Höhen und Tiefen bringst. Ohne dich könnten wir dieses Buch jetzt nicht in den Händen halten!

LARA PICHLER

SCHWESTER SOMMER, BRUDER HERBST

Für meinen Bruder Marcel, ein Herbstkind
Und für alle Herbstkinder, die sich im Schatten ihrer Geschwister verloren fühlen.

Es waren einmal zwei Geschwister, die nannten sich Schwester Sommer und Bruder Herbst. Sie waren die Kinder von Mutter Natur, auf den ersten Blick so unterschiedlich wie Tag und Nacht.

Sommer, die Ältere der beiden, war stets gut gelaunt und überall gern gesehen. Wohin sie auch ging, wurde sie von strahlenden Gesichtern begrüßt. Mutter Natur hatte ihrer Tochter eine Haut wie Porzellan geschenkt. Ihre engelsgleichen Löckchen umrahmten ihr liebliches Antlitz und die braunen Augen erinnerten an flüssiges Karamell. Das kleine Mädchen war dafür bekannt, stets von einem Ort zum anderen zu hüpfen. Sommer erinnerte die Menschen an ihr inneres Kind.

Herbst, nicht viel jünger als seine Schwester, hatte es schwer, nach ihrem Auftreten einen guten Eindruck zu hinterlassen. Er sah in sich selbst nicht viel von seiner Mutter. An guten Tagen erfreute er sich über seine Vielfalt, über die Begabungen, die er besaß und wie er die Welt verändern konnte. An den schlechten verglich er sich mit seinem Umfeld, seinen Geschwistern und den Jahreszeiten, in denen er so viel Schönes entdecken konnte, im Gegensatz zu sich selbst. Herbst hatte zwei gegensätzliche Seiten: Die eine war bunt und voller Leben, die andere war trist und in sich gekehrt, mit den Gedanken weit von der Erde und ihren Bewohnern entfernt.

So sehr er sich auch bemühte, blieb er stets in Sommers Schatten.

War Sommer das Gemälde, stellte Herbst die Skizze dar.

Ließ Sommer die Menschen im Regen tanzen, verscheuchte Herbst sie höchstens zurück in ihre Häuser.

Stand Sommer für die Liebe, verband man Herbst mit Einsamkeit.

Egal, wie viel Zeit verging und wie sehr er es auch versuchte, nie würde er mit seiner Schwester mithalten. Nach einem besonders langen Sommer zeigte er endlich sein wahres Ich, mit den Stürmen und den regnerischen Tagen. So sah sich Herbst zumindest, dabei realisierte er nicht: Herbst war wie der Wind, der durch die Haare rauschte, wie Pfützen, in die man mit Freude hineinspringen wollte. Wie Blätterhaufen, welche die Wege säumten und die Hofeinfahrten der pingeligen Nachbarn dekorierten. Wie tief orange Sonnenuntergänge, umhüllt von dicken Regenwolken, die ein Künstler nicht schöner hätte malen können.

Nach und nach fand er Menschen, die Freude an seinen Gaben fanden. Sie erklärten ihn zu ihrem Liebling – jemanden, mit dem sie gern Zeit verbrachten. Dennoch blieb er hinter Sommer stets die zweite Wahl.

Sommer hatte längst bemerkt, wie unfair die Menschheit war. Sie fühlte sich schlecht, da ihre Geschwister wesentlich weniger Aufmerksamkeit erhielten als sie, insbesondere Bruder Herbst. Schon seit Wochen verkroch er sich in seinem Zimmer, zeigte sich nur gelegentlich bei Mutter Natur und weigerte sich strikt, unter die Menschen zu treten. Dabei war er längst an der Reihe, der Welt seine Jahreszeit zu schenken.

Nie zuvor hatte sich eines der Geschwister geweigert, seinen Dienst anzutreten. Schließlich war genau das ihre oberste Pflicht! Würden sie sich nicht abwechseln, könnte die Natur ins Ungleichgewicht geraten. Die Folgen konnten katastrophal sein. Noch wussten die Kinder lediglich von kleineren Ausnahmen in der Vergangenheit, als die Geschwister füreinander eingesprungen waren. Ein paar Tage Winter im Frühling konnten vielleicht nicht schaden, doch was, wenn Sommer die Einzige war, die Winter vertreten konnte? Egal, wer wem aushalf, es endete jedes Mal in Chaos und Naturgewalten.

Auch jetzt bemerkte man die Auswirkungen von Herbsts Fehlen bereits, und Sommer war erst eine Woche länger geblieben. Die Lebewesen litten unter ihrer andauernden Hitze und einige Arten hätten schon längst den Weg nach Süden antreten sollen. Dieses Drama musste ein Ende finden! Es würde nur schlimmer werden, je länger Herbst sich zierte.

Obwohl ihn bereits seine Eltern und seine Brüder, Winter und Frühling, besucht hatten, machte er keine Anstalten, seine Aufgabe zu erledigen.

Schwester Sommer konnte nicht ewig bleiben und das wusste Herbst genauso gut wie sie.

Also nahm sie all ihren Mut zusammen und klopfte an dem Türchen des Zimmers, in dem ihr Bruder wohnte. Als keine Antwort erklang, lugte sie durch den geöffneten Spalt hinein. Verwirrt huschte ihr Blick durch den Raum.

»Darf ich reinkommen?«, wisperte sie.

Aus dem Zimmer vernahm sie ein leises, trauriges »Mhm«. Herbst saß auf dem Boden, trübselig und mit tränenfeuchten Wangen.

Zwei Mal klopfte er schwach vor sich auf den Teppich. Zaghaft setzte Sommer sich zu ihm. Ihre Mundwinkel zuckten, als sie sich daran erinnerte, dass sie als kleine Kinder auch oft gemeinsam auf dem Boden gesessen hatten. In diesem Zimmer hatten sie sich Geschichten erzählt und stundenlang gespielt. Aus all den Räumen ihres Hauses hatten sie die Kissen gestohlen, um Kissenburgen zu bauen. Hier hatten sie sich ihre innersten Geheimnisse verraten, sich ihre Zukunft ausgemalt und ihre größten Träume formuliert. Ja, die Kinder hatten sich die unterschiedlichsten Szenarien vorgestellt, wie es sein würde, wenn sie einmal älter wären. Eines wie jetzt war jedoch nie dabei gewesen.

Als sie in die Augen ihres kleinen Bruders blickte, erlosch Sommers freudiger Ausdruck. Ein Seufzer blieb in ihrer Kehle stecken. Sie biss sich auf die Lippe, als sie nach seinen Händen griff und darauf hinab sah. Sommers Strahlen wurde mit jeder Sekunde schwächer. Das schlechte Gewissen trieb ihr die Kälte in die Fingerspitzen und umhüllt ihre Lunge mit Eis, sodass es schwer wurde, zu atmen.

»Bruder Herbst«, hauchte sie behutsam. In dem jämmerlichen Versuch, ihr Mitgefühl zu zeigen, strich sie mit dem Daumen über seinen Handrücken. Der Junge hob seinen Kopf. Seine Haare waren zu braunen, dürren Blättern verkümmert: ein Zeichen seiner Verzweiflung. Wo war all die Farbe hin, die Sommer so an ihm liebte? »Ich will nicht, dass du traurig bist.«

»Wie soll ich nicht traurig sein? Alle lieben und bewundern dich, und was ist mit mir?« Ein brausender Sturm sauste durch das Kinderzimmer und riss einen Teil von Sommers Wärme mit sich. Sommer sah nach oben – normalerweise konnte sie all die Malereien erkennen, mit denen Herbst seine Wände geschmückt hatte. Doch nun formten sich über den Köpfen der Kinder dunkle Wolken, die gefährlich nach Gewitter aussahen. »Ich gehe nicht mehr raus. Es vermisst mich ohnehin niemand. Sag Bruder Winter, er soll morgen schon seinen Dienst antreten.«

»Nein«, widersprach Sommer ihm bestimmt. Herbst hatte noch nie verstanden, wie wichtig das Zusammenspiel der Jahreszeiten war, so oft sie auch versucht hatten, es ihm zu erklären.

Aber Sommer hatte längst einen Plan geschmiedet, um ihrem Bruder seine wahre Schönheit aufzuzeigen.

Ohne etwas zu sagen, stand sie auf. Die Wolken erhoben sich ein Stück und kitzelten die Spitzen ihrer Locken. Auffordernd zog sie an der Hand ihres Bruders – als ersten Schritt musste sie ihn aus seiner Trauerhöhle zerren. »Komm mit. Ich möchte dir etwas zeigen.«

Missmutig und mit einem threatralischen Stöhnen ließ sich Herbst auf die Beine ziehen und folgte seiner Schwester, ohne ihre Hand loszulassen. Er zierte sich, als sie den ersten Schritt aus dem Zimmer machte, ließ sich aber dann doch darauf ein. Die Geschwister wanderten durch das Haus. Den langen Gang, der an den Seiten mit einzelnen, schwebenden Lichtkugeln erhellt war, entlang. Die mit rotem Teppich bestückten Treppen zwei Etagen nach unten. An einer Galerie mit Landschaftsgemälden vorbei. Sie erreichten den Raum der Erinnerungen: Ein Saal, völlig fensterlos und leer, mit hohen, weiß leuchtenden Wänden.

»Was wollen wir hier?«, fragte Herbst und verdrehte die Augen. Sein Hals war gereckt, er suchte den Raum ab, probierte aber, möglichst unbeeindruckt zu wirken und mied vor allem den Blick seiner Schwester.

»Wirst du schon sehen.«

Sommer ließ ihren Bruder los und hob die Arme zu beiden Seiten über den Kopf. Aus dem Boden spross das Gras und die Wände schienen sich in die Unendlichkeit zu erstrecken, bis zum Horizont. Bäume schossen links und rechts um sie herum nach oben und schufen eine Allee. Die Temperatur stieg höher und höher, nur ein kühles Lüftchen und der Schatten der Bäume machten die Anwesenheit der Sonne erträglich. Nicht weit entfernt hörte man einen Bach plätschern und die Vögel ihr Liedchen singen.

Herbst sah sich um, die Arme vor der Brust verschränkt. Er sprach es nicht aus, aber er verstand den Sinn hinter dieser Inszenierung nicht. Es wirkte fast, als würde seine Schwester ihn ärgern wollen. Unruhig kaute er auf seiner Unterlippe herum und musterte die Umgebung mit zusammengezogenen Augenbrauen.

»So sah dieser Wald im Juni aus«, begann die Schwester zu erzählen und machte ein paar Schritte zur Seite. Sie legte ihre Hand auf die Rinde eines Baumes und fühlte seine Kraft. Ein erleichtertes Ausatmen füllte die Umgebung mit weiterer Wärme. Sommers Mundwinkel wanderten nach unten, als sie den Kopf in den Nacken legte und zu den Baumkronen sah. Sie liebte diesen Wald und doch wusste sie, dass ihre Anwesenheit Zerstörungskraft mit sich brachte. »Und das ist er jetzt.« Mit diesen Worten verwandelte sie das schöne Bild, das sich den Kindern bot, in die schreckliche Realität. Verdorrt hingen Blätter von den Ästen, der Bach war längst trockengelegt und alle Tiere versteckten sich in ihren Höhlen, um der sengenden Hitze zu entgehen.

Sommer machte einige Schritte auf ihren Bruder zu und hielt ihn an der Schulter fest. Sie zeigte um sich und sprach: »Die Natur braucht dich.« Ihre Geste färbte die Blätter in ein intensives Rot, Orange und Gelb. Ein Farbenspiel sondergleichen. »Sie braucht den Wechsel der Jahreszeiten, um in all ihrer Vielfalt auftreten zu können.«

Ein Haufen Blätter fiel von den Bäumen, verfing sich in den Ästen auf Herbsts Kopf und bildete damit eine neue Haarpracht für ihn. Sommer kicherte mit vorgehaltener Hand, als ein erfreutes Japsen ihre Aufmerksamkeit erregte.

Da, in der Ferne, ging ein junges Pärchen, vor ihnen ein kleines Mädchen und ein Hund. Die Kleine kickte mit ihrem Fuß die Blätter vom Boden in die Luft, sodass diese wild auf sie herab regneten. Der Hund nutzte jeden noch so kleinen Blätterhaufen, um darin herumzutollen.

Allesamt lachten sie und liebten den Herbst.

Als Sommer sich zu ihrem Bruder umdrehte, wirkte dieser dennoch nicht begeistert. Viel eher war er damit beschäftigt, die bunten Blätter aus seinem Haar zu ziehen und den Wald kritisch zu beäugen. Nur das Glitzern in seinen Augen verriet seiner

Schwester, dass ihre Vorstellung doch etwas bewirkt hatte, auch wenn er es nicht zugeben wollte. »Na und? Wenn Bruder Winter kommt, bekommen die Bäume doch auch wieder genügend Wasser. Die brauchen mich doch nicht.«

»Du verstehst noch nicht.«

Also verwandelte sie die Umgebung ein zweites Mal. Die Bäume wurden zu hohem Gras. Weit und breit war nichts und niemand zu sehen, nur die bunten Blumen, die durch den Lauf der Zeit verdorrt waren und zu einem Feld wurden.

»Sommer, du wirst mich nicht überzeugen können, indem du mir –«

»Jetzt warte doch mal ab«, unterbrach sie ihren Bruder. »Achtung!« Sie schnappte nach seiner Hand und zog ihn ein Stück zur Seite. Aus dem Boden spross ein Kürbis, groß, hübsch und orange. Es war nur der Erste von hunderten, die überall auf dem Feld in unglaublicher Geschwindigkeit wuchsen. Zwischen den Reihen wanderten Familien und Freundesgruppen, ihre Körper zuerst ganz blass, doch mit der Zeit und Sommers Kräften, wirkten sie mit jeder Sekunde lebendiger.

In der Ferne erkannte Sommer einige Drachen. Kinder liefen eilig von einer Seite zur anderen und deuteten auf die bunten Flieger. Sie nahm einen tiefen Atemzug und genoss den herrlichen Geruch nach frischem Regen, der in der Luft lag. Eine sanfte Brise wehte ihr um die Ohren. Der strahlend blaue Himmel war von Wolkenfetzen übersät. Am liebsten hätte Sommer sich mitten ins Feld gelegt und Wolkentiere gesucht.

Ein kleiner Junge zeigte auf einen besonders großen Kürbis. »Den will ich haben!«, rief er erfreut und machte sich daran, ihn seiner Mutter zu zeigen. Mühevoll hob er ihn ein paar Zentimeter hoch, nur um ihn gleich darauf wieder fallen zu lassen. Zu schwer.

»Na, hol doch mal deinen Papa, der kann dir bestimmt helfen«, forderte ihn seine Mutter auf und gab ihm nachdrücklich einen Klaps auf den Rücken. »Der Kürbis wird bestimmt eine gute Suppe abgeben.«

»Hm«, stieß Herbst leise aus, als er dem Jungen nachsah, der ein halbes Dutzend Mal »Papa, Papa!« rief. Sein Blick wanderte vom Kürbisfeld zu den Menschen, die sich lachend unterhielten. Ein paar von ihnen wollten Verwandte einladen für ein großes Festessen, die anderen freuten sich bereits wieder auf die Süßigkeiten und den Grusel, den sie bald erleben würden.

Sommer warf ihrem Bruder einen vielsagenden und zugleich hoffnungsvollen Blick zu.

»Aber die Leute können auch im Frühling gemeinsam losziehen, um die ersten Blumen zu pflücken. Da sollen sie doch ihre Freude hernehmen.«

»Denkst du nicht, dass ihnen das irgendwann langweilig wird? Dann wäre es doch gar nichts Besonderes mehr.«

Herbst schüttelte den Kopf. »Na, dann komme ich halt jetzt ein paar Jahre lang gar nicht mehr. Vielleicht erfreuen sich die Menschen ja dann wieder an mir.«

Verzweifelt rief Sommer aus: »Aber die Menschen erfreuen sich doch an dir, siehst du das denn nicht!?«

Aber Herbst verstand nicht. Er zog die Augenbrauen eng zusammen und presste die Lippen fest aufeinander, während sein Blick auf den Menschen lag. Sie wirkten doch alle glücklich, so kam es ihm vor, auch ohne Herbst.

Also blieb Sommer nur noch ein letztes Szenario. Ergeben seufzte sie und bat ihren Bruder, ein weiteres Mal mit ihr durch die vergangenen Jahreszeiten zu reisen. Missmutig stimmte er zu und ließ sich zwischen Bäumen hindurch an einen See führen. Sommer hatte ihn während ihrem kurzen Fußmarsch erschaffen. Es war Herbst.

Vor ihnen saß ein Pärchen auf einer Picknickdecke und schaute auf den Badesee hinaus. Wie eine Sprungschanze ragte ein hölzerner Steg einige Meter auf das Wasser hinaus. Die junge Frau lehnte sich gegen die Schulter des Mannes und hatte ihren Blick auf die Berge in der Ferne gerichtet. Deren Spitzen waren das ganze Jahr über mit Schnee bedeckt. Der junge Mann grinste bis über beide Ohren. Behutsam streichelte er über ihre Haut, sie trug seine Jacke. Die beiden waren frisch verliebt.

»Das sind Leo und Emilia. An diesem Tag hat er sie gefragt, ob sie seine Freundin sein möchte.«

»Du bist so eine hoffnungslose Romantikerin«, seufzte Herbst und verdrehte die Augen. Jedoch konnte man ihm ansehen, dass er ein kleines Stück stolz auf sich war. Er hatte einen großen Teil dazu beigetragen, dass dieser Tag so perfekt geworden war. Die Blätter, die sanft im Wind wehten, die passende Temperatur, um sich eine Jacke zu leihen, und der atemberaubende Ausblick.

Die Geschwister folgten Leo und Emilia durch die Jahreszeiten. Aus dem Picknick wurde Eislaufen auf dem gefrorenen See, den Bruder Winter für die beiden gezaubert hatte. Das Pärchen lachte, sie führte ihn über das Eis, er riss sie mehrmals unabsichtlich zu Boden. Und mit einem »Komm, holen wir uns etwas Warmes zu trinken« schmolz das Eis um sie herum und die ersten Blumen begannen zu sprießen.

Im Frühling stand Emilia allein auf der Wiese und schaute in die Ferne. Ihr Blick war trübselig, ihre Hände in den Jackentaschen vergraben. Noch immer trug sie die Jacke, die ihr Leo im Herbst geliehen hatte. Schwester Sommer wusste, dass es ihr Lieblingskleidungsstück war. Den Winter über war es zu kalt gewesen, doch jetzt, am ersten schönen Frühlingstag, konnte sie die Jacke endlich wieder tragen.

Hinter einem Baum kam Leo hervor. Er tippte seiner Freundin auf die Schulter, diese erschrak, drehte sich um und strahlte vor Freude. »Du bist da!« Lachend fiel sie ihm um den Hals und küsste seine Wange. »Wo warst du so lange?«

»Ich habe dir etwas mitgebracht«, entschuldigte sich Leo und zog einen Blumenstrauß hinter seinem Rücken hervor. Zwischen den kleinen, violetten Blümchen befanden sich einige Blätter und Gräser, die schon halb zur Seite hinunter hingen. Sommer kannte die Blumen nicht, doch sie erinnerten an Lavendel. Leo hatte sich wirklich Mühe gegeben, die schönsten Blümchen auszusuchen, die er am Weg finden konnte. Es waren die ersten Blumen dieses Jahres.

Noch während Emilia sich vor Freude kaum halten konnte, wechselte Schwester Sommer das Szenario ein letztes Mal, sodass das Pärchen im Sommer war. Die Bienen summten weiterhin ihr Lied und die Sonne hatte an Stärke gewonnen. Alle Bäume, Blumen und Sträucher hatten ihren Hochpunkt erreicht und strotzten vor Kraft. Die Farben waren intensiver als in den anderen Jahreszeiten und ein wohliges Gefühl der Freiheit legte sich über die Landschaft.

Leo hielt Emilia lachend in seinen Armen, während sie schreiend versuchte, sich von ihm zu lösen. Keine Chance. Er sprang mit ihr ins kalte Wasser. Der Sommer hatte gerade erst begonnen.

Nach Luft schnappend tauchten sie wieder auf. Jetzt lachte auch Emilia.

Das Pärchen verschwand und der Platz am See wurde leer.

»Wo sind sie hin?«, fragte Herbst verwundert und drehte sich dabei um die eigene Achse. Während sich das Lächeln auf seinem Gesicht die ganze Zeit über ausgebreitet hatte, konnte man jetzt nur Trauer erkennen. Aber er schien zu verstehen. Einige Sekunden lang ließ er sich Zeit, um das Gesehene zu verarbeiten. Dann sah er seiner Schwester direkt in die Augen, in der Hoffnung auf eine Erklärung.

Sommer lächelte. »Morgen ist ihr Jahrestag. Leo ist fieberhaft am Planen, wie er den Tag perfekt machen kann. Eigentlich wollte er Picknicken, aber es ist zu heiß und die Bäume sind lange nicht so schön wie im Jahr davor. All unsere Trauer verursacht noch dazu, dass es regnen wird.«

»Aber ...«, hauchte Herbst langsam. Da war es. Sein Strahlen. Mit der Erkenntnis, dass seine Jahreszeit genau so wichtig war wie die seiner Geschwister, kam all seine Schönheit zurück. Die Blätter auf seinem Kopf färbten sich rot, gelb und orange, das Blitzen in seinen Augen war wieder zu sehen. Der Junge, den

Sommer so gern hatte, stand seiner Schwester voller Tatendrang gegenüber. »Da kann ich doch aushelfen! Komm, Sommer, lass uns den Herbst herbeizaubern!«

Content Notes

ELCI J. SAGITTARIUS

EIN MEER AUS STERNEN

Gewitter

NADINE KOCH

URLAUB IST CHEFSACHE

Sexuelle Belästigung

JENNIFER ROUGET

ICH LIEBE DICH. IMMER.

Fehlgeburt

JACE MORAN

TARDEI

Tod, Bombenanschlag, Selbstmordattentat, Gewalt

L. M. BOHRER

KEIN SOMMER FÜR UNS

Tod, Mobbing

SAM JACKSON

GNADENSCHUSS IM FEUERREGEN

Postapokalyptische Szenen, Zerstörung, Tod

FINANAS

LIEBE MEINES LEBENS

Depressionen, Soziophobie & Suizid

FLO MORENO

TIEFENRAUSCH

Realitätsverlust, Verlust eines geliebten Menschen

PETRA BAAR

UNTER EINEM BIRNBAUM

Tod (Schwarzer Humor)

DANKSAGUNG

So schnell kann es gehen. Jetzt ist das Buch schon wieder vorbei. Wir hoffen, dich glücklich gestimmt, berührt und unterhalten zu haben.

Danke an jede helfende Hand, die uns bei diesem einzigartigen Projekt unterstützt hat. Ohne euch könnte dieses besondere Werk jetzt nicht vor uns liegen. Danke an Lara Pichler und Anja Schöpf, die die Cinnamon Society ins Leben gerufen haben und leiten. Danke an Elci J. Sagittarus für dieses traumhafte Cover. Danke an Elisa Haijkens, Nadine Koch und Lena Zoe Dernai, die »Sommerregentänze« auch von innen durch den Buchsatz und die Grafiken auf so einzigartige Weise gestaltet haben. Danke an Ulrike Asmussen, Elize Ellison, Jace Moran sowie Kristina Butz, die sich die Mühe gemacht haben, uns als Lektorinnen und Korrektorinnen zu unterstützen und dabei viel Zeit in dieses Projekt investiert haben. Danke für das Herzblut, das jeder Autor und jede Autorin in dieses Projekt gesteckt hat. Danke für das Schreiben dieser wundervollen Geschichten und für die kleinen Überraschungen, die »Sommerregentänze« einfach perfekt machen.

Zu guter Letzt bedanken wir uns natürlich auch bei dir. Danke, dass du unsere Charaktere durch Höhen und Tiefen begleitet hast. Danke, dass du unser Projekt unterstützt. Danke, dass du auch anderen ein Lächeln schenkst.

Deine Cinnamon Society

Unser 1. Vereinstreffen im März 2023

ÜBER DIE CINNAMON SOCIETY

Die Cinnamon Society wächst mit jedem Projekt, sodass sie derzeit aus über 40 Mitgliedern besteht. Dieses Jahr durften die Autorinnen und Autoren der sozialen Schreibgruppe ihre fünfte Anthologie »Sommerregentänze« veröffentlichen.

Vor »Sommerregentänze« sind die Kurzgeschichtensammlungen »Kaminfeuerabende«, »Frühsommernächte« und »Mittwintertage« sowie der Posieband »Zimt und Poesie« entstanden. Zusammen möchten sie auch in Zukunft mit ihren Büchern für den guten Zweck Menschen, Tieren und der Umwelt helfen. Schon jetzt sammeln sie fleißig Ideen für neue Projekte, die bald in Angriff genommen werden - unser nächstes Projekt, eine winterliche Kurzgeschichtensammlung, ist bereits in Arbeit.

Folge der Cinnamon Society gerne auf Instagram, um nichts zu verpassen und abonniere den Newsletter. Gehöre zu den ersten, die von neuen Projekten, Reveals und Nachrichten erfahren.

ÜBER DIE GRÜNDERINNEN

ÜBER ANJA SCHÖPF

Anja S. Schöpf lebt seit ihrer Kindheit in einem kleinen Dorf in Oberbayern. Seit einigen Jahren widmet sie einen großen Teil ihres Lebens den Büchern. Was anfangs reines Lesefieber war, ging schnell in das Schreiben eigener Texte über. Dabei tummelt sie sich hauptsächlich im Romance Bereich. Ein Genre, das aus ihrem Leben einfach nicht mehr wegzudenken ist.
Neben den Büchern sind Musik und Schauspielerei Faktoren, die ihre Kreativität zum Leben erwecken. Regelmäßige Filmeabende und Serienmarathons unterstützen die Flucht aus der Realität und regen oft zu der ein oder anderen Buchidee an.
Mit der Gründung der Cinnamon Society, einer ehrenamtlichen Schreibgruppe, wurden zwei ihrer Texte 2021 erstmals veröffentlicht. Seitdem widmet sie sich sowohl ihren eigenen Romanen, als auch weiteren ehrenamtlichen Veröffentlichungen.

ÜBER LARA PICHLER

Lara Pichler wurde 2004 in Oberösterreich geboren.
Ihre Kreativität lebt sie unterschiedlichst aus, von Fotografieren und Filmen bis hin zum Schreiben, das ihr am meisten Spaß macht. Durch ihre Ingenieurs-Ausbildung zur Medientechnikerin sieht sie sich als Regisseurin oder Drehbuchautorin.
Mit »Mittwintertage« konnte sie gemeinsam mit Anja Schöpf die Cinnamon Society gründen und im Zuge dessen ihre erste Kurzgeschichte veröffentlichen.
Ihr ist es besonders wichtig, darauf zu achten, welche Zwecke sie mit den Spenden unterstützen können und versucht, möglichst viele neue Menschen auf das Projekt aufmerksam zu machen.
Wenn sie nicht gerade für die @cinnamon_society auf Instagram unterwegs ist, postet sie auch auf ihrem eigenen Profil @larapichler_autorin Content rund ums Schreiben.

DU KANNST NICHT GENUG BEKOMMEN?

Dann folge gerne dem »Zimt und Papier«-Podcast, der von Lara Pichler und Anja Schöpf gehostet wird. Alle drei Wochen sprechen sie dort über ein Thema rund ums Lesen und Schreiben.

PROJEKTE

Jeglicher Erlös unserer ersten Kurzgeschichtensammlung »Mittwintertage – Geschichten der leuchtenden Jahreszeit« geht an die *Krebshilfe Wien.*

Jeglicher Erlös unserer zweiten Kurzgeschichtensammlung »Frühsommernächte – Geschichten der blühenden Jahreszeit« geht an das *Frauen helfen Frauen* e.V. Frauenhaus in Regensburg.

Jeglicher Erlös unserer dritten Kurzgeschichtensammlung »Kaminfeuerabende – Geschichten der kalten Jahreszeit« geht an den *Zürcher Tierschutz.*

Jeglicher Erlös unserer Gedichtsammlung »Zimt und Poesie – Mitternachtsgedanken« geht an die *Stiftung Denk an mich.*

Alle Bücher sind überall online und im Buchhandel erhältlich.